Rachael Sommers

Sag niemals "Nein" zum Glück

Aus dem Englischen
von Stefanie Kersten

Danksagung

Ein Riesendankeschön geht an Astrid und das Ylva-Team, weil sie mir eine Chance gegeben und das hier überhaupt erst möglich gemacht haben. Ich weiß das mehr zu schätzen, als Worte je ausdrücken könnten.

Danke auch an meine Lektorinnen Michelle und Julie, die mir so viel beigebracht und dem Manuskript den letzten Schliff verliehen haben.

Amanda: Ohne dich gäbe es dieses Buch nicht. Danke, dass du immer für mich da warst und mich darin bestärkt hast, es zu schreiben.

Und schlussendlich, vielen Dank von Herzen an Laura, meine große Liebe. Danke, dass du mich ertragen hast, dass du mich immer unterstützt und so geduldig mit mir bist. Ich kann es nicht erwarten, den Rest meines Lebens mit dir zu verbringen.

El mayarah

Kapitel 1

Camila Evans lehnte die Stirn gegen das kühle Glas des Seitenfensters ihrer Limousine. Von den Wolkenkratzern New Yorks, an denen sie vorbeifuhren, bekam sie kaum etwas mit; ihre Gedanken drehten sich um Pitches für neue Serien.

Auch heute war es im Studio wieder spät geworden. Als sie vor ihrem Apartmentgebäude aus dem Auto stieg, war es bereits neun Uhr. Camila nahm sich nicht die Zeit, tief durchzuatmen und die laue Sommerluft zu genießen, ehe sie die Lobby betrat. Ihre Absätze klackerten auf dem Marmorfußboden und im Aufzug angekommen, drückte sie den Knopf, der sie auf direktem Weg in ihr Penthouse bringen würde.

Wie immer konnte sie es kaum erwarten, zu Hause und bei ihrem Sohn zu sein. Auch wenn sie ihn wohl kaum noch wach vorfinden würde; um diese Uhrzeit lag er schon im Bett und schlief. Nur ungern ließ sie sich die Gelegenheit entgehen, ihn selbst ins Bett zu bringen und sie versuchte, ihre späten Arbeitssessions auf ein Minimum zu reduzieren. Das war jedoch leichter gesagt als getan, wenn man eine Fernsehsender leitete. Mehr als einmal hatte sie schon zu hören bekommen, dass man unmöglich gleichzeitig eine gute Mutter und erfolgreich in seinem Beruf sein konnte.

Jaime war nicht geplant gewesen, aber er war ein zauberhafter Junge. Ein perfektes, kleines Wesen in einer Welt, die gefüllt war mit Bitterkeit und Hass. Camila liebte ihn von ganzem Herzen. Jedes Mal, wenn sie ihn anschaute; jedes Mal, wenn er lachte, bestärkte das ihren Entschluss, dass sie alles miteinander vereinbaren konnte und würde.

Allein schaffte sie das allerdings nicht, weswegen Camila heilfroh war, eine Nanny beschäftigen zu können, die auf Jaime aufpasste. So war er nicht gezwungen, lange Tage mit seiner Mutter im Büro zu verbringen. Camila versuchte wirklich, sich keine Sorgen zu machen, aber das fiel ihr schwer. Amelia war die beste Nanny, die sie engagiert hatte, seit Eleanor gekündigt hatte, um sich um ihre kranke Mutter zu kümmern. Aber Amelia war noch ziemlich unerfahren und Camila war nun gespannt darauf, wie sie sich heute geschlagen hatte.

Das Licht in ihrer Wohnung war gedimmt und aus dem Wohnzimmer drangen Fernsehgeräusche. Camila streifte sich die High Heels von den Füßen, doch als sie Amelia ein Hallo zurufen wollte, entfuhr ihr ein entsetzter Schrei. Nicht das Gesicht ihrer Nanny begrüßte sie auf der Couch, sondern ein nackter Hintern, der sich rhythmisch auf und ab bewegte.

»Was zum Teufel geht hier vor?!«, brauste sie wütend auf. Ihre Stimme war laut genug, um das Paar auf der Couch aufzuscheuchen. Der Eigentümer des Hinterns rollte sich hastig von der Frau runter, die Camila mit der Fürsorge ihres Sohns betraut hatte.

»Hast du nicht daran gedacht, die Tür abzuschließen?«, fragte Amelias Freund und ignorierte Camila komplett, während er rasch seine Jeans hochzerrte.

»Ich dachte nicht, dass es nötig wäre!« Amelias Stimme kletterte ein paar Oktaven in die Höhe. Ihre Wangen waren gerötet. Eilig zog sie den Rock ihres Kleids nach unten. »Und außerdem hättest auch du das machen können, als du …«

Camila konnte nicht glauben, was sie da hörte. Sie kochte vor Wut und schnippte mit den Fingern, um die Aufmerksamkeit der beiden zu erregen. »Seid ihr fertig?«

»Es … es tut mir leid, Miss Evans.« Amelia besaß immerhin so viel Anstand, beschämt auszusehen. »Ich hatte nicht erwartet, dass Sie so früh zurückkommen.«

»Offensichtlich«, erwiderte Camila, die immer noch nicht glauben konnte, was sie da gesehen hatte. »Raus hier, alle beide.«

Der Freund leistete dem Befehl nur zu gerne Folge und eilte zur Wohnungstür.

»Miss Evans …«, setzte Amelia zum Sprechen an.

Camila unterbrach sie mit erhobener Hand. »Sparen Sie sich das«, fauchte sie.

Amelia zuckte unter ihrem finsteren Blick zusammen.

»Ist das das erste Mal, dass Sie ihn hierher eingeladen haben? Wobei, antworten Sie bitte nicht darauf.«

»Ich habe gewartet, bis Jaime im Bett ist …«

»Und das macht es besser?«, wollte Camila aufgebracht wissen. »Was, wenn er aufgewacht und reingekommen wäre?« Noch nie war sie derart froh darüber gewesen, dass ihr Sohn so fest schlief. »Machen Sie, dass Sie verschwinden, Amelia. Und ich muss Ihnen wohl nicht sagen, dass Sie gefeuert sind.«

Amelia ließ den Kopf hängen und machte auf ihrem Weg zur Tür einen weiten Bogen um Camila.

»Und die Kosten für die Reinigung des Sofas ziehe ich Ihnen vom Lohn ab!«, rief Camila ihr hinterher, während sie das weiße Leder angewidert betrachtete – darauf würde sie sicher eine ganze Weile nicht mehr sitzen.

Es war leider nicht das erste Mal, dass sie in ihre Wohnung kam und jemanden mit heruntergelassener Hose vorfand.

Seufzend drehte sie sich um und ging den Flur entlang zu Jaimes Zimmer, dessen Tür sie vorsichtig öffnete. Seine blonden Locken breiteten sich um seinen Kopf herum auf dem Kissen aus und er schlief friedlich. Von dem Drama im Wohnzimmer hatte er nichts mitbekommen. Auf Zehenspitzen schlich Camila sich zu seinem Bett und gab ihm einen Kuss auf die Stirn, wobei sie den Duft seines Shampoos tief einatmete. Dieser Geruch beruhigte ihre Nerven immer, selbst an stressigen Tagen. Eine ganze Weile beobachtete sie ihn, bevor sie schließlich in ihr Arbeitszimmer ging.

Der Feierabend war für sie in weite Ferne gerückt. Sie musste eine neue Nanny finden.

Gerade als Emily sich den letzten Bissen ihres Frühstückscroissants in den Mund stecken wollte, klingelte ihr Handy. Hastig griff sie nach dem vibrierenden Gerät und fluchte leise, als sie dabei Krümel auf dem Display verteilte.

Eine unbekannte Nummer. Kurz überlegte Emily, dann nahm sie den Anruf an. »Hallo?«

»Emily Walker?«

Die Stimme war ihr unbekannt und halb erwartete Emily, wieder jemanden in der Leitung zu haben, der ihr eine Autoversicherung verkaufen wollte. Ihr Daumen schwebte bereits über der Taste zum Auflegen. »Ja, ist dran.«

»Ich rufe an, weil ich Sie zu einem Bewerbungsgespräch für den Job als Nanny einladen möchte.«

Überrascht schnappte Emily nach Luft – sie war erst seit zwei Wochen in New York City und hatte noch nicht mit Jobangeboten gerechnet.

»Sie haben uns eine Bewerbung geschickt. Meine Vorgesetzte würde gerne mit Ihnen sprechen, da wir eine offene Stelle zu besetzen haben.«

»Im Ernst?« Das klang zu gut, um wahr zu sein. Sie lebte in ihrer Traumstadt nur zwei Straßen von ihrer Schwester entfernt *und* sie war in der Auswahl für einen Job, den sie aller Wahrscheinlichkeit nach nicht hassen würde. Vielleicht hätte sie ihren Collegeabschluss früher gemacht, wenn sie gewusst hätte, dass die Zukunft so rosig aussah.

»Im Ernst.«

Emily hörte das Lächeln in der Stimme der Frau.

»Könnten Sie morgen zu einem Vorstellungsgespräch zu uns kommen? Um elf Uhr?«

»Natürlich«, erwiderte Emily. »Geben Sie mir die Adresse?«

»Im Hauptgebäude von CEBC, dreißigster Stock.«

Emilys Magen schlug einen Purzelbaum. »CEBC? Wie in *dem* CEBC-Gebäude? Wie in Camila –«

»Evans?«, ergänzte die Frau. »Ja, genau. Sie wird das Gespräch mit Ihnen führen.«

»In der Jobanzeige stand nichts davon!« Das hätte Emily mit Sicherheit bemerkt – Camila Evans war der Schwarm ihrer Teeniejahre gewesen.

»Eine Vorsichtsmaßnahme«, erklärte die Frau. »Ist das ein Problem?«

»N-nein, ganz und gar nicht.«

»Hervorragend. Melden Sie sich bei Ihrer Ankunft am Empfang. Bei Unklarheiten können Sie mich unter dieser Nummer zurückrufen.«

»O-okay.«

»Bis morgen.«

Und damit war der Anruf beendet.

Emily nahm das Handy vom Ohr und starrte es ungläubig an. War das alles ein Traum? Ganz bestimmt hatte Camila Evans nicht ihre Bewerbung gelesen – eine von sicher unzähligen, die diese auf die Anzeige erhalten hatte – und persönlich entschieden, dass sie die geeignete Person für den Job war.

Sie.

Emily Walker.

Camila Evans konnte sich die teuerste, erfahrenste Nanny der ganzen Stadt leisten, warum also lud sie Emily ein? Und morgen würde sie die Frau kennenlernen – um vielleicht für sie zu *arbeiten*. Diese Frau war seit Jahren ihr Idol. Und sie hatte praktisch im Alleingang dafür gesorgt, dass Emily sich mit vierzehn ihrer Homosexualität bewusst geworden war. Damals hatte Camila sich als bisexuell geoutet. Und das zu einer Zeit, in der das nur wenige Personen, die in der Öffentlichkeit standen, wagten. O Gott, Emily wurde schlecht.

Camilas Talkshow war Emilys Tageshighlight gewesen, als sie noch jünger gewesen war. Eigentlich hatte es niemanden großartig überrascht, als die Frau später ihre eigene Fernsehproduktion gegründet hatte, die sie immer noch leitete.

Emily entschied, dass es nicht schaden konnte, etwas Recherche für das Gespräch am nächsten Tag zu betreiben. Mit zittrigen Fingern klappte sie ihren Laptop auf und tippte Camilas Namen in die Suchleiste. Beinahe jeder Artikel, der aufpoppte, drehte sich um die schmutzige Scheidung von ihrem dritten Ehemann. Drei Ehemänner in zwanzig Jahren. Emily seufzte. Camila managte ein Fernsehimperium, doch alles, was die Presse interessierte, waren ihre gescheiterten Beziehungen zu Männern.

Emily klickte auf eine Meldung, in der davon berichtet wurde, dass Camila eine Auszeichnung gewonnen hatte. Eingehend betrachtete sie das Foto, auf dem Camila ein schwarzes Kleid trug, das jede ihrer Kurven betonte. Ihre blonden Haare waren in kunstvollen Locken um ihre Schultern drapiert und ihre grünen Augen funkelten im Licht der hellen Scheinwerfer. Sie war wirklich attraktiv und Emily war sich ziemlich sicher, dass sie sich morgen bis auf die Knochen blamieren würde.

In diesem Moment öffnete sich die Wohnungstür und ihre Grübeleien wurden unterbrochen. Emily drehte sich um und grinste ihre Schwester Cassie und deren Freundin Maia breit an. Die beiden traten Händchen haltend ein.

»Du isst Croissants zum Frühstück?«, fragte Maia mit einem Blick auf das Gebäckstück, das Emily am Esstisch zurückgelassen hatte. »Und bist trotzdem so schlank? Das ist nicht fair.«

»Ich warte noch darauf, dass sie dieses Essverhalten in ein paar Jahren einholt«, scherzte Cassie und stieß Emily mit der Hüfte an. »Eines Tages wird sie dick aufwachen.«

»Gar nicht wahr.« Emily verdrehte die Augen, doch ihr Lächeln verschwand nicht. Es tat immer gut, die beiden zu sehen. Cassie hatte so viele Jahre lang zurückgezogen gelebt, bis Maia Sonnenschein in ihr Leben gebracht hatte. Emily freute sich unendlich für die beiden.

»O doch«, gab Cassie zurück und warf einen Blick auf den Bildschirm von Emilys Laptop. »Warum stalkst du Camila Evans?«

Emilys Wangen wurden warm. Auf frischer Tat ertappt.

»Schreiben wir noch das Jahr 2010?«

»Ach, halt die Klappe«, murmelte Emily und klappte den Laptop zu.

»Rechnest du dir Chancen aus, weil sie wieder geschieden ist?«

»Nein!« Inzwischen waren Emilys Wangen glühend heiß und als sie aufschaute, sah sie, dass Maia ihr Geplänkel amüsiert beobachtete. »Wenn du es genau wissen willst … Erinnerst du dich an die Bewerbungen, die ich letzte Woche für verschiedene Nanny-Jobs rausgeschickt habe? Tja, gerade habe ich einen Anruf von einer Frau bekommen, die offenbar Camilas Assistentin ist. Morgen habe ich ein Vorstellungsgespräch bei ihr.«

»Wie bitte? Du hast ein Vorstellungsgespräch bei der Frau, in die du seit einer Ewigkeit verknallt bist?« Cassie war ganz aus dem Häuschen. »Das kann sich doch keiner ausdenken. O mein Gott. Du gehst hin, oder?«

»Natürlich.«

»Du schaffst es doch nie im Leben, in ihrer Gegenwart ruhig zu bleiben.« Cassies Grinsen wurde deutlich frecher. »Nicht, ohne alle fünf Sekunden zu stottern und rot zu werden.«

»Kann ich wohl.«

Cassie zog skeptisch eine Augenbraue nach oben.

Emily griff mit einem empörten Schnauben nach ihrem Kaffee, den sie ganz vergessen hatte. Inzwischen war er nur noch lauwarm, weswegen sie die Tasse wieder wegstellte.

»Aber es ist schon verrückt. Du hast ihre Talkshow jeden Tag geschaut.« Verschwörerisch schaute Cassie zu Maia. »Und ich meine wirklich *jeden Tag*. Emily hat über nichts anderes gesprochen. ›Hast du gehört, was Camila gestern gesagt hat?‹ oder ›Camila ist *so* klug‹ und ›Camila sah so gut aus und …‹«

»Cassie!« Emily hielt ihrer Schwester den Mund zu. »Hör auf, mich vor deiner Freundin zu blamieren.«

»Aber das macht so viel Spaß«, erwiderte Cassie, als Emily die Hand wieder weggenommen hatte. »Das ist doch die halbe Miete, jetzt, wo ich eine Freundin habe, die mir helfen kann, dich aufzuziehen.«

»Tut mir leid, Cass.« Maia warf ihr einen liebevollen Blick zu. »In diesem Fall bin ich ganz bei Emily. Camila Evans ist *heiß*.«

Cassie schlug sich gespielt schockiert eine Hand vor den Mund.

Emily kicherte und rutschte dann von ihrem Barhocker, um einen frischen Kaffee aufzusetzen. Cassie hatte ihr eine High-End-Kaffeemaschine vermacht – zusammen mit dem ganzen Apartment –, als sie mit Maia zusammengezogen war.

Emily hatte diese kleine Einzimmerwohnung schon immer geliebt. Der offene Grundriss und die minimalistische Einrichtung ließen sie größer wirken und der Parkettboden glänzte im warmen Sonnenlicht, das durch die großen Fenster fiel. Von hier aus hatte man einen tollen Blick auf den Hudson River und Emily konnte sich wirklich glücklich schätzen, diesen Ort ihr Zuhause zu nennen.

»Du findest Camila heiß?«, fragte Cassie.

»Natürlich nicht so heiß wie dich.« Maia legte ihrer Freundin einen Arm um die Schultern und gab ihr einen Kuss auf die Wange. »Aber ich habe Augen. Und ich war in meiner Teenagerzeit auch in sie verknallt, Emily. Ich kann dich also verstehen.«

»Ich kann nicht glauben, dass du dich auf Emilys Seite schlägst, anstatt sie gnadenlos zu piesacken.«

»Hey, ich bin noch nicht lange Teil der Familie. Ich muss mich bei deiner kleinen Schwester noch ein bisschen beliebt machen.«

»Willst du wissen, in wen Cassie damals verknallt war?« Es war schließlich nur fair, dass Emily sich rächte.

Sie lachte, als ihre Schwester erschrocken die Augen aufriss.

»Glaub mir, das lohnt sich.«

»Wag es ja nicht, Emily …«

»Und ich habe sechs Jahre voller peinlicher Kindheitsgeschichten, wenn die dich interessieren, Maia. Oh!« Emily schaute zu dem Kistenstapel, der noch aufs Auspacken wartete. »Und ich habe da drüben ein Fotoalbum.« Grinsend nahm sie drei Kaffeetassen aus dem Schrank.

»Also *das* würde ich wirklich gerne sehen«, entgegnete Maia und sie kicherten beide, als Cassie gequält aufstöhnte und die Stirn dramatisch auf die Theke sinken ließ.

»Miss Evans?« Jessica klopfte leise an Camilas offene Bürotür, blieb aber im Rahmen stehen.

Camila war keine einfache Chefin und sie feuerte ihr Assistenzpersonal sogar schneller als die meisten Nannys. Bisher hatte Jessica sich jedoch tapfer geschlagen.

»Ja?«

»Zwei Dinge. Ich habe die Bewerbungen gesichtet, mit denen Sie mich beauftragt haben, und für morgen vier Vorstellungsgespräche vereinbart.«

»Danke, Jessica.« Camila wartete. Sie ahnte, dass ihr der zweite Punkt nicht gefallen würde.

»Und außerdem …« Jessica wich Camilas Blick aus. »… ist Sophie am Telefon und möchte sofort mit Ihnen sprechen.«

Camila gab ein widerwilliges Seufzen von sich. Ein Anruf von der Leiterin der Personalabteilung war nie gut. »Die interne Ermittlung?«

Sie hatte die Produktion einer der neuesten Serien auf Eis gelegt, nachdem Vorwürfe wegen übergriffigen Verhaltens gegen den Hauptdarsteller laut geworden waren. Seitdem wartete sie auf die Ergebnisse dieser Ermittlung.

»Ich denke schon.«

»Großartig.« Camila rieb sich über die Schläfen. Eine PR-Katastrophe war das Letzte, was sich gerade gebrauchen konnte.

Jessicas Blick fiel auf Jaime. »Soll ich mich eine Weile um den Kleinen kümmern?«

Jaime hatte sich den Großteil des Morgens mit Cartoons beschäftigt. Er war alt genug, dass man ihn nicht mehr ständig im Auge behalten musste. Aber hier mit seiner Mutter im Büro festzusitzen, während sie arbeitete, war sicher nicht besonders spannend für ihn. Jessica war da eine willkommene Abwechslung.

»Wenn es Ihnen nichts ausmacht?«

»Keineswegs.«

Jaime folgte Jessica aus dem Büro und Camila sah ihnen kurz hinterher, bevor sie den durchgestellten Anruf annahm. »Sophie. Gibt es Ergebnisse?«

Angespannt lauschte Camila den Ausführungen. Wie befürchtet, waren die Vorwürfe berechtigt. Das wiederum bedeutete, dass sie noch jemanden feuern, außerdem eine Umbesetzung der Rolle, wahrscheinlich neue Dreharbeiten organisieren *und* einen Entwurf für die Pressemitteilung aufsetzen musste. Ihr Tag war soeben um einiges arbeitsreicher geworden.

Jaime kicherte gerade wegen etwas, das Jessica machte, doch Camila wusste, dass sie ihre Assistentin nicht bitten konnte, ihn für den Rest des Nachmittags zu beaufsichtigen. Zögerlich wählte sie die Nummer ihres Ex-Mannes und tippte mit dem Fuß auf den Boden, während sie ungeduldig darauf wartete, dass er abhob.

»Camila. Was für eine unangenehme Überraschung.«

Inzwischen hatte sie sich an seinen ätzenden Tonfall gewöhnt – ihre Beziehung war nicht gerade freundschaftlich auseinandergegangen, nachdem Camila ihn in flagranti dabei erwischt hatte, wie er seine Sekretärin vögelte.

»Was willst du?«

»Kannst du heute Nachmittag auf deinen Sohn aufpassen?«

Jaime war nicht geplant gewesen. Camila war sich sogar ziemlich sicher, dass Chris sie unter anderem deswegen geheiratet hatte, weil sie keine Kinder gewollt hatte. Als sie ihm damals ihre Schwangerschaft gebeichtet hatte, war seine Reaktion alles andere als positiv ausgefallen. Was nicht hieß, dass er nicht wenigstens versuchte, Jaime ein guter Vater zu sein. Chris war ein Arschloch, aber er bemühte sich. Trotzdem wunderte es Camila nach wie vor, dass er nicht direkt nach Jaimes Geburt abgehauen war.

»Das ist ziemlich spontan, selbst für dich. *Und* es ist schon das zweite Mal diese Woche.«

»Ja, weil es auch so schrecklich ist, Zeit mit deinem Sohn zu verbringen«, entgegnete sie genervt. Sie hatte heute keine Geduld für sein Getue. »Kannst du nun oder nicht?«

»Ja«, erwiderte Chris zögernd. »Ich nehme ihn. Aber so kann das nicht weitergehen, Camila.«

»Ich führe morgen Vorstellungsgespräche mit potenziellen Nannys. Das wird also geregelt.«

»Ich habe dir angeboten, dass ich dir bei der Suche helfen kann …«

Camila unterbrach ihn mit einem spöttischen Schnauben. Wenn sie Chris auch nur in die Nähe der Bewerberinnen ließ, würde er sich die Erstbeste unter fünfundzwanzig aussuchen, die seinem Beuteschema entsprach. »Damit du als Nächstes die Nanny vögeln kannst, nachdem deine Sekretärin gekündigt hat?«

»Sie hat nicht gekündigt.« Chris' Tonfall wurde eiskalt. »Du hast sie rausgeekelt.«

»Tja, dann hättest du sie vielleicht nicht auf dem Küchentisch ficken sollen«, konterte Camila.

»Lassen wir das«, entgegnete Chris resigniert. »Ich schicke meinen Assistenten in der nächsten Stunde vorbei, um ihn abzuholen. Wenn du willst, arbeite ich von deiner Wohnung aus.«

Die Sorgerechtsklärung war der einfachste Teil ihrer Scheidung gewesen: Jaime lebte bei Camila und sah seinen Vater ab und zu an den Wochenenden. Bislang hatte er nie Zeit mit Chris außerhalb des Penthouse-Apartments verbracht, in dem sie früher gemeinsam gewohnt hatten, aber das war Camila auch ganz recht.

»Okay. Ich weiß noch nicht, wann ich nach Hause komme.«

»Ich kann bleiben, bis du da bist.«

»Danke«, erwiderte sie knapp.

»Aber ich meine es ernst. Das ist das letzte Mal.« Damit legte Chris auf, ohne ihr Zeit für eine Antwort zu geben.

Camila steckte das Telefon zurück in die Halterung.

Die Aufgaben des Tages schienen sich ewig lang vor ihr auszudehnen. Camila holte ihren Sohn zu sich, denn eine Kuschelrunde mit ihm hatte sie noch immer beruhigt.

Als Camila kurz nach sieben endlich ihre Arbeit beendet hatte, war sie extrem schlecht gelaunt. Vor ihrem Apartmentgebäude stieg sie aus der Limousine und schaute zum wolkenlosen Himmel hinauf. Die Sonne ging gerade unter und so wie es aussah, würde es eine sternenklare Nacht geben. Eine perfekte Nacht zum Sterneschauen also; ein Zeitvertreib, den Jaime sehr liebte. Spontan entschied sie, ihn heute mit auf den Balkon zu nehmen und den Himmel zu beobachten, bis es Zeit für ihn war, ins Bett zu gehen. Der Gedanke an sein begeistertes Gesicht, wenn er die Sterne beobachtete, als sähe er sie zum ersten Mal, erwärmte ihr Herz. Diese kindliche Unschuld machte Camila immer wieder aufs Neue bewusst, wie sehr sie ihren Sohn liebte. Jaime brachte sie dazu, mehr sein zu wollen, *besser* als die zynische, verbitterte Frau, zu der sie geworden war.

Ungeduldig wippte sie im Aufzug auf dem Weg nach oben mit den Füßen auf und ab. Sie konnte es kaum erwarten, Jaime wieder in die Arme zu schließen. Als der Aufzug sie endlich freigab, schritt Camila schnell zur Wohnungstür. Bevor sie jedoch den Schlüssel ins Schloss steckte, nahm sie sich einen Moment Zeit, um tief durchzuatmen. Das war eine ihrer allabendlichen Routinen, um die gelassene, kühle – manche würden auch sagen kaltherzige – Frau zurückzulassen, die alleine ein Fernsehimperium aufgebaut hatte. Das Ziel war es, sich in die Mutter zu verwandeln, die Jaime brauchte.

Heute bereitete sie sich aber vor allem mental darauf vor, den Mann zu sehen, mit dem sie einst ihr Leben hatte verbringen wollen und der sie jetzt nur noch anekelte. Sie hatten eine glückliche Beziehung geführt, doch Camilas Arbeitswut hatte ihn schließlich vertrieben. Chris hatte nie akzeptieren können, dass er nicht der alleinige Fokus in ihrem Leben war, und sie viel Zeit auf der Arbeit verbrachte. Ein Problem, das sich nach Jaimes Geburt nur noch verstärkt hatte – und sie wusste, dass er sie dafür verantwortlich machte, Trost in den Armen einer anderen Frau gesucht zu haben.

In schwachen Momenten konnte Camila sogar nachvollziehen, dass er Probleme mit ihrem Verhalten gehabt hatte.

Während sie die Tür öffnete, erinnerte sie sich daran, dass sie weder Chris noch einen anderen Partner brauchte. Sie hatte ihre Arbeit, ihren Sohn und das war genug für sie.

Kaum hatte sie ihren Mantel abgelegt, rannte auch schon ihr Sohn mit einem breiten Grinsen und seiner Lieblingsactionfigur in der Hand auf sie zu.

»Mama!«

»Hi, mein Schatz«, begrüßte sie ihn und hob ihn hoch, um ihm einen Kuss auf den Kopf zu geben. »Warst du lieb zu deinem Vater?«

»Er war sehr brav«, rief Chris aus dem Wohnzimmer.

Camila trat sich die Schuhe von den Füßen und ging dann zu ihm hinüber. Chris saß auf der Couch und schaute ein Footballspiel im Fernsehen an, stand jedoch auf, als sie hereinkam und wuschelte Jaime durch die Haare.

»Nicht wahr, Großer?«

Die Zuneigung zu ihrem Sohn war nicht zu übersehen. Ja, Chris hatte Jaime ursprünglich nicht haben wollen, aber er tat sein Bestes und dafür war Camila sehr dankbar.

In diesen Momenten sah sie auch den Mann in ihm, in den sie sich vor sieben Jahren verliebt hatte. Aber sobald sich ihre Blicke trafen, veränderte sich der Ausdruck in seinen Augen, wurde härter und er verwandelte sich in den Mann, den sie auf den Tod nicht ausstehen konnte.

»Danke für deine Hilfe heute.« Sie konnte nur hoffen, dass er merkte, wie ernst es ihr war.

»Kein Problem«, erwiderte er und holte seinen Mantel. »Aber …«

»… das war das letzte Mal«, beendete Camila den Satz für ihn. »Ich weiß.«

Sie schwor sich, dass sie sich daran halten würde. Es musste eine zeitnahe Lösung her – eine, die gut für sie beide war. »Du kannst zum Essen bleiben, wenn du willst.« Das war ein halbherziges Angebot, weil sie wusste, dass Chris ablehnen würde, aber sie fragte um Jaimes willen trotzdem. Camila machte sich durchaus Sorgen, welche Auswirkungen die kaputte Beziehung seiner Eltern auf ihn hatte.

»Ich habe schon gegessen«, sagte Chris zu Camilas Erleichterung. »Und ich sollte wirklich los.«

Sie fragte nicht nach dem Warum. Auch wenn sie ihn nicht mehr liebte, wollte sie sich Chris nicht mit einer anderen vorstellen.

Er gab Jaime einen Kuss und verließ die Wohnung, die plötzlich viel zu still, zu leer war.

Camila versuchte, dieses Gefühl zu ignorieren, und spielte mit ihrem Sohn, bis es dunkel genug war, um draußen die Sterne betrachten zu können. Wie erwartet, war Jaime Feuer und Flamme und das wärmte Camilas Herz.

Nachdem sie ihn ins Bett gebracht hatte, setzte sie sich an die Theke in der Küche, wo sie lustlos in ihrem aufgewärmten Essen herumstocherte. Der Fernseher dröhnte viel zu laut, doch nicht einmal das konnte das Gefühl der Einsamkeit vertreiben.

Kapitel 2

Emily nahm sich kurz Zeit, um an dem beeindruckenden Wolkenkratzer von CEBC hochzuschauen, auf dessen Seite das Logo des Unternehmens über mehrere der oberen Stockwerke prangte. In ihrem Magen breitete sich Nervosität aus und sie schluckte hart. So wie sie sich gerade fühlte, fragte sie sich ernsthaft, ob sie wirklich die Richtige für diesen Job war.

Wie sollte sie denn eine Frau wie Camila Evans beeindrucken? Eine Frau, die in diesem Gebäude arbeitete und wahrscheinlich in einem Penthouse lebte, das an einem Tag mehr Miete kostete als Emilys Apartment im ganzen Jahr. Schon jetzt fühlte sie sich wie ein Fisch auf dem Trockenen und dabei hatte sie den Komplex noch nicht einmal betreten.

»Wow.« Cassie, die sie begleitet hatte, damit sie sich nicht verlief, blieb neben ihr stehen und stieß einen leisen Pfiff aus. »Man sieht das Ding ja von überall in der Stadt, aber so aus der Nähe ist es noch beeindruckender. Bist du dir *sicher*, dass du für so jemanden arbeiten willst?«

»Ziemlich sicher«, erwiderte Emily in dem Versuch, sich selbst davon zu überzeugen. »Ich schaffe das. Oder?«

»Ja, wirst du.« Cassie stieß sie mit dem Ellbogen an. »Du rockst das.«

»Meinst du?«

»Ganz sicher. Aber … denk einfach nicht darüber nach, wie heiß sie ist.«

»Toll, das beruhigt mich doch gleich total«, entgegnete Emily verzweifelt.

»Sorry.« Cassie schlang einen Arm um ihre Schultern und drückte sie fest. »Aber ganz im Ernst: Es wird alles gut gehen. Sie wäre verrückt, wenn sie dich nicht einstellt. Kinder lieben dich.«

Das stimmte. Emily hatte sich das Geld für ihr erstes eigenes Auto in der Highschool mit Babysitten verdient und auch während ihrer Collegezeit war diese Beschäftigung ihre Haupteinnahmequelle gewesen.

»Keine Ahnung, wie du das machst.« Cassie rümpfte die Nase. Unwillkürlich musste Emily kichern – sie und ihre Schwester hatten sehr unterschiedliche Meinungen darüber, ob man Zeit mit Kindern verbringen sollte oder nicht.

»Kinder sind toll.«

»Kinder machen Dreck. Sie machen Dreck und schreien rum und ich …« Cassie erschauderte dramatisch. »Ich weiß nicht, wie du das aushältst.«

»Du arbeitest beim CSI«, merkte Emily an. »Du siehst ständig tote Menschen und analysierst Körperflüssigkeiten.«

»Und dabei trage ich *Schutzkleidung*. Und apropos Arbeit …« Cassie schaute auf ihre Armbanduhr. »Ich sollte mal wieder zurück ins Labor. Kommst du hier klar?«

»Alles gut«, versicherte Emily ihr, auch wenn ihr Magen schon wieder einen Purzelbaum schlug. Bei dem Gedanken, gleich Camila Evans persönlich kennenzulernen, bekam sie weiche Knie.

»Wollen wir uns zum Mittagessen treffen? Dann kannst du erzählen, wie es gelaufen ist.«

»Ja, gerne.« So hatte Emily wenigstens etwas, auf das sie sich freuen konnte, wenn das Vorstellungsgespräch in einer Katastrophe enden sollte.

»In dem Restaurant bei der U-Bahn-Station die Straße runter?« Das war einer von Cassies Lieblingsläden in der Nähe ihrer Arbeitsstelle.

»Machen wir. Passt dir halb zwei?«

»Klar.« Cassie zog Emily in eine feste Umarmung und gab ihr einen Kuss auf die Wange. »Viel Glück.«

»Danke.« Emily erwiderte die Geste ebenso kräftig. »Bis nachher.« Sie blickte Cassie, die zu ihrem Moped zurückging, das sie vorhin ein Stück weiter entfernt geparkt hatte, einen Moment lang nach. Emily winkte ihr noch einmal zu, bevor sie losfuhr.

Das war ihr Stichwort, sich ebenfalls in Bewegung zu setzen. Erneut wandte sie sich dem imposanten Gebäude zu, atmete tief durch und zwang sich dann, durch die Drehtür zu gehen.

In der riesigen Lobby herrschte reger Betrieb. Emily fühlte sich fehl am Platz, aber sie nahm all ihren Mut zusammen und suchte sich einen Weg durch die hektisch umhereilenden Menschen zum Empfang. Insgeheim erwartete sie fast, dass der Empfangsmitarbeiter sie in ihrem hellblauen Kleid mustern und sie fragen würde, ob sie sich verlaufen hätte. Doch der Mann lächelte sie nur freundlich an. Emily legte die Hände auf den hohen Tresen und hielt sich nur mit Mühe davon ab, unruhig auf den Fußballen zu wippen.

»Wie kann ich Ihnen helfen?«

»Ich habe ein Vorstellungsgespräch bei Camila Evans.«

War das Mitleid, das über das Gesicht ihres Gegenübers huschte?

»Die Stelle als Nanny? Ich hoffe, Sie schlagen sich besser als die letzte Bewerberin. Die kam heulend wieder raus.«

Na, das waren ja Aussichten!

»Die Aufzüge finden Sie dort drüben.« Er deutete mit einer ausladenden Geste auf die linke Seite der Lobby. »Dreißigster Stock. Melden Sie sich dort am Empfang, dann bringt man Sie zu Miss Evans' Büro«, erklärte er lächelnd.

Beinahe hätte Emily nachgehakt, ob er ihr noch mehr über die weinende Frau sagen konnte, entschied dann aber, dass sie es gar nicht wissen wollte. Sie quetschte sich in einen bereits vollen Aufzug und verschränkte die Hände vor ihrem Körper, während die Stockwerke an ihnen vorbeizogen und Menschen bei jedem Halt aus- oder einstiegen. Schließlich war sie für den letzten Abschnitt bis zum dreißigsten Stock ganz allein in der Kabine.

Beim Aussteigen sah sie erneut einen langen Empfangstresen vor sich. Die gelangweilt wirkende Mitarbeiterin deutete den Gang hinunter, als Emily den Grund für ihr Kommen erklärte. Die Wände entlang der Büros bestanden komplett aus Glas, was ihr einen Einblick in die Räume der Geschäftsleitung ermöglichte.

Emily schaute sich mit großen Augen um. Das hier war unglaublich weit von der Laborwelt ihrer Collegezeit entfernt. Sie hielt auf die Tür am Ende des Flurs zu und wich dabei immer wieder Leuten aus, die in beide Richtungen hasteten. Als sie das Schild mit dem Namen Camila Evans an der Wand neben der Tür sah, wusste sie, dass sie den richtigen Ort gefunden hatte.

Auch die Wände von Camilas Büro bestanden aus Glas. Es war allerdings mattiert, wahrscheinlich um die Illusion von Privatsphäre zu schaffen. Die Tür stand offen und Emily konnte zwei schwarze Ledercouchen sowie einen gläsernen Tisch nebst einem dicken, weißen Teppich in der Mitte des Raums erkennen.

Der riesige Schreibtisch aus Holz wurde von gleich vier Computerbildschirmen dominiert, hinter denen Camila saß. Sie trug ein Kleid in verschiedenen Rottönen und darüber eine Statementkette. Ihre Haare waren wie immer perfekt frisiert und, oh, sie war in Person sogar noch attraktiver, als es für einen einzelnen Menschen erlaubt sein sollte.

Emilys Knie wurden wieder weich und in ihrem Bauch explodierte ein Schwarm Schmetterlinge.

»Wo bleibt mein Elf-Uhr-Termin?«, rief Camila.

Emilys Mund wurde trocken. Sie klang genervt. Fast so, als wäre es bereits eine Verspätung, zehn Minuten vor der vereinbarten Zeit einzutreffen.

Vielleicht war das Ganze wirklich keine gute Idee.

Beinahe hätte Emily auf dem Absatz kehrtgemacht und wäre wieder gegangen, stattdessen straffte sie die Schultern und betrat Camilas Büro.

»Wo bleibt mein Elf-Uhr-Termin?«, fragte Camila erneut, auch wenn ihr sehr wohl bewusst war, dass es noch gar nicht elf war. Sie hatte jedoch vor, die nächste Bewerberin direkt mit Blicken zu erdolchen und ihr vorzuhalten, dass zu früh pünktlich und pünktlich zu spät war.

Die letzten drei Gespräche waren katastrophal verlaufen und Camila dementsprechend schlecht gelaunt. Beinahe verspürte sie Mitleid mit der letzten armen Seele, die vor ihr Tribunal treten musste. So langsam fragte sie sich auch, ob sie die Suche nicht einfach aufgeben und Jaime dauerhaft mit zur Arbeit nehmen sollte. Immerhin ging er ab dem kommenden Jahr in die Schule. Ein überschaubarer Zeitraum, der sich irgendwie überbrücken ließ.

Natürlich wäre das nicht die beste Lösung. Allerdings wollte sie nicht noch mehr Zeit damit verschwenden, Gespräche mit schrecklichen Bewerbern zu führen. Gerade wollte sie Jessica fragen, was sie sich bei der Auswahl dieser Hohlköpfe gedacht hatte, als eine junge, blonde Frau zur Tür hereinkam.

»Miss Evans?« Ihre Stimme klang unglaublich *fröhlich*, sie lächelte Camila strahlend an und wirkte regelrecht beschwingt. Und sie sah aus, als hätte sie gerade erst die Schule beendet.

Camila starrte sie an und war versucht, sie direkt wieder loszuwerden. Ihr war durchaus bewusst, wie kindisch das war, aber sie war so *müde* und diese Frau nie im Leben die richtige Nanny für Jaime.

»Das Casting für die nächste Staffel von *Love Island* ist zwei Stockwerke tiefer.« Camila bedeutete der Frau zu gehen und griff nach ihrem Tablet, um ihre E-Mails zu checken.

»Des…deswegen bin ich nicht hier.«

Camila schaute erneut auf. Das Mädchen wirkte ein bisschen unsicher, ihr Lächeln verblasste und Camila fragte sich, ob das wohl die zweite Kandidatin war, die heute innerhalb von zehn Minuten in Tränen aufgelöst aus dem Raum flüchten würde. Überrascht hätte es sie nicht. Die Kleine schien ein wahrer Sonnenschein zu sein, also würde es nicht besonders schwer werden, ihre

Hoffnungen und Träume zu zerstören. Danach konnte Camila sich dem Rest ihres Tags widmen.

»Ich bin wegen des Vorstellungsgesprächs hier. Für die Stelle als Nanny.«

Camila musterte ihr Gegenüber einen Moment lang. Zumindest hatte sie sich noch nicht verschrecken lassen. Also würde Camila ihr noch eine Chance geben. Und immerhin war sie tatsächlich zu früh. »Na schön«, erwiderte sie langsam, lehnte sich in ihrem Stuhl zurück und setzte einen gelangweilten Gesichtsausdruck auf. »Erzählen Sie mir, warum Sie diesen Job haben wollen. Was haben Sie zu bieten?«

»Ich bin fleißig, zuverlässig und …«

»Sehr nett und langweilig«, unterbrach Camila sie und verschränkte die Arme vor der Brust, ohne den Blickkontakt zu unterbrechen. Die Bewerberin hielt allem, was Camila ihr bisher hingeworfen hatte, tatsächlich stand, das musste sie ihr lassen. »Aber ich habe nicht nach Ihrem Bewerbungsschreiben gefragt. Das liegt mir vor. Warum sind Sie *hier*?«

»Ich … ich möchte helfen, Miss Evans.« Die junge Frau verschränkte die Finger miteinander, als müsste sie ein Zittern unterdrücken.

Sie wirkte ängstlich. Etwas, das Camila bei normalen Angestellten durchaus forcierte, nicht aber bei der Person sehen wollte, die sich zukünftig möglicherweise um ihren Sohn kümmerte. Sie brauchte jemanden mit Selbstbewusstsein, der mit ihr kommunizierte, kein scheues Reh, das sie mied.

»Und ich denke, dass ich Ihnen helfen könnte. Ich *würde* Ihnen gerne helfen. Ich bin neu in der Stadt, habe die Jobanzeige gesehen und mir gedacht, dass ein Job als Nanny genau das Richtige ist, während ich Geld für meinen Master anspare. Ich kann das, und zwar gut, wenn Sie mir eine Chance geben.«

Die Ehrlichkeit weckte Camilas Interesse, aber so leicht wollte sie es ihr doch nicht machen. »Hören Sie …« Mit zusammengekniffenen Augen suchte sie nach dem Namen auf den Bewerbungsunterlagen. »Emma, ich …«

»Ich heiße Emily, Miss Evans.«

Die Korrektur war schüchtern, aber sie war da. Camila musste ihre erste Einschätzung revidieren – vielleicht hatte das Mädchen doch Rückgrat. Sie betrachtete Emily genauer, versuchte dabei aber gleichzeitig ihr scheußliches Kleid zu ignorieren. Emily war wirklich attraktiv. Was Camila nicht unbedingt gelegen kam, denn *das* konnte wirklich gefährlich werden.

»O mein Gott!« Emily zuckte unter Camilas prüfendem Blick zurück. »Das war so unhöflich. Es tut mir leid …«

Camila stoppte mit einer erhobenen Hand das Geplapper. Nun war ihr Interesse erst recht geweckt. »Vielleicht habe ich Sie unterschätzt, Emily.« Für gewöhnlich wagte es niemand, Camila zu unterbrechen oder ihr zu widersprechen, und das war … nun, irgendwie erfrischend. »Ich werde Ihnen nichts vormachen. Ich erwarte, dass Sie sich mit vollem Einsatz Ihrem Job und meinem Sohn widmen. Ich bin eine viel beschäftigte Frau mit langen und unberechenbaren Arbeitszeiten. Von Ihnen erwarte ich Flexibilität. Wie Sie sicher schon gemerkt haben, bin ich auch keine einfache Arbeitgeberin. Denken Sie gut nach, ob Sie meine Anforderungen erfüllen können, bevor wir hier weitermachen.«

»Das habe ich bereits«, sagte Emily mit Nachdruck. »Ich wusste, wer Sie sind, bevor ich hergekommen bin, Miss Evans. Ich weiß, was Sie tun, und ich weiß, wie beschäftigt Sie sind. Ich kann mir kaum vorstellen, wie groß Ihr Arbeitspensum sein muss. Aber ich bin bereit, mich daran anzupassen, wenn Sie mir eine Chance geben.«

»Selbst wenn das bedeutet, deswegen kein eigenes Leben zu haben?«, fragte Camila. »Sie sind noch jung – wie alt sind Sie noch mal?« Emily sah nicht so aus, als hätte sie das College bereits abgeschlossen.

»Dreiundzwanzig. Ich habe meinen Abschluss vor ein paar Monaten gemacht und habe mir vor meinem letzten Jahr zwölf Monate Auszeit genommen, um für eine Hilfsorganisation in Afrika zu arbeiten.«

Natürlich hatte sie das – Emily war praktisch eine Pfadfinderin.

»Und wie ich schon sagte: Ich bin neu in der Stadt. Im Moment habe ich quasi kein Leben. Ich will diesen Job, Miss Evans.«

»Was bringen Sie an Erfahrung mit?«

»Ich war noch nie Nanny in Vollzeit«, gab Emily zu. »Aber ich … ich habe einige Zeit als Pflegekind hinter mir …« Sie schaute flüchtig zur Seite. »… und mich dabei sehr viel um die jüngeren Kinder gekümmert. Habe auf sie aufgepasst und dafür gesorgt, dass sie nicht in Schwierigkeiten geraten. Während meiner Highschool- und College-Zeit habe ich oft babygesittet.«

»Hm.« Camila rieb sich nachdenklich übers Kinn, hatte ihre Entscheidung aber bereits getroffen. »Na schön, ich werde Ihnen eine Chance geben, Emily. Allerdings nur diese eine.«

Ihre Warnung drang zu Emily durch, die erleichtert aufatmete.

»Nutzen Sie sie weise.«

»Ich werde Sie nicht enttäuschen, Miss Evans«, versicherte Emily ihr prompt.

Camila winkte ab. »Freuen Sie sich nicht zu früh«, sagte sie und griff nach einem Notizzettel, auf dem sie ihre Privatadresse notierte. »Sie müssen erst noch meinen Sohn kennenlernen. Aktuell wird er von meiner Assistentin betreut, aber mir wäre es lieber, wenn er Ihnen das erste Mal in vertrauter Umgebung begegnet. Ich will Sie auch besser kennenlernen, um sicher zu sein, dass Sie der richtige Mensch dafür sind. Können Sie heute Abend zum Essen kommen?«

»Sehr … sehr gerne.«

»Das ist meine Adresse.« Camila reichte Emily den Zettel. »Ich gebe am Empfang Bescheid, dass Sie kommen. Seien Sie pünktlich um sieben da.«

»Ja, Miss Evans«, erwiderte sie und wandte sich zum Gehen.

»Ach, und Emily?«

Emily wandte sich noch einmal zu Camila um.

»Nur damit eins klar ist: Wenn mein Sohn Sie nicht mag, sind Sie raus. Verstanden?«

»Ja, Miss Evans.« Emily nickte zurückhaltend und eilte dann hastig aus dem Raum.

Camila sah ihr mit nachdenklicher Miene hinterher. Was sollte sie davon halten?

Emily brannte darauf, sich zu beweisen, eine Eigenschaft, die Camila bei neuem Personal schätzte. Außerdem hatte sie gezeigt, dass sie keine Angst davor hatte, ihr Widerworte zu geben und für sich selbst einzustehen, wenn es darauf ankam. Aber sie war auch so *quirlig* und so, so jung. Camila wäre nicht überrascht, wenn Emily nach ein paar Tagen unter dem Druck zusammenbrach. Allerdings blieb da immer noch die Hoffnung, dass das nicht der Fall sein würde. Irgendetwas an Emilys Art weckte in Camila die Hoffnung, dass sie durchhielt.

Dass Emily überaus attraktiv war, schadete nicht. Wenn man sie aus dem grauenvollen Kleid herausbekam, könnte sie durchaus als Wäschemodel Erfolg haben.

Entsetzt über sich selbst schüttelte Camila den Kopf – es war nicht in Ordnung, dass sie so über Emily dachte. Nicht, wenn sie sie möglicherweise einstellen wollte. Ganz abgesehen davon, dass sie nur halb so alt war wie Camila selbst.

Zufrieden mit ihrer Entscheidung machte Camila sich auf die Suche nach ihrem Sohn und hoffte, dass die Tage, an denen sie ihn mit zur Arbeit nehmen musste, bald vorbei sein würden.

»Und?«, fragte Cassie, nachdem sie Emily gegenüber Platz genommen hatte. »Wie ist es gelaufen?«

»Keine Maia heute?

Cassie arbeitete für die Spurensicherung des NYPD und Maia als Detective. Die beiden verbrachten in der Regel ihre Mittagspause zusammen. Emily wollte ihrer Schwester nicht von dem Gespräch erzählen, nur um dann gleich noch mal von vorne anfangen zu müssen, sobald deren Freundin zu ihnen stieß.

»Nope. Sie arbeitet an einem Fall. Komm schon, Em, lass mich nicht so zappeln. Wie war's?«

»Hm … Okay.« Emilys Stimme zitterte noch immer ein wenig. Und sie hatte wirklich keine Ahnung, welchen Eindruck sie hinterlassen hatte. »Glaube ich.«

»Glaubst du?« Cassie wirkte amüsiert. »Wie geht das?«

»Weil Camila Evans schwer einzuschätzen und verdammt furchteinflößend ist.«

Cassie lachte leise. »Dann bist du jetzt nicht mehr in sie verknallt?«

Emily schüttelte vehement den Kopf. »O doch, natürlich.« Sie musste wieder an Camila in diesem Kleid denken und seufzte leise. »Sie kann gleichzeitig furchteinflößend und heiß sein. Fürchterlich heiß. Egal. Wir haben uns direkt auf dem falschen Fuß erwischt. Ich bin mir sicher, dass sie mich schon abgeschrieben hat, bevor ich überhaupt den Mund aufgemacht habe.«

»Autsch.«

»Ja«, erwiderte Emily und trank einen Schluck Eistee. »Dann hat sie mich mit dem falschen Namen angesprochen, was ich korrigiert habe …«

»Du hast Camila Evans korrigiert?« Cassies weit aufgerissene Augen sprachen Bände. »Und du lebst noch? Heilige Scheiße.«

»Ich glaube, das hat sie beeindruckt.« Emily hatten den Anflug von Interesse in Camilas Augen gesehen, als sie sich verteidigt hatte. »Zumindest sowas in der Art. Sie gibt mir immerhin eine Chance.«

Cassie zog fragend eine Augenbraue nach oben.

»Ich bin heute bei ihr zum Abendessen eingeladen, damit ich ihren Sohn kennenlernen kann. Wenn er mich mag, bin ich eingestellt.« Sie hielt kurz inne. »Glaube ich zumindest.«

»*Was*?! Herzlichen Glückwunsch!«, rief Cassie grinsend. »Warum freust du dich denn nicht mehr? Du bist zum *Abendessen* bei der Frau eingeladen, in die du schon ewig verknallt bist.«

»Ich weiß. Aber es ist … Ich muss sie immer noch beeindrucken. Camila Evans. Wie soll ich das denn anstellen?«

»Sei einfach du selbst«, sagte Cassie und griff nach Emilys Hand, um sie zu drücken. »Das ist alles. Du gehst dahin, wickelst sie um den Finger. Dann sorgst du dafür, dass dich der kleine Junge gar nicht mehr gehen lassen will. Sie wird gar nicht die Möglichkeit bekommen, dich abzulehnen.«

Wenn Emilys Selbstvertrauen doch nur so groß wäre. Wenigstens hatte sie sich vorhin nicht blamiert, jetzt musste sie nur noch das Essen mit Camila hinter sich bringen.

Allein. In Camilas Wohnung.

Ihr wurde speiübel.

Kapitel 3

Emily hatte das CEBC-Gebäude schon für einschüchternd gehalten, doch das war nichts gegen den Wohnkomplex, in dem Camila lebte. Mit zusammengekniffenen Augen blickte sie nach oben in Richtung Penthouse. Dort würde sie den Abend verbringen. Langsam atmete sie aus, um sich zu beruhigen. Wann war es für sie normal geworden, in Wolkenkratzern ein und aus zu gehen?

In dieser Lobby herrschte kein reges Treiben. Dennoch war Emily immer noch schwer beeindruckt, als sie sich dem Pförtnertresen zögerlich näherte.

»Emily Walker?«

Emily beäugte den Wachmann misstrauisch. Woher wusste er, wer sie war?

»Miss Evans hat mir eine Beschreibung Ihrer Person hinterlegt«, erklärte er sofort. Unwillkürlich fragte Emily sich, wie diese Beschreibung ausgesehen hatte – wahrscheinlich nicht sehr schmeichelhaft. »Sie brauchen eine Schlüsselkarte, um Zugang zur Penthouse-Etage zu bekommen. Ich übernehme das heute für Sie. Wenn alles gut läuft, erhalten Sie Ihre eigene. Folgen Sie mir bitte.«

Emily betrat den Aufzug und beobachtete, wie der Mann auf den Knopf mit der Aufschrift PH drückte. Er wünschte ihr noch viel Glück, bevor sich die Türen wieder schlossen.

Innerhalb kürzester Zeit war sie oben angekommen und sah sich mit zwei Türen auf der gegenüberliegenden Seite des Flurs konfrontiert. Kurz schaute Emily auf die Uhr. Sie war zehn Minuten zu früh, aber so wie sie Camila einschätzte, war das genau richtig. Also klopfte sie an die Tür mit der Nummer, die ihr genannt worden war.

Camila öffnete sofort. Sie trug heute schwarze Jeans und einen eng anliegenden, roten Pullover. Emily hielt den Atem an. Die legere Version von Camila raubte ihr beinahe den Verstand.

»Emily. Kommen Sie rein.« Camila trat zur Seite, damit sie eintreten konnte.

Unsicher betrat Emily die Wohnung, versuchte aber, sich gelassen zu geben, während sie sich umschaute.

Camilas Apartment wurde von einem offenen Wohn-, Ess- und Küchenbereich mit bodentiefen Fenstern dominiert, von denen aus man den Betondschungel der Stadt überblicken konnte. Die Sonne versank gerade hinter dem Horizont und tauchte die ganze Stadt in ein orangefarbenes Licht. Der Anblick war ebenso wunderschön wie die Frau, die nun neben sie trat.

Emily hatte das Gefühl, etwas sagen zu müssen. »Die Wohnung ist wirklich toll.« Sie glaubte, einen zustimmenden Laut zu hören, war sich aber nicht sicher. Vielleicht lernte sie die Frau besser einzuschätzen, wenn sie mehr Zeit miteinander verbrachten.

Als Emily sich umdrehte, um den Rest der Wohnung zu betrachten, fiel ihr Blick auf Camilas Sohn. Er saß im Schneidersitz in einer Ecke des Raums und trug einen Schlafanzug, auf dem kleine Raumschiffe abgebildet waren. Er starrte Emily unverwandt an.

»Sie können sich mit Jaime anfreunden, während ich das Essen für uns vorbereite. Jaime hat schon gegessen. Mögen Sie Carbonara?«

»Ja, sehr gerne.«

»Jaime«, wandte Camila sich an ihren Sohn, der sofort zu ihr schaute. »Das ist Emily. Ihr könnt ein bisschen Zeit miteinander verbringen, ja?«

Schüchtern blickte Jaime zu Emily. In diesem Moment wurde ihr klar, dass es einiges an Einsatz erfordern würde, um ihn aus seinem Schneckenhaus zu locken.

»Neue Nanny?«, fragte er Camila. Seine Stimme war leise, aber er sprach sehr klar.

»Ja, Schatz.«

Emily ging zu Jaime hinüber und setzte sich ihm gegenüber auf den Boden. Die Spielecke war mit einem kleinen Stuhl und einem passenden Tisch ausgestattet, auf dem Papier und Buntstifte lagen. Daneben befand sich ein Stapel Bücher. Im Umkreis lagen ein Dutzend Spielsachen verstreut.

»Ich bin in der Küche, wenn Sie etwas brauchen«, sagte Camila, gab Emily jedoch mit einem Blick zu verstehen, dass sie sie genau im Auge behalten würde.

Jaime musterte Emily zurückhaltend, ohne ihr Lächeln zu erwidern. Er war jedoch nicht das erste Kind, das sie für sich gewinnen musste.

»Hey, Kumpel. Ich bin Emily. Dein Name ist Jaime, richtig?«

Schweigen.

»Okay.« Aufgabe Nummer eins: ihn zum Sprechen bringen. »Ich freue mich wirklich sehr, dich kennenzulernen, Jaime. Und das ist ein toller Schlafanzug.«

Emily erhielt immer noch keine Antwort, nur einen finsteren Blick, der dem seiner Mutter frappierend ähnelte.

»Darf ich mir deine Bilder anschauen?« Sie deutete mit dem Kopf in Richtung des Papiers auf dem Tisch, doch er schüttelte den Kopf. »Nein? Alles klar.«

Jaime war wirklich eine harte Nuss, aber etwas anderes hatte sie von Camila Evans' Sohn auch nicht erwartet. Jaime drehte sich um und krabbelte zu einer offenen Truhe voller Spielsachen in der Ecke. Ein Blick ins Innere offenbarte Emily ein paar vertraute Figuren. Der Kleine hatte ihr gerade einen Rettungsring zugeworfen.

»Oh, du magst Dinosaurier, hm?«

Jaime griff nach einem T-Rex und schaute sie erwartungsvoll an. Er war interessiert.

»Die finde ich auch toll. Welchen magst du am liebsten?«

Stille.

»Mein Liebling ist der Stegosaurus. Hast du so einen?«

Wieder keine Antwort, also schaute Emily über seine Schulter in die Truhe und griff dann hinein. Jaime beobachtete sie die ganze Zeit über aufmerksam.

»Das ist ein Stegosaurus«, erklärte sie, als sie die richtige Figur gefunden hatte.

»Ich weiß.« Die Worte verließen seinen Mund so unerwartet und klangen so überheblich, dass Emily breit grinste. Er klang eins zu eins wie seine Mutter.

»Das weißt du, hm?«

Er nickte.

»Weißt du auch, dass die zwar riesengroß waren, aber nur ganz kleine Gehirne hatten?« Sie sah, wie Jaime mit sich rang – auf der einen Seite wollte er sie ignorieren und nicht hier haben, auf der anderen gierte er geradezu nach mehr Details über Dinosaurier.

»Wirklich?«, fragte er schließlich.

»Ja. Weißt du denn, was sie gefressen haben?«

»Pflanzen.« Diese Antwort kam schneller als zuvor.

»Das stimmt, sie waren Herbivoren.«

»Herb-vohen«, wiederholte Jaime und klang dabei so unglaublich niedlich, dass Emily beinahe dahinschmolz. »Der da auch.« Er deutete auf die Figur eines Diplodocus, der neben ihrem Knie lag.

»Ja, stimmt. Du weißt wirklich viel.«

Jaime schenkte ihr ein unsicheres Lächeln.

»Sie haben ihren Schwanz als Waffe benutzt.« Emily machte es vor, indem sie einen anderen Dinosaurier mit dem Schwanz des Diplodocus umwarf. Das brachte Jaime zum Kichern. »Und auch ihre Gehirne waren ziemlich klein.«

Jaime deutete auf einen weiteren Dinosaurier und dann noch einen. Wahrscheinlich testete er sie damit, und Emily war froh, dass ihre Kindheitsobsession mit den Urzeitgiganten sie auf diesen Moment vorbereitet hatte. Nachdem sie Jaimes komplette Sammlung durchgegangen waren, musterte er sie nachdenklich, bevor er näher zu Emily krabbelte und ihr den Dinosaurier hinhielt, den er umklammerte, seit sie sich zu ihm gesetzt hatte.

Emily nahm die Figur vorsichtig entgegen, als würde Jaime ihr eine große Ehre erweisen.

»Lieblingsdino«, verkündete er und setzte sich dann auf ihren Schoß.

»Was magst du denn noch gerne?«, fragte Emily leise. Sie hatte Angst, dass er sich erschrecken und davonrennen würde, wenn sie zu laut sprach. Ein Blick auf den Stapel Bücher gab ihr einen weiteren Anhaltspunkt. »Das Weltall?«

»Ja!« Das war die enthusiastischste Antwort, die sie bisher erhalten hatte. »Ich will Astronaut werden!«

»Oh, wirklich?«

Jaime nickte todernst.

»Dafür muss man hart arbeiten. Ich habe eine Freundin, die gerade als Astronautin ausgebildet wird.«

»Wirklich?«, fragte Jaime mit weit aufgerissenen Augen.

»Wirklich.«

Das brachte ihr definitiv Bewunderung ein. »Kann sie mich mit ins Weltall nehmen?«

»Ganz so funktioniert das leider nicht«, erwiderte Emily lachend. Das enttäuschte Jaime sichtlich, also fügte sie noch hinzu: »Aber vielleicht kann sie irgendwann mal vorbeikommen und ihr könnt euch darüber unterhalten.«

Jaime strahlte über das ganze Gesicht.

»Tut mir leid, dass ich euch unterbrechen muss.« Emily zuckte erschrocken zusammen, als sie Camilas Stimme hörte. Sie hatte nicht bemerkt, dass sie sich zu ihnen gesellt hatte. »Das Essen ist gleich fertig und es ist fast Bettzeit, Jaime.«

Der Junge brachte einen beeindruckenden Schmollmund zustande.

»Kann Emily meine Gute-Nacht-Geschichte lesen?«, fragte er, was Camila sichtlich aufhören ließ.

»Oh, ich will mich nicht in die Routine einmischen«, wandte Emily ein, aber Camila winkte ab.

»Unsinn. Deswegen sind Sie ja hier.« Camila beugte sich nach unten und half Jaime beim Aufstehen. So nah war Emily ihr bisher noch nicht gewesen und plötzlich musste sie sich aktiv daran erinnern, wie man atmete. »Zu Jaimes Zimmer geht es hier entlang.« Camila lief mit ihrem Sohn an der Hand über den Flur und Emily folgte den beiden. »Los, wir putzen uns die Zähne, während Emily ein Buch für dich aussucht.«

Jaimes Zimmer war leicht zu finden, da sein Name in bunten Buchstaben an der Tür stand. Emily betrat den Raum zögerlich. Die Wände waren mit selbstgemalten Bildern geradezu tapeziert und Jaimes Bett hatte die Form einer Rakete. Nachdem sie vor das Bücherregal getreten war, begutachtete Emily das Angebot. Jaimes Lieblingsbücher waren unschwer an den abgenutzten Buchrücken zu erkennen, also nahm sie wahllos eins davon.

Einen Moment später flitzte Jaime an ihr vorbei und Camila folgte ihm. Emily beobachtete, wie sie ihren Sohn sorgsam zudeckte. Jede ihrer Gesten zeugte davon, wie sehr sie ihn liebte.

»Er gehört ganz Ihnen«, verkündete Camila, nachdem sie sich wieder aufgerichtet hatte, und deutete dann mit dem Kopf auf den Stuhl neben dem Bett. »Ich mache das Essen fertig.«

Emily klappte das Buch auf und begann vorzulesen. Kaum drei Seiten weiter schlummerte Jaime bereits selig.

Lächelnd schloss sie das Buch und legte es auf den Stuhl, bevor sie sich aus dem Zimmer schlich. Die Schmetterlinge waren sofort wieder zurück bei der Aussicht, gleich mit Camila zu Abend zu essen – ohne Jaime als Puffer zwischen ihnen.

Als Camila in die Küche zurückkehrte, konnte sie immer noch nicht fassen, wie schnell Emily ihren Sohn für sich eingenommen hatte. Sie hatte die beiden beim Spielen beobachtet, während sie gekocht hatte. Beinahe wären ihr die Nudeln aus den Händen geglitten, als sie gesehen hatte, wie Jaime auf Emilys Schoß gekrabbelt war.

Bei Amelia hatte er zwei Wochen lang geweint, sobald Camila die Wohnung verlassen wollte, aber eine Viertelstunde mit Emily Walker reichte ihm offensichtlich, um sie zu seiner neuen, besten Freundin zu erklären. Was war an dem Mädchen so anders als an ihren Vorgängerinnen? Selbst die

Wunder-Nanny Eleanor hatte am Anfang ein paar schwierige Tage überstehen müssen, bevor Jaime sie in seinem Leben akzeptierte.

Das hier war der reinste Traum.

Camila hatte durchaus erwartet, dass Emily gut war, aber dass sie *so* gut war, nahm ihr den Wind aus den Segeln. Unwillkürlich fragte sie sich, ob Emily wohl noch mehr Überraschungen auf Lager hatte – hoffentlich schon.

»Er schläft tief und fest«, sagte Emily, die gerade zu Camila in den Küchenbereich trat. Sie wirkte ein bisschen nervöser, nun, da Jaime nicht mehr bei ihr war. In Jaimes Gegenwart zeigte Emily sich von einer ganz anderen Seite als noch bei dem Bewerbungsgespräch am Vormittag. Camila verpasste der Soße den letzten Schliff. »Einschlafen hat ihm noch nie Probleme bereitet.« Selbst als Baby hatte sich Jaime nicht oft während der Nacht gemeldet. »Setzen Sie sich.« Sie bedeutete Emily, an der Frühstückstheke Platz zu nehmen, was entspannter war, als am großen Esstisch zu sitzen. Camila stellte ihr eine Schüssel Pasta hin. »Möchten Sie etwas trinken?«

»Nur Wasser bitte.«

Noch war Emily kein fester Bestandteil dieser Wohnung, aber dennoch war es angenehm, jemanden um sich zu haben. Camila füllte zwei Gläser mit Wasser und setzte sich neben ihre neue Angestellte. Auf ihren üblichen Rotwein verzichtete sie heute.

»Danke, dass Sie mich eingeladen haben, Miss Evans. Das Essen sieht fantastisch aus.«

»Wir werden in Zukunft viel Zeit miteinander verbringen. Nennen Sie mich Camila.«

»Okay. Danke, Camila.«

Sie mochte den Klang ihres Namens aus Emilys Mund.

Camila gab ihr ein paar Minuten, in denen sie sich ihrer Pasta widmen konnte, bevor sie die nächste Fragerunde startete.

»Wie war es für Sie, Zeit mit meinem Sohn zu verbringen?«

»Großartig«, entgegnete Emily mit einem strahlenden Lächeln, dem Camila kaum widerstehen konnte. »Er ist ein toller Junge.«

»Ich weiß«, entgegnete Camila gelassen. »Sie haben ziemlich Eindruck bei ihm hinterlassen – er wird normalerweise nicht so schnell warm mit Fremden. Sollte ich mir Sorgen machen, weil Sie so viel über Dinosaurier wissen?«

Emily verschluckte sich beinahe an ihrem Essen. »Ich war als Kind selbst ein riesiger Dinosaurier-Fan.«

»Hm. Und haben Sie wirklich eine Freundin, die Astronautin wird, oder haben Sie das nur gesagt, um meinen Sohn auf Ihre Seite zu ziehen?«

»Ich würde ihn nie anlügen«, antwortete Emily ernst. »Streng genommen ist sie allerdings meine Ex-Freundin. Ich kenne noch ein paar andere aus dem Trainingsprogramm, aber nicht so gut, um sie als Freunde zu bezeichnen. Bringt das Studium so mit sich.«

»Inwiefern?«

»Haben Sie auch nur einen Blick auf meinen Lebenslauf geworfen?«, neckte Emily sie gutmütig. So entspannt hatte Camila sie bisher noch nicht erlebt.

»Ja, und auf viele andere auch. Irgendwann verschwimmen die Einzelheiten.«

»Ich habe Astrophysik in Yale studiert.«

»Wow.« Camila versuchte, sich ihre Überraschung nicht anmerken zu lassen. »Und Ihren Master wollen Sie im gleichen Fach machen?«

»Ja. Vielleicht auch promovieren, aber das weiß ich noch nicht sicher.«

Sie ist noch so jung, dachte Camila bei sich. *Noch auf der Suche nach ihrem endgültigen Berufsweg, nach ihrer Zukunft.*

»Das ist beeindruckend.«

»Ich bin einfach gut darin.« Emily zuckte mit den Schultern. »Und offensichtlich ist es sehr nützlich, wenn man die Gunst eines Fünfjährigen gewinnen möchte.«

»Ja, Jaime ist Ihnen schon ziemlich stark verfallen. Wenn Sie ihm noch etwas übers Weltall erzählen, wird er Sie heiß und innig lieben. Er beobachtet gerne die Sterne, aber ich bin nicht besonders gut darin, ihm die Konstellationen zu zeigen und zu erklären.«

»Ihr Beruf lässt Ihnen wahrscheinlich nicht viel Zeit, um mehr darüber zu lernen.«

Camila zog fragend eine Augenbraue nach oben.

»Es ist nicht gerade ein Geheimnis, was Sie machen. Sie sind eine Person des öffentlichen Lebens dieser Stadt.«

»Hm. Dann haben Sie wahrscheinlich auch schon gehört, wie schwierig ich bin. Und es heute am eigenen Leib erfahren. Also frage ich noch mal: Sind Sie sich sicher, dass Sie diesen Job haben wollen?«

»Natürlich will ich das«, antwortete Emily und legte ihre Gabel weg. »Und nur fürs Protokoll: Ich gebe nichts auf Klatsch, insbesondere über Frauen. Ich bewundere Sie, Camila …«

Ihre Blicke trafen sich und Camila erkannte in ihren blauen Augen, wie ehrlich sie das meinte. War da vielleicht auch ein bisschen Heldenverehrung im Spiel? Camila konnte nicht leugnen, dass sie die Aufmerksamkeit genoss.

»... und ich habe auch schon erste Erfahrungen in einem männerdominierten Berufsfeld gemacht.«

»Ist Astrophysik bei der Damenwelt nicht beliebt?«, erkundigte sich Camila und war selbst überrascht über den neckenden Unterton in ihrer Stimme. Vielleicht war Jaime nicht der Einzige, den Emily gerade für sich einnahm.

»Weniger«, antwortete Emily amüsiert.

»Der Job gehört Ihnen, wenn Sie ihn haben wollen – nach einem intensiven Background-Check.« Camila bezweifelte, dass dieser außer einem Strafzettel etwas zutage fördern würde. »Das ist Standard bei potenziellen Neueinstellungen. Insbesondere bei einer Person, der ich meinen Sohn anvertraue und Zutritt zu meiner Wohnung gewähre«, erklärte Camila. »Wenn es also etwas gibt, das ich wissen sollte, wäre jetzt der richtige Zeitpunkt, es mir zu sagen.«

»Ich ... ich glaube nicht.« Emily dachte einen Moment lang darüber nach. »Dass ich in staatlicher Obhut war, wissen Sie bereits. Meine Eltern sind bei einem Autounfall ums Leben gekommen, als ich elf war.« Der Schmerz der Erinnerung war ihr deutlich anzusehen.

»Oh, Emily, das tut mir so leid.«, sagte Camila betroffen. Diese Worte hatte Emily vermutlich schon Hunderte Male gehört, aber sie lächelte dennoch. »Sind Sie in eine gute Pflegefamilie gekommen?«

»Die beste, die man sich nur wünschen kann.«

»Gut«, sagte Camila, wechselte dann aber das Thema. »Wie gesagt: Der Job gehört Ihnen. Ich muss wohl nicht dazusagen, dass Jaime an erster Stelle steht. Er scheint Sie zu mögen, aber wenn sich das ändert ...«

»... bin ich raus«, beendete Emily den Satz für sie. »Verstanden.«

»Sehr gut. Ich habe in meinem Arbeitszimmer einen Vertrag, den ich schon für Ihre Vorgängerinnen benutzt habe. Nehmen Sie ihn mit nach Hause und lesen Sie ihn sorgfältig durch. Kommen Sie.«

Camila führte Emily den Flur entlang in ihr Büro, wo sie den Vertrag aus den Papieren auf ihrem Schreibtisch heraussuchte. Als sie sich umdrehte, sah sie, dass Emily eins der gerahmten Fotos an der Wand stirnrunzelnd betrachtete.

»Was machen Sie da?«

Emily zuckte erschrocken zusammen und schaute etwas verlegen zu Camila. »Es ist nur … Die meisten anderen Aufnahmen kenne ich.« Sie deutete auf das Bild an der gegenüberliegenden Wand. »Wie das da. Da hatten Sie Ihren ersten Emmy gewonnen. Das muss ein besonderer Moment für Sie gewesen sein.«

»Es war meine erste Show«, gab Camila ein wenig gerührt zurück. »Die anderen kennen Sie wirklich alle?«

»Ich habe das vorhin ernst gemeint.« Emily senkte den Blick und sah auf ihre Schuhe. »Ich bewundere Sie. In meiner Jugend war ich ein Fan von Ihnen.«

»Okay, jetzt fühle ich mich alt«, sagte Camila und rümpfte missbilligend die Nase.

Emilys Wangen wurden rot.

»So habe ich das nicht gemeint! Ich …«

»Schon gut«, unterbrach Camila sie. Ihr gefiel es viel zu sehr, Emily zum Erröten zu bringen – es war allerdings auch nicht besonders schwer. »Ich weiß, was Sie gemeint haben. Hier.« Sie hielt ihr den Vertrag hin. Emilys Augenbrauen schossen in die Höhe, als sie skeptisch den Umfang des Dokuments studierte. »Nehmen Sie sich Zeit damit. Wenn alles für Sie passt, bringen Sie ihn morgen Mittag gegen zwei bei mir im Büro vorbei. Sie könnten dort noch ein bisschen mehr Zeit mit Jaime verbringen.«

»Gerne. Wenn Sie möchten, kann ich den Rest der Woche im Büro auf ihn aufpassen. Dann können Sie sich selbst ein Bild machen, ob wir miteinander klarkommen, bevor Sie ihn hier mit mir allein lassen. Ich weiß, dass es schwer ist, jemand Neuem sein Kind anzuvertrauen.«

»Vor allem wenn diese Person fast selbst noch ein Kind ist.«

»Hey«, protestierte Emily, während Camila sie zur Wohnungstür brachte. »Dreiundzwanzig ist erwachsen. Sogar schon eine ganze Weile. Fünf Jahre Zeit, Erwachsensein zu lernen.«

»Dass Ihnen bewusst ist, dass das Erwachsensein gelernt werden muss, lässt Sie sehr erwachsen wirken«, sagte Camila sanft. »Dann sehen wir uns morgen, Emily. Wenn Sie Ihre Meinung ändern – meine Nummer steht im Vertrag.«

»Vielen Dank.« Emily steckte den Papierstapel in ihre Umhängetasche, bevor sie auf den Gang trat.

»Soll ich Sie von meinem Fahrer nach Hause bringen lassen?«

»O nein, schon in Ordnung. Ich nehme die U-Bahn.«

»In Ordnung. Aber meinen Sohn werden Sie auf keinen Fall auch nur in die Nähe dieser Bakterienschleuder bringen.«

»Steht das auch im Vertrag?«

»Darauf können Sie wetten. Gute Nacht, Emily.«

»Gute Nacht, Miss Evans … Camila.«

Camila schloss die Tür hinter sich. Sie war äußerst zufrieden mit dem Verlauf des Abends. Emily kam wunderbar mit Jaime klar und er würde sich sicher freuen, wenn er erfuhr, dass er morgen noch mehr Zeit mit ihr verbringen durfte.

Beschwingt kehrte sie in ihr Arbeitszimmer zurück. Sie hatte sich kaum gesetzt, als auf einmal ihr Handy klingelte. Der Name auf dem Display entlockte ihr ein Lächeln.

Viele Freunde hatte Camila nicht – sie war kein einfacher Mensch und ließ andere nur selten an sich heran –, aber Jenny Hall hatte all die Jahre zu ihr gestanden.

Vor den Augen der Presse waren sie Todfeindinnen als Eigentümerinnen zweier rivalisierender Fernsehanstalten, aber hinter verschlossenen Türen sah das ganz anders aus.

»Na, das ist ja mal eine Überraschung«, begrüßte Camila sie und lehnte sich in ihrem Stuhl zurück, während sie wartete, dass ihr Laptop hochfuhr. »Ist es schon wieder Zeit für unser jährliches Telefonat?«

»Ich bitte dich. Du weißt genauso gut wie ich, dass du mich vermisst hast.«

Das stimmte, aber zugeben würde sie das nie. Jenny war einer der wenigen Menschen, die Camila wirklich fehlten, seit sie L.A. hinter sich gelassen hatte. Hier in New York hatte sie keine vergleichbaren Freundschaften schließen können und nie jemanden gefunden, mit dem sie sich in der männerdominierten Branche so vernetzen konnte.

»Ja, wie ein Loch im Kopf«, erwiderte sie daher.

»Ich wollte nur mal hören, wie es dir so geht.« Zweifellos saß Jenny ebenfalls in ihrem Heimarbeitszimmer, weil sie genauso ein Workaholic war wie Camila. Das *nach deiner Scheidung* schwang unausgesprochen in ihren Worten mit.

Camila war dankbar, dass sie sich Sorgen um sie machte. »Alles in Ordnung. Ich versuche, mich zu beschäftigen.«

»Da sollten dir die Belästigungsvorwürfe doch gerade recht kommen, oder?«

»Erinnere mich nicht daran«, gab Camila mit einem Stöhnen zurück. »Die Medien haben sich wie die Aasgeier darauf gestürzt, als es heute Morgen publik wurde. Du kennst nicht zufällig einen passablen Schauspieler, der die Hauptrolle kurzfristig übernehmen will, oder?«

»Wenn ich das täte, würde ich ihn mir sicher nicht von dir abwerben lassen.«

Camila grinste. »War einen Versuch wert.«

»Ja, ja. Und was macht mein zauberhaftes Patenkind?«

»Er ist fantastisch, wie immer. Ich glaube, ich habe heute eine neue Nanny für ihn gefunden.«

»Du hast *schon wieder* eine gefeuert?«

»Eigentlich hat sie mich dazu gezwungen. Ich habe sie und ihren Freund in flagranti auf der Couch erwischt.«

»O mein Gott, wie gerne hätte ich dein Gesicht gesehen.« Jenny lachte laut. »Dann hoffe ich mal, dass die nächste besser wird.«

»Ich auch.«

Kapitel 4

»Das ist der wasserdichteste Vertrag, den ich je gesehen habe«, sagte Cassie ungläubig, als sie am nächsten Morgen durch die vielen Seiten blätterte. »Ich denke aber, das ist alles in Ordnung. Im Wesentlichen dreht es sich um Diskretion. Es gibt eine Verschwiegenheitserklärung …«

Emily nickte, denn die hatte sie ohnehin erwartet. »Dann verkaufe ich damit nicht meine Seele?«

»Du gibst nur dein eigenes Leben auf.« Cassie grinste und ließ den Vertrag auf den Couchtisch fallen, bevor sie sich ins Polster zurücklehnte und die Füße auf Emilys Schoß legte. »Für Camila Evans. Obwohl das kein großes Problem sein dürfte, wenn man bedenkt, wie sehr du in sie verknallt bist.«

»Halt die Klappe.« Emily nahm sich ein Kissen und schlug damit nach ihrer Schwester.

»Und wie lange wartest du, bis du sie um ein Date bittest?«, fragte Cassie und wackelte verschwörerisch mit den Augenbrauen.

»Das werde ich sicher nicht tun!«, erwiderte Emily. »Sie ist meine *Chefin.*«

»War nur ein Scherz. Wobei viele Leute mit ihren Vorgesetzten zusammen sind. Ist ja nicht so, als würdest du mit ihr persönlich zusammenarbeiten. Du bist nicht ihre Assistentin oder sonst jemand, mit dem es einen Skandal gäbe.«

»Ich bin mir ziemlich sicher, dass das durchaus einen Skandal und Schlagzeilen wie ›Bekannte Promi-Geschäftsfrau schläft mit ihrer blutjungen Nanny‹ provozieren würde«, erwiderte Emily.

»Okay, da könntest du recht haben. Dann leidest du einfach masochistisch weiter, weil du jetzt in ihrer Nähe arbeitest?«

»So sieht der Plan aus.«

Cassie tätschelte mitfühlend Emilys Bein.

Sie vertrieben sich die Zeit mit einem Film, bis Cassie zur Arbeit musste. Den Rest des Morgens verbrachte Emily damit, die wenigen Kartons auszupacken, die immer noch in ihrer Wohnung herumstanden. Darüber vergaß sie vollkommen die Zeit und musste schlussendlich von der U-Bahn-Station zum CEBC-Gebäude quasi einen Sprint hinlegen.

Die lange Aufzugfahrt gab ihr die Gelegenheit, wieder zu Atem zu kommen, und als sie im dreißigsten Stock ankam, hatte sich ihr Puls normalisiert.

Zögerlich näherte sie sich Camilas Büro und fragte sich, ob sie sich je in der Nähe dieser Frau komplett entspannen würde. Sie verharrte im Türrahmen, bis Camila aufschaute und sie hereinwinkte. Die beiden oberen Knöpfe ihrer Bluse hatte sie nicht geschlossen und Emily musste sich beherrschen, um nicht auf die entblößte Haut zu starren.

»Guten Mittag, Emily. Freut mich zu sehen, dass Sie Ihre Meinung nicht geändert haben.« Camila schenkte ihr den Hauch eines Lächelns. Emily fragte sich, ob ihr Tag wohl schon sehr anstrengend gewesen war.

»Keineswegs, Miss Evans.« Es fühlte sich falsch an, sie hier im Büro mit dem Vornamen anzusprechen. »Hier ist der Vertrag.« Sie wollte ihn Camila gerade reichen. Da entdeckte sie Jaime, der vor ihrem Schreibtisch saß und mit einer rothaarigen Frau spielte, die Emily gestern hier nicht gesehen hatte. Er sprang auf, als er Emily im Türrahmen sah.

»Emily!« Schwungvoll umarmte er ihre Beine und sie wuschelte ihm lachend durch die Haare, bevor sie den Vertrag vorerst auf einer der Couchen ablegte.

»Hey, Kumpel.«

Der rothaarigen Frau blieb der Mund offen stehen und Emily sprudelte ihre Bewunderung geradezu entgegen.

»Na, hast du viel Spaß hier?«

»Ja!« Jaime schaute strahlend zu ihr auf.

»Er redet schon den ganzen Tag von Ihnen«, erklärte Camila und warf ihrem Sohn einen liebevollen Blick zu. »Sie haben gestern Abend ganz schön Eindruck bei ihm hinterlassen.«

»Das kann man wohl sagen«, fügte die andere Frau hinzu und Emily erkannte ihre Stimme. Das war die Frau, die sie wegen des Vorstellungsgesprächs angerufen hatte. »Offensichtlich muss ich meine Position als zweitliebster Mensch räumen.«

»Emily, das ist meine Assistentin Jessica. Sie wird Sie herumführen, damit Sie sich hier zurechtfinden. Kommen Sie gerne wieder her, wenn Sie fertig sind.«

»Darf ich mitgehen?«, fragte Jaime seine Mutter. Noch immer klammerte er sich an Emilys Beine.

»Natürlich, Schatz.«

Sofort griff der Junge nach Emilys Hand.

»Benimm dich!«, rief Camila ihnen noch nach, doch Jaime hörte schon gar nicht mehr zu.

»So aufgeregt habe ich ihn noch nie erlebt«, sagte Jessica zu Emily. »Er hat Sie wirklich gern.«

»Das ist gut, weil ich ihn auch sehr mag.«

Jessica drehte eine Runde mit ihnen über die Etage und zeigte Emily ihren eigenen Arbeitsplatz auf der gegenüberliegenden Seite des Flurs. Als Nächstes waren die Toiletten und der Pausenraum dran, der zu dieser Tageszeit jedoch verwaist war. Etliche Leute arbeiteten derzeit in ihren Büros.

»Kaffee?«, wollte Jessica wissen. Emily nickte und merkte sich somit auch gleich, wo die Tassen standen.

»Gehe ich richtig in der Annahme, dass ich Ihnen meinen Job verdanke?«, fragte Emily und behielt Jaime im Auge, der gerade den Raum unter die Lupe nahm. »Mein Gefühl sagt mir, dass ich es nicht in die Auswahl geschafft hätte, wenn Camila die Kandidaten selbst ausgesucht hätte.«

»Schuldig«, gab Jessica belustigt zu und lehnte sich gegen die Arbeitsfläche. Emily mochte sie auf Anhieb. »Möglicherweise habe ich eingefädelt, dass Sie eine Chance bekommen.«

»Warum?«

»Sie sind anders als die Leute, die sie normalerweise einstellt.« Jessica wandte sich der Kaffeemaschine zu und brachte ihre Tassen dann zu dem großen Tisch in der Mitte des Raums. »Ich habe mir gedacht, dass Sie ihr vielleicht guttun würden – und ihm.« Mit dem Kopf deutete sie auf Jaime, der wieder zu Emily flitzte, als ein Fremder den Pausenraum betrat. »Ich wollte, dass Sie Ihnen eine Chance gibt.«

»Oh.« Emily brauchte einen Moment, um das zu verarbeiten. »Vielen Dank.«

»Emily«, meldete sich Jaime zu Wort und zupfte an ihrer Jeans. »Können wir jetzt spielen?«

»Aber sicher doch. Gehen wir.« Sie nickte Jessica zum Abschied zu, schnappte sich ihre Tasse und ließ sich dann von Jaime an der Hand auf den Flur ziehen.

»Sind Sie sicher, dass wir hier nicht stören?«, fragte Emily, als sie in Camilas Büro zurückkehrten. »Ich will Sie nicht ablenken.«

»Kein Problem«, erwiderte Camila und winkte ab. »Ich bin es gewöhnt, Dinge um mich herum auszublenden, wenn es nötig ist. Sie können auch gerne raus auf den Balkon. Jaime mag die Aussicht.«

Soweit Emily von hier aus erkennen konnte, war die wirklich grandios.

Jaime hatte bereits ein paar seiner Spielsachen zusammengesammelt, also entschied Emily, für den Moment mit ihm im Büro zu bleiben. Sie setzte sich neben ihn auf den Boden anstatt auf eines der Sofas – allein schon aus dem Grund, diese nicht schmutzig machen zu wollen – und stellte ihre Kaffeetasse neben sich auf dem Couchtisch ab.

Heute war Jaime in Superheldenstimmung. Batman musste immer wieder und wieder die Welt retten. Emily entschied sich für Wonder Woman; die Zeit verging wie im Flug. Nach etwa einer Stunde gähnte Jaime und bald darauf wurden seine Lider schwer, bis er schließlich auf Emilys Schoß eindöste.

»Er hat gestern Nacht nicht so gut geschlafen«, erklärte Camila leise. Sie betrachtete Emily und Jaime über den Rand ihrer Lesebrille hinweg. »Manchmal hat er Albträume.«

»Und jetzt hat er sich müde gespielt.« Emily schaute lächelnd auf ihn hinunter und streichelte sanft seine Haare. »Ich glaube, auf der Couch wäre es bequemer für ihn.« Vorsichtig hob sie den Jungen an und legte ihn auf die Sitzfläche, bevor sie ihn zudeckte und dann die Spielsachen vom Boden einsammelte.

»Darum müssen Sie sich nicht kümmern«, sagte Camila sofort.

Emily zuckte nur mit den Schultern. »Macht mir nichts aus. Außerdem habe ich gerade sonst nichts zu tun.« Als sie fertig war, setzte sie sich auf eine Armlehne der Couch. »Hm, und an was arbeiten Sie gerade? Wenn ich fragen darf.«

»Ich sehe Budgetplanungen durch«, antwortete Camila und lehnte sich in ihrem Bürostuhl nach hinten.

Emily verzog das Gesicht. »Klingt spannend.«

»So sieht das Leben als Geschäftsführerin aus. Nicht so glamourös, wie viele oft denken.«

»Haben Sie es je bereut?«, fragte Emily. »Wünschen Sie sich, Produzentin geblieben zu sein?«

Camila dachte einen Augenblick darüber nach. »Ja und nein. Ich bereue es nicht, dieses Unternehmen aufgebaut zu haben – das ist das Zweitbeste, das ich in meinem Leben zustande gebracht habe.« Jaime war sicher das Beste. »Und ich bin stolz auf das, was ich erreicht habe. Aber … Manchmal sitze ich in einer Vorstandssitzung oder mir tränen die Augen, weil ich so lange auf Bilanzen gestarrt habe. Oder Mitarbeiter wissen auf einmal nicht mehr, wie sie ihren Job zu machen haben, und dann muss ich den auch noch übernehmen, obwohl ich eigentlich nur nach Hause und Zeit mit meinem Sohn verbringen will. In diesen Momenten wünsche ich mir fast, dass ich CEBC nie gegründet hätte. Aber ich würde es wieder tun.«

»Was Sie hier erschaffen haben, ist unglaublich.« Emily bemühte sich, ihre Bewunderung ein wenig zu verbergen.

»Sie haben den Job schon, Emily«, erinnerte Camila sie mit einem amüsierten Lächeln. »Sie müssen nicht mehr schleimen.«

»Das tue ich nicht«, erklärte Emily nachdrücklich und schüttelte den Kopf. »Ich meine es ernst. Sie sind eine Inspiration.« Camilas Lächeln verblasste ein wenig und Emily bemerkte, wie sie selbst errötete, weil sie befürchtete, zu weit gegangen zu sein. »Ich … ich meine, für viele Leute. Nicht nur für mich.«

»Danke schön.« Camila räusperte sich. »Ich sollte mich besser wieder an die Arbeit machen.«

»Ja, natürlich«, erwiderte Emily und deutete auf die Balkontür. »Darf ich?«

Camila nickte.

Es war ein wunderschöner, warmer Tag und der Himmel strahlend blau. Emily hielt sich am Geländer fest und spähte nach unten, bevor sie den Blick über die Umrisse der Stadt wandern ließ, die sich vor ihr erstreckte. Die Aussicht raubte ihr den Atem. Camila musste sich hier draußen wie eine Königin fühlen, die über ihr Reich wachte.

Emily machte es sich in einem der beiden Sessel auf dem Balkon bequem und griff dann in ihre Umhängetasche, um ihren Skizzenblock und einen Bleistift herauszuholen. So ruhige Momente wie diesen nutzte sie gerne zum Zeichnen.

Sie begann mit der Skyline der Stadt und fügte gerade ein paar Details hinzu, als sich die Tür neben ihr öffnete. Camila kam mit dem verschlafen wirkenden Jaime an der Hand heraus.

»Ich habe Ihnen ein Geschenk mitgebracht.« Sie ließ Jaime los, der umgehend zu Emily schlurfte. Rasch half sie ihm auf den Sessel neben sich.

»Schön«, murmelte er und deutete auf den Skizzenblock.

»Möchtest du noch mehr sehen?«, fragte Emily. Als Jaime nickte, blätterte sie durch die bisherigen Zeichnungen, war sich dabei aber sehr bewusst, dass Camila immer noch hinter ihr stand.

»Sie sind wirklich gut«, sagte sie, nachdem Emily fertig war.

Das Lob ließ ihre Wangen warm werden. »Danke sehr.«

Jaime griff nach dem Bleistift. »Möchtest du etwas malen?«, fragte Emily.

»Ja!«

»O nein, doch nicht auf Ihrem Block«, protestierte Camila, als Emily eine neue Seite aufschlug. »Ich bringe Ihnen Papier.«

»Das ist schon in Ordnung«, erwiderte Emily und hielte Jaime den Block hin. »Wirklich. Ich habe ein Dutzend von den Dingern. Die Hälfte ist voll von Werken der Kinder, auf die ich irgendwann einmal aufgepasst habe. Die schaue ich mir immer gerne an.«

Jaime hielt den Bleistift dicht über das Papier und sein Gesichtsausdruck deutete auf höchste Konzentration hin.

»Was möchtest du malen, Kumpel?«, fragte Emily ihn.

»Dich und Mama!« Ein Leuchten trat in seine Augen und er machte sich sogleich an die Arbeit.

»Dann macht ihr mal«, murmelte Camila und kehrte in ihr Büro zurück.

»Wir zeigen es Ihnen, wenn es fertig ist.«

»Das wird Mama bestimmt gefallen.«

Jaimes Worte brachten Camila zum Lächeln. Er saß gemeinsam mit Emily auf der Couch, und beugte sich gerade über das dritte Bild dieses Tages.

»Das glaube ich auch.«

Emily schaute lächelnd auf ihn hinunter und Camila kam der Gedanke, dass sie selbst wohl ähnlich aussah, wenn sie ihren Sohn betrachtete. Hatte Emily wirklich nur zwei Tage gebraucht, um so viel Zuneigung für ihn zu entwickeln?

Camila warf ihr und Jaime immer wieder verstohlene Blicke zu, auch wenn sie eigentlich den Fahrplan für die anstehende Saison fertigstellen sollte. Unglaublich, wie gut Emily sich behauptete und wie sehr Jaime ihr bereits vertraute. Genau konnte sie nicht festmachen, was ihren Sohn so faszinierte. Am Morgen hatte sie befürchtet, dass das nur eine kurze Phase gewesen war und Jaime wieder so zurückhaltend und misstrauisch mit Emily umgehen würde wie mit jeder neuen Nanny. Doch nachdem Camila ihm erzählt hatte, dass Emily später vorbeikommen würde, hatte er von nichts anderem mehr gesprochen.

Das war … erstaunlich.

Was war an Emily Walker so besonders? Irgendetwas musste es geben. Und es machte Camila wahnsinnig, dass sie es nicht deuten konnte.

Camilas Produktivität hätte dank Emilys Gegenwart eigentlich steigen sollen, doch das Gegenteil war der Fall. Allerdings hatte es ihr auch gezeigt, was sie hatte sehen wollen: Jaime war in Emilys Nähe vollkommen entspannt. Ein weiterer Tag im Büro würde ihnen allen nicht schaden, bevor sie Emily auf ihr Zuhause losließ in der Hoffnung, dass das Mädchen es nicht abfackelte. Spätestens dann würde sie sich auch wieder auf die Arbeit konzentrieren können.

Camila versuchte, Emilys und Jaimes leise Stimmen auszublenden, und richtete ihren Fokus auf ihren Laptopbildschirm und den Zeitplan vor sich. Als sie fertig war, schickte sie ihn ab und ließ sich seufzend in ihrem Stuhl nach hinten sinken. Ihr Tagwerk war vollbracht – sofern nicht noch eine Katastrophe dazwischen kam.

»Bist du fertig mit Arbeiten, Mama?«, fragte Jaime und als sie nickte, kletterte er rasch von der Couch und schleppte den Skizzenblock zu ihr rüber.

Camila lachte, weil er sich ziemlich abmühte, und als er bei ihr war, hob sie Jaime mitsamt Block auf ihren Schoß.

»Das bist du!«, verkündete er aufgeregt und deutete auf die aufgeschlagene Seite.

Camila stockte der Atem. Jaime hatte die Skizze in einer wilden Mischung seiner Lieblingsfarben ausgemacht, doch die Zeichnung an sich stammte von jemandem mit künstlerischen Fähigkeiten. Und es war … Nun, es war eine Skizze von *ihr*. Emily konnte nicht sehr lange daran gearbeitet haben, aber die Zeichnung war dennoch detailliert. Eine wundervolle Darstellung von Camila hinter ihrem Schreibtisch, wie sie mit der Brille auf der Nasenspitze auf einen Computerbildschirm blickte.

»Ich … ich hoffe, das ist in Ordnung. Er hat mich gebeten, Sie zu zeichnen und ich … Na ja, er kann sehr überzeugend sein.«

Camila schaute auf. Emily stand sichtlich nervös vor ihrem Schreibtisch, wich ihrem Blick jedoch aus.

»Alles gut, Emily.« Tatsächlich war die Zeichnung sehr schmeichelhaft. Sie betonte Camilas Wangenknochen, ihre hellen Augen und wenn Emily sie so sah … Es war nett, von jemandem angehimmelt zu werden, der selbst so jung und schön war. »Ich finde sie wundervoll.«

»J-ja?«

»Ja, wirklich.« Camila wandte sich wieder an ihren Sohn. »Und du hast das Bild wirklich toll ausgemalt, Schatz.« Jaime strahlte sie an, was ihm einen Kuss auf den Kopf einbrachte. »Was hast du heute denn sonst noch gemalt?« Als Jaime ihr ein paar Seiten mit Strichmännchen zeigte, die wohl sie drei darstellen sollten, zeigte sie sich beeindruckt. »Du lieber Himmel, du warst aber fleißig. Hattest du heute einen schönen Tag?«

»Ja!«

»Spaß mit Emily?«

»Emily ist toll!«

Camila lachte leise. Sie war froh, dass Emilys Zauber noch nicht nachgelassen hatte. »Sehr schön, aber Emily darf jetzt nach Hause gehen.«

Das passte Jaime überhaupt nicht und prompt begann seine Unterlippe zu zittern – ein sicheres Zeichen für einen bevorstehenden Wutanfall. *Das* war neu. Bis jetzt hatte er so etwas nur bei ihr selbst veranstaltet.

»Aber …«

»Nichts aber«, unterbrach Camila ihn ruhig. »Sie kommt morgen wieder und bis dahin verbringen wir beide Zeit miteinander.«

»Okay.« Das schien ihn für den Moment zufriedenzustellen. Dann fragte er: »Ist schon morgen?«

»Nein, Kumpel.« Emily lachte. »Noch nicht, aber bald.«

»Versprochen.«

»Fest versprochen.« An Camila gewandt erkundigte sie sich: »Soll ich ein bisschen früher kommen, damit ich mir seine Routinen einprägen kann?«

Es war, als hätte Emily ihre Gedanken gelesen, denn Camila hatte gerade das Gleiche gedacht. »Halb neun? Allerdings brauche ich Sie ab nächster Woche in der Wohnung dann früher.«

»Natürlich. Halb neun ist gut. Dann sehen wir uns morgen, Miss Evans. Und wir uns auch, Jaime.« Sie winkte ihm zu, was er erwiderte. »Einen schönen Abend!«, rief sie noch über die Schulter.

Camila und Jaime schauten ihr hinterher.

»Du magst sie, nicht wahr, Jaime?«, fragte Camila, was ihr Sohn mit einem enthusiastischen Nicken beantwortete. »Soll ich dir mal was Verrücktes erzählen?«

Er nickte erneut.

»Ich glaube, ich mag sie auch.«

Emily war … erfrischend anders als die vorherigen Nannys und auch anders als alle anderen Menschen in Camilas Leben. Sie war immer für eine Überraschung gut und beeindruckte sie am laufenden Band. Und das, obwohl sie sich gerade einmal zwei Tage kannten.

In diesem Moment fragte Camila sich, was die Zukunft wohl noch für sie bereithielt.

Kapitel 5

Am Abend vor ihrem ersten Arbeitstag in Camilas Wohnung stellte Emily ihren Wecker auf halb sieben. Sie war kein Morgenmensch, weswegen es ihr einiges abverlangte, sich ächzend aus dem Bett zu hieven und duschen zu gehen.

Noch immer nicht besonders wach, holte sie sich auf dem Weg zur U-Bahn einen Kaffee und als sie Viertel vor acht Camilas Wohnkomplex betrat, fühlte sie sich wenigstens ein bisschen lebendiger.

Der Gedanke, zum ersten Mal den ganzen Tag allein mit Jaime zu verbringen, machte sie schon ein wenig nervös. Auch wenn der Junge sie jetzt schon liebte und sie auf unzählige Kinder vor ihm aufgepasst hatte, war das erste Mal doch immer nervenaufreibend.

Inzwischen hatte sie eine eigene Schlüsselkarte, die Camila ihr in der vorherigen Woche gegeben hatte. Der Wachmann wusste offensichtlich, dass sie kam, denn er nickte nur höflich, als sie an ihm vorbeiging und per Knopfdruck den Aufzug rief. Einen Wohnungsschlüssel besaß sie ebenfalls, klopfte aber dennoch. Zumindest dieses Mal.

»Kommen Sie rein, Emily!«, rief Camila von drinnen.

Ihre Arbeitgeberin stand in der Küche, ihre Hände hatte sie in die Hüften gestemmt. Jaime saß mit trotzigem Gesichtsausdruck auf dem Fußboden und trug noch immer seinen Schlafanzug. Als er Emily sah, hellte sich sein Gesichtsausdruck deutlich auf.

»Jaime«, presste Camila mit zusammengebissenen Zähnen hervor, »hat beschlossen, dass er sich weder anziehen noch frühstücken will, bis Sie hier sind.«

»Ich habe dich vermisst«, erklärte der Junge und schaute zu Emily auf.

Sie bemühte sich jedoch um einen strengen Gesichtsausdruck, als sie vor ihm in die Knie ging, um ihm in die Augen zu sehen. »Hörst du etwa nicht auf deine Mom, junger Mann?«

»Du sollst mir helfen«, antwortete er mit leicht vorgeschobener Unterlippe. »Weil ich dich vermisst habe.«

»Okay, pass auf: Wenn das für deine Mom in Ordnung ist, helfe ich dir heute beim Anziehen, aber dafür benimmst du dich morgen früh besser, ja?«

»Na schön.« Jaime seufzte theatralisch.

»Geh schon mal in dein Zimmer, Emily kommt gleich nach«, schlug Camila vor und Jaime sauste sogleich den Gang hinunter. Dann wandte sie sich an Emily. »Danke.« Sie sah jetzt schon müde aus, obwohl ihr Tag noch gar nicht richtig begonnen hatte.

»Ich bin Ihnen damit nicht auf die Füße getreten, oder?« Emily machte sich immer Sorgen, dass sie die Grenze vom Kindermädchen zum Elternteil überschritt.

»O nein, absolut nicht. Wenn er auf Sie hört, machen Sie nur.« Camilas Handy klingelte und sie seufzte, als sie auf das Display schaute. »Da muss ich rangehen. Ziehen Sie ihn an und wir treffen uns in ein paar Minuten wieder hier?«

»Gerne.« Emily ging zu Jaime in sein Zimmer. »Was möchtest du heute anziehen, Kumpel?«

»Du suchst aus.«

»Na schön. Wo sind deine Anziehsachen?« Sie kramte in der Kommode, auf die Jaime deutete, und förderte eine Jeans sowie ein T-Shirt mit Dinosaurieraufdruck zutage.

Nachdem er angezogen war, rannte er zurück in die Küche, um seiner Mutter seine Kleiderwahl zu präsentieren. Camila setzte ihn auf die Theke, wo sie bereits eine Schüssel Cornflakes für ihn vorbereitet hatte.

Während Jaime aß, führte Camila Emily durch die Wohnung. »Mein Schlafzimmer ist tabu für Sie, ebenso mein Arbeitszimmer. Bedienen Sie sich gerne in der Küche. Ich sollte heute nicht allzu spät nach Hause kommen, aber der Tag wird wahrscheinlich ziemlich hektisch. Wenn es später wird, essen Sie bitte hier. Das Abendessen wird von einem Koch zubereitet und ich friere es ein, sodass ich unter der Woche immer fertige Mahlzeiten im Haus habe. Ich habe ihm Bescheid gegeben, dass er ab sofort doppelte Portionen kochen soll, also greifen Sie gerne zu.«

Emily lief das Wasser im Mund zusammen bei der Vorstellung an Essen von einem Profi.

»Und für Jaimes Essen habe ich das hier für Sie erstellt.« Am Kühlschrank hing eine Tabelle mit einer Wochenübersicht und verschiedenen Gerichten für das Mittag- und Abendessen. »Sie müssen sich nicht exakt daran halten, aber damit haben Sie einen Eindruck, was er normalerweise isst.«

»Das hilft mir sehr.«

»Was noch …?« Camila tippte sich nachdenklich mit einem Finger gegen die Lippen und als Emily sich beim Starren erwischte, wandte sie rasch den Blick ab. »Sie können auch gerne mit ihm rausgehen, Sie sind hier nicht eingesperrt. Die Straße runter gibt es einen Park, in den er gerne geht. Gegenüber gibt es einen Coffeeshop. Aber … seien Sie bitte vorsichtig.«

Emily erkannte die Sorge in Camilas Augen – ein Ausdruck, den sie schon bei vielen Eltern gesehen hatte.

»Wir werden wunderbar zurechtkommen, Camila.« Noch immer fühlte es sich seltsam an, sie so zu nennen. »Wenn Sie möchten, kann ich Ihnen gerne stündliche Updates schicken. Zum Beispiel Fotos, damit Sie wissen, dass es ihm gut geht.«

»Das müssen Sie nicht.«

»Ich weiß, aber ich weiß auch, dass es Sie beruhigen wird.«

Camila wirkte geradezu erleichtert.

Plötzlich fiel Emilys Blick auf die Küchenuhr. Viertel nach acht. »Kommen Sie nicht zu spät zur Arbeit?«

»Sch…ande!« Camila drehte sich zu Jaime um, der noch immer an der Theke saß. »Also dann, Schatz. Sei brav und hör auf Emily, ja?«

»Mach ich«, versprach er.

Sie gab ihm einen Kuss auf den Kopf und wandte sich dann noch einmal an Emily. »Sagen Sie mir Bescheid, wenn es Probleme gibt.« Damit schlüpfte sie in ihren Mantel.

»Das mache ich. Und ich schicke Ihnen Updates. Einen schönen Tag, Camila.«

»Ihnen auch.« Sie warf ihrem Sohn noch einen letzten Blick zu, dann verließ sie die Wohnung. Zum ersten Mal erlebte Emily sie zögerlich. Doch dann schloss sich die Tür und Emily blieb allein mit Jaime zurück.

»Na dann, Kumpel …« Emily hob Jaime von seinem Hocker und stellte ihn auf den Boden. »Bereit für unseren ersten richtigen Tag?«

»Ja!« Begeistert klatschte er in die Hände, packte dann Emily und zog sie in die Richtung seiner Spielecke.

Bei CEBC herrschte ein typisch stressiger Montag. Das Einzige, was Camila rettete, waren die Fotos eines strahlenden Jaime, die Emily ihr stündlich schickte. Die Bilder dokumentierten den Tag der beiden – ihr erster Härtetest.

Camila konnte kaum fassen, wie glücklich und entspannt ihr Sohn auf jedem einzelnen aussah.

Sie schaffte es, um sechs Uhr Feierabend zu machen, und packte beschwingt ihre Sachen zusammen, bevor sie mit dem Aufzug nach unten fuhr und in die Limousine stieg, die auf sie wartete.

Als sie zu Hause ankam, wurde sie von Lachen begrüßt. Camila zog sich lächelnd Mantel und Schuhe aus, bevor sie in den Wohnbereich ging. Emily half Jaime gerade von der Couch, damit er seiner Mutter entgegenlaufen konnte. Camila beugte sich zu ihm hinunter und umarmte ihn fest.

»Hattest du einen schönen Tag, Schatz?«, fragte sie ihn, auch wenn sie die Antwort schon kannte.

»So toll!«, antwortete Jaime mit einem breiten Grinsen, das ihn übers ganze Gesicht strahlen ließ. Gott, wie sehr sie es liebte, ihn so glücklich zu sehen, selbst wenn sie nicht der Grund war.

»Was habt ihr gemacht?«

»Wir haben viel gespielt und ich habe dir noch was gemalt – ich zeig's dir!« Er nahm Camila an der Hand und zog sie mit sich in seine Bastelecke. Im Vorbeigehen warf sie Emily, die Jaime lächelnd beobachtete, einen Blick zu.

Ihr Sohn präsentierte ihr die verschiedenen Kunstwerke, die er gemalt hatte. Camila bat ihn, sein Lieblingsbild auszusuchen, damit sie es an den Kühlschrank anheften konnten. Begeistert verschwand er im Küchenbereich, was ihr die Gelegenheit gab, sich an Emily zu wenden.

»Wie ist es gelaufen?«, fragte sie, ohne ihrer Hoffnung Ausdruck zu verleihen, dass Emily ebenfalls einen schönen Tag verbracht hatte. Camila wünschte sich, dass es gut gewesen war, da sie nicht wusste, was sie machen sollte, wenn die junge Frau nicht bei ihnen bleiben wollte.

»Es war großartig«, erwiderte Emily und sah dabei genauso glücklich aus wie Jaime. »Er war ein Engel.«

Jaime, der seine Aufgabe erfüllt hatte, kehrte vom Kühlschrank zurück und strahlte erneut, als er ihre Worte mitbekam. Dann kletterte er wieder auf die Couch und setzte sich so nah neben Emily, dass er ihr praktisch auf den Schoß kroch.

»Ich bin froh, dass er sich gut benommen hat.«

»Gut, ich sollte wohl besser los«, sagte Emily, auch wenn Jaime prompt die Unterlippe nach vorne schob. »Dann könnt ihr noch ein bisschen Zeit miteinander verbringen.«

»Wenn Sie möchten, können Sie zum Abendessen bleiben.« Die Worte waren heraus, bevor Camila sie zurückhalten konnte. Etwas an Emily faszinierte sie und neulich war es wirklich nett gewesen, dass ihr ein echter Mensch Gesellschaft leistete und nicht nur ein Glas Wein. Auch wenn sie den ganzen Tag von Leuten umgeben war, blickte doch niemand von ihnen hinter Camilas Fassade – oder mochte sie. Sie wusste, was die Mitarbeiter hinter ihrem Rücken über sie sagten. Außerdem war sie keine einfache Chefin. Aber niemand wurde Geschäftsführerin eines solchen Unternehmens, ohne jemandem auf die Füße zu treten. Es war *anders*, jemanden in ihrer Wohnung zu haben, mit dem sie über ihren Sohn schwärmen und über Dinge außerhalb der Arbeit sprechen konnte.

Das schien Emily zu überraschen. »Ich … Sind Sie sicher?« Noch immer war sie in Camilas Gegenwart sehr vorsichtig, aber das würde sich hoffentlich mit der Zeit ändern.

»Ich würde es nicht anbieten, wenn ich es nicht so meinen würde.«

»Dann gerne. Danke.«

»Ich glaube, wir bekommen heute Lasagne. Ist das in Ordnung?«

»Natürlich. Kann ich Ihnen helfen?«

»Nein, bleiben Sie hier. Beschäftigen Sie den jungen Herrn.« Sie wuschelte Jaime liebevoll durch die Haare. Ihr Blick fiel auf den Fernseher, auf dessen Bildschirm ein pausierter Film flimmerte. Es war Jaimes Lieblingsfilm. Camila hatte ihn selbst schon unzählige Male mit ihm gesehen. »Schaut ruhig den Film zu Ende.«

Jaime jubelte fröhlich auf der Couch und Emily drückte auf die Play-Taste, während Camila in den Küchenbereich ging. Lächelnd lauschte sie Jaimes Kichern und Emilys Lachen. Auf einmal wirkte die Wohnung so unglaublich *warm*. Daran könnte sie sich durchaus gewöhnen.

Als Camila das Essen fertig aufgewärmt hatte, startete Emily einen weiteren Film für Jaime, bevor sie den Tisch deckte. Camila fiel auf, dass sie die Plätze nebeneinander hergerichtet hatte, damit sie beide ein Auge auf ihren Sohn haben konnten.

»Dann erzählen Sie doch mal«, begann Camila ein Gespräch, weil sie Emily ein bisschen besser kennenlernen wollte. »Wie finden Sie New York bis jetzt?«

»Es ist toll«, antwortete Emily mit vollem Mund. Sie schluckte jedoch erst runter, bevor sie fortfuhr. »Deutlich hektischer als New Haven und die Kleinstadt in Massachusetts, in der ich meine Jugend verbracht habe. Aber ich bin in Chicago aufgewachsen, weswegen es schön ist, wieder in einer Großstadt zu sein.«

»Warum sind Sie hierhergezogen und nicht nach Chicago?«

»Meine Schwester lebt hier«, erklärte Emily schulterzuckend. »Sie kam fürs College her und es gefiel ihr so gut, dass sie geblieben ist.«

»Ich wusste nicht, dass Sie eine Schwester haben.«

»Na ja, eigentlich ist sie meine Pflegeschwester. Aber sie war mein Fels in der Brandung, nachdem …« Ein Schatten huschte kurz über ihr Gesicht. »… nach allem, was mit meinen Eltern passiert ist. Erst kamen Cassie und ich nicht besonders gut miteinander klar, aber irgendwann waren wir unzertrennlich. Ich bin nicht gut damit klargekommen, als sie aufs College gegangen ist.«

»Wollten Sie ihr folgen?«

»Das war der ursprüngliche Plan, aber dann wurde mir von Yale ein Stipendium angeboten und Cassie hat mir gedroht, dass sie nie wieder mit mir spricht, wenn ich auch nur darüber *nachdenke*, es abzulehnen.« Ein warmer Glanz trat in Emilys Augen, als sie über ihre Schwester sprach. »Ich habe sie immer gerne hier besucht. Also war es natürlich, nach meinem Abschluss herzukommen. Und Sie? Warum haben Sie sich hier niedergelassen?«, gab sie die Frage an Camila zurück.

»Ich wollte einen Neuanfang wagen, und es gibt keinen besseren Ort, wenn man bei den hohen Tieren der Fernsehwelt mitspielen will. Außerdem war es so weit weg von meiner Mutter wie nur möglich. Je mehr Distanz zwischen uns liegt, desto besser.«

»Sie kommen nicht gut miteinander aus?«

»Das ist die Untertreibung des Jahres.« Camila hatte Charlotte Evans schon eine ganze Weile nicht mehr gesehen und sie konnte nicht behaupten, dass sie das störte. Ihre Mutter war kalt und herablassend. Selbst als Erwachsene musste Camila sich ständig anhören, was für eine Enttäuschung sie war – trotz aller Erfolge, die sie in ihrem Leben bisher gefeiert hatte.

»Besucht sie Jaime oft?«

»Ich versuche ihn so gut wie möglich von ihr fernzuhalten.« Camila wollte ihrem Sohn ihre eigenen Kindheitserfahrungen ersparen. »Meistens vergisst sie, dass sie einen Enkel hat. Ich denke nicht, dass sie Zeit mit ihm verbringen würde, selbst wenn sie in unserer Nähe wohnen würde.«

»Das ist wirklich schade.«

»Er ist ohne sie besser dran.« Die Bitterkeit in ihrer Stimme war nicht zu überhören, also räusperte Camila sich und wechselte das Thema. »Verstehen Sie sich gut mit Ihren Pflegeeltern?«

»Hm, es gibt nur noch einen Elternteil. Cassies Vater ist vor ein paar Jahren gestorben.«

Camila sog scharf Luft ein. Sie konnte sich kaum vorstellen, wie es sein musste, beide Eltern zu verlieren, dann in eine gute Pflegefamilie zu kommen, nur um wieder einen Elternteil zu verlieren. Wie konnte sich eine Person, die so viel Verlust erlitten hatte, ein so sonniges Gemüt bewahren?

»Aber meine Pflegemutter Sarah ist großartig. Ich weiß nicht, was ich ohne sie gemacht hätte. Trotz allem, was mir passiert ist, kann ich mich wirklich glücklich schätzen.«

Dieser ungetrübte Optimismus hätte sie bei jedem anderen Menschen genervt. Doch nicht bei Emily. Allmählich fragte Camila sich wirklich, warum sie ihr so leicht unter die Haut ging.

Sie beendeten ihre Mahlzeit, doch Camila lehnte Emilys Angebot ab, ihr beim Aufräumen zu helfen, und deutete stattdessen mit dem Kopf in Jaimes Richtung. Der war von der Couch geklettert, als er gehört hatte, dass die Stühle zurückgeschoben wurden. Er zog an Emilys Hand.

»Können wir jetzt Sterne gucken?«, fragte er und führte Emily zur Balkontür, nachdem Camila zugestimmt hatte.

Nach dem Aufräumen der Küche gesellte sie sich zu den beiden nach draußen, blieb aber im Türrahmen stehen, um sie zu beobachten. Emily hatte es sich mit Jaime auf dem Schoß auf einem der Liegestühle bequem gemacht. Ihre Arme lagen um seine Mitte, und alle paar Sekunden deutete er auf etwas am Himmel und lauschte aufmerksam, während Emily ihm geduldig jede Frage beantwortete.

»Was ist das da?« Er gestikulierte wild und Camila fragte sich, ob Emily überhaupt erkennen konnte, was er meinte.

»Der Löwe«, antwortete sie jedoch sofort.

»Das da!« Jaime deutete erneut auf etwas und Emilys Blick folgte seinem Finger.

»Orion.«

»Das da!«

»Herkules.«

»Das denken Sie sich doch bloß aus«, neckte Camila, unfähig, sich herauszuhalten.

Beim Klang ihrer Stimme zuckte Emily zusammen und drehte den Kopf in ihre Richtung. »Tue ich gar nicht«, protestierte sie. »Die meisten Konstellationsnamen haben ihren Ursprung in der griechischen Mythologie.«

Dann schien sie endlich zu verstehen, was Camila da tat. »Und Sie nehmen mich eh nur auf den Arm.«

Camila grinste. »Sie machen es einem auch sehr leicht.«

»Mama, setz dich zu uns.« Jaime wurde sichtlich müde, was seiner Begeisterung jedoch keinen Abbruch tat. Als Camila sich auf dem Liegestuhl neben ihnen niederließ, kletterte er auf ihren Schoß. Das gab ihr die Gelegenheit, ihn herzlich zu umarmen. »Emily bringt es mir bei.«

»Das sehe ich.« Sie gab ihrem Sohn einen Kuss auf den Kopf. »Sie kennen sich mit den Konstellationen wirklich gut aus«, sagte sie dann an Emily gewandt.

»Tja, na ja.« Emily zuckte mit den Schultern. »Wenn ich als Kind nicht schlafen konnte, hat mein Dad mich oft mit in den Garten genommen und mir die Sterne erklärt.« Ihre Augen schimmerten im Mondlicht. »Nach dem Tod meiner Eltern … habe ich in allen Pflegefamilien versucht, die Sterne wiederzufinden. Sie waren immer eine Konstante und haben sich im Gegensatz zu meiner Situation nie verändert.«

Sie verstummte. Camila wollte ihr versichern, dass sie nicht weitersprechen musste, aber sie fand nicht die richtigen Worte. Vielleicht wollte sie es insgeheim auch gar nicht. Ihr gefiel, dass Emily sich ihr nach anfänglicher Zurückhaltung ein wenig öffnete.

»Als ich zu den Jones gekommen bin, hatte ich immer noch Albträume. Sie haben mich in Cassies Zimmer untergebracht, damit ich nicht alleine bin. Leider hatte das zur Folge, dass wir dann beide wach waren. Also habe ich ihr die Konstellationen erklärt und meine Pflegeeltern haben uns sogar Sterne an die Decke gemalt, die im Dunkeln leuchteten.«

»Haben Sie sich deswegen für Astrophysik entschieden?«

»Da hat es zumindest seinen Anfang genommen. Ich habe das Weltall schon immer geliebt. Mein Dad, meine Pflegeeltern und Cassie sind alle Wissenschaftler. Ich schätze, das liegt wohl in der Familie.«

»Wow.«

»Ja, wir sind die geborenen Entertainer auf Partys.« Ihr Blick fiel auf Jaime. »Ich glaube, da ist jemand müde.«

Camila schaute nach unten und merkte, dass ihr Sohn im Begriff war, einzuschlafen. »Zeit fürs Bett, junger Mann«, sagte sie. Jaime protestierte nicht.

Emily schaute auf die Uhr. »Ich sollte wohl nach Hause gehen, es ist schon spät.«

»Natürlich.«

»Kommen Sie, ich helfe Ihnen, ihn reinzubringen.«

Emily hob Jaime mit Leichtigkeit hoch und brachte ihn in sein Zimmer. Er war zwar klein für sein Alter, aber recht schwer. Sie musste ganz schön stark sein, um ihn so mühelos durch die Gegend tragen zu können.

»Machst du noch mal kurz die Augen auf, Kumpel?«, bat Emily ihn liebevoll, als sie ihn auf dem Bett absetzte.

Jaime hielt sich wacker, während Camila ihm seinen Schlafanzug anzog und ihn dann in seinem Bett zudeckte.

»Ich lese dir gleich deine Geschichte vor, sobald ich Emily verabschiedet habe.«

»Okay«, antwortete er gähnend. »Tschüss, Emily.«

»Gut Nacht, Kumpel. Bis morgen.« Emily strich ihm noch einmal sanft durch die Haare und folgte Camila dann in den Flur. »Gleiche Uhrzeit morgen früh?«

»Sicher.« Sie reichte Emily ihren Mantel. »Hoffentlich ist er dieses Mal angezogen, bis Sie kommen. Oh, und bevor ich es vergesse: Ich muss am fünfzehnten zu einem Galadinner.« Sie hasste diese Anlässe, musste sich aber sehen lassen, weil sich dort alle Größen der Branche trafen. »Könnten Sie an dem Abend länger bleiben? Ich zahle Ihnen auch das Doppelte.«

»Ja, natürlich. Kein Problem.«

»Sie hat wirklich der Himmel geschickt. Ich weiß schon, dass Sie es ablehnen werden, aber soll ich meinen Fahrer für Sie rufen?«

Emily schüttelte den Kopf. »Nein danke. Gute Nacht, Camila.«

»Nacht, Emily.«

Camila schloss die Tür und kehrte zu Jaime zurück, der jedoch eingeschlafen war, bevor sie auch nur den ersten Satz der Geschichte gelesen hatte.

Also holte sie sich ein Glas Wein aus der Küche und zog sich in ihr Arbeitszimmer zurück. Auf einmal kam ihr das Apartment still und leer vor; sie fühlte sich einsam. Doch sie gab sich Mühe, dieses Gefühl zu verdrängen. Sie musste noch arbeiten, bevor sie ins Bett gehen konnte.

Der Rest von Emilys erster Woche mit Jaime verlief ereignislos. Sie spielten in der Wohnung oder erkundeten zusammen die Stadt. Manchmal besuchten sie zur Mittagszeit Camila im Büro, damit sie ein paar Minuten mit ihrem Sohn verbringen konnte.

Camila lud sie nicht noch einmal zum Essen ein und Emily tat ihr Bestes, nicht enttäuscht zu sein – sie verbrachte unglaublich gerne Zeit mit Jaime, aber ebenso mit Camila. Sie war eine faszinierende Frau. Das half Emily natürlich gar nicht, was ihre Schwärmerei betraf. Wenn überhaupt, wurde es sogar noch schlimmer.

Je mehr sie über Camila erfuhr, desto mehr erhaschte sie einen Blick auf die Frau hinter der Fassade, die sie der Welt stets präsentierte. Camila ging liebevoll und warmherzig mit ihrem Sohn um. Jedes Mal, wenn sie ihn ansah, als würde nur er allein auf der Welt existieren, schmolz Emily ein wenig dahin. Außerdem hatte Camila einen tollen Sinn für Humor und war unglaublich attraktiv. Emily hatte ein gewaltiges Problem.

Es ging hier schließlich um *Camila Evans*, die ihr diese Gedanken in den Kopf pflanzte. Ihre *Chefin*. Emily musste damit aufhören, bevor sie ihren Job in Gefahr brachte. Aber sie … Sie konnte den Blick einfach nicht abwenden, wenn Camila vor ihr stand und sie fragte, wie ihr Tag gelaufen war.

Am Freitagnachmittag saß sie gerade mit Jaime vor dem Couchtisch auf dem Boden und malte, als ihr Handy vibrierte. Vorsichtig legte sie den Bleistift weg und griff danach, um Jaime nicht zu stören. Der bearbeitete das Papier gerade höchst konzentriert mit einem orangefarbenen Bleistift.

Mein Ex-Mann kommt gleich vorbei, um Post abzuholen. Normalerweise gibt er mir eine Vorwarnung, aber wahrscheinlich will er die neue Nanny in meiner Abwesenheit unter die Lupe nehmen. Wenn er zu lange bleibt, dürfen Sie ihn gerne rauswerfen.

Die Nachricht entlockte Emily ein Grinsen. Sie konnte praktisch Camilas Tonfall hören und sehen, wie sie die Augen verdrehte. Kaum dass sie ihre Antwort abgeschickt hatte, ertönte auch schon ein Klicken aus Richtung der Wohnungstür. Jaime schaute auf in der Erwartung, seine Mutter zu sehen. Er wandte sich jedoch enttäuscht wieder seinem Bild zu, als er erkannte, dass sie es nicht war.

Chris Wright war groß und attraktiv mit seinen scharf geschnittenen Wangenknochen und seinen blauen Augen. Genauso stellte Emily sich den Mann vor, den eine Frau wie Camila heiraten würde. Er gab sich jedoch ein bisschen zu betont fröhlich. In seinen braunen Haaren zeigten sich erste graue Strähnen. Camila hatte Emily erzählt, dass er als Anwalt eine renommierte

Kanzlei führte; der perfekt sitzende Armani-Anzug sollte wohl auch dem Rest der Welt mitteilen, wer er war.

»Hi.« Er trat in den Wohnbereich. »Ich bin Chris, Jaimes Vater. Sie müssen die neue Nanny sein.«

»Emily Walker«, stellte sie sich vor und stand auf, um ihm die Hand zu reichen.

»Hi, Daddy.« Jaime riss sich lange genug von seinem Bild los, um zu seinem Vater hochzuschauen.

»Hey, mein Großer.« Chris wuschelte ihm liebevoll durch die Haare. »Hast du Spaß? Was malst du denn da gerade?«

»Ein Bild von mir und Mama und Emily.«

Mit einem Mal war es Emily unangenehm, Teil des Familienbildes zu sein, während Chris darauf fehlte. So wie er die Kiefermuskeln anspannte, gefiel ihm das auch nicht.

»Malst du mir auch eins?«

»Willst du eins haben?« Jaime schaute seinen Vater forschend an.

Chris' Adamsapfel bewegte sich deutlich sichtbar, als er schluckte.

»Natürlich will ich das, Jaime.«

»Aber du bist gar nicht mehr da«, erwiderte der Junge leise.

»Ich weiß, mein Großer.« Chris seufzte, umrundete den Couchtisch und setzte sich hinter Jaime auf das Sofa.

Emily fühlte sich wie ein Eindringling und zog sich rasch in die Küche zurück. Sie wollte ihnen ein wenig Privatsphäre geben, was durch den offenen Schnitt der Wohnung nur bedingt möglich war. Während sie das Geschirr spülte, das noch vom Mittagessen dastand, konnte sie jedes Wort hören, das im Wohnbereich gesprochen wurde.

»Du erinnerst dich noch, warum ich weggegangen bin, oder? Weil deine Mom und ich uns nicht mehr so gut verstehen.«

»Ja.«

»Ich bin vielleicht nicht mehr so oft da, aber sobald dein Zimmer in meiner neuen Wohnung eingerichtet ist, kannst du zu mir kommen, wann immer du willst, okay?«

»Okay.«

Der liebevolle Ton, den Chris gegenüber Jaime anschlug, überraschte Emily und sie fragte sich unwillkürlich, ob sie vorschnell über ihn geurteilt hatte. Dann rief sie sich in Erinnerung, warum Camila sich von ihm hatte scheiden lassen, und dachte an den Blick, mit dem er sie nicht allzu subtil gemustert hatte. Also entschied sie, dass er trotzdem ein Arschloch sein konnte.

»Ich muss jetzt zurück zur Arbeit, aber ich besuche dich bald wieder, okay?«

»Tschüss, Daddy.«

Chris wuschelte seinem Sohn noch ein letztes Mal durch die Haare, ehe er sich erhob. »Es war schön, Sie kennenzulernen!«, rief er Emily im Rausgehen zu.

Sie wartete, bis die Tür sich geschlossen hatte, bevor sie zu Jaime zurückkehrte und sich wieder ihm gegenüber auf den Boden setzte.

Sie malten noch eine Weile, bis es Zeit war, das Abendessen vorzubereiten. Kurz darauf rief Camila an und informierte sie, dass es heute spät werden würde. Also war es an Emily, ihren Schützling zu baden und ihm seinen Schlafanzug anzuziehen, bevor sie es sich auf der Couch bequem machten, um einen Film zu schauen.

Als Camila schließlich nach Hause kam, war Jaime bereits mit dem Kopf auf Emilys Schoß eingeschlafen. Der Stress und die Erschöpfung des Tages schienen von ihr abzufallen, sobald sie ihren Sohn sah.

»Wie war der Tag?«, fragte sie und setzte sich zu Jaimes Füßen aufs Sofa.

»Angesichts der Uhrzeit wohl besser als Ihrer«, erwiderte Emily. »Ich, hm, ich habe schon gegessen, aber ich habe Ihre Portion mit warm gemacht. Die steht noch im Ofen.«

»Das wäre nicht nötig gewesen.«

»Ich weiß, aber es hat wirklich keine Mühe bereitet.«

Emilys Herz machte einen gewaltigen Satz, als sie Camilas Lächeln sah.

»Ist Chris vorbeigekommen?«

»Ja.«

»Hat er Sie angemacht?«, wollte Camila wissen, doch Emily schüttelte den Kopf.

»Hm. Das überrascht mich«, bemerkte Camila nachdenklich.

»Er hat mich am Anfang abgecheckt, doch das war alles. Aber er hat sich eine Weile zu Jaime gesetzt. Ich … ich glaube, er vermisst ihn.«

»Das passiert sehr schnell bei ihm«, sagte Camila versöhnlicher, mit einem Blick auf ihren schlafenden Sohn. »Chris wollte nie Kinder haben, aber er kümmert sich gut um Jaime. Manchmal … manchmal mache ich mir Sorgen, dass unsere kaputte Beziehung negative Auswirkungen auf ihn haben könnte. Ich wollte nicht, dass er mit geschiedenen Eltern aufwächst.«

»Ich denke, es hätte mehr Schaden verursacht, wenn Sie zusammengeblieben wären.« Es wunderte Emily ein wenig, dass Camila über etwas so Persönliches mit ihr sprach.

»Das war keine Option, nachdem ich ihn mit seiner Sekretärin erwischt habe«, entgegnete Camila mit finsterer Miene. »Er kann von Glück reden, dass ich die beiden nicht postwendend vom Balkon geworfen habe.«

»Wow.« Wie konnte man eine Frau wie Camila nur betrügen? »Sie haben etwas Besseres verdient als das.«

»Ja, tja. Ich kann allerdings nicht behaupten, dass ich komplett unschuldig an der Sache war.« Camila schaute ausdruckslos ins Leere. »Als wir zusammengekommen sind, stand CEBC noch ganz am Anfang. Je größer das Unternehmen wurde, desto mehr habe ich meine Ehe aus den Augen verloren.«

»Das ist trotzdem keine Entschuldigung für das, was er getan hat«, erwiderte Emily ein wenig unsicher. »Er ist ein Idiot.« Jaime bewegte sich im Schlaf auf ihrem Schoß und unterbrach das Gespräch damit. »Zeit, dich ins Bett zu bringen, Kumpel.«

Emily rüttelte ihn vorsichtig wach und Jaime blinzelte ein paarmal verschlafen, bevor er bemerkte, dass sie nicht mehr allein auf der Couch saßen.

»Mama!«

»Hi, Schatz«, begrüßte Camila ihn lächelnd, als Jaime sich hochstemmte, um sie zu umarmen. »Hattest du einen schönen Tag?«

»Ja.«

»Bereit fürs Bett?«, fragte sie und er rieb sich die Augen. »Dann verabschiede dich noch von Emily.«

»Tschüss, Emily.«

»Mach's gut, Jaime. Bis Montag.«

Emily packte ihre Sachen zusammen und musste grinste, als sie sah, dass der Junge schon wieder in Camilas Armen eingeschlafen war.

»Ein schönes Wochenende, Emily!«, rief Camila ihr noch auf dem Weg zur Tür hinterher.

»Ihnen auch, Camila. Gute Nacht.«

Kapitel 6

»Ich bin wahrscheinlich kein würdiger Ersatz für Cassie«, sagte Maia entschuldigend zu Emily, während sie die Stufen zum American Museum of Natural History hinaufstiegen. »Sie hat mir erzählt, dass sie dir diesen Ausflug schon versprochen hat, als sie noch im College war.«

»Sei nicht albern«, erwiderte Emily. Sie verbrachte unglaublich gerne Zeit mit Maia. »Tatorte halten sich eben nicht an übliche Bürozeiten. Außerdem stößt sie später noch zu uns.«

»Wie waren denn die ersten Wochen für dich, Em? Fühlst du dich wohl?«

»Ja, es ist wirklich toll.« Wann immer sie an ihren Job und Jaime dachte, musste sie lächeln. Sie konnte ihr Glück immer noch nicht fassen. Ihre Arbeit machte ihr Spaß und sie wurde dafür auch noch gut bezahlt. »Meistens fühlt es sich gar nicht wie ein Job an. Jaime ist ein großartiger Junge. Außerdem gibt es schlimmere Dinge, als meine Zeit in so einer Wohnung zu verbringen.«

Am besten gefiel ihr der Ausblick vom Balkon aus, und er war schnell zu ihrem Lieblingsplatz geworden. Sie und Jaime verbrachten einen Großteil der Zeit dort draußen, wo Emily die Skyline der Stadt zeichnete und ihr Schützling sie gewissenhaft imitierte. Und der Blick auf die Sterne bei Nacht war schlicht atemberaubend.

»Wie gerne würde ich dieses Apartment mal von innen sehen.« Maia seufzte sehnsüchtig. »Um mal ein Gefühl dafür zu bekommen, wie die oberen Zehntausend so leben.«

»Wenn ich dich reinschmuggeln könnte, ohne dass Camila es herausfindet, würde ich dir den Gefallen tun.«

Maia grinste. »Ich hätte viel zu viel Angst, irgendwas anzufassen.«

»Das hatte ich am Anfang auch«, gab Emily zu. »Und dann habe ich eine Vase kaputt gemacht. Camila hat das total gelassen aufgenommen – ihr scheint das Ding nicht besonders wichtig gewesen zu sein, obwohl es sicher teuer war.«

»Und was macht deine Schwärmerei für sie?«, fragte Maia. Der Blick, mit dem sie Emily bedachte, sprach jedoch Bände. Sie kannte die Antwort.

»Wird jeden Tag schlimmer.« Jetzt war es an Emily zu seufzen. »Aber zumindest hat Camila es noch nicht gemerkt.« Sie stutzte. »Hoffe ich zumindest. Und wenn doch, hat sie nichts gesagt.«

»Ich beneide dich ja schon – deine Chefin ist verdammt heiß, du kannst den ganzen Tag spielen und dein Arbeitsplatz befindet sich in einem schicken Apartment. Ist definitiv besser als das Großraumbüro auf dem Revier.« Maia rümpfte die Nase. »Ich schwör dir, die Hälfte der Cops besitzt kein Deo.«

»Dann hast du schon mal ein Wichtelgeschenk, wenn du einen von denen ziehst.«

»Du bist ein schlaues Mädchen, Em. Also, wo gehen wir zuerst hin?«, wollte Maia wissen, nachdem sie die Eingangshalle betreten hatten. »Ich war noch nie hier.«

»Als mein Tourguide solltest du das vermutlich nicht zugeben.«

»Hey, dank mir sind wir heil hier angekommen, oder?« Maia stieß sie verspielt mit der Schulter an.

»Das stimmt. Zuerst zu den Dinosauriern?«, schlug Emily grinsend vor, als ihr Blick auf das Schild in Richtung der entsprechenden Ausstellung fiel. »Aber ich warne dich: Ich bin ein echter Nerd.«

»Cassie hat mich schon vorgewarnt. Sie –«

»Emily!« Ein begeisterter Aufschrei unterbrach Maia mitten im Satz, und als Emily sich umdrehte, entdeckte sie einen vertrauten blonden Lockenschopf, dessen Besitzer auf sie zurannte. Schwungvoll warf Jaime sich gegen ihre Beine und hätte Emily damit beinahe von den Füßen gerissen.

»Hi!«, begrüßte er sie und schaute mit einem derart strahlenden Lächeln zu ihr auf, dass Emily innerlich dahinschmolz.

»Hey, Kumpel. Wo ist deine Mom?«

»Jaime!« Camila trat einen Moment später zu ihnen, die Lippen zu einer schmalen Linie zusammengepresst. »Ich habe dir erlaubt, hallo zu sagen, aber nicht, sie umzurennen.«

»Tut mir leid«, murmelte Jaime an Emilys Knie gepresst. »War zu aufgeregt. Ich hab dich vermisst.«

»Wir haben uns doch erst gestern gesehen.«

»Das ist schon so lange her«, erwiderte Jaime ernst. »Hast du mich auch vermisst?«

»Natürlich, Kumpel. Schaust du dir hier die Dinos an?«

Als er nickte, beugte Emily sich zu ihm hinunter und flüsterte, als wäre es ein Geheimnis: »Ich auch!« Jaime kicherte.

»Kommst du mit uns mit?«, fragte er.

Emily schaute fragend zu Camila, weil sie nicht sofort ablehnen wollte, aber auch nicht sicher war, ob diese nicht etwas Zeit allein mit ihrem Sohn verbringen wollte.

»Schatz, vielleicht möchte Emily ihren freien Tag mit ihrer … Freundin verbringen.« Die Pause war deutlich zu hören. Dachte Camila, dass sie hier ein Date hatten? Bei dem Gedanken hätte Emily fast gelacht.

»Sie kann auch mitkommen!«, verkündete Jaime großzügig.

Emily schaute zu Maia, die versuchte, ihr Grinsen zu verbergen.

»Jaime …« Ein warnender Unterton schwang in Camilas Stimme mit, der jedoch nur bewirkte, dass der Junge sich noch fester an Emily klammerte. Wenn er gleich einen Wutanfall bekam, wollte sie nur ungern im Zentrum dieser Naturgewalt stehen.

Die Spannung löste sich ein wenig, als Emilys und Maias Handys gleichzeitig vibrierten. Emily schaute auf ihr Display und entdeckte eine Nachricht von Cassie in dem Gruppenchat, den sie mit ihrer Schwester und Maia hatte. Sie war gerade vor dem Gebäude eingetroffen und wollte wissen, wo sie sie treffen sollte.

Babe, schwing deinen Hintern rein – Camila Evans ist hier und du verpasst die Show!!!

Emily schloss entsetzt die Augen. Wenn Maia und Cassie sie vor ihrer Arbeitgeberin blamierten, würde sie die beiden umbringen.

»Hey!« Cassies Stimme hallte laut in der Steinhalle des Museums wider. War ihre Schwester etwa hergerannt? Emily erkannte jedoch keine Anzeichen von Anstrengung, als Cassie zu Maia ging, ihr einen Arm um die Schulter legte und sie auf die Wange küsste. Camila schien die Begrüßung aufmerksam zu beobachten. »Wie geht's?«

»Camila, das ist meine Schwester Cassie.« Emily ignorierte Cassies Ellbogen, den sie ihr in die Seite rammte. »Und das ist ihre Freundin Maia. Ihr beiden, das ist Camila und das hier …« Sie legte sanft eine Hand auf Jaimes Schulter. »… ist Jaime.«

Der Junge schaute schüchtern zu den beiden Frauen auf, versteckte sein Gesicht aber rasch wieder an Emilys Beinen, als Cassie ihm zuwinkte.

»Schön, Sie kennenzulernen«, sagte Cassie. »Wir haben schon viel von Ihnen gehört.«

Emily warf ihrer Schwester einen vernichtenden Blick zu.

»Natürlich von Jaime.«

Sie würde Cassie töten. Ganz bestimmt.

»Da bin ich mir sicher«, antwortete Camila mit einem amüsierten Lächeln. »Aber wir wollen Sie nicht länger aufhalten. Komm, Jaime.« Sie streckte ihm eine Hand hin. »Gehen wir.«

»Aber ich will, dass Emily auch mitkommt!«

»Emily kann ein andermal mit dir herkommen«, versicherte Camila ihm. Das schien ein guter Kompromiss zu sein angesichts der vielen Zeit, die sie miteinander verbrachten.

»Nein! Ich will euch beide!«

»Emily, du kannst gerne mitgehen, wenn du möchtest.« Cassies Grinsen war breit und eindeutig zu selbstzufrieden. »Ich würde mich freuen, wenn Maia und ich ein bisschen Zeit miteinander verbringen könnten.« Sie zog ihre Freundin näher zu sich heran. »Wir haben uns in letzter Zeit viel zu selten gesehen.«

Ja, natürlich. Cassie und Maia hatten ja auch nur die vergangene Woche Urlaub gehabt, um die neue gemeinsame Wohnung einrichten zu können.

»Oh, ich möchte mich wirklich nicht aufdrängen«, sagte Emily an Camila gewandt, nachdem sie ihrer Schwester noch einen finsteren Blick zugeworfen hatte.

»Das tun Sie nicht«, entgegnete Camila. »Es wäre sogar ganz schön, mit einer erwachsenen Person durch das Museum zu gehen. Sie müssen aber nicht.«

»Ich …« Sie zögerte. Camila klang aufrichtig, und Emily wollte sie wirklich gerne begleiten. »Dann ja, gerne.«

»Yay!«, rief Jaime, bevor er Emily an der Hand packte und hinter sich herzerrte.

»Warte noch einen Moment, Kumpel«, protestierte sie lachend und parkte ihn kurz bei Camila, um sich von Cassie und Maia zu verabschieden.

»Gern geschehen«, trällerte Cassie, nachdem die beiden außer Hörweite waren.

»Ich hasse dich. Und ich komme nachher nicht zum Abendessen.«

»Doch, tust du.« Cassies Tonfall ließ keinen Widerspruch zu. »Du wirst da sein und uns jede Einzelheit deines Dates erzählen.«

»Das ist kein Date!«, zischte Emily, sehr darum bemüht, nicht laut zu werden.

Maia fasste Cassie lachend am Arm. »Hör auf, sie zu ärgern, sonst explodiert sie noch.«

»Du bist kein Stück besser.« Emily stemmte die Hände gespielt empört in die Hüften. »Wenn du ihr diese Nachricht nicht geschrieben hättest, wäre nichts davon passiert.«

»Ach, ich bitte dich. Tu doch nicht so, als würdest du dich nicht darauf freuen, mehr Zeit mit Camila zu verbringen«, sagte Cassie. »Genieß den Tag. Und sei um sieben bei uns.«

»Ich komme auf gar keinen Fall!«

»Doch, wirst du. Maia macht Quesadillas, die magst du doch so gerne. Und im Kühlschrank steht ein Schoko-Cheesecake, nur für dich.«

Emily schnaufte missbilligend. Beidem konnte sie nicht widerstehen.

»Dann sehen wir uns später. Hab dich lieb!«

Emily grummelte immer noch vor sich hin, als sie wieder zu Camila und Jaime ging. Beim Anblick von Camila, die eine schwarze, eng anliegende Jeans trug, verpuffte ihre schlechte Laune jedoch sofort. Die obersten Knöpfe ihrer weißen Bluse hatte Camila offen gelassen, was den Blick auf ihre Schlüsselbeine und ein Stückchen heller Haut freigab. Emily konnte sich nur mit Mühe davon losreißen.

»Wollen wir uns ein paar Dinos angucken, Jaime?«

»Ja!« Erneut griff er nach ihrer Hand und mit der anderen nach Camilas, um sie beide in Richtung der Ausstellungsräume zu ziehen.

»Tut mir wirklich leid, dass Sie mich jetzt an der Backe haben«, flüsterte Emily an Camila gewandt, damit Jaime sie nicht hörte. Dadurch kam sie ihr nahe genug, um ihr Parfüm riechen zu können. Als Camila den Kopf drehte, um sie anzuschauen, während sie antwortete, verlor Emily sich beinahe in ihren grünen Augen.

»Ich freue mich, dass Sie da sind«, erwiderte sie und schaute Emily dabei fest an. »Wirklich. Und er auch.«

Jaime strahlte über das ganze Gesicht und Camila lächelte. Emilys Herz klopfte wie wild in ihrer Brust. Diesen Tag würde sie nur durch ein Wunder überleben.

»Das da ist mein Liebling!«

Jaime saß auf Emilys Schultern und sie hielt seine Beine mit beiden Händen fest. Ehrfürchtig schaute er an dem riesigen Skelett eines T-Rex empor, was Camila zum Lachen brachte.

»Ich dachte, der Triceratops wäre dein Lieblingsdino?«, erkundigte sich Emily. Er hatte es ihr bei ihrer ersten Begegnung verraten, aber inzwischen hatten sie mit so vielen anderen Dinos gespielt, das Emily sich nicht mehr ganz sicher war.

Camila freute es ungemein, dass sie solchen Details Aufmerksamkeit schenkte. Sie gab sich so viel Mühe und opferte sogar ihren Samstag, um einen Fünfjährigen glücklich zu machen. Munter unterhielt sie sich mit Jaime und beantwortete geduldig die Fragen, auf die Camila ohne ihr Handy nicht einmal im Traum eine korrekte Antwort gewusst hätte. Emily hatte sich zwar dafür entschuldigt, sich aufgedrängt zu haben, doch Camila beobachtete die beiden gerne und freute sich, dass Jaime so glücklich war.

Außerdem war Emily durchaus eine Augenweide. Camila schalt sich dafür, ihr immer wieder auf die nackte Haut ihrer Beine zu starren, die nicht von dem Rock bedeckt wurde, den Emily trug. Das war unangebracht und sie war sich dessen sehr wohl bewusst, aber sie konnte sich auch nicht daran hindern – Emily war unglaublich attraktiv. Ihre Wirkung auf andere Menschen schien ihr jedoch überhaupt nicht bewusst zu sein. Das machte sie nur noch anziehender.

Doch von Camilas Gedanken durfte Emily nie etwas erfahren. Sie wollte die aufblühende Beziehung zwischen Jaime und Emily nicht gefährden, nur weil sie solche Gefühle hatte. Die junge Frau war ein Geschenk des Himmels, Jaime liebte sie abgöttisch und Camila würde mit Sicherheit kein Zerwürfnis riskieren.

»Der ist auch cool!« Jaimes Stimme riss sie jäh aus den Gedanken. »Findest du nicht auch, Mama?«

»Er ist sehr … beeindruckend.« Camila hatte absolut keine Ahnung, auf welchen Knochenbausatz sich Jaime bezog. Emilys Grinsen nach zu urteilen, war ihr das nicht entgangen.

»Wollen wir eine Runde spielen gehen?«, fragte Emily und als Jaime nickte, führte sie ihn zum interaktiven Teil der Ausstellung, wo sich bereits einige begeisterte Kinder tummelten. »Wo möchtest du anfangen?«

In dem Raum gab es unterschiedliche Rätsel, die es zu lösen galt, und Emily wartete, bis Jaime sich für eines der Spiele entschieden hatte. Camila half ihm dabei, und Emily zog sich ein wenig zurück, um den beiden ein wenig Raum für sich zu geben. Mit den Händen in den Taschen beobachtete sie Camila und Jaime, während die beiden miteinander spielten.

Einige Zeit später nach dem Museumsbesuch aßen sie in einem nahe gelegenen Café zu Mittag. Der Vormittag hatte so viel Spaß gemacht, dass Camila sich eigentlich noch nicht verabschieden wollte. Sosehr sie ihren Sohn auch liebte und versuchte, sich die Wochenenden allein für ihn freizuhalten, so einsam wurde es manchmal ohne andere Erwachsene, mit denen sie sich unterhalten konnte.

Sie hatte nur ein paar Freundinnen in der Stadt, aber langsam schien auch Emily zu einer zu werden. Eigentlich sollte sie nichts weiter als eine Nanny sein, aber Camila hatte das Gefühl, dass daraus mehr werden konnte. Zumindest glaubte sie das, wenn sie an Emilys strahlendes Lächeln dachte, dass so oft ihre Lippen umspielte. Oder daran, dass Jaime ihre oberste Priorität war und sie regelmäßig mit ihm in Camilas Büro vorbeischaute – weil sie wusste, dass sie sich darüber freute.

All das ging weit über die Aufgaben hinaus, die in ihrem Vertrag standen. Camila wusste, dass Emily in Jaime vernarrt war, auch wenn sie sich erst seit ein paar Wochen kannten. Und wenn sie ehrlich war, wusste sie nicht, wie sie vorher ohne Emily ausgekommen war.

»Vielen Dank, dass Sie heute eingesprungen sind«, flüsterte Camila, nachdem sie sich gesetzt hatten und Jaime mit den Buntstiften beschäftigt war, die die Kellnerin ihm gebracht hatte. »Das hätten Sie nicht tun müssen. Selbst wenn er einen Wutanfall bekommen hätte, wäre er spätestens bei den Dinosauriern wieder vorbei gewesen. Natürlich werde ich Sie dafür bezahlen.«

»Auf gar keinen Fall«, protestierte Emily sofort. »Das war wirklich kein Problem, ganz ehrlich. Es hat sich kein bisschen nach Arbeit angefühlt und ich verbringe gerne Zeit mit Jaime und Ihnen.« Sie errötete.

»Auch wenn Sie eigentlich den Tag mit Ihrer Schwester verbringen wollten?«

»Ich schaue nachher noch bei ihr vorbei«, erwiderte Emily schulterzuckend. »Außerdem macht es immer Spaß, mit Kindern durch Museen zu gehen, insbesondere, wenn sie noch nie da waren. Sie sind so begeisterungsfähig.«

»Das könnte man auch über Sie sagen«, neckte Camila und Emilys Wangen röteten sich noch mehr. »Aber ich freue mich, dass Sie da waren. Ich hätte nicht einmal die Hälfte der Fragen so gut beantworten können wie Sie.«

»Sie hätten das ganz bestimmt hinbekommen.«

Die Kellnerin brachte ihr Essen und beim Anblick ihres Burgers schien Emily pure Freude zu empfinden. Mit einem mitleidigen Blick auf Camilas Salat schüttelte sie nur den Kopf.

»Was denn?«

»Das sind nur grüne Blätter.«

»Nicht nur. Es ist auch Dressing drauf.«

Emily grinste und Camila konzentrierte sich auf ihren Salat, damit sie nicht genauer drüber nachdachte, wie hübsch Emily selbst im fürchterlich grellen Licht des Cafés aussah.

Nach dem Essen gingen sie getrennte Wege. Camila und Jaime sahen Emily noch einen Moment lang hinterher.

»Ich mag sie wirklich gern, Mama«, erklärte Jaime und schaute zu ihr hoch.

Camila strich ihm sanft durch die Haare. »Ich auch, Jaime. Ich auch.«

Die Wohnung, in der Cassie und Maia nun lebten, befand sich nur ein paar Blocks von dem Apartment entfernt, in dem Emily wohnte. Sie hatten ein zweites Schlafzimmer und eine deutlich größere Küche, aber der Grundriss war in etwa der gleiche.

»Und, wie ist dein Date gelaufen?« Cassie stürzte sich praktisch auf Emily, als sie durch die Tür trat.

Emily verdrehte die Augen und stellte die mitgebrachte Flasche Wein auf der Frühstückstheke ab. »Das war kein Date!«

»Okay, wie war dein Nicht-Date?«, korrigierte Cassie sich und setzte sich auf die Anrichte neben Maia, die gerade die Quesadillas vorbereitete.

»Es war … Es hat wirklich Spaß gemacht.«

»Na? Bist du nun doch froh, dass wir das so eingefädelt haben?«

»Ich glaube, das warst du ganz alleine, Babe«, warf Maia ein.

»Du hast sie nicht aufgehalten«, erwiderte Emily, doch Maia zuckte nur mit den Schultern. »Und wenn ihr so was noch mal abzieht, rede ich nie wieder mit euch, ich schwör's.« Sie bemühte sich um einen strengen Blick, doch die Warnung verpuffte rasch, als sie in die amüsierten Gesichter der beiden schaute. »Aber ja, bin ich.«

»Ich versuche mich das nächste Mal zu beherrschen.«

Mehr konnte Emily wohl kaum hoffen.

»Ernsthaft, du wirkst glücklich. Bist du immer noch der Meinung, dass du es dabei belassen willst?«

»Ja, weil sie immer noch meine Chefin ist und sich das in nächster Zeit nicht ändern wird. Könnten wir das Thema endlich lassen? *Bitte?*«

»Na schön«, antwortete Cassie und schmollte.

»Danke. Und was habt ihr heute gemacht?«

»Wir waren in dieser neuen Tapas-Bar. Irgendwann müssen wir da mit dir hin, das Essen war fantastisch«, antwortete Maia. »Dann haben wir noch ein paar Sachen besorgt, um die Wohnung gemütlicher zu machen.«

»Einen neuen Teppich«, fügte Cassie hinzu und naschte von dem Käse, der auf einem Teller auf der Anrichte stand, als Maia sich wieder dem Herd zuwandte. »Ist unser Leben nicht aufregend?«

»Ach, ich weiß nicht.« Emily beobachtete die beiden ein bisschen neidisch. »Für mich klingt das ziemlich perfekt.«

Sie selbst hatte sich schon immer nach so einem Leben gesehnt – eine eigene Wohnung, eine Freundin. Eine Geliebte, zu der man nach einem langen Arbeitstag nach Hause kam, mit der man gemeinsam kochen und sich häuslich einrichten konnte.

»Irgendwann wirst du das auch haben.« Cassie schien ihre Gedanken gelesen zu haben. »Versprochen.«

Emily hoffte, dass sie recht hatte.

Kapitel 7

Am Abend der Gala rauschte Camila mit fünf Menschen im Schlepptau in die Wohnung. Alle waren schwer beladen und Emily beobachtete erstaunt, wie sie den Flur entlang in Camilas Schlafzimmer marschierten.

»Mein Stylisten-Team«, erklärte Camila, als sie kurz im Wohnzimmer Zwischenstation machte, um Jaime zu begrüßen. »Um mich hübsch zu machen.«

»Da haben sie aber nicht viel zu tun.« Die Worte waren heraus, bevor Emily sie aufhalten konnte, was ihr einen überraschten Blick von Camila einbrachte. Rasch sah Emily zur Seite und wusste ganz genau, dass sie schon wieder rot wurde. »Na ja, weil Sie ja schon …« Wenn das so weiterging, würde sie sich noch ihr eigenes Grab schaufeln. »Sie wissen schon.«

»Vielen Dank, Emily. Hoffen wir, dass mein Date das auch so sieht.«

Emily spannte sich unwillkürlich an. Ihr war gar nicht in den Sinn gekommen, dass Camila heute Abend in Begleitung sein würde. Aber wieso auch nicht? Sie war frisch geschieden. Von ihr wurde vermutlich erwartet, dass sie bei großen Events jemanden an ihrer Seite hatte.

»Könnten Sie ihn bitte reinlassen, falls er früher kommt?«

»Natürlich.« Wer immer der Glückliche war, Emily würde ihn den Rest des Abends kolossal beneiden.

Camila verschwand in ihrem Schlafzimmer, um sich stylen zu lassen, während Emily und Jaime die begonnene Schlacht mit den Figuren ihrer Lieblingszeichentrickhelden fortführten. Eine Weile später klopfte es an der Tür und als Emily öffnete, um Camilas Date hereinzulassen, sah sie sich einem charmant lächelnden, attraktiven Mann im Smoking gegenüber. Sie erwiderte es steif.

»Ich bin Emily. Kommen Sie herein, sie dürfte gleich fertig sein.«

»Danke.« Er machte einen Schritt über die Schwelle. »Ich bin Stephen.« Etwas ungelenk schüttelte er Emilys Hand und sie führte ihn in den Wohnbereich, wo er unsicher neben der Couch stehen blieb.

»Setzen Sie sich doch«, sagte Emily, um ihn zu beruhigen, ehe sie wieder Platz neben Jaime nahm.

»Tut mir leid«, entschuldigte Stephen sich und ließ sich auf der Kante der Sitzfläche nieder. »Ich bin wohl ein bisschen nervös.«

Das konnte Emily verstehen – das wäre sie auch, wenn sie zu einem ersten Date mit Camila verabredet wäre.

»Und wer ist der junge Mann?«

Jaime beäugte Stephen misstrauisch.

»Das ist Camilas Sohn, ich bin seine Nanny. Er ist ein bisschen schüchtern bei Fremden.« Sie legte Jaime einen Arm um die Schultern und drückte ihn an sich, bis er sich ein wenig entspannte.

»Das bin ich auch manchmal«, flüsterte Stephen ihm verschwörerisch zu, was Jaime ein unsicheres Lächeln entlockte.

Sie drehten sich um, als sie das Geräusch von Absätzen auf dem Parkettboden hörten. Camila bog um die Ecke, gekleidet in ein smaragdgrünes Kleid, dessen Farbe ihre Augen exzellent zur Geltung brachte. Der tiefe Ausschnitt gab den Blick auf viel helle Haut frei, die Emily zu gerne berührt hätte, und der Stoff umschmeichelte Camilas Hüften. Für einen Augenblick stellte Emily sich vor, wie sie sich hinter sie stellte und langsam den Reißverschluss des Kleids öffnete. Camilas Make-up war dezent und betonte ihre Gesichtszüge, was durch ihre Frisur noch unterstützt wurde. Sie war einfach … die schönste Frau, die Emily je gesehen hatte.

»Wow«, sagte Stephen, der sich gerade erhob. »Du siehst …«

»… wunderschön aus«, vollendete Emily den Satz so leise, dass keiner der beiden sie hören konnte. Aber ihre Lippen formten die Worte, was Camila sicher aufgefallen war. Auch konnte sie den ehrfürchtigen Ausdruck nicht verbergen. Falls Camila nicht bewusst gewesen war, welche Wirkung sie auf Emily hatte, so gab es daran nun sicherlich keinen Zweifel mehr.

Hastig schaute Emily auf ihr Füße.

»Du siehst toll aus«, brachte Stephen schließlich hervor. Am liebsten hätte Emily spöttisch geschnaubt. Etwas Besseres fiel ihm nicht ein?

»Danke.« Emily spürte Camilas Blick, der noch immer auf ihr ruhte, doch als sie zu ihr schaute, stand sie bereits neben Stephen. »Können wir los?«

»Natürlich.«

»Sei brav, mein Schatz.« Camila beugte sich zu Jaime hinunter, um ihm einen Kuss samt Lippenstift auf die Haare zu drücken. »Wir sehen uns morgen.«

»Nacht, Mama.«

»Einen schönen Abend«, wünschte Emily und Camila hob die Hand zum Abschied, bevor sie mitsamt Stephen und den Stylisten verschwand. Emily sah ihr hinterher, bis die Tür hinter ihnen ins Schloss fiel, und ließ sich dann ungeschickt wieder auf den Boden fallen. Jaime kuschelte sich an sie und gemeinsam starrten sie einen Moment lang an die Decke.

Camila beherrschte Emilys Gedanken; und was hätte sie nicht alles dafür gegeben, um den Abend an ihrer Seite verbringen zu dürfen. Das musste aufhören, bevor es sie umbrachte.

In dem Moment, als Camila den ersten Fuß in die Gala setzte, wäre sie am liebsten sofort wieder gegangen. Sie hasste solche Events. Die Reichen und Schönen der Stadt hatten ohnehin nichts Besseres zu tun, als über sie zu lästern, sobald sie ihnen den Rücken zukehrte.

Aber das war ein notwendiger Teil ihrer Arbeit und sie ließ sich nur zu wenigen dieser Anlässe im Jahr blicken. Wenn sie den Abend überstand, hatte sie also ein paar Monate Ruhe, bevor der nächste anstand.

Eigentlich hatte sie gehofft, dass Stephen sich als unterhaltsamer Begleiter entpuppen würde, musste jedoch sehr schnell feststellen, dass dem nicht so war. Er war ganz nett und sie hatten sich vor ein paar Monaten bei einem ähnlichen Dinner wie diesem kennengelernt. Deswegen hatte Camila bereitwillig zugesagt, als er sie gefragt hatte, ob sie seine Begleitung für diesen Abend sein wollte. Allerdings war ihr dabei nicht klar gewesen, dass er die Persönlichkeit eines nassen Waschlappens besaß.

Stephen war Banker und schien über nichts anderes als die Arbeit reden zu können. Das hätte Camila vielleicht sogar interessant gefunden, wären seine Geschichten nicht so unendlich langweilig gewesen. Selbst nach drei Drinks zeigte sich keine charakterliche Tiefe und Camila konnte es kaum erwarten, ihm den Rücken zuzukehren und nach Hause zu kommen.

Nach Hause, wo Emily auf sie wartete.

Wann immer Stephen sich in einem seiner Monologe erging, schweiften Camilas Gedanken zu Emily ab. Ihr Gesichtsausdruck, als sie Camila in dem Kleid betrachtet hatte … Gott, den bekam sie einfach nicht aus dem Kopf.

Natürlich war Camila nicht dumm – sie wusste, dass Emily in sie verknallt war, denn sie gab sich keine Mühe, es zu verstecken. Sie musste zugeben, dass sie die Aufmerksamkeit genoss. Emily war jung, hübsch und es schmeichelte Camila, dass sie sie attraktiv fand. Es reizte sie.

Aber vielleicht steckte mehr als eine harmlose Schwärmerei dahinter. *Wunderschön* hatte Emily sie genannt und Camila war das Verlangen in ihrem Blick nicht entgangen; es hatte ihren eigenen Puls in die Höhe getrieben. Aufregung und Lust hatten ihren eigenen Körper erfasst. Und in diesem Moment hatte sie sich gefragt, ob sie ebenfalls mehr für Emily empfand.

Das konnte gefährlich werden, denn Emily war … Sie war so jung und unschuldig und viel, viel zu gut für sie. Alles, was Camila anfasste, zerbrach, weswegen sie sich Emily niemals nähern durfte, egal, wie sehr sie es wollte. Emily Walker würde auf keinen Fall Schaden nehmen. Allein schon Jaime zuliebe.

Also blieb Camila etwas länger auf der Gala, als ihr lieb war, ließ sich von Stephen den ganzen Abend lang ein Ohr abkauen und lud ihn zu sich ein, als er sie bei sich zu Hause absetzte. Zwar hatte sie nicht die geringste Absicht, ihn über Nacht bleiben zu lassen, doch Emily würde sicherlich diesen Schluss ziehen. Und das wiederum war die netteste Art, ihr einen Korb zu geben.

Als sie mit ihm in die Wohnung zurückkehrte und Emilys Gesichtsausdruck sah, fühlte Camila sich allerdings, als hätte man ihr ein Messer in die Brust gestoßen. Aber sie musste das jetzt tun. Wenn Emily dachte, dass sie einen Partner hatte, würde sie vielleicht schneller darüber hinwegkommen.

»Hat alles geklappt?«, fragte Camila, während sie sich von Stephen aus dem Mantel helfen ließ.

»Ja. Jaime ist ohne Probleme ins Bett gegangen. Er hat ein paarmal versucht, sich rauszuschleichen, ist aber schließlich eingeschlafen. Hatten Sie, hm …« Emily trat von einem Bein auf das andere. Sie blickte abwechselnd von Camila zu Stephen. »Hatten Sie einen schönen Abend?«

»Fantastisch«, log Camila.

»Toll.« Emily lächelte angestrengt, was Camilas Entschluss beinahe ins Wanken gebracht hätte. »Dann, hm, gehe ich mal.« Sie griff nach ihrer Jacke und Camila versuchte ihre zitternden Hände zu ignorieren. »Bis morgen.«

»Gute Nacht, Emily.« Camila schaute ihr schweren Herzens nach, wusste jedoch, dass es das Beste für sie war. Für sie beide. Emily würde darüber hinwegkommen und vergessen, dass sie je etwas für Camila empfunden hatte. Sie selbst würde ihre Gedanken an Emily verdrängen müssen, bis sie sie ebenfalls vergaß.

Kein besonders wahrscheinliches Szenario. Sie kannte Emily noch nicht besonders lange, aber lange genug, um von ihr vollkommen aus der Bahn geworfen zu werden. Wie sollte sie ihr Herz ignorieren, das wie wild klopfte, wann immer sie Emily zusammen mit Jaime sah? Das Bild weckte in ihr die Sehnsucht nach Familie und jemandem, mit dem sie ihr Leben teilen konnte. Wie hatte Emilys entwaffnendes Lächeln so einfach Camilas sorgsam errichtete Mauern niederreißen können?

Sie brauchte einen Drink.

Stephen bekam ebenfalls einen und Camila versuchte, die Erinnerung an den traurigen Ausdruck in Emilys Augen mit dem bitteren Geschmack von Scotch zu vertreiben, doch es funktionierte nicht. Als Stephen sie küssen wollte, ließ sie es zu – ihr letzter Kuss war verdammt lange her. Aber es fühlte sich *falsch* an, weswegen sie ihn rasch wieder von sich schob.

»Ich denke, du solltest jetzt gehen«, sagte sie kühl.

Er protestierte nicht, zuckte nur mit den Schultern und ging wortlos. Camila blieb mit ihren Gedanken allein zurück.

Für eine Weile setzte sie sich an Jaimes Bett und beobachtete, wie seine Brust sich hob und senkte, während sie seinen tiefen Atemzügen lauschte. Das beruhigte sie zwar, lenkte sie aber nicht ab. Und als sie schließlich endlich den Weg ins Bett fand, wünschte sie sich nichts sehnlicher, als es mit jemandem zu teilen.

Emily schlief nicht gut. Sie musste immerzu an Camila in diesem dummen Kleid denken. Wahrscheinlich hatte sie die Nacht mit diesem Kerl verbracht und Emily wünschte, sie wäre an seiner Stelle gewesen. Sie wollte den Reißverschluss nach unten ziehen und jeden Zentimeter von Camilas Haut küssen. Die Arme um sie schlingen und sie nie wieder loslassen.

Diese Gedanken hielten sie so lange wach, bis Emily schließlich gegen fünf Uhr morgens die Decke zur Seite schlug und sich auf den Weg ins nahe gelegene Fitnessstudio machte. Dort herrschte mehr Betrieb, als sie erwartet hatte, doch sie ergatterte ein Laufband und versuchte, dem Karussell in ihrem Kopf davonzulaufen. Waren die Menschen um sie herum aus ähnlichen Gründen hier? Wenn man die Wahl hatte, machte man doch sicher nicht so früh Sport.

Nach einer halben Stunde fühlte sie sich besser – zumindest ein bisschen. Sie wischte sich den Schweiß aus dem Gesicht und ging hinüber in den Raum mit den Gewichten. Normalerweise mied sie diesen Bereich, weil sich hier zu viele Männer tummelten, die sich für Gottes Geschenk an die Weiblichkeit hielten. Und natürlich starrten ihr jetzt auch wieder genug von ihnen auf den Hintern, und sie waren noch nicht einmal subtil dabei.

Emily reagierte nicht darauf, schenkte aber der einzigen anderen Frau in dem Bereich ein Lächeln. Wenn die Brünette mit den beeindruckenden Bauchmuskeln und strahlend blauen Augen sie musterte, hatte Emily nichts dagegen.

Nach ein paar aufwärmenden Dehnübungen nahm sie auf einer der Bänke Platz. Kaum hatte sie die Position auf dem Rücken eingenommen, fiel ein Schatten auf sie, der sie sofort innerlich zum Stöhnen brachte. In der festen Annahme, dass sie sich gleich einem übereifrigen Kerl gegenüber sah, der ihr erklären wollte, wie man richtig Gewichte stemmte, schaute sie auf. Doch es war die Frau mit den dunklen Haaren, die sich grinsend über sie beugte.

»Brauchst du einen Spotter?«, fragte sie. »Kein Problem, wenn nicht. Aber ich wollte es anbieten, bevor einer von den Klugscheißern auf die Idee kommt.«

»Ja, gerne, vielen Dank.« Emily stemmte das Gewicht etliche Male. Als sie fertig war, hängte sie die Stange zurück in die Halterung und setzte sich auf, um ihre Arme auszuschütteln. Das würde morgen einen ordentlichen Muskelkater geben. »Ich bin Emily.«

»Megan.« Die Frau reichte ihr eine Hand und half Emily auf die Füße, sodass sie die Plätze tauschen konnten. Megan erhöhte das Gewicht und Emily beobachtete, wie sich ihre Armmuskeln unter der Haut bewegten, als sie die Stange über ihrem Kopf nach oben stemmte.

Sie war heiß und sie war *stark*, doch als Megan sie beim Starren erwischte, wandte Emily verlegen den Blick ab.

»Wieso habe ich dich hier noch nie gesehen?«, fragte Megan und griff nach ihrer Wasserflasche. »Bist du neu in der Stadt?«

»Ja, ziemlich«, antwortete Emily. »Erst vor ein paar Wochen hergezogen. Normalerweise komme ich eher spätabends hierher.«

»Kein Morgenmensch?«

»Nicht wirklich, aber heute war mir danach«, log sie. Megan musste nicht wissen, warum sie tatsächlich hier war. Und in diesem Moment ging ihr auf, dass sie mal nicht an Camila gedacht hatte – vielleicht war eine Trainingseinheit im Fitnessstudio genau die richtige Idee gewesen.

»Dann hoffe ich mal, dass dir zukünftig öfter danach ist«, neckte Megan sie. Flirtete sie etwa mit Emily? »Wäre schön, dich wiederzusehen.«

Emily wollte gerade antworten, als ihr Handy in ihrer Hosentasche vibrierte. Sie fischte es heraus, fest entschlossen, den Anruf zu ignorieren, sollte er von Cassie sein – die hätte sicherlich Verständnis, wenn sie Megan sehen könnte –, es war jedoch Camila.

»Das ist meine Chefin«, entschuldigte Emily sich und hob ab. »Hallo?«

»Tut mir wirklich leid, Sie so früh anrufen zu müssen, aber ich muss dringend ins Büro. Könnten Sie heute eher hier sein? Oder Jaime bei mir im Büro abholen?«

»Hm, natürlich«, antwortete Emily. »Ich kann direkt zu Ihnen kommen, wenn Sie wollen.« Sie schaute auf ihre verschwitzte Sportkleidung hinunter. »Allerdings bräuchte ich eine Dusche und müsste mir vielleicht Kleidung von Ihnen leihen. Ich bin im Fitnessstudio«, fügte sie noch rasch hinzu. »Wenn es für Sie einfacher ist, kann ich ihn aber im Büro abholen.« In diesem Moment kam ihr in den Sinn, dass Stephen vielleicht noch in der Wohnung sein könnte. Warum hatte sie das nicht vorher angeboten?

»Nein, das passt. Natürlich können Sie hier duschen.«

»Dann komme ich so schnell wie möglich.«

»Vielen Dank, Emily.«

Sie steckte ihr Handy wieder ein, fragte sich jedoch, ob sie wirklich schon bereit war, Camila gegenüberzutreten.

»Du musst los?«, erkundigte sich Megan.

»Ja, leider. Vielleicht sehen wir uns hier ja mal wieder?«

»Das hoffe ich sehr.«

An der Tür angekommen drehte Emily sich noch einmal um und sah, dass Megan sie beobachtete. Anstatt rot zu werden, weil sie beim Starren erwischt worden war, zwinkerte sie Emily bloß zu. Den Weg zur U-Bahn legte sie deutlich beschwingter zurück.

Als sie Camilas Wohnung betrat, stand diese gerade telefonierend in der Küche; sie hatte die Hand in die Hüfte gestemmt. In dem Moment, als ihr Blick auf Emily fiel, verstummte sie mitten im Satz und starrte sie für einen langen Moment an.

Hatte Emily sich den Anruf nur eingebildet und sollte noch gar nicht hier sein? Doch dann blinzelte Camila und sprach weiter in ihr Handy, als wäre nichts gewesen.

Einen Moment später legte sie auf und wandte sich Emily zu. »Tut mir leid, dass ich Sie so früh herzitiere.«

»Ist schon in Ordnung, wirklich.« Sie zog ihre Jacke aus und hängte sie über eine Stuhllehne. Sie konnte schwören, dass Camila sie erneut anstarrte. Hätte sie ihre Jacke anlassen sollen? Sie trug darunter nur einen Sport-BH und das empfand Camila möglicherweise als unangebracht. Aber sie hatte den früheren Arbeitsbeginn schließlich nicht eingeplant. Dennoch hatte sie das Gefühl, sich entschuldigen zu müssen, und verschränkte die Arme vor dem Bauch, um die nackte Haut zu verstecken. »Tut mir leid, ich habe keine Wechselkleidung mitgebracht.«

»Das …« Camila musterte Emily langsam von oben bis unten und … Moment mal. Da blitzte doch etwas in ihrem Blick auf. Interesse?

Machte ihr halb nackter Anblick Camila etwa *nervös*? Träumte Emily gerade?

»Das ist schon in Ordnung.«

Emily ließ die Arme sinken und beobachtete, wie Camila schluckte, als sie einen Blick auf ihre Bauchmuskeln warf, bevor sie sich räusperte und zur Seite schaute.

»Sie können die Dusche in meinem Bad benutzen.« Zu Emilys Bedauern fasste Camila sich schnell wieder und führte sie den Flur entlang. »Ich suche Ihnen was zum Anziehen raus.«

Innerlich stählte Emily sich, als Camila die Tür zu ihrem Schlafzimmer öffnete, falls Stephen sich noch darin befand, doch der Raum war leer. Und er sah genauso aus, wie sie ihn sich vorgestellt hatte: teuer eingerichtet, blitzsauber aufgeräumt und an den Wänden hingen gerahmte Fotos von Jaime.

Ihr Blick blieb flüchtig an dem Bett hängen und sie stellte sich vor, wie Camila nackt darauf lag, die Hände ins Laken gekrallt, während Emily mit den Lippen ihre Haut liebkoste. Doch dann deutete Camila auf die Tür zum Badezimmer und verließ den Raum.

Noch nie hatte Emily eine solche Hightech-Dusche benutzt. Die Hälfte der Knöpfe konnte sie nicht zuordnen und deshalb wagte sie es nur, die Temperatur ein wenig zu erhöhen, um ihre schmerzenden Muskeln zu lockern.

Was sollte sie mit der Erkenntnis anfangen, dass Camila sich vielleicht zu ihr hingezogen fühlte? Oder zumindest an ihrem Körper interessiert war … Die ganze Nacht über hatte sie versucht, nicht an ihre Chefin zu denken. Zwischen ihnen würde sich ohnehin niemals etwas entwickeln; aber jetzt war Emily sich da nicht mehr so sicher.

Nur weil Camila sie körperlich attraktiv fand, hieß das aber noch lange nicht, dass sie dem nachgeben wollte. Und es gab immer noch genügend andere Gründe, weshalb sie nichts miteinander anfangen sollten: Camila war ihre Arbeitgeberin, und Emily liebte ihren Job und Jaime. Sie wollte diese Beziehung nicht riskieren. Also hatte sich im Prinzip nichts verändert.

Sie wusste nun lediglich, dass Camila sie heiß fand – zumindest wenn sie Sportkleidung trug. Vielleicht sollte sie das öfter machen.

Als sie, in eines der flauschigen Handtücher gewickelt, die Badezimmertür öffnete, fand sie davor einen Stapel sauber gefalteter Kleidung. Die Jogginghose – deren bloße Existenz in Camilas Besitz Emily schon überraschte – saß verflucht eng und reichte ihr nur bis zur Mitte der Waden. Aber sie schaffte es, den Stoff über den Hintern zu bekommen, und war sich sogar ziemlich sicher, dass sie sich darin bücken konnte, ohne einen Unfall zu riskieren. Auch der Pullover war ihr etwas zu klein, aber alles war besser, als den Rest des Tages in verschwitzter Sportkleidung zu verbringen.

Emily kehrte in die Küche zurück, wo ein verschlafener Jaime noch im Schlafanzug an der Frühstückstheke auf sie wartete. Camila war offensichtlich bereits auf dem Sprung.

»Tut mir leid wegen der Kleidung«, sagte Camila, deren Blick länger an Emily hängen blieb, als notwendig gewesen wäre. »Ich hatte die Wahl zwischen diesem Outfit oder Chris' Sachen, die noch hier sind. Wenn Ihnen das lieber ist, hole ich Ihnen was von ihm.«

»Nein, das ist schon in Ordnung«, versicherte Emily ihr. »Wäre es in Ordnung, wenn ich meine Schwester bitte, mir nachher meine Kleidung vorbeizubringen? Ich würde nur ungern heute Abend so in die U-Bahn steigen.«

»Natürlich«, erwiderte Camila lachend. »Ich lasse den Wachmann wissen, dass Sie nachher Besuch erwarten.« Sie warf einen Blick auf ihre Armbanduhr. »Aber ich muss wirklich los.«

»Ist alles in Ordnung?«

»Oh, ja.« Camila gab Jaime einen Abschiedskuss. »Nur mal wieder ein Feuer, das es zu löschen gilt. Ich wünschte, die Leute würden nachdenken, bevor sie etwas tweeten. Ich bemühe mich, dass es heute Abend nicht zu spät wird, kann aber nichts versprechen. Wir sehen uns nachher.«

Nachdem Camila gegangen war, wandte Emily sich an Jaime.

»Hey, Kumpel. Wollen wir dich mal anziehen oder lieber erst frühstücken?«

»Essen!«, verkündete er und Emily hob ihn lachend von seinem Hocker.

»Was möchtest du denn? Sollen wir Pancakes machen?« Sie war ebenfalls hungrig und da Camila sie schon mehrfach aufgefordert hatte, sich in der Küche zu bedienen, würde sie genau das jetzt auch tun. Als Jaime begeistert nickte, begutachtete Emily mit in die Hüfte gestemmten Händen die Schrankfronten. »Okay, dann hilf mir mal. Weißt du, wo deine Mom große Schüsseln hat?«

»Da drin.« Er deutete auf einen Unterschrank.

»Sehr gut, Jaime.« Emily holte eine der großen Plastikschüsseln heraus und eine Pfanne aus einem anderen Schrank. »Weißt du denn, welche Zutaten wir für Pancakes brauchen?«

»Nein.«

»Nein? Macht deine Mom die denn nie für dich?«

»Doch, aber ich hab's vergessen.«

»Okay, wir werden die einfache Variante machen, weil ich eine schreckliche Köchin bin. Dafür brauchen wir nur Mehl, Eier und Milch.« Sie sammelte die Zutaten zusammen und mischte den Teig an, während sie die Pfanne auf dem Herd heiß werden ließ.

Pancakes waren eins der wenigen Dinge, die sie guten Gewissens für Jaime zubereiten konnte, ohne ihm eine Lebensmittelvergiftung zu verpassen. Wenig später hatten sie einen Stapel der Leckereien fertig und setzten sich zum Essen an den Tisch.

»Worauf hast du denn heute Lust, junger Mann?«, erkundigte sich Emily, während Jaime ihr nach dem Essen half, das Geschirr in die Spülmaschine zu räumen. »Wollen wir in den Park gehen?«

»Okay!«

Siedend heiß fiel Emily ihr aktueller Aufzug wieder ein. »Ich muss mir nur erst andere Kleidung bringen lassen. Ziehen wir dich erst mal an und dann sage ich meiner Schwester Bescheid. Ist es in Ordnung für dich, wenn sie vorbeikommt? Sie ist wirklich nett, versprochen.« Jaime nickte schüchtern lächelnd.

Sie brachte den Jungen in sein Zimmer, wo sie ihm Kleidung raussuchten, bevor sie Cassie anrief.

»Hey, Emily.«

»Hey, Cass. Du arbeitest erst heute Nachmittag, oder?«

»Ja. Warum?«

»Könntest du mir einen Gefallen tun?«

»Kommt drauf an, was es ist und was für mich dabei herausspringt.«

»Ich brauche ein paar Klamotten aus meiner Wohnung. Könntest du mir die bringen? Ich bin bei Camila. Und was für dich dabei herausspringt, ist die Gelegenheit, dir ihr Apartment anzuschauen.«

»Bin dabei!«, stimmte Cassie sofort zu. »Aber warum brauchst du was zum Anziehen? O mein Gott! Bist du über Nacht geblieben? Hast du mit ihr geschlafen?«

»Nein!«, fuhr Emily sie an, senkte dann aber die Stimme, da sie Jaime, der gerade in eine schwarze Jeans schlüpfte, nicht erschrecken wollte. »Ich habe *nicht* mit ihr geschlafen. Ich war heute Morgen im Fitnessstudio, als sie angerufen hat, ob ich früher kommen kann. Ich hatte keine Zeit mehr zum Umziehen.«

»Das ist eine nette Geschichte.«

»Du bist unmöglich.«

»Trotzdem hast du mich lieb. Ganz ruhig, ich bring dir was zum Anziehen. Willst du was Bestimmtes?«

»Nein, bring mir einfach irgendetwas. Brauchst du die Adresse?«

»Nee, ich habe schon rausgefunden, wo sie wohnt. Bin in einer halben Stunde da. O Mann, Maia wird so neidisch sein.«

Kapitel 8

Am Sonntagmorgen ging Emily wieder ins Fitnessstudio, dieses Mal begleitet von ihrer Schwester und Maia. Bei dem Gedanken, dort vielleicht Megan wiederzusehen, breitete sich in ihrem Bauch ein aufregendes Kribbeln aus. So etwas hatte sie schon lange nicht mehr empfunden. Es war schön, an eine Frau zu denken, die nicht Camila war und bei der sie vielleicht sogar eine reelle Chance hatte.

Als sie Megan nach einer halben Stunde noch nirgends entdeckt hatte, entschied sie sich, einen Abstecher in den Raum mit den Gewichten zu machen.

»Was willst du denn da?«, fragte Maia. »Der ist voller Kerle, die meinen, dass sie alles besser können als du.«

»Einfach so.«

»Nein, nicht einfach nur so.« Cassie stürzte sich wie ein Bluthund auf die Fährte. »Dafür gibt es ganz sicher einen Grund.«

»Nein, gibt es nicht.« Leider war Emily eine miserable Lügnerin.

»Dann kommen wir mit.«

»Wie bitte?«, protestierte Maia. »Igitt, nein. Warum sollten wir?«

Cassie ignorierte sie und folgte Emily die Treppe hinunter.

»Dafür schuldest du mir was, Cas.«

»Ich lade dich zum Essen ein«, versprach Cassie ihrer Freundin.

Emily schaute sich im Raum um, doch auch hier war Megan nicht anzutreffen. Enttäuscht entschied sie sich dennoch ein paar Übungen auf einer der Maschinen zu machen. Sie genoss es, ihre Schwester zu verwirren, die immer noch verzweifelt überlegte, warum Emily hier war.

»Oh, hey«, hörte sie in diesem Moment eine bekannte Stimme hinter sich und als Emily sich umdrehte, entdeckte sie Megan an der Tür. »Du bist wieder da.«

»Ja.«

»Und du hast Freundinnen mitgebracht?« Megan musterte Cassie und Maia, die sie unverhohlen anstarrten. »War ich als Spotterin nicht gut genug für dich?«, fragte Megan amüsiert.

Emilys Gesicht wurde heiß. »Was? N-nein, du warst toll.«

Cassie schlug sich eine Hand vor den Mund und Emily konnte nur hoffen, dass Megan das nicht mitbekommen hatte.

»Das sind meine nervige Schwester Cassie und ihre Freundin Maia. Und das ist Megan. Wir haben uns neulich hier kennengelernt.«

»Wollen wir wieder zusammen trainieren?«, erkundigte sich Megan und Emily nickte zustimmend. Erstens musste sie die beiden so schnell wie möglich von Megan wegbekommen und außerdem war die Frau nun wirklich alles andere als unschön anzuschauen.

»Toll.« Megan schenkte ihr ein breites Lächeln und ging voraus zu einer der Bänke. Emily folgte ihr, ohne ihre Schwester auch nur eines Blickes zu würdigen.

»Deine Schwester und ihre Freundin sind ein süßes Paar«, sagte Megan, als Emily sich bereit machte.

»Ja, sind sie. Ich bin wirklich froh, dass sie sich gefunden haben.«

»Und du?«, erkundigte Megan sich. »Hast du jemanden, der zu Hause auf dich wartet?«

»Nope.«

»Ernsthaft?« Sie zog eine Augenbraue nach oben. »Eine hübsche Frau wie du?«

Emily stemmte die Gewichte erneut nach oben in der Hoffnung, dass die Anstrengung die Röte verbergen würde, die ihr sicher gerade in die Wangen stieg.

»Wie kommt's?«

»Ich bin neu in der Stadt, weißt du noch? Hatte noch keine Gelegenheit, jemanden kennenzulernen«, antwortete Emily. »Na ja, außer Frauen im Fitnessstudio, die mich hübsch finden.«

Megan grinste. »Hey, ich bin nur ehrlich.«

Sie tauschten die Plätze und *Himmel*, hatte Megan tolle Arme. Und es fühlte sich gut an, mit einer heißen Frau zu flirten.

»Ich fühle mich beobachtet«, sagte Megan schließlich schmunzelnd.

»O mein Gott.«

Cassie und Maia lungerten an der gegenüberliegenden Bank herum und taten nicht einmal so, als würden sie nicht herüberschauen.

»Tut mir wirklich leid.«

»Schon in Ordnung.« Megan lachte, hievte die Gewichtstange zurück und setzte sich auf. »Gibt es einen Grund dafür?«

»Ihr Sinn und Zweck im Leben ist es, mich vor attraktiven Frauen zu blamieren.«

»Du findest mich attraktiv?«

»Hast du in letzter Zeit mal in den Spiegel geschaut?«, fragte Emily etwas lauter, was Megan erneut grinsen ließ. »Ich sage ihnen, dass sie verschwinden sollten.« Damit marschierte sie zu Cassie und Maia, wo sie von ihrer Schwester direkt am Arm gepackt wurde.

»Sag mal«, flüsterte Cassie. »Warum zum Teufel erzählst du uns nichts von der heißen Frau, die du im Fitnessstudio kennengelernt hast?«

»Weil ich wusste, dass genau das passieren wird!«, zischte Emily. »Ihr beide seid furchtbar.«

»*Wir* sind furchtbar?« Das ließ Cassie nicht auf sich sitzen. »*Wir*? Was ist denn mit dir? Wie konntest du uns das vorenthalten? Schau sie dir doch mal an, Emily.«

Automatisch drehte Emily den Kopf in Richtung Megan, die sie amüsiert beobachtete.

»Wenn du sie nicht um ein Date bittest, mach ich das für dich.«

»Daran habe ich gerade gearbeitet, als sie euch beim Starren erwischt hat. Und jetzt haut ab, ihr seid gruselig.«

»Sobald wir zu Hause sind, wirst du mir jede Einzelheit erzählen!«, rief Cassie ihr im Gehen noch zu, natürlich laut genug, dass Megan es auch mitbekam. Emily erdolchte ihre Schwester mit Blicken.

»Sorry noch mal«, murmelte sie, als sie wieder zu Megan zurückkehrte.

»Schon okay. So gut bin ich schon lange nicht mehr unterhalten worden. Und um ehrlich zu sein, würde meine Schwester wahrscheinlich das Gleiche tun, wenn sie hier wäre. Sie blamiert mich auch gerne vor schönen Frauen.«

Zum x-ten Mal an diesem Tag wurde Emilys Gesicht rot.

»Dann, hm, möchtest du vielleicht irgendwann was trinken gehen? Wir könnten uns irgendwo treffen, wo es weniger verschwitzte Kerle gibt.«

»Ich hatte schon befürchtet, dass du nie fragst.« Um Megans Augen bildeten sich beim Lächeln kleine Fältchen, als sie das sagte.

»Nächsten Samstag?«, schlug Emily vor.

Megan brachte einen äußerst einladenden Schmollmund zustande. »Ich muss fast eine Woche warten, um dich wiederzusehen?«

»Mein Job ist ziemlich unberechenbar. Ich weiß nie, wann ich Feierabend machen kann, und will dir nicht absagen müssen, wenn es später wird.«

»Okay, gutes Argument«, sagte Megan. »Aber was machst du heute Abend? Hast du schon was vor?«

»Ich bin bei meiner Schwester zum Essen eingeladen, aber sie wird sicher entzückt sein, wenn ich das für dich verschiebe. Heute Abend passt also gut.«

»Super, gib mir dein Handy«, forderte Megan sie auf.

Emily reichte ihr das Gerät und ließ sie ihre Nummer eingeben und sich selbst eine Nachricht schicken.

»Ich schreibe dir nachher, dann können wir ausmachen, wann und wo wir uns treffen.«

»Wunderbar.«

»Bis später.« Megan gab Emily einen Kuss auf die Wange und ging.

Vor der Tür lauerten Cassie und Maia.

»Erzähl uns alles«, forderte ihre Schwester Emily auf.

»Ich habe heute Abend ein Date …«

Die begeisterten Jubelrufe von Cassie und Maia hallten durch den ganzen Raum, und Emily sah, wie Megan sich noch einmal lächelnd umdrehte.

»Bist du nervös?«, fragte Megan später am Abend, als Emily ihr gegenüber in einer Sitznische im hinteren Teil einer Bar Platz genommen hatte.

Das Leder der Bank fühlte sich kühl an ihren nackten Beinen an und sie spielte mit dem kleinen Schirmchen, das in ihrem Drink steckte.

»Ja.« Lügen war ohnehin sinnlos.

»Warum?«

»Weil du mich nervös machst!«

»Was?« Megan neigte den Kopf fragend zur Seite. »Wieso?«

»Weil ich seit einer halben Ewigkeit kein Date mehr hatte, du hübsch bist und deine Selbstsicherheit mich ein bisschen einschüchtert.«

»Ich verrate dir was: Ich bin auch nervös.«

»Bist du nicht.« Emily sah sie ungläubig an.

»Doch! Weil das auch für mich das erste Date seit Langem ist und mir eine hübsche Frau gegenübersitzt, die mich einschüchternd findet.«

»Ich habe nicht behauptet, dass das schlimm ist.« Emily war selbst überrascht, wie sehr sie das Geplänkel genoss. »Ist das wirklich dein erstes Date seit Langem?«

»Ja.« Megan schaute mit glasigen Augen ins Leere. »Ich, hm, bin relativ frisch getrennt und finde mich gerade erst wieder zurecht. Deswegen suche ich gerade auch nichts Festes – und es ist mir wichtig, das direkt anzusprechen, falls du darauf aus bist.«

»Nicht wirklich«, antwortete Emily schulterzuckend. »Meine letzte Beziehung war … nicht besonders toll.« Und das war die Untertreibung des

Jahres. »Was Lockeres ist also super. Wahrscheinlich genau das, was ich gerade brauche.«

»Schön, dass wir das ähnlich sehen.«

Emily war erleichtert, dass sie ähnlich dachten und nur zwanglosen Spaß suchten. Das würde sie mit Sicherheit ein wenig von den Gedanken an Camila ablenken.

»Erzähl mir doch ein bisschen was über dich. Du hast schon gemeint, dass dein Job unberechenbar ist?«

»Ziemlich. Ich betreue als Kindermädchen einen sehr süßen Fünfjährigen.«

»Oh, cool. Vollzeit?«

»Ja. Seine Mom arbeitet viel und sein Dad ist … nicht unbedingt oft Teil seines Lebens. Aber es ist ein großartiger Job. Er ist ein wundervoller Junge.«

»Das merkt man an der Art, wie du über ihn sprichst«, erwiderte Megan. »Wolltest du schon immer Nanny werden? Suchst du dir einen anderen Schützling, wenn er in die Schule geht?«

»Eigentlich würde ich gerne weiterstudieren«, antwortete Emily und nippte an ihrem Drink. »Ich will noch meinen Master machen, vielleicht sogar promovieren und dann selbst lehren.«

»Welches Fach?«

»Astrophysik.«

Megan blinzelte ein paarmal.

»Den Gesichtsausdruck bekomme ich häufiger zu sehen, wenn ich das sage. Normalerweise endet das Gespräch dann auch recht schnell.«

»Jetzt bin *ich* eingeschüchtert. Das ist fantastisch.«

»Ach, ich bin einfach nur gut darin.«

»Tja, bei Physikthemen werde ich nicht mithalten können. Ich habe kaum die Highschool geschafft.«

»Was machst du beruflich?«

»Im Moment zwei Jobs. Tagsüber arbeite ich als Barista, aber ich habe auch Aufträge als Personal Trainerin. Oh, und ich unterrichte Kampfsport.«

»Ich habe einen schwarzen Gürtel in Karate.«

»Vielleicht könnten wir mal zusammen auf die Matte.«

»Das wäre toll.« Megan war eine fantastische Gesprächspartnerin, und Emily merkte, wie sie sich allmählich entspannte. »Du hast heute Morgen eine Schwester erwähnt. Steht ihr euch nahe?«

»Ja. Wir sind alterstechnisch nur ein Jahr auseinander, deswegen war sie immer meine beste Freundin. Du weißt wahrscheinlich, wie das ist.«

»Cassie ist eigentlich meine Pflegeschwester«, erklärte Emily. »Ich bin mit dreizehn zu ihrer Familie gekommen. Am Anfang war sie alles andere als glücklich darüber.« Cassie war ein launischer Teenager gewesen, und es hatte ihr überhaupt nicht gepasst, dass sie ihr Zimmer mit Emily teilen musste. »Nach einer Weile hat sie sich an mich gewöhnt und irgendwann waren wir unzertrennlich.«

»Du hast deine Eltern verloren?«

»Ja, bei einem Autounfall.«

»Tut mir sehr leid.« Megan griff nach ihrer Hand und drückte sie sanft. »Meine Mom ist gestorben, als ich fünfzehn war. Keine Ahnung, was ich gemacht hätte, wenn mein Dad nicht da gewesen wäre.«

»Es war hart, aber ich hatte wirklich Glück, bei den Jones zu landen. Wohnt deine Schwester in der Stadt?«

»Nein, sie ist gerade im Auslandseinsatz«, entgegnete Megan und spielte mit ihrem Strohhalm herum. »Sie ist in Dads Fußstapfen getreten und zum Militär gegangen – vor ein paar Monaten ist sie weg.«

»Das muss schwer für dich sein.« Für Emily und Cassie war es schon schwierig gewesen, auf verschiedene Colleges zu gehen. Sie konnte sich nicht einmal vorstellen, wie es sein musste, durch ganze Kontinente getrennt zu sein.

»Ja, aber sie ruft an, sooft sie kann. Ich bin trotzdem froh, wenn sie wieder hier ist.«

»Das glaube ich dir sofort.«

Sie unterhielten sich noch eine Weile, bevor sie den Abend ausklingen ließen, da sie beide am nächsten Morgen früh aufstehen mussten.

»Darf ich dich nach Hause bringen?«, fragte Megan, während sie die Tür der Bar öffnete.

»Nur, wenn du dafür keinen Umweg machen musst.«

»Nein, ich wohne nur ein paar Blocks von dir entfernt.« Megans Schulter streifte ihre, als sie nebeneinander hergingen. »Ich wünschte, es wäre nicht so bewölkt«, sagte sie und schaute zum Himmel hoch. »Ich hatte darauf gehofft, dass du mir die Sterne zeigst.«

»Vielleicht beim nächsten Mal.«

»Du denkst also, es gibt ein nächstes Mal?«

»O…oh, tut mir leid, ich habe nur …«

»Alles gut«, unterbrach Megan das Gestammel lachend. Ihre Augen funkelten im Licht der Straßenlaternen. »Ich mache nur Spaß. Und ich mag es, wenn du rot wirst. Ich würde dich gerne wiedersehen.«

»Wirklich?«

»Ja. Ich hatte viel Spaß heute Abend.« Megan lehnte sich beim Laufen ein wenig in Emilys Richtung. Ihr Körper fühlte sich warm in der kühlen Nachtluft an. Emily war enttäuscht, als sie ihr Wohnhaus erreichten; sie war noch nicht bereit, den Abend enden zu lassen. »Ich schreibe dir, dann können wir ausmachen, wann wir uns das nächste Mal treffen.«

»Okay.« Bevor sie es sich anders überlegen konnte, streckte Emily die Arme aus und zog Megan zu sich, um sie zu küssen. Ihre Lippen waren warm und weich und es war *nett*, aber sie widerstand der Versuchung, sie hereinzubitten. »Dann bis bald.«

»Tschüss, Emily.«

Emily wartete, bis Megan außer Sichtweite war, bevor sie ins Haus ging. Noch immer lächelnd betrat sie ihre Wohnung, wo sie sich die Jacke auszog und sich auf die Couch fallen ließ. So entspannt hatte sie sich schon lange nicht mehr gefühlt. Sie griff nach ihrem Handy in dem Wissen, dass Cassie und Maia sicher auf ein Update warteten.

Mittwoch war erneut ein stressiger Tag und eine Überschneidung im Terminkalender sorgte dafür, dass Camila das Büro erst um zehn nach acht verließ. Das war der dritte Abend in dieser Woche, an dem sie ihren Sohn nicht ins Bett bringen konnte. Wieder einmal konnte sie das Versprechen, da zu sein, nicht einhalten und sie wurde immer mehr zu einer Mutter, die alles ihrer Nanny überlassen musste.

Sie machte sich Sorgen, dass Jaime sie irgendwann hassen würde; dass ihre Beziehung zu ihm in die Brüche ging, wie die zu ihrer eigenen Mutter. War sie ein schlechter Elternteil? Würde die Arbeitswut ihre Zukunft mit ihrem Sohn zerstören? Gab sie sich genug Mühe?

Sie musste sich mehr anstrengen und sollte jeden Abend zum Essen da sein, anstatt ihn nur ins Bett zu bringen. Aber ihr Job verlangte von ihr oft, lange vor Ort zu sein. So schlimm das für Außenstehende auch klingen mochte, wäre Camila niemals im Traum eingefallen, ihre Arbeit aufzugeben.

»Hey.« Emily kam gerade mit ihrem Skizzenblock in der Hand vom Balkon herein.

Camila stockte der Atem, als sie sie im Mondlicht sah, das von draußen hereindrang. Sie hatte sich umgezogen und trug nun eine schwarze Jeans und eine rote Bluse mit tiefem V-Ausschnitt, der die scharfen Linien ihrer

Schlüsselbeine freigab. Außerdem hatte Camila sie noch nie so zurechtgemacht gesehen. Sie war wunderschön.

»Sie sehen gut aus«, sagte Camila um die gewaltige Wirkung zu verdrängen, die Emily auf sie hatte. »Haben Sie noch etwas vor?«

»Ja, ich habe ein Date.«

»Oh.« Das sollte sie nicht überraschen – Emily war jung und attraktiv, natürlich ging sie aus. Und Camila hatte keinerlei Recht, eifersüchtig zu sein. »Sie kommen hoffentlich meinetwegen nicht zu spät?«

»Nein, ich sollte pünktlich sein.«

»Gut.« Camila lächelte angestrengt. »War heute alles in Ordnung?«

»Keine Probleme. Wir waren im Park und Jaime hat dort mit ein paar Kindern gespielt.«

»Ach ja?« Das war ungewöhnlich für ihren Sohn – normalerweise blieb er selbst auf dem Spielplatz lieber für sich.

»Hm, hm.« Emily schaute auf ihre Uhr. »Ich sollte dann los.«

Camila hob die Hand zum Abschied. »Viel Spaß, den haben Sie sich verdient. Ihr Date ist eine glückliche Frau.« Wie gerne hätte sie sich für Emily gefreut, doch in diesem Moment konnte sie nur an eines denken: Ihre Nanny ging mit einer Frau aus, während sie den Abend allein zu Hause verbrachte.

»Alles in Ordnung?«, erkundigte sich Emily.

»Ja, ich bin nur müde. Wir sehen uns morgen. Einen schönen Abend.«

Die Tür glitt mit einem Klicken ins Schloss und Camila seufzte, bevor sie den Flur entlangging, um nach Jaime zu sehen. Er schlief friedlich, also goss sie sich in der Küche einen Scotch ein, nahm die Flasche dann aber mit in ihr Arbeitszimmer, um sich zu betäuben und ihre Gedanken von Emily abzulenken. Immer, immer Emily. Camila konnte sich ihr nicht entziehen, sich jedoch auch nicht wünschen, sie nie eingestellt und nicht in ihrem Leben zu haben, weil sie ihren Job so verdammt gut machte.

Der Alkohol half nicht, hatte er noch nie. Alles, was er bewirkte, war ein bitterer Geschmack auf Camilas Zunge, und als sie endlich einschlief, träumte sie von blonden Haaren und unglaublich blauen Augen.

Emily dachte immer noch an den traurigen Ausdruck in Camilas Augen, als sie die U-Bahn-Station verließ. Megan wartete bereits an eine Wand gelehnt auf sie und schaute gerade auf ihr Handydisplay. Da sie Emily noch nicht entdeckt hatte, hatte diese wiederum die Gelegenheit, Megans Erscheinung ausgiebig zu betrachten. Sie trug ein locker fallendes, blaues Kleid mit passenden High Heels. Ihre Lederjacke hatte sie sich lose über die Schultern gelegt.

Bei diesem Anblick versuchte Emily, Camila aus ihrem Kopf zu verbannen, und ging auf Megan zu. Sie wollte ihren gemeinsamen Abend genießen und ihr eine echte Chance geben.

»Hey«, begrüßte Emily sie, als sie noch ein paar Schritte entfernt war. Erst als sie das hörte, sah Megan auf, steckte ihr Handy in die Tasche und gab ihr einen Kuss auf die Wange. »Du siehst … fantastisch aus.«

»Du bist aber auch nicht übel«, erwiderte Megan und musterte Emily mit einem sinnlichen Blick. »Hattest du einen schönen Arbeitstag?«

»Ja, und ich bin sogar pünktlich rausgekommen.«

»Glück für mich. Komm.« Sie hakte sich bei Emily ein, und gemeinsam gingen sie die Straße hinunter. »Hast du deine Tanzschuhe an?«

»Jetzt ist wahrscheinlich der richtige Zeitpunkt, um dir zu gestehen, dass ich kein Rhythmusgefühl habe und dich vermutlich bei unserer Tanzstunde blamieren werde.«

»Dann ist es ja gut, dass mir nichts so schnell peinlich wird«, entgegnete Megan, als sie die Tür zur Tanzschule öffnete. »Aber keine Sorge: Das ist ein gemischter Kurs und du wirst sicher nicht schlechter sein als die anderen Anfänger.«

»Du hast mich noch nicht tanzen sehen«, murmelte Emily und stählte sich innerlich, während sie das Studio betrat.

Ein paar Leute tummelten sich bereits darin, aber niemand schenkte ihnen Beachtung, als sie Megan in eine Ecke folgte. Sie schlüpfte aus ihrer Jacke und hängte sie über die Lehne eines der Stühle, die entlang der Wand aufgestellt worden waren.

»Du siehst aus, als ob du jeden Moment umkippst«, sagte Megan, die Emilys Unsicherheit sichtlich amüsierte. »Wir müssen nicht bleiben – noch ist Zeit, uns davonzuschleichen und woanders hinzugehen.«

»Nein, alles gut.« Jetzt, da Emily hier war, würde sie das auch durchziehen. »Ich schaffe das.«

»Natürlich wirst du das.«

Megan zog sie in die korrekte Tanzposition, als die Lehrerin vor die Gruppe trat. Emily versuchte, den Schritten zu folgen, hatte aber direkt das Gefühl, die Bewegungen im Schnelldurchlauf vor sich zu sehen. Bereits nach fünf Minuten verlor sie den Überblick.

Zum Glück schien Megan das wirklich nicht zu stören. In ihren Augen war lediglich ein Funkeln zu sehen, und sie lachte, als Emily ihr zum wiederholten

Mal auf die Zehen trat. Nach einer Weile entspannte Emily sich und machte sich weniger Gedanken darum, was die anderen Kursteilnehmer wohl über sie dachten. Außerdem war es schön, Megan in den Armen zu halten.

»Denkst du immer noch, dass ich nicht die Schlechteste von allen bin?«, fragte Emily in einer Pause, während sie versuchte, wieder zu Atem zu kommen. Sie trank einen Schluck aus ihrer Wasserflasche.

»Also ich stimme zu, dass du kein Rhythmusgefühl hast«, gab Megan zurück und grinste über Emilys gespielte Empörung. »Aber so schlecht bist du gar nicht. Und es wird schon jetzt besser – innerhalb kürzester Zeit machst du das mit links.«

»Wie bist du aufs Tanzen gekommen?«

»Das habe ich schon in der Highschool gemacht, habe aber irgendwann aufgehört. Nach meinem Umzug hierher dachte ich mir, dass das eine gute Möglichkeit ist, um neue Leute kennenzulernen.«

»Um Frauen aufzureißen, meinst du wohl.«

»Ich dachte, dafür wäre das Fitnessstudio da.«

»Apropos Sport, ich bin mir ziemlich sicher, dass ich morgen Muskelkater haben werde. In Muskeln, von denen ich nicht mal wusste, dass ich sie habe.«

»Lass es ruhig angehen. Nicht das Kind durch die Gegend tragen. Aber vielleicht könntest du ihm ein paar Tanzschritte beibringen.«

»Das ist keine schlechte Idee.« Jaime würde es sicher gefallen, sich auf ihre Füße zu stellen, während Emily mit ihm durch das Zimmer wirbelte.

In Gedanken war sie noch bei ihrem Schützling, als die Tanzlehrerin in die Hände klatschte und so das Ende der Pause ankündigte. Als Emily sich wieder Megan zuwandte und ihr eine Hand auf die Schulter legte, fragte sie sich unwillkürlich, wie Camila wohl als Tanzpartnerin wäre. Ob sie sich wohl ebenso entspannt und elegant wie Megan bewegte, und ob ihre Hände Emilys Haltung sanft korrigieren würden.

»Alles in Ordnung?«, unterbrach Megan ihre Grübeleien und holte sie in die Gegenwart zurück. »Du warst gerade ganz weit weg.«

»Sorry.« Emily schüttelte den Kopf. Es war ihr peinlich, dass ihr Date das bemerkt hatte. »War nur einen Moment in Gedanken.«

»Wird dir das hier zu anstrengend?«, zog Megan sie auf und Emily senkte schuldbewusst den Blick.

Sie hielt eine so schöne Frau in den Armen und dachte dabei an eine andere. Rasch verstärkte sie den Griff um Megans Taille und zog sie dichter zu sich, um alle Gedanken an Camila zu vertreiben.

Kapitel 9

Am nächsten Sonntagmorgen wurde Emily vom anhaltenden Summen ihres Handys auf dem Nachttisch geweckt. Stöhnend drehte sie sich auf die Seite und griff blind nach dem Gerät, um zu sehen, wer sie um acht Uhr so dringend erreichen wollte. Schnell hob sie ab, als sie Camilas Namen auf dem Display erkannte.

»Emily, ein Glück«, meldete Camila sich erleichtert. »Es tut mir so leid, dass ich Sie schon wieder am Wochenende stören muss, aber … Meine Mutter ist in der Stadt und will sich mit mir zum Mittagessen treffen. Jaime würde ich dazu nur ungern mitnehmen. Könnten Sie vielleicht auf ihn aufpassen?«

»Hm …« Emily blinzelte verschlafen und nahm sich einen Moment, um über die Bitte nachzudenken. »Ja, kann ich.«

»Sind Sie sicher? Sie können auch ablehnen. Haben Sie heute nichts vor?«

»Meine Schwester und ihre Freundin wollten heute Abend vorbeikommen, aber abgesehen davon, nein. Und das können wir verschieben.«

»Nein, das müssen Sie wahrscheinlich nicht.«

»Es ist wirklich okay.«

»Wie wäre es …« Camila verstummte kurz. »Vielleicht kann ich Jaime zu Ihnen bringen und Sie können ihn für den Tag bei sich behalten?«

»Ist das in Ordnung für Sie?« Emily wusste, dass Camila ihr vertraute, aber es war noch einmal etwas ganz anderes, Jaime in einer Wohnung zu lassen, in der Camila selbst noch nicht gewesen war. »Mein Apartment ist nicht unbedingt kindersicher.«

»Ich vertraue darauf, dass Sie gut auf ihn aufpassen werden. Ist das auch wirklich okay für Sie?«

»Ja, ja, alles gut.« Sie ratterte ihre Adresse runter, aber als Camila ihr erklärte, dass sie in der nächsten Stunde vorbeikommen würde, brach Emily in Panik aus. Ihre Wohnung war nicht aufgeräumt und sie musste noch duschen.

Ach ja, und in ihrem Bett lag eine Frau.

»Alles in Ordnung?«

Emily legte auf und drehte sich zu Megan um, um ihr in die blauen Augen zu sehen. Sie waren gestern noch einmal miteinander ausgegangen und am Ende des Abends waren sie in Emilys Bett gelandet.

Der Sex hatte Spaß gemacht und zog keine Verpflichtungen nach sich, was genau das war, was sie gebraucht hatte. Dass Megan gut im Bett war, schadete auch kein bisschen.

»Ja.« Emily gefiel, wie Megan mit ihren zerzausten Haaren am Morgen aussah. »Wie es aussieht, muss ich heute arbeiten.«

Megan hatte erst am Nachmittag eine Schicht im Coffeeshop. »Du hast nicht übertrieben, als du sagtest, dass dein Job unberechenbar ist.«

»Nope. Jetzt habe ich …« Sie schaute auf die Uhr. »… etwa fünfzig Minuten Zeit, um zu duschen, mich anzuziehen und meine Wohnung aufzuräumen, sodass sie keine Gefahr für einen Fünfjährigen darstellt.«

»Kinderspiel.« Megan grinste und Emily beugte sich zu ihr, um sie zu küssen.

Nach der Dusche entschied Emily, ihre Haare lufttrocknen zu lassen und kehrte ins Schlafzimmer zurück, um sich etwas Sauberes zum Anziehen zu suchen. Während sie sich eine Jogginghose und einen weiten Pullover überstreifte, verschwand Megan im Bad.

Hastig schaffte Emily Ordnung, warf Kleidungsstücke in den Wäschekorb, kümmerte sich um das dreckige Geschirr in der Spüle und machte etwas Platz auf dem Couchtisch für den Fall, dass Jaime nachher malen wollte. Dann schaute sie sich in der Wohnung um, ob einem neugierigen Kind hier irgendetwas gefährlich werden konnte. Erleichtert atmete sie auf, als ihr nichts ins Auge stach, und ging zurück in die Küche, um Kaffee aufzusetzen.

Einen Augenblick später klopfte es an der Tür. Emily öffnete und wurde prompt beinahe von den Füßen gerissen.

»Hey, Kumpel«, begrüßte sie Jaime lachend. »Wie geht's dir?«

»Gut, weil ich dich besuchen darf!«

»Das ist lieb von dir.« Emily schaute zu Camila, die im Türrahmen stehen geblieben war und mehr als angespannt wirkte. »Sie sehen aus, als würde es Ihnen nicht so gut gehen?«

»Ich hatte schon bessere Sonntage. Tut mir wirklich leid, dass ich Ihnen schon wieder einen freien Tag stehle.«

»Es ist wirklich in Ordnung. Wir werden einen tollen Tag miteinander haben, nicht wahr, Jaime?«

Der Junge nickte enthusiastisch.

»Ist es für dich okay, wenn wir Zeit mit meiner Schwester und Maia verbringen? Du hast die beiden im Museum kurz kennengelernt. Maia ist Polizistin.«

»Wirklich?«, fragte Jaime mit großen Augen.

»Jap.«

»Das ist cool! Wohnst du hier?« Er schaute sich im Apartment um. »Kann ich mir deine Sachen anschauen?«

»Natürlich, komm.« Emily nahm ihn an der Hand, weil sie nicht wollte, dass sein Forscherdrang ihn zu weit führte. Sie wusste nicht, ob Megan schon angezogen war. »Möchten Sie auch reinkommen? Ich habe gerade frischen Kaffee aufgesetzt.«

»Das würde ich … oh.« Die Tür zu Emilys Schlafzimmer öffnete sich gerade. »Mir war nicht klar, dass Sie Besuch haben.« Camila musterte Megan von oben bis unten. »Sie hätten etwas sagen sollen.«

»Ach, schon in Ordnung.« Megan schnappte sich ihre Lederjacke, die sie gestern Abend über die Rückenlehne der Couch geworfen hatte. »Ich muss sowieso bald zur Arbeit.« Sie wandte sich an Emily und gab ihr im Vorbeigehen einen Kuss auf die Wange. »Ich ruf dich nachher an.« Dann fiel die Tür hinter ihr ins Schloss.

»Kaffee?«, fragte Emily Camila noch einmal.

»Nein danke«, erwiderte diese kühl. »Ich sollte besser los. Und du bist brav, junger Mann«, fügte sie an Jaime gewandt hinzu.

»Bin ich immer!«

»Ich sage Bescheid, sobald ich mich loseisen kann. Hier sind ein paar von Jaimes Spielsachen drin.« Camila reichte ihr eine gut gefüllte Tasche. »Das sollte ihn genug beschäftigen.«

»Danke. Ich hoffe, dass es für Sie nicht zu schlimm wird.«

Camila schnitt eine Grimasse und winkte Jaime zu, bevor sie sich zum Gehen wandte.

Nachdem Emily die Tür geschlossen hatte, zeigte sie Jaime ihre Wohnung. Er strahlte, als er die Leinwände und die Farben entdeckte, was Emily zum Lachen brachte. Nun war klar, wie sie den Morgen verbringen würden.

In Camilas Kopf herrschte noch immer Chaos, als sie das Fünf-Sterne-Restaurant betrat, das sich ihre Mutter fürs Mittagessen ausgesucht hatte. Sie wusste, dass Emily mit einer Frau ausgegangen war, aber am Morgen danach in ihre Zweisamkeit zu platzen, war etwas ganz anderes. Jetzt würde sie den ganzen Tag lang vor Augen haben, wie die Fremde einen Kuss auf Emilys Wange gehaucht hatte.

Sie musste sich zusammenreißen, bevor sie ihrer Mutter gegenübertrat. Ein Mittagessen mit Charlotte Evans überlebte sie nur, wenn sie alle Barrieren hochzog und sich keine Blöße gab, sonst würde sie in Stücke gerissen werden.

Ihre Mutter saß an einem Tisch in einer Ecke und musterte Camila kritisch, als sie auf sie zukam. Gekleidet war sie in ein einfaches schwarzes Kleid und ein weißes Jackett. Ihre dunklen Haare waren wir immer sorgsam frisiert und sie hatte ihre Brille auf der Nase.

»Camila, Darling.« Charlotte stand auf, als Camila sie erreichte, streckte die Hände nach ihr aus und gab ihr je ein Küsschen auf die Wangen. »Ich dachte schon, du kommst nicht.«

»Ich bin zehn Minuten zu früh, Mutter«, erwiderte Camila und setzte sich Charlotte gegenüber, bevor sie nach der Speisekarte griff.

»Ja, genau.«

Camila verzog die Lippen. Sie bestellte sich ein Steak, um zu testen, ob ihre Mutter einen Kommentar über ihr Gewicht vom Stapel lassen würde, doch sie erntete dafür nur einen missbilligenden Blick, bevor Charlotte einen Salat für sich selbst orderte.

»Nun, Camila«, begann Charlotte, nachdem der Kellner ihre Bestellung aufgenommen hatte. Sofort bereitete Camila sich auf den nächsten Schlag vor. »Ich war enttäuscht zu hören, dass du und Christopher eure Differenzen nicht beigelegt habt.«

»Tja.« Der Kellner brachte Camila ihr Glas Wein, von dem sie sich einen kräftigen Schluck genehmigte, nachdem er es vor ihr abgestellt hatte. »Es ist schwierig, wieder eine gemeinsame Basis zu finden, wenn man den Ehemann dabei erwischt, wie er seine Sekretärin fickt.«

»Lass doch diese Ausdrücke«, tadelte Charlotte und schaute sich unauffällig um. Camila verdrehte die Augen – wie konnte sie es wagen, so zu reden und den perfekten Ruf ihrer Mutter zu gefährden. »Bist du dir sicher, dass es nicht deine Schuld war?«, hakte Charlotte nach. »Du verbringst so schrecklich viel Zeit in deiner albernen, kleinen Firma.«

»Diese alberne, kleine Firma ist die dritterfolgreichste Fernsehanstalt der USA«, presste Camila zwischen zusammengebissenen Zähnen hervor. Inzwischen hätte sie sich an die abwertende Haltung ihrer Mutter gewöhnen sollen, und auch an die Tatsache, dass sie gerne ignorierte, dass Camila eine der erfolgreichsten Frauen in ihrem Business war.

»Aber nicht Nummer eins, oder?«

Camila trank noch einen Schluck Wein.

»Noch eine Scheidung sieht nicht gut aus, Camila«, fuhr Charlotte fort. »Insbesondere in deinem Alter. Denk doch an dein Image.«

»Mit meinem Image passt alles, Mutter.«

»Ach ja? Hast du denn nicht gesehen, was man über dich schreibt? Sie sagen, dass du eine Eiskönigin bist, dass du …«

»Das kümmert mich nicht«, unterbrach Camila sie. Natürlich war ihr klar, was die Klatschblätter über sie verbreiteten.

»Vielleicht sollte es das aber«, entgegnete Charlotte. »Als du Chris geheiratet hast, bin ich davon ausgegangen, dass du endlich sesshaft wirst. Aber du hast ihn genauso vertrieben wie die anderen vor ihm.«

Die Worte trafen genau ins Schwarze und Camila hasste es, dass ihre Mutter diese negativen Gedanken so präzise zum Ausdruck brachte – nicht, dass sie ihr das jemals verraten hätte.

»Triffst du dich wieder mit jemandem? Je länger du allein bist, desto …«

»Nein.« Camila bedeutete dem Kellner, ihr noch ein Glas Wein zu bringen. »Ich bin glücklich damit, Single zu sein, Mutter.«

»Wirklich? Du bist nicht einsam in dieser riesigen Wohnung?«

»Nein.«

Das war eine Lüge und Charlottes erhobene Augenbrauen sagten Camila, dass ihr das ebenso bewusst war.

»Wenn du auf der Suche bist, musst du nur fragen, Camila. Ich bin mir sicher, dass ich jemanden finden könnte, der angemessen ist.«

Angemessen war die Definition für einen weißen Mann mittleren Alters, dessen Familie Geld hatte. Nicht jemanden, den Camila wollen würde.

»Ich bin mit meiner jetzigen Situation vollkommen zufrieden, danke.« Sie schlug einen Tonfall an, der das Thema beenden sollte, doch ihre Mutter hätte wohl nicht locker gelassen, wäre nicht in diesem Moment das Essen serviert worden.

Camila war erleichtert, als sich ihre Teller leerten, weil sie danach dem Ganzen entfliegen konnte. Als Charlotte sie zum Abschied wieder auf die Wangen küsste, betete sie, dass sie ihre Mutter nicht so bald wiedersehen würde.

Ihr Fahrer brachte sie ans andere Ende der Stadt zu Emilys Wohnung, wo sie direkt von Jaime begrüßt wurde. Camilas Wut verpuffte beim Anblick ihres Sohns, den sie fest in die Arme schloss. Erst als er anfing zu zappeln, setzte sie ihn wieder auf dem Boden ab.

»Hattest du einen schönen Morgen?«

»Ja! Komm, schau dir mein Bild an.« Er schnappte sich Camilas Hand und wollte sie nach drinnen ziehen, doch sie hielt ihn zurück.

»Oh, ich möchte mich sicher nicht aufdrängen.«

»Ist schon in Ordnung«, mischte Emily sich ein. »Kommen Sie rein. Bleiben Sie gerne noch ein bisschen, wenn Sie möchten.«

Camilas erster Gedanke war *schlechte Idee*, doch als sie zu Emilys alter Couch hinüberschaute, sich in dem gemütlichen Apartment umsah und die Stimmen von Cassie und Maia hörte, entschied sie, dass es schön wäre, ein bisschen Gesellschaft zu haben. Es würde sie von den verletzenden Worten ihrer Mutter ablenken.

»Ich …«

»Bitte, Mama? Ich will noch nicht nach Hause gehen.« Jaime sah mit flehenden Knopfaugen zu ihr auf und Camila gab nach.

»Na schön. Wenn es für Sie wirklich kein Problem ist.«

»Gar nicht. Kommen Sie, bitte.« Emily nahm ihr den Mantel ab und Camila streifte sich die Schuhe von den Füßen, bevor Jaime sie zu der Staffelei in einer Ecke des Raums zog. Die Farbe auf der Leinwand war noch feucht.

»Das hast du gemacht?«, fragte Camila ihren Sohn, der begeistert nickte. »Das ist großartig.«

»Er ist ein Naturtalent.« Emily trat neben sie. »Sie sehen hier einen echten Meister vor sich.« Und in Camilas Ohr flüsterte sie: »Er will es gerne mit nach Hause nehmen, aber ich habe ihm gesagt, dass er Sie erst fragen muss.«

Camila lief ein wohliger Schauer über den Rücken, als Emilys Atem über ihre Haut strich. »Ich finde sicher einen Platz dafür.«

Als sie noch ein Kind gewesen war, hatte keines ihrer gemalten Bilder je einen Platz an den Wänden gefunden – für ihre Mutter war nie etwas gut genug gewesen. Camila wollte hingegen, dass Jaime stolz auf sich war, wenn er die Bilder in ihrem gemeinsamen Zuhause aufgehängt sah.

»Ich bringe es mit, wenn es trocken ist.«

Camila beobachtete, wie Jaime zur Couch tappte und auf Maias Schoß kletterte.

»Ich bin nicht mehr sein Lieblingsmensch«, kommentierte Emily mit einem gespielt traurigen Seufzen. »Liegt wahrscheinlich daran, dass sie ihm erlaubt hat, mich mit ihren Handschellen an den Tisch zu fesseln. Ganze zehn Minuten musste ich da ausharren.«

Camila lachte; das war auch mal was Neues.

»Möchten Sie etwas trinken?«

»Gibt es noch Kaffee?«

»Die erste Kanne ist leer, weil meine Schwester koffeinsüchtig ist, aber ich kann gerne noch eine aufsetzen. Wie war das Mittagessen?«

»Furchtbar«, antwortete Camila, während sie Emily in die Küche folgte.

»Das ist Mist.«

»Ja, ist es.« Camila machte eine wegwerfende Handbewegung, kurzzeitig abgelenkt von dem Anblick, als Emily nach einer Tasse griff, ihr Shirt dabei hochrutschte und einen Streifen nackter Haut an ihrem unteren Rücken freigab.

Camila wollte sie so gerne dort berühren. Wenigstens trug sie nicht wieder nur Leggins und einen Sport-BH. Die trainierten Arme und festen Bauchmuskeln hatten Camila glatt die Sprache verschlagen. Es war das erste Mal gewesen, dass sie Emilys Armen so viel Aufmerksamkeit geschenkt hatte – die normalerweise durch die Ärmel ihrer Oberteile bedeckt waren – und kräftige Muskeln waren schon immer Camilas Schwäche gewesen.

Sie schämte sich ein bisschen dafür, dass sie Emily nach diesem Tag noch zweimal morgens früher zu sich beordert hatte in der Hoffnung, sie noch einmal so zu Gesicht zu bekommen. Leider war sie jedoch immer enttäuscht worden.

Schnell wandte sie den Blick ab, als Emily sich zu ihr umdrehte – sie wollte auf keinen Fall beim Starren erwischt werden –, und nahm die dampfende Tasse entgegen, die ihr gereicht wurde. Gemeinsam kehrten sie ins Wohnzimmer zurück, wo sich Camila in den einzigen Sessel setzte und Emily sich neben ihre Schwester und Maia auf die Couch quetschte.

»Schön, Sie beide wiederzusehen, auch wenn ich offenbar schon wieder Ihre Tagesplanung über den Haufen werfe.«

»Alles gut«, versicherte Cassie ihr.

»Mama, kann Emily an Halloween mit mir rausgehen?« Jaime klang von der Idee begeistert.

Camila hatte ganz vergessen, dass Halloween bereits vor der Tür stand.

»Nur, wenn Sie nicht selbst gehen können«, fügte Emily rasch hinzu. Es war offensichtlich, dass sie immer noch Angst hatte, eine Grenze zu überschreiten, und nicht wollte, dass Jaime lieber Zeit mit ihr als mit seiner Mutter verbrachte, wofür Camila ihr unendlich dankbar war.

»Nein, gehen Sie ruhig mit ihm.« Camila konnte ihm das nicht versprechen, da sie nicht abschätzen konnte, wie lange sie an dem Tag arbeiten musste. Er sollte diese wichtigen Kindheitserinnerungen nicht wegen ihres Jobs verpassen.

»Yay! Ich will als Astronaut gehen!«

Sie würden auf dem Heimweg also noch einen Zwischenstopp in einem Laden für Halloween-Kostüme einlegen.

»Als was willst du dich verkleiden?«, fragte er Emily.

»Das weiß ich noch nicht.«

»Bitte geh noch mal als Kürbis«, mischte Cassie sich grinsend ein. »Gott, das war ein tolles Jahr.« Sie wandte sich an Maia. »Sie hat gerade so durch die Haustür gepasst.«

»Irgendwie hatte ich das Kostüm nicht richtig durchdacht«, gab Emily zu.

»Gibt es davon Fotos?«, wollte Maia wissen.

»Hmm.« Emily runzelte die Stirn. »Vielleicht. Moment.« Sie ging zu dem Bücherregal und fuhr mit dem Finger über die Rücken einiger Fotoalben. »Cassie, weißt du noch, in welchem Jahr das war?«

»Mein letztes Schuljahr, glaube ich.«

Emily zog ein Album heraus und blätterte durch die Fotos, von denen einige sie zum Lachen brachten.

»Bring es rüber, ich will es auch sehen.«

Emily zögerte kurz. »Ich will nur schauen, ob es das richtige ist.« Dann zeigte sie Camila ein Bild von einer schlaksigen, grinsenden Emily als Teenager in einem runden Kürbiskostüm. Daneben stand Cassie als Sensenmann.

»Das ist … ein interessantes Kostüm«, sagte Camila.

Cassie sprang auf. Sie schnappte sich das Album aus Emilys Händen und kehrte damit zur Couch zurück, um sich die Fotos gemeinsam mit Maia und Jaime anzusehen.

»Gibt es Bilder von Camila Evans in peinlichen Kostümen?«

»Wahrscheinlich«, gab Camila zu. »Als Kind habe ich mich selten zu Halloween verkleidet, aber in der Highschool … Sagen wir einfach, dass ein paar Kostüme meine Mutter sehr schockiert haben.«

»Waren Sie eine kleine Rebellin?«

»Nein, eigentlich nicht. Ich habe mich nur zu Hause schlecht benommen und da ich nach dem Tod meines Vaters in ein Internat abgeschoben wurde, gab es dazu nicht viel Gelegenheit. Aber ich wette, *Sie* waren Pfadfinderin.«

»Stimmt«, bestätigte Cassie. »Sie hat geheult, als sie das einzige Mal nachsitzen musste.«

Emily griff nach einem Kissen, um ihrer Schwester einen Schlag damit zu verpassen, den diese jedoch abwehrte. »Es war *deine* Schuld. Du hast mir während des Unterrichts eine Nachricht geschickt.«

»Warum hast du dein Handy nicht auf lautlos gestellt?«

»Du hättest mir gar nicht schreiben sollen!«

»Es war wichtig.«

»Dass du dich im Biounterricht langweilst, war nicht wichtig.«

»Für mich schon«, erwiderte Cassie todernst und Emily schnaubte spöttisch. Es wirkte, als hätten sie diese Diskussion schon mehr als einmal geführt.

»Scheint, als hätte der Kleine genug«, unterbrach Camila sie. Jaime schlief an Maia gekuschelt tief und fest.

»Sollen wir ihn in dein Bett legen?«, fragte Maia. »Ich will ihn nicht aufwecken.«

»Hm, ja.« Emily erhob sich. »Ich beziehe es nur schnell frisch.«

»Emily Walker!« Cassie waren die roten Wangen ihrer Schwester nicht entgangen. »Hattest du heute Nacht etwa Damenbesuch?«

Die Röte vertiefte sich noch.

»O mein Gott! War es die Heiße aus dem Fitnessstudio?«

»Sie hat einen Namen.«

»War es *Megan*?«, korrigierte Cassie sich und folgte Emily, als diese in Richtung ihres Schlafzimmers ging. »Entschuldige mal, wo willst du hin? Ich brauche Einzelheiten!«

Sie verschwanden nach nebenan, bevor Camila noch mehr hören konnte. Sie biss unwillkürlich die Zähne zusammen, als sie sich an die Szene des heutigen Morgens erinnerte. Sie wusste selbst, wie dumm das war – sie hatte kein Recht, sauer zu werden. Wenn überhaupt, sollte sie erleichtert sein, dass Emily sich nicht auf sie fokussierte. Dennoch tat es weh.

Sie bemerkte, dass Maia sie neugierig musterte. Camila räusperte sich und versuchte, einen neutralen Gesichtsausdruck aufzusetzen.

»Wie lange sind Sie und Cassie denn schon zusammen?« Das erschien ihr eine sichere Frage zu sein. So konnte sie hoffentlich zwei Fliegen mit einer Klappe schlagen: ihre eigenen Gedanken von Emily ablenken und Maia davon abhalten nachzuforschen. Denn sie hatte mit Sicherheit mehr gesehen, als Camila lieb war.

»Etwa zwei Jahre. Wir haben uns auf der Arbeit kennengelernt.«

»Emily sagte, dass Sie Polizistin sind?«

»Ja, Detective.«

»Das ist beeindruckend«, gab Camila zurück. Maia erschien ihr viel zu jung, um bereits Detective zu sein. »Und Cassie? Emily sagte, sie wäre Wissenschaftlerin?«

»Forensikerin. Ich habe eine Weile für das Boston Police Department gearbeitet und mich dann hierher versetzen lassen. An meinem ersten Arbeitstag und ersten Tatort hat Cassie mir eine Standpauke gehalten, wegen meiner Art, mit den Beweisen umzugehen.«

»Es war ja auch falsch«, warf Cassie ein, die gerade mit Emily im Schlepptau zurückkehrte.

»Ja, ja.«

»Dann war es also Liebe auf den ersten Blick?«, scherzte Camila und die beiden Frauen warfen sich einen liebevollen Blick zu.

»So in etwa«, entgegnete Maia leise. Jaime ruckelte sich an ihrer Seite etwas zurecht. »Würden Sie ihn nehmen?«, fragte sie.

Sogleich hob Camila ihren Sohn vorsichtig auf die Arme. Er war schwer, weswegen sie seine Position ein wenig verlagern musste, doch er schlief friedlich weiter. Aus dem Augenwinkel sah Camila, wie Maia Cassie zu sich winkte und die beiden miteinander flüsterten.

Doch ehe sie sich darüber weitere Gedanken machen konnte, folgte sie Emily in das kleine Schlafzimmer, das von einem Doppelbett dominiert wurde. Die Tagesdecke zierte ein Sternenmuster, was Jaime sicher gefallen würde, sobald er aufwachte.

»Ich schaue mal, was die beiden wieder aushecken, während Sie Jaime hinlegen«, sagte Emily und zog die Tür hinter sich ran, ließ sie aber einen Spaltbreit offen.

Camila platzierte Jaime auf dem Bett und deckte ihn zu, bevor sie ihm einen Kuss auf die Stirn gab. Dann wollte sie wieder ins Wohnzimmer zurückgehen, blieb aber stehen, als sie laute Stimmen hörte.

»Was meinst du mit ›Wir gehen jetzt‹?«

»Genau das und sei leiser, sonst hört sie dich noch.«

Camila lehnte sich näher an den Türspalt, weil sie wissen wollte, was sie nicht hören sollte.

»Willst du nicht mehr Zeit mit ihr verbringen?«

»Das ist nicht der Punkt!«

»Doch, ist es.« Es klang, als würde Cassie dabei die Augen verdrehen. »Maia glaubt, dass es ihr nicht gefallen hat, dass du mit Megan geschlafen hast.«

Camila fluchte innerlich. Eigentlich konnte sie ihre Gefühle besser verbergen, aber das hatte sich wohl an dem Dienstagmorgen geändert, an dem Emily Walker in ihr Leben getreten war.

»Und?«

»*Und*«, fuhr Cassie fort, »wenn sie eifersüchtig auf Megan ist, heißt das, dass sie Gefühle für dich hat.«

»Hat sie nicht«, fuhr Emily sie an. »Und selbst wenn, das ändert nichts, weil …«

»… sie deine Chefin ist, bla, bla, bla«, fuhr Cassie dazwischen.

Camila fragte sich, wie oft Emily und Cassie diese Unterhaltung schon geführt hatten.

»Aber das wird sie nicht für immer sein.«

»Sie ist es jetzt und das ist alles, was zählt.«

Camila machte einen Schritt von der Tür weg, weil sie nichts mehr davon hören wollte. Emily hatte recht – Camila war ihre Arbeitgeberin. Eine Beziehung mit ihr wäre nie so einfach wie mit der Frau, mit der sie die letzte Nacht verbracht hatte. Aber es würde auch nicht leicht werden, sich von Emily fernzuhalten. Leider hatte diese sich bereits einen Platz in Camilas Herz gesichert und würde dort auch nicht mehr so schnell ausziehen. Immerhin machte sie sich nicht länger etwas vor.

Camila hörte Schritte; dann öffnete sich die Wohnungstür und schloss sich wieder. Rasch wandte sie sich den gerahmten Fotos an der Wand zu. Die meisten zeigten Emily und Cassie, wie sie sich breit angrinsten. Auf einem hatte eine Frau, die Cassie ähnlich sah, die Arme um beide Mädchen gelegt. In ihren Augen lag ein trauriger Ausdruck und Camila schloss aus der Zusammensetzung, dass es sich bei ihr um Emilys Pflegemutter handeln musste. Auf einem weiteren Bild war Emily mit einem anderen Paar zu sehen. Das mussten ihre leiblichen Eltern sein. Sie wirkte so jung und unschuldig, nicht wissend, welche Tragödie das Leben für sie noch bereithielt.

»Hey. Cassie und Maia mussten los; einer Freundin helfen«, sagte Emily verlegen, als sie zu Camila in das Schlafzimmer trat.

Camila täuschte Überraschung vor, auch wenn die Ausrede reichlich dünn war.

»Kann ich Ihnen einen Drink anbieten?«

Eigentlich sollte sie ablehnen, Jaime wecken, sein Halloween-Kostüm kaufen gehen und dann den Abend mit ihm eingekuschelt auf der Couch mit einem seiner Lieblingsfilme verbringen. Aber Emily schaute sie so hoffnungsvoll an, dass Camila ihr nicht widerstehen konnte.

»Gerne.«

Kapitel 10

»Ich weiß gar nicht, was ich im Haus habe«, gab Emily direkt nach ihrem Angebot zu. »Mein Alkoholvorrat besteht nur aus dem, was mir Leute zur Wohnungseinweihung geschenkt haben.«

»Wasser reicht völlig.« Camila folgte ihr in die Küche und lehnte sich mit der Hüfte gegen die Arbeitsfläche.

»Ich werde etwas weniger Langweiliges finden«, erwiderte sie und öffnete einen der Unterschränke, ging davor in die Knie und spähte hinein. »Ich habe …« Sie griff in den Schrank und holte eine kleine Sammlung ungeöffneter Flaschen heraus. »… Wodka, Gin und Scotch.«

»Sie trinken Scotch?«, fragte Camila überrascht.

»Nein, den hat der Nachbar von gegenüber mir zum Einzug geschenkt. Ich glaube, er wollte mich beeindrucken. Hat leider nicht geklappt.« Sie schaute über die Schulter zu Camila. »Pur?«

»Bitte.«

Emily gab etwas von der bernsteinfarbenen Flüssigkeit in ein Glas, das sie Camila reichte, und versuchte, dabei nicht zu nervös zu wirken.

Camila nahm einen Schluck. »Nicht schlecht«, urteilte sie und gab Emily das Glas zurück, damit sie probieren konnte.

Beinahe hätte sie das Zeug direkt wieder ausgespuckt. »Gott, das ist ja widerlich. Ich bleibe bei Gin Tonic.«

Camila lachte und schließlich gingen sie mit ihren Getränken zurück ins Wohnzimmer. Emily fuhr beinahe aus der Haut vor Nervosität. Fast hatte sie den Eindruck, als sei sie noch nie mit Camila allein gewesen. Allerdings war das immer frühmorgens oder spätabends gewesen, wenn eine von ihnen im Begriff war, zu gehen. Emily blieb nie länger als nötig, weil sie sich nicht aufdrängen wollte.

Und sie war es nicht gewöhnt, allein mit Camila in ihrer eigenen Wohnung zu sein. Nie im Leben hätte Emily auch nur einen Gedanken daran verschwendet, dass ihre Chefin sie zu Hause besuchen könnte. Und jetzt, da sie hier war, konnte Emily nur schlecht damit umgehen. Als sie sah, dass Camila mit einem Finger gegen ihr Glas tippte, schloss sie, dass es ihr nicht anders ging.

Im Fernsehen lief noch immer ein Kinderprogramm und Emily griff nach der Fernbedienung, um sich einen Moment durch die Kanäle zu zappen, bis sie eine Nachrichtensendung fand. Wie konnte sie das unangenehme Schweigen am besten brechen?

»Haben Sie –«

»Ihre –«

Sie schauten sich verblüfft an und Emily lachte nervös. Ihr Blick blieb an Camilas Lippen hängen und sie fragte sich, wie es wäre, sie zu küssen. Und ob Scotch wohl auf Camilas Zunge besser schmeckte.

Emily stellte ihr Glas auf dem Couchtisch ab. Sie sollte vermutlich nicht zu viel trinken, wenn sie gedanklich schon wieder *dorthin* abdriftete. »Was wollten Sie sagen?«

»Nur, dass Ihre Wohnung schön ist«, sagte Camila und ließ den Blick durch den Raum schweifen.

»Oh. Sie ist klein im Vergleich zu Ihrer«, entgegnete Emily schulterzuckend. »Aber es ist ein Zuhause. Meine Schwester hat vor mir hier gewohnt und ich habe ihren Mietvertrag übernommen, als sie mit Maia zusammengezogen ist.«

»Wie lange lebt sie schon in New York?«

»Cassie? Etwa acht Jahre.«

»Sind Sie manchmal einsam, weil Sie alleine leben?«

Die Frage überraschte Emily. Ging es Camila etwa in ihrem riesigen Apartment so? »Manchmal, aber ich bin nicht so oft hier. Normalerweise nur abends und an den Wochenenden. Den Großteil meiner Freizeit verbringe ich mit Maia und Cassie. Ist nicht immer leicht zu sehen, wie glücklich sie miteinander sind. Es weckt den Wunsch, so etwas auch zu haben.«

»Das werden Sie eines Tages.« Camila klang überzeugt und Emily wünschte sich, diese Zuversicht teilen zu können. »Vielleicht mit Ihrer Freundin … Megan?«

»Oh, das mit Megan ist nichts Festes«, erklärte Emily. »Sie hängt ihrer Ex nach und ich …« Sie verstummte, weil sie nicht genau wusste, was sie anstatt ›Und ich hänge noch an Ihnen‹ sagen sollte. »Ich weiß nicht, ob ich schon wieder bereit für eine feste Beziehung bin.«

Camila sagte nichts und starrte nur in ihr Glas.

»Was ist mit Ihnen?«, gab Emily die Frage zurück. »Treffen Sie sich noch mit Stephen?«

»Wollen Sie wirklich mehr über mein Liebesleben wissen?« Camila zog die Augenbrauen nach oben, doch Emily zuckte nur mit den Schultern. »Nein, tue ich nicht. Er war … leider so fürchterlich langweilig. In meinem Alter wird Dating ziemlich … unattraktiv. Ich glaube, ich lasse es einfach sein.«

»Möchten Sie nicht wieder jemanden finden? Eine Person, die Sie besser behandelt als Ihr Ex-Mann?«

Camila schaute Emily verwundert an; es war ungewöhnlich, dass sie Chris erwähnte. »Ehrlich gesagt weiß ich nicht, ob es da draußen den passenden Menschen für mich gibt.«

»Jeder Topf hat einen Deckel«, erwiderte Emily.

»Das ist sehr idealistisch, Emily, aber … ich bin mir nicht sicher, ob das stimmt. Ist schon in Ordnung«, sagte Camila mit einem freudlosen Lächeln und kippte den Rest ihres Scotchs hinunter. »Ich brauche niemanden.«

Das glaubte Emily ihr nicht.

Camila schaute hinüber zu Emilys Bücherregal und wechselte dann das Thema. »Sie haben eine ziemlich große Auswahl an Spielen.«

Eigentlich befand sich kaum etwas anderes in dem Regal. Emily besaß nicht viele Bücher und die meisten davon lagerten immer noch in einem Karton unter ihrem Bett.

»Oh, ja. Über die Jahre ist einiges zusammengekommen. Als Cassie und ich noch Teenager waren, haben wir ständig gespielt, insbesondere nach dem Tod meines Pflegevaters. Das hat uns beschäftigt«, erklärte sie in Erinnerung an diese dunklen Tage. »Und im College habe ich mit meinen Mitbewohnern gespielt.«

Camila begutachtete die Sammlung genauer.

»Möchten Sie, hm, was spielen?«, fragte Emily, erwartete jedoch nicht, dass sie zustimmte.

»Wie wäre es mit Scrabble? Oder Catan?«

»Ich mag beides. Fangen wir doch mit Scrabble an.«

Dass Camila sehr gut darin war, war nicht sonderlich überraschend, und sie gewann die beiden Runden, die sie spielten. Emily verspürte kein Bedürfnis nach einer weiteren Niederlage, also schlug sie vor, zu Catan überzugehen. Normalerweise war sie eine exzellente Spielerin. Aber Camila war besser.

»Das ist doch unfair«, jammerte Emily, als Camila die Karte umdrehte, die ihr den letzten Punkt zum Gewinnen verschaffte. »Revanche?«

Bevor Camila zustimmen konnte, öffnete sich jedoch die Schlafzimmertür und Jaime kam zu ihnen ins Wohnzimmer. Er rieb sich verschlafen die Augen.

»Hi, Schatz. Hast du gut geschlafen?«

Er nickte und Camila hob ihn auf die Couch, damit er sich zwischen sie und Emily setzen konnte. »Hunger«, meldete er sich nach ein paar Minuten und Emily grinste. Seine Prioritäten waren eindeutig.

»Sollen wir nach Hause gehen und dort was essen?«

»Will hierbleiben.«

»Ich weiß nicht, ob ich was Essbares für dich im Haus habe, Kumpel«, sagte Emily. Sie war sich nicht mal sicher, was sie überhaupt noch da hatte.

»Können wir schauen?«, fragte Jaime.

»Wenn es Emily nichts ausmacht.«

Emily trug Jaime in die Küche, wo sie ihn auf die Arbeitsfläche setzte. Camila folgte ihnen.

»Vorwarnung: Ich weiß wirklich nicht, was da und genießbar ist.«

»Wieso wissen Sie nicht, was sich in Ihren Küchenschränken befindet?«

»Hm … weil ich nicht koche«, gab Emily verlegen zu.

»Was essen Sie denn dann?«

»Na ja, an den Abenden, an denen ich nicht von Ihnen versorgt werde …« Eine weitere Seite ihres Jobs, die sie vermissen würde, wenn sie ihn wechselte. »… lande ich meistens bei Cassie. Maia kann kochen. Manchmal macht sic das auch hier. Wenn also irgendwas da ist, dann deswegen.«

»Was, wenn niemand verfügbar ist, der für Sie kocht?«

»Meistens nehme ich mir irgendwo was mit. Es ist auch nicht so, dass ich nicht kochen *will,* ich bin nur echt schlecht darin. Bei mir geht regelmäßig der Rauchmelder los.«

»Okay, dann schauen wir mal, ob ich Ihnen nicht etwas Einfaches beibringen kann.« Camila griff nach einer Packung Reis. »Wir bekommen schon was für Jaime zusammen. Können Sie wenigstens Wasser aufsetzen?«

Emily stand nahe genug bei ihr, um neben der Belustigung auch die goldenen Flecken in Camilas Augen zu sehen. Ihr Parfüm stieg ihr in die Nase und sie war so, so schön, dass es beinahe wehtat, sie anzuschauen.

»Ich bin nicht vollkommen unfähig«, gab Emily gespielt beleidigt zurück.

»Hmm. Aber mein Sohn bekommt tagsüber bei Ihnen schon was zu essen, oder?«

»*Ja!*«

Inzwischen war Jaime etwas wacher und die Aussicht auf Essen weckte seine Lebensgeister zusätzlich. Emily holte ihm Papier und Buntstifte, um ihn zu beschäftigen.

»Was gibt's denn?«

»Ich überlege, ein Risotto zu machen. Das hängt allerdings davon ab, ob Sie Gemüse im Haus haben. Ich hege da einige Zweifel.«

»Entschuldigung, natürlich habe ich sogar eine ganze Auswahl an Gemüse. Es ist nur gefroren.«

Camila warf einen Blick in den Gefrierschrank und nickte zufrieden. Dann holte sie zwei Töpfe aus dem Schrank und gab Reis in den einen, in den anderen Brokkoli und Karotten.

»Kann ich irgendwie helfen?«, wollte Emily schließlich wissen. Sie fühlte sich reichlich nutzlos in ihrer eigenen Küche, während Camila die ganze Arbeit machte.

»Nein danke. Wir wollen doch den Rauchmelder nicht provozieren«, wehrte sie lächelnd und sichtlich gut gelaunt ab.

Emily konnte den Blick nicht abwenden und tat so, als wäre sie sehr interessiert daran, was Camila kochte. Es war jedoch Camila, die sie faszinierte.

Verträumt schwelgte sie in dem heimeligen Gefühl, dass Camila in ihrer Küche Abendessen kochte, während Jaime neben ihnen malte. Das war es, was sie sich so verzweifelt wünschte; was sie jeden Tag haben wollte. Ihr blieb für einen Moment die Luft weg, als ihr bewusst wurde, wir tief dieses Verlangen reichte.

Ihr klingelndes Handy unterbrach diese Gedanken jedoch rasch. Wenn das Cassie war, würde sie den Anruf gekonnt ignorieren. Es war jedoch Megans Name, der auf dem Display erschien, und Emily murmelte eine Entschuldigung in Richtung Camila, bevor sie ihr den Rücken zudrehte und ranging.

»Hey.« Sie fühlte sich beinahe schuldig, sich ein Leben mit Camila vorzustellen, wo sie doch heute Morgen noch neben Megan aufgewacht war. Allerdings tat sie nichts Verbotenes – sie und Megan hatten nur eine Affäre. Trotzdem war es kein gutes Gefühl.

»Hi. Ich weiß, das klingt wie eine Ausrede, um dich wiederzusehen, aber hast du zufällig einen Schlüsselbund bei dir in der Wohnung gesehen? Ich finde meinen nicht, vielleicht ist er mir gestern Abend aus der Tasche gerutscht.«

»Oh. Hm, warte mal, ich schaue nach.« Sie behielt das Handy in der Hand, damit Camila nicht sah, wer anrief, und suchte dort, wo Megan am Vorabend abgelegt hatte, nach den Schlüsseln. Prompt wurde sie unter der Couch fündig. »Hab ihn.«

»Super. Kann ich nachher bei dir vorbeikommen und ihn abholen? Ich bin noch bis acht bei Kunden. Wenn dir das zu spät ist, kann ich versuchen, es früher zu schaffen.«

»Nein, acht passt.«

Bis dahin sollte Camila lange weg sein. Emily kam der Gedanke, dass sie mit Megan reden sollte, weil sie nicht wusste, ob sie solch zwanglosen Sex mit einer Frau haben konnte, solange sie so starke Gefühle für Camila hatte.

»Okay, dann bis später.«

»Alles in Ordnung?«, fragte Camila, als Emily zurück in die Küche kam.

»Jemand hat seine Schlüssel hier verloren.« Emily hielt den Bund hoch und war froh, dass Camila nicht nachhakte, wem der gehörte.

Das Abendessen war köstlich und im Anschluss spielten sie noch ein paar Runden Uno mit Jaime, bis er zu gähnen begann.

»Danke für den heutigen Tag«, sagte Camila und blieb noch einen Moment im Türrahmen stehen. Hätten die beiden ein Date gehabt, wäre das der perfekte Moment für einen Abschiedskuss gewesen. »Ich hatte viel Spaß.« Sie klang aufrichtig; als wäre es etwas Besonderes gewesen, und Emily spürte einen Stich im Herzen. Offensichtlich hatte Camila außer Jaime niemanden, der ihr wirklich nahestand.

»Sie sind hier jederzeit herzlich willkommen«, versicherte Emily ihr und meinte es auch so. Sie hatte genauso viel Spaß gehabt und hätte nichts gegen mehr Wochenenden wie diese. »Dann sehen wir uns morgen.«

Als die beiden weg waren, gönnte sich Emily ein paar Folgen einer Serie auf Netflix, bis es um Punkt acht an ihrer Tür klopfte.

»Hey.« Megan lächelte sie warm an und Emily versuchte, es zu erwidern, scheiterte aber offensichtlich, weil Megan sie direkt fragte: »Alles in Ordnung?«

»Ja, es ist nur … Können wir reden?« Sie *hasste* diesen Satz, weil ihm nie etwas Gutes folgte.

Megan sah sie überrascht an. »Das klingt ernst.«

»Ist es nicht«, beruhigte Emily sie rasch. »Mir … gehen nur ein paar Dinge durch den Kopf.« Sie setzten sich auf die Couch, doch Megan entspannte sich nicht. Sie wirkte, als wolle sie jeden Moment die Flucht ergreifen. »Ich war neulich nicht hundertprozentig ehrlich zu dir. Ich habe gesagt, dass ich nichts Festes suche nach meiner letzten Beziehung – die wirklich scheiße gelaufen ist. Der Teil war nicht gelogen.« Emily hatte dieses Gespräch vorher nicht richtig durchdacht und ihre Gedanken kreiselten wild durcheinander. Das erschwerte es erheblich, einen sinnvollen Satz herauszubringen. »Aber ich, hm, ich hänge noch jemandem nach. Ich dachte, wenn ich mit einer klugen, hübschen, humorvollen Frau ausgehe, würde mir das … helfen, mich abzulenken. Aber es hat nicht funktioniert. Ich weiß also nicht, ob ich das hier …« Sie gestikulierte zwischen ihnen hin und her. »… weitermachen kann. Tut mir wirklich leid.«

»Warum denn? Ich meine, versteh mich nicht falsch, gestern Nacht war toll, und ich bin schon traurig, dass wir das nicht wiederholen werden, aber es muss dir nicht leidtun. Du hast nichts falsch gemacht.« Megan griff nach ihrer Hand und drückte sie sanft. »Ich hoffe nur, dass wir noch Freundinnen bleiben können. Weil ich davon echt noch ein paar gebrauchen könnte.«

»Ich auch.«

»Diese Frau, der du nachhängst … Sie ist deine Chefin, nicht wahr?«, fragte Megan.

»Ist das so offensichtlich?«

»Ein bisschen. Außerdem hast du heute Morgen ausgesehen, als hätte man dich beim Keksestehlen erwischt. Und ich nehme dir sicher nicht übel, dass du was für *die* Camila Evans übrighast.«

Emilys Gesicht wurde heiß.

»Und wenn es dir hilft: Sie sah nicht begeistert aus, dass ich hier war, also gibt es vielleicht doch eine Chance für euch.«

»Vielleicht.« Zu sehr wollte Emily darüber aber nicht nachdenken, also wechselte sie das Thema. »Möchtest du bleiben und einen Film schauen?«

»Ich habe meiner Mitbewohnerin versprochen, heute Abend mit ihr zu essen. Aber lass uns das bald mal machen!«

»Gerne.« Emily brachte sie zur Tür, wo sie sich umarmten. Sie war froh, dass sie zumindest eine neue Freundin gefunden hatte, auch wenn es auf romantischer Ebene nicht funktionierte. Langsam fühlte sie sich in der Stadt zu Hause.

Als Camila am Montagabend nach Hause kam, schlug sie die Tür geräuschvoll hinter sich zu. Jaime hatte den Kopf auf Emilys Bein gelegt und schaute fern. Allerdings war der Fernseher nicht laut genug, um Camilas scharfen Tonfall ganz auszublenden. Es klang, als würde sie mit ihrem Ex-Mann telefonieren.

»Willst du mich –«

Rasch hielt Emily Jaime die Ohren zu.

»…dammt noch mal verarschen?« Camila stand noch immer im Flur, doch Emily verstand jedes Wort. »Und das hättest du nicht verschieben können?

Hast du es überhaupt *versucht*?« Eine kurze Pause folgte. »Ach, spar dir das doch.«

Emily linste über die Lehne der Couch. Camila hatte sich mit gesenktem Blick an eine Wand gelehnt, doch dann atmete sie tief durch und zwang sich zu einem Lächeln, bevor sie zu ihnen rüberkam.

»Hi, Schatz.«

»Umarm deine Mom mal«, flüsterte Emily ihm ins Ohr und half ihm von der Couch. Er eilte zu Camila und ließ sich gähnend von ihr hochheben.

»Bist du müde?«

»Wollte dich noch sehen, bevor ich ins Bett gehe. Liest du mir was vor?«

Camila drückte ihn ein wenig fester an sich. »Natürlich.« Sie warf Emily einen dankbaren Blick zu.

»Ich räume hier ein bisschen auf.«

»Das müssen Sie nicht tun.«

»Ich weiß, aber Sie sehen aus, als hätten Sie einen langen Tag gehabt.«

»Danke.« Camila trug Jaime in sein Zimmer und Emily sammelte die Spielsachen ein, die überall im Raum verteilt waren. Sie räumte gerade in der Küche die Spülmaschine aus, als Camila zurückkehrte.

»Alles in Ordnung?«, erkundigte sie sich.

Camilas Antwort bestand in einem Griff nach der Scotch-Flasche. Sie goss sich großzügig ein und nahm einen tiefen Schluck aus dem Glas. »Nur mein nutzloser Ex-Mann«, erwiderte sie schließlich seufzend und setzte sich an die Theke, bevor sie Emily bedeutete, neben ihr Platz zu nehmen. »Im Dezember verbringe ich immer ein paar Tage im Londoner CEBC-Büro. Dort ist die Europazentrale des Netzwerks und ich sehe gerne nach dem Rechten. *Normalerweise* begleitet Christopher mich – er hat Familie in England, die er mit Jaime besucht. Eigentlich hatte er mir versprochen, dass das dieses Jahr auch wieder klappt. Allerdings hat er sich entschieden, dass er in dieser Woche lieber eine Konferenz besucht. Das heißt, ich muss mir jetzt auch noch zu allem anderen in der hektischsten Zeit des Jahres eine Kinderbetreuung suchen.«

»Wow. Das ist wirklich arschig.«

Camila schaute Emily überrascht an.

»Was denn? Stimmt doch.«

»Ich weiß, aber mir war nicht klar, dass sich so ein Wort in Ihrem Vokabular befindet«, sagte Camila lächelnd.

»Ich könnte auf ihn aufpassen«, bot Emily an – immerhin war das ihr Job. »Während Sie weg sind.«

Camilas Blick wurde nachdenklich und Emily fragte sich, ob das vielleicht unangemessen war.

»Natürlich nur, wenn es Ihnen nichts ausmacht, dass ich hierbleibe. Ich könnte ihn natürlich mit zu mir nehmen, aber dort hat er kein eigenes Bett. Ich könnte aber auf der Couch schlafen, oder –«

»Emily.« Camila hob eine Hand, um ihre Wortflut zu unterbrechen. »Das ist es nicht. Natürlich können Sie hier schlafen. Aber ich ... wir waren noch nie so lange voneinander getrennt«, erklärte sie leise. »Er ist noch so jung und die Reise geht über die Feiertage und ich ... ich will nicht, dass er denkt, er wäre mir nicht wichtig.«

»Er weiß, dass er Ihnen wichtig ist«, versicherte Emily ihr. »Wirklich. Können Sie ihn nicht mitnehmen? Vielleicht könnte Ihre Assistentin auf ihn aufpassen? Er scheint sie doch sehr zu mögen.«

»Ich brauche sie bei mir. Und nein, es gibt sonst niemanden, es sei denn ...« Camila musterte sie von oben bis unten, was Emily einen Moment den Atem stocken ließ. »Nein.« Sie schüttelte den Kopf. »Nein, das ist eine dumme Idee.«

»Was denn?«

»Ich dachte gerade ...« Camila verstummte erneut. »Ich dachte, dass Sie vielleicht mitkommen könnten.«

Emily riss überrascht die Augen auf.

»Ich zahle natürlich für alles, und Sie bekommen ihren normalen Lohn, aber ...«

»Ja.« Darüber musste Emily keine Sekunde lang nachdenken: ein All-inclusive-Urlaub nach London mit ihrem Lieblingsschützling – und Camila? Besser konnte es gar nicht werden.

»Ja? Sind Sie sicher? Wollen Sie nicht erst darüber nachdenken?«

Emily schüttelte den Kopf. »Das ändert nichts an meiner Antwort«, sagte sie. »Ich würde sehr gerne mitkommen, wenn Sie mich dabeihaben wollen.«

»Das will ich, sehr sogar.« Einen Moment lang sah Camila ihr tief in die Augen und Emily hielt die Luft an. Doch dann blinzelte Camila und wandte den Blick ab. »Und Jaime würde das auch sehr gefallen.«

Kapitel 11

Am Mittwoch war Halloween, was offiziell die Weihnachtszeit einleitete, Emilys liebste Wochen des Jahres.

»Kann ich jetzt mein Kostüm anziehen?«, fragte Jaime, als Emily die Wohnung betrat, und sein hoffnungsvoller Gesichtsausdruck brachte sie zum Lachen.

»Ich glaube, es ist noch ein bisschen zu früh dafür, Kumpel«, sagte sie gut gelaunt. »Warten wir noch ein paar Stunden, okay?«

»Ich gebe Ihnen zwei Stunden, bevor Sie aufgeben.« Camila gab Jaime einen Kuss. »Ich hole ihn nachher bei Ihnen zu Hause ab.«

»Perfekt.«

»Und jetzt?«, fragte Jaime, nachdem Camila die Wohnung verlassen hatte.

Emily hielt bis nach dem Mittagessen durch, bevor sie ihm erlaubte, sich umzuziehen. Natürlich schickte sie Camila ein Foto des selbstzufriedenen Jaime in seinem Astronautenkostüm.

»Freust du dich schon, Kumpel?«, fragte Emily auf dem Weg zu ihrer Wohnung.

»Ja!« Er beobachtete die vielen anderen Kinder, die bereits draußen unterwegs waren, und hielt seinen kleinen Korb in Kürbisform fest an sich gedrückt.

Emily war als Hexe verkleidet und trug ein Kleid aus fließendem schwarzem Stoff kombiniert mit einem spitzen Hut und zu Halloween passenden Strumpfhosen.

Als sie schließlich bei ihrem Wohnhaus ankamen, ließ sie Jaime im Erdgeschoss auf die Nachbarn los. Kurze Zeit später war sein Korb bereits übervoll mit Süßigkeiten.

»Möchtest du auch was?«, wollte er wissen, als sie in Emilys Wohnung zurückkehrten, und hielt ihr den Korb hin.

»Bist du sicher, Kumpel?«

»Ja, ich will teilen.« Jaime kuschelte sich neben sie auf die Couch und sie schauten gemeinsam *Hocus Pocus – Drei zauberhafte Hexen*, ihren

Lieblingshalloweenfilm, aßen Süßigkeiten und warteten auf Camila. Als der Film gerade zu Ende war, klopfte es und Emily ließ sie herein.

»Sie haben für Halloween dekoriert?« Camila betrachtete die Figuren und Aufsteller, die Emily in ihrem Apartment verteilt hatte. »Machen Sie das für alle Feiertage? Wenn ich an Thanksgiving komme, begrüßt mich dann ein Truthahn, der von der Decke baumelt?«

»Würde es Sie überraschen, wenn ich ja sage?«, fragte Emily.

»Nein, nicht wirklich.«

»Und, hm, Sie dürfen gerne zu Thanksgiving vorbeikommen, wenn Sie möchten«, bot Emily an, ohne groß vorher darüber nachzudenken. Camila blinzelte überrascht. »Wir feiern bei meiner Schwester und es ist auch nur ein Angebot, aber Sie und Jaime wären mehr als willkommen. Wenn … wenn Sie denn möchten.«

»Ich … vielleicht«, erwiderte Camila zögerlich, wurde jedoch von einem begeisterten Astronauten gerettet, der sich gegen ihre Beine warf. »Hi, Jaime«, begrüßte sie ihn lachend. »Hattest du heute Abend Spaß?«

»Es war so toll! Und ich hab so viel Süßes bekommen. Komm, schau!« Er zog Camila an der Hand zur Couch, damit sie sich seinen Korb ansehen konnte.

»Ich hoffe doch sehr, dass der Inhalt der leeren Verpackungen nicht komplett in deinem Bauch gelandet ist, junger Mann.«

Emily sammelte die Papierchen peinlich berührt ein und warf sie in den Müll. »Das meiste davon habe ich gegessen«, gab sie zu. »Aber Jaime hat mit mir geteilt, nicht wahr, Kumpel?«

Jaime nickte.

»Ich habe versucht, ihn davon abzuhalten, zu viel zu essen«, versicherte sie Camila. »Ich wollte nicht, dass er bei Ihnen zu aufgedreht ist.«

»Vielen Dank.« Camila wandte sich an Jaime. »Wollen wir dann los, Schatz? Ich denke, Emily hat noch Pläne für den Abend.«

»Ich schau mir nur einen albernen Horrorfilm bei meiner Schwester an.« Aus dem Augenwinkel sah Emily, wie Jaime gähnte. »Aber er sollte vermutlich ins Bett.«

Bevor die beiden die Wohnung verließen, verteilte Jaime noch die Hälfte seiner Ausbeute auf dem Couchtisch. Anschließend zog Emily sich um und machte sich auf den Weg zu Maia und Cassie. Zu dritt machten sie es sich auf der Couch gemütlich, und Emily bewaffnete sich mit einem Kissen – nur für den Fall, dass sie sich verstecken musste. Das Popcorn bekam sie nicht in die

Hand, weil sie beim letzten Horrorfilm so heftig zusammengezuckt war, dass noch drei Wochen später Popcorn in der Wohnung zu finden war.

Emily war die ganze Zeit über angespannt und schlug mit dem Kissen nach Cassie, weil diese sich über sie lustig machte. Als ihr Handy plötzlich in ihrer Hosentasche vibrierte, bekam sie beinahe einen Herzinfarkt, was ihre Schwester nur noch mehr amüsierte.

Camilas Name auf dem Display ließ sie die Nachricht direkt ansehen. Ein Foto von Jaime, der schlafend in seinem Astronautenkostüm im Bett lag.

Er wollte es nicht ausziehen. Ich dachte mir, dass Sie das vielleicht zumindest für einen Moment von dem Film ablenkt.

Das war nur eine kleine Geste, aber eine unglaublich süße. Vor allem, weil Camila offensichtlich an sie gedacht hatte, während Emily nicht in ihrer Nähe war. Sie lächelte so breit, dass ihre Wangen schmerzten.

»Was gibt es denn zu grinsen?«, wollte Cassie wissen und musterte sie misstrauisch, doch Emily tippte nur ein schnelles *Hat es, vielen Dank* mit einem Herzchen-Emoji zurück, bevor sie das Handy wieder einsteckte.

»Geht dich nichts an.«

Danach erschien ihr der Film gar nicht mehr so gruselig. Sehr zu Cassies Enttäuschung.

Als Camila ihren Sohn am nächsten Morgen wecken wollte, musste sie überrascht feststellen, dass er bereits wach war – normalerweise dauerte das eine ganze Weile –, was ihr sofort Sorge bereitete.

Aus gutem Grund, wie sich herausstellte, denn sobald sie sein Zimmer betrat, klagte er: »Mama, mir ist nicht gut.«

»Was ist denn los?« Camila strich ihm die vom Schlaf zerzausten Haare glatt und betastete seine Stirn.

»Bauchweh.«

»Vielleicht hast du gestern Abend zu viele Süßigkeiten gegessen.« Das wäre eine logische Erklärung, aber er kam ihr auch etwas zu warm vor. Rasch holte sie das Fieberthermometer aus dem Bad.

Seine Temperatur war etwas erhöht – nicht genug, um einen Arzt zu rufen, aber durchaus besorgniserregend.

»Wann hat das angefangen?«

»Ich weiß nicht.« Jaime schaute mehr als unwohl aus der Wäsche. Camila hasste es, wenn er krank wurde, weil sie sich dann immer so unendlich hilflos fühlte. »Als ich aufgewacht bin.«

»Okay, Schatz. Ich möchte trotzdem, dass du was zum Frühstück isst, in Ordnung? Wenigstens ein bisschen.«

Mit etwas Überredung schaffte sie es, Jaime zum Aufstehen zu bewegen und ihm sein Kostüm auszuziehen, um ihn dann in einen Schlafanzug zu steckten. Er aß nicht viel, trank aber das Wasser, das sie ihm reichte. Als Emily schließlich bei ihnen eintraf, war Camila immer noch nicht beruhigter.

»Was ist denn los, Kumpel?«, fragte Emily und Camila freute es wieder, wie gut sie ihren Sohn kannte und wie genau sie ihn beobachtete.

»Mir geht's nicht gut.«

Camila brachte ihn auf die Couch, wickelte ihn in eine Decke und schaltete den Fernseher ein, damit er seine Lieblingszeichentrickserie schauen konnte.

»Ist das meine Schuld?«, flüsterte Emily hinter Camila. »Die Süßigkeiten? Er ist auf nichts allergisch, oder?«

»Nein«, antwortete Camila und kaute auf ihrer Unterlippe, während sie ihren Sohn betrachtete. »Das war auch mein erster Gedanke, aber … scheint nicht so.«

»So viel habe ich ihn doch nicht essen lassen«, murmelte Emily stirnrunzelnd.

Camila legte ihr eine Hand auf den Arm und versuchte, die Wärme ihrer Haut zu ignorieren. Emily so nah zu sein, ließ ihren Puls in die Höhe schießen, wie er es seit Jahren nicht mehr getan hatte.

»Es ist nicht Ihre Schuld«, beruhigte Camila sie und drückte ihren Arm leicht. Gott, diese muskulösen Arme waren sogar noch besser, wenn man sie berührte und sie musste die Hand wegnehmen, bevor sie etwas Dummes tat. »Ich glaube nicht, dass es an den Süßigkeiten liegt. Vielleicht hat er sich einen Mageninfekt eingefangen.«

»Könnte sein. Hat er sich übergeben?«

»Noch nicht.« Camilas Handy vibrierte. Sie kam zu spät zu ihrem ersten Morgenmeeting.

»Was soll ich tun?« Emily fragte wie immer genau das Richtige. Camila ließ Jaime nicht gerne zurück, wenn es ihm nicht gut ging, aber sie wusste ihn in fähigen Händen.

»Beobachten Sie ihn einfach. Kontrollieren Sie regelmäßig seine Temperatur und sagen Sie mir Bescheid, wenn sich etwas ändert.«

»Okay. Ich schicke Ihnen regelmäßig Updates.«

»Vielen Dank, Emily.« Nach einem Kuss auf Jaimes Stirn blieb Camila noch kurz in der Wohnungstür stehen. Emily betrachtete ihren Sohn mit so viel Liebe und Sorge, dass Camila guten Gewissens gehen konnte. Ihr Sohn war sicher mit ihr.

Camilas erstes Meeting – eine Vertragsverhandlung mit dem Hauptdarsteller ihrer Prestigeserie, der sich zierte, für zwei weitere Staffeln zu unterschreiben – zog sich in die Länge. Auch das Budget-Meeting im Anschluss war nicht besser. Sie widerstand der Versuchung, alle fünf Minuten auf ihr Handy zu schauen, was sie normalerweise bei ihren Angestellten auch sofort unterbinden würde.

Als sie schließlich endlich dazukam, blieb ihr das Herz fast stehen, als sie Emilys Nachricht mit einer Bitte um Rückruf sah. Rasch scheuchte sie alle aus ihrem Büro und Emily nahm nach zweimal Klingeln ab.

»Geht es ihm gut?«

»Es wird schlimmer«, antwortete Emily und Camilas Magen krampfte sich schmerzhaft zusammen. »Er hat sich ein paarmal übergeben. Ich habe ihm Flüssigkeit gegeben, aber er kann nichts bei sich behalten. Soll ich jemanden anrufen?«

Camila gab ihr die Nummer von Jaimes Kinderarzt und lauschte ungeduldig Emilys Seite des Telefonats.

Schließlich war Emily wieder bei ihr. »Er meint, dass es wahrscheinlich nur ein kleiner Mageninfekt ist und wir nichts weiter tun können, als dafür zu sorgen, dass er trinkt und es aussitzt.«

Es war beruhigend, dass er sich nichts Schlimmeres eingefangen hatte, aber auch frustrierend, weil sie Jaime nicht wirklich helfen konnten.

»Rufen Sie mich an, wenn es ihm noch schlechter geht.«

»Natürlich.«

Den restlichen Tag über konnte Camila sich nur schwer auf die Arbeit konzentrieren, aber Emily schickte ihr in regelmäßigen Abständen Nachrichten. Jaime fühlte sich immer noch nicht besser, aber wenigstens wurde es auch nicht schlimmer. Am liebsten wäre Camila nach Hause gefahren, um sich um ihren Kleinen zu kümmern, doch bei einer Produktion war ein gravierender Fauxpas passiert, der sie bis fast sieben Uhr im Büro festhielt.

Sie rief Emily an, während sie ihren Computer runterfuhr und ihre Sachen in ihre Handtasche stopfte. »Es tut mir so leid, aber ich musste noch ein paar Feuer löschen.«

»Alles gut.« Emily klang abgeschlagen, nicht so aufgeweckt wie sonst.

»Ist alles in Ordnung?«

»Jaime geht es gut. Na ja, nicht richtig gut«, korrigierte sie sich. »Ihm ist immer noch schlecht, aber er behält inzwischen Wasser bei sich und ich glaube, er hat das Schlimmste überstanden.«

»Das ist gut«, erwiderte Camila erleichtert. »Aber das hatte ich eigentlich nicht gefragt. Geht es *Ihnen* gut?«

»Hm …« Emily zögerte. »Nicht so richtig. Jaime hat es wohl überstanden, aber ich nicht.«

»Ist Ihnen schlecht?«

»Ein bisschen.«

»Warum haben Sie denn nichts gesagt?«, wollte Camila wissen und eilte in Richtung Aufzug.

»Weil ich wusste, dass Sie viel zu tun haben und ich Sie damit nicht belasten wollte und – o Gott, ich muss jetzt auflegen.«

»Ich bin in zehn Minuten zu Hause«, versprach Camila und stieg in das bereits wartende Auto.

Sie schaffte es in acht Minuten und drückte dann ungeduldig ein paarmal auf den Knopf für das Penthouse, als könnte sie so den Aufzug dazu bringen, schneller zu fahren.

»Emily?« Beim Betreten des Apartments gab es keine Spur von ihr oder Jaime.

»Hier drin.«

Camila folgte ihrer Stimme, die aus dem Bad neben Jaimes Zimmer kam. Dort fand sie Emily, die zusammengesunken und leichenblass an eine Wand gelehnt auf dem Boden saß. Jaime war in eine Decke gewickelt und kuschelte sich an sie.

»Oh, Emily.«

Jaime schaute zu Camila auf, rührte sich sonst aber nicht.

»Kommen Sie nicht rein«, versuchte Emily sie abzuwehren. »Sie stecken sich auch noch an.«

»Dann hätte ich das wahrscheinlich heute Morgen schon«, argumentierte Camila. Zwar hatte sie nicht so viel Zeit mit Jaime verbracht wie Emily, aber nahe genug dafür waren sie sich in jedem Fall gekommen. »Und wenn ich krank werde, werde ich eben krank.« Camila zuckte nur mit den Schultern. »Bis dahin muss sich jemand um euch beide kümmern. Ihr seht gar nicht gut aus.«

»Wir haben uns ein Nest gebaut«, warf Jaime müde ein.

Camila lachte leise. »Das sehe ich. Wie fühlst du dich, Jaime?«

»Besser«, erwiderte er mit einem Nicken.

»Gut. Hast du was gegessen?«

Emily stöhnte bei der Erwähnung von Essen gequält auf, aber Jaime schüttelte nur den Kopf.

»Okay. Ich mache dir eine Suppe. Und Sie …« Sie deutete auf Emily. »Haben Sie genug getrunken?«

Sie schüttelte den Kopf.

»Emily«, schalte Camila sie. »Sie müssen auf sich selbst genauso aufpassen wie auf meinen Sohn.«

»Er ist wichtiger.«

»Ihr seid beide wichtig«, erklärte Camila nachdrücklich.

Sie ging in die Küche, um eine Dosensuppe warm zu machen und auf zwei Schüsseln zu verteilen, auch wenn sie den Verdacht hatte, dass nur einer ihrer beiden Patienten etwas essen würde. Zurück im Badezimmer kam Jaime halbwegs sicher auf die Beine, doch Emily strauchelte prompt, als sie es ihm gleichtun wollte. Camila hielt sie fest, damit sie nicht umkippte.

»Danke.« Emily war so bleich und ihre Haut fühlte sich warm an.

Nachdem Camila beide auf die Hocker an der Küchentheke bugsiert hatte, reichte sie Emily das Fieberthermometer.

»Ernsthaft?«

Camila zog nur eine Augenbraue nach oben. Geschlagen seufzte Emily und erlaubte Camila ihre Temperatur zu messen.

»Sie haben Fieber.«

»Ach, echt? Dabei fühle ich mich doch blendend.«

Camila verdrehte die Augen.

»Muss ich das essen?« Emily beäugte die Suppe vor sich. »Ich bin mir nicht sicher, ob ich es runterbekomme.«

»Versuchen Sie es.«

Sie nahm ein paar Löffel zu sich, schob die Schüssel dann aber angewidert weg. Jaime hatte seine bereits komplett geleert.

»Du warst aber hungrig«, sagte Camila und ihr Sohn nickte. »Du kannst noch mehr haben, wenn du willst.«

»Kann ich was malen gehen? Ich will ein Bild für Emily machen, damit es ihr besser geht.«

»Natürlich, Schatz.« Camila schaute ihm nach, wie er zu seinem Basteltisch wuselte, bevor sie sich wieder an Emily wandte. »Sie sollten noch was essen.«

»Ich glaube nicht, dass ich das kann.«

»Dann müssen Sie wohl wirklich krank sein«, neckte Camila sie, was Emily ein schwaches Lächeln entlockte. »Möchten Sie was zu trinken? Wasser? Tee?«

»Camila, Sie müssen nicht …«

»Doch, muss ich«, unterbrach sie Emily mit einem Abwinken. »Sie haben sich den ganzen Tag um meinen Sohn gekümmert, obwohl sie selbst krank waren.«

»Aber ich sollte nach Hause …«

»In diesem Zustand gehen Sie nirgendwohin«, wies Camila sie streng an und verschränkte die Arme vor der Brust. »Bleiben Sie über Nacht. Dann kann ich ein Auge auf Sie haben, bis Sie sich besser fühlen. Bitte.«

»Ich …« Emily verzog das Gesicht. »… muss noch mal ins Bad.« Hastig rutschte sie von ihrem Hocker runter und verschwand.

Ein paar Minuten später klopfte Camila an die Badezimmertür. Emily ächzte nur leise, also stellte sie eine Flasche Wasser vor der Tür ab und setzte sich dann zu Jaime, der schon wieder an einem Bild arbeitete, das sie drei zusammen zeigte.

»Ich will, dass du und Emily heiratet«, sagte Jaime vollkommen beiläufig, ohne auch nur den Kopf zu heben, doch Camila erstarrte und wusste im ersten Moment nichts darauf zu sagen.

»Ich fürchte, das wird nicht passieren, Jaime«, entgegnete sie schließlich, doch die Worte kamen ihr nur schwer über die Lippen.

»Warum nicht?« Nun schaute er doch stirnrunzelnd von seinem Werk auf. »Mädchen können andere Mädchen heiraten. Das war in einem der Bücher, die Emily mir vorgelesen hat.«

»Das weiß ich, Schatz.« Camila lächelte über die Themen, die Jaime so mitbekam.

»Warum dann nicht? Willst du sie nicht heiraten?«, fragte er. »Sie macht mich glücklich. Sie ist nett und lustig und macht dich auch glücklich. Mehr als Daddy.«

Die Tatsache, dass Jaime mitbekommen hatte, wie angespannt ihre Beziehung zu Chris war, schockierte Camila und sie fühlte sich prompt schuldig.

»Magst du sie?«, fragte er.

»Natürlich mag ich sie, Jaime.«

»Dann solltet ihr heiraten.« Er nickte zufrieden.

Wenn es doch nur so einfach wäre.

»Ich glaube nicht, dass Emily mich heiraten wollen würde, Schatz.«

»Hast du sie gefragt?«

»Ich … Na ja, nein.«

»Woher willst du das dann wissen?«

»Ich weiß es eben.«

Jaime warf ihr einen skeptischen Blick zu, doch bevor Camila einen weiteren Erklärungsversuch starten konnte, räusperte Emily sich hinter ihr. Sie stand ein paar Meter von ihnen entfernt und sah aus, als hätte sie etwas getan, was sie nicht tun sollte. Wie viel hatte sie wohl von dem Gespräch mitbekommen?

»Geht es Ihnen besser?«

Emily schnitt eine Grimasse.

»Das werte ich als nein.«

»Danke für das Wasser.« Sie schwenkte die halb leere Flasche und setzte sich dann in den Sessel, der der Couch am nächsten stand. »Sind Sie sich sicher, dass ich bleiben soll? Ich könnte auch meine Schwester anrufen. Sie kann mich wahrscheinlich abholen.«

»Wahrscheinlich?«

»Sie hat diese Woche Nachtschicht.«

»Dann ist die Sache klar: Sie bleiben. Sie sollten nicht alleine zu Hause sein.«

»Du bleibst hier?« Jaime drehte sich mit hoffnungsvollem Blick zu ihnen um.

»Sie bleibt nicht, um mit dir zu spielen«, sagte Camila freundlich. »Emily muss sich ausruhen.«

Jaime schmollte ein wenig, doch dann hellte sich sein Gesichtsausdruck wieder auf. »Willst du mein Bild sehen?«

Emily nickte und er stand auf, um ihr sein Werk zu zeigen.

»Magst du es?«

»Es ist großartig, Kumpel. Ich werde es zu Hause aufhängen.«

»Wirklich?«, fragte er freudestrahlend.

»Wirklich. Leg es irgendwohin, wo es nicht kaputtgeht, ja?«

Er holte den Skizzenblock, den Emily ihm geschenkt hatte, und legte das Bild vorsichtig hinein. Dann kletterte er auf die Couch und kuschelte sich an

Camila. Sie schauten fern, bis Jaime anfing zu gähnen. Camila brachte ihn ins Bett und als sie in den Wohnbereich zurückkam, hatte Emily die Augen geschlossen. Sie sah wirklich schlecht aus.

»Wie geht es Ihnen?«

»Ich hasse es, krank sein«, antwortete Emily. »Ich bin eine fürchterliche Patientin.«

»Ich auch«, gab Camila zu. Sie war heilfroh, dass sie diesen Bazillen bislang entkommen war. »Möchten Sie was spielen, um sich abzulenken?«

»Sie besiegen mich ja doch nur wieder. Man tritt keine Leute, die schon am Boden liegen.«

»Sie könnten auch gewinnen.« Camila strich ihr im Vorbeigehen sanft über die Schulter, als sie an die Vitrine trat, in der sie ein paar Spiele aufbewahrte. »Das würde Sie doch sicher aufheitern.«

»Wir wissen doch beide, dass das nicht passieren wird.«

»Mit dieser Einstellung sicher nicht«, erwiderte Camila. »Was wollen Sie spielen? Eine Revanche bei Scrabble oder Catan?«

»Ist mir beides recht, ich weiß nur nicht, ob ich bis zum Schluss durchhalte.«

Camila stellte beide Schachteln auf den Couchtisch und schob den Sessel – samt Emily – näher ans Sofa heran, sodass sie bequem heranreichen konnte. Zwei Runden Scrabble später schmollte Emily, da sie in beiden unterlegen war. Sie war wirklich eine schlechte Verliererin und Camila fand das überaus niedlich. Und je mehr Zeit sie mit Emily verbrachte, desto niedlicher wurde sie.

Außerdem fielen ihr ein paar neue Details auf, wie etwa die Tatsache, dass Emily auf ihrer Unterlippe kaute und die Augenbrauen zusammenzog, wenn sie sich konzentrierte. Wenn sie ein gutes Wort zusammengestellt hatte, trat ein Funkeln in ihre Augen. Es war ein Wunder, dass Camila trotzdem gewann, wenn man bedachte, wie viel mehr Zeit sie darauf verwendete, Emily zu beobachten, als sich auf das Spielbrett zu konzentrieren. Dennoch konnte sie den Blick einfach nicht abwenden.

Sie verstrickte sich immer tiefer in die Sache, vielleicht zu tief, doch sie wusste auch nicht, wie sie es aufhalten sollte und ob sie das überhaupt *wollte*. Ihr Herz begann jedes Mal zu rasen, wenn Emily aufschaute und ihre Blicke sich trafen. Nie im Leben hätte sie gedacht, so etwas noch einmal zu empfinden.

Schließlich wechselten sie zu Catan, was Camila diesmal nur knapp gewann. Emily durchschaute ihre Strategie inzwischen besser und schaffte es in der zweiten Runde, sie zu schlagen.

»Ja!« Ihr Siegesschrei fiel extrem leise aus, weil sie wie immer das schlafende Kind am anderen Ende des Flurs nicht wecken wollte – und das machte es nur noch leichter, sich in sie zu verlieben. Als sie die Arme in die Luft reckte, musste Camila lachen. »Sie haben mich doch nicht etwa gewinnen lassen, oder?«, wollte Emily misstrauisch wissen.

»Natürlich nicht.« Camila schnaubte spöttisch. Als wenn sie das jemals tun würde, egal, wie viel Platz Emily sich gerade in ihrem Herz eroberte.

»Sicher?«

»Ja, Emily, Sie haben mich ehrlich geschlagen. Wie geht's Ihnen denn inzwischen?«

»Besser, danke.« Sie lächelte so warm, dass Camila den Blick abwenden musste. »Jetzt schaffe ich es wahrscheinlich nach Hause …«

»Sie bleiben hier, Emily«, wies Camila sie in ihrem strengsten Tonfall zurecht, der keinen Widerspruch erlaubte. »Lassen Sie es gut sein.«

»Okay. Vielen Dank.«

»Kein Problem.« Und das war es wirklich nicht – es war *schön*, jemanden hier zu haben. »Sind Sie müde?«

»Ein bisschen«, gab Emily zu. »Könnte ich, hm, Ihre Dusche benutzen, bevor ich ins Bett gehe? Ich fühle mich ziemlich eklig.«

»Natürlich. Soll ich Ihnen wieder etwas zum Anziehen leihen?«

»Das wäre toll.«

Camila suchte die Kleidung heraus, die sie Emily schon das letzte Mal gegeben hatte, und fügte dem Stapel noch ein großes T-Shirt hinzu, in dem sie schlafen konnte.

»Hm, wäre es vielleicht in Ordnung …« Emily trat unruhig von einem Bein aufs andere und spielte nervös mit ihren Fingern. »Könnte ich mir vielleicht auch Unterwäsche leihen?« Sie presste die Worte so schnell heraus, als hätte sie Angst, sie ansonsten gar nicht auszusprechen. »Es macht wohl nicht viel Sinn, wenn ich morgen früh in meine Wohnung fahre, wo ich doch schon mal hier bin und ich …«

»Alles gut, Emily«, unterbrach Camila sie. »Suchen Sie sich was aus der obersten Schublade meiner Kommode aus, während ich Ihnen ein Handtuch und eine Zahnbürste hole.«

Als sie wieder zurückkam, fand sie Emily vor der geöffneten Schublade vor, wo sie ein bisschen überfordert Camilas Sammlung von Spitzenunterwäsche betrachtete. Camila fragte sich, ob ihr vielleicht eine Sicherung durchgebrannt war. Sie klopfte kurz gegen die Tür, um sich bemerkbar zu machen, und Emily schnappte sich hastig den erstbesten Slip, bevor sie einen Schritt zurücktrat.

Camila reichte ihr das Handtuch und die Zahnbürste, mit denen Emily postwendend im Bad verschwand. Während sie duschte, machte Camila sich bettfertig und versuchte, dabei nicht an die nackte, nasse Emily zu denken, die sich nur ein paar Meter von ihr entfernt befand. Als Emily das Bad wieder verließ, bemühte Camila sich um einen neutralen Gesichtsausdruck, doch vergebens.

Das Licht aus dem Bad leuchtete Emily von hinten an und ihr Gesicht lag deswegen halb im Schatten. Ihre feuchten Haare lockten sich leicht und sie trug Camilas Kleidung, die ihr deutlich zu klein war und jeden ihrer Muskeln herausragend betonte. Vielleicht hätte sie sogar etwas in ihrem Schrank gefunden, das Emily besser passte, aber das musste nun wirklich keiner wissen.

Emily war so wunderschön. Für Camila war es kaum zu glauben, dass sie echt war; dass sie hier in ihrer Wohnung stand, dass Emily Teil ihres Lebens war – und dass sie dennoch nicht die Hand nach der Person ausstrecken durfte, nach der sie sich so verzweifelt sehnte.

»Besser?«, fragte sie, weil sie irgendetwas sagen musste. Sie hatte definitiv ein paar Sekunden zu lange gestarrt.

»Viel besser, danke.« Emilys Gesicht war von der Dusche gerötet und Camila fragte sich unwillkürlich, wie sie wohl nach dem Aufwachen aussah. »Soll ich das im Bad aufhängen?«, fragte Emily auf ihr Handtuch bezogen, das sie in den Händen hielt.

»Ich nehme das«, antwortete Camila und trat auf Emily zu. Dabei versuchte sie, zu ignorieren, wie deren Blick zu Camilas schwarzem Seidenslip wanderte und sie sich auf die Unterlippe biss. Oh, wie einfach wäre es, sie jetzt zu küssen.

Die Luft zwischen ihnen schien sich aufzuladen und als Camila die Hand ausstreckte, um das Handtuch entgegenzunehmen, berührten sich ihre Finger kurz.

»Sie wissen, wo das Gästezimmer ist?«, erkundigte sie sich, um den Bann zu brechen, und Emily nickte. »Gute Nacht, Emily«, murmelte sie leise und ihrer Stimme war anzuhören, welche Auswirkungen die Nähe auf sie hatte.

»Schlafen Sie gut.«

Das würde Camila sicher nicht. Eher würde sie von Visionen von Emily geplagt werden, die am anderen Ende des Flurs in ihrem Bett lag.

»Sie auch.«

Die Tür des Gästezimmers glitt mit einem leisen Klicken ins Schloss und Camila atmete langsam aus. Sie hatte ein Problem. Ein gewaltiges.

Kapitel 12

Als Emily am nächsten Morgen erwachte, verließ sie leise das Bett, weil sie auf die Toilette musste. Sie bewegte sich vorsichtig, um den schlafenden Jungen nicht zu wecken, der irgendwann während der Nacht zu ihr gekommen war.

Als sie bemerkte, dass das Licht in der Küche brannte, machte sie jedoch einen Umweg dorthin. Camila stand mit einer Tasse in der Hand an der Arbeitsfläche und schien darauf zu warten, dass der Kaffee fertig durch die Maschine lief. Sie trug einen flauschigen Bademantel über ihrer Schlafkleidung, ihre Füße steckten in Hausschuhen. Noch trug sie kein Make-up und zu gerne hätte Emily ihren Skizzenblock geholt, damit sie diesen Anblick auf Papier festhalten konnte.

Im Licht der aufgehenden Sonne, das gerade hereinfiel, war Camila atemberaubend schön. Emily konnte sie kaum ansehen.

»Emily«, begrüßte Camila sie und drehte sich zu ihr um. Emily konnte nur hoffen, dass sie sie nicht beim Starren erwischt hatte. »Sie sind früh auf. Fühlen Sie sich besser?«

»Viel besser«, antwortete sie. Dafür war sie wirklich dankbar, so schlimm der gestrige Tag gewesen war. Sie verspürte nicht die geringste Lust, das so bald zu wiederholen. »Danke, dass ich hier schlafen durfte.«

»Gern geschehen. Möchten Sie Kaffee?«

»Ich glaube, den lasse ich heute mal noch«, lehnte Emily ab und holte sich stattdessen eine Flasche Wasser aus dem Kühlschrank.

»Ich nehme an, dass mein Sohn im Gästezimmer ist.«

»Oh, ja«, erwiderte Emily verlegen. »Er hat an meine Tür geklopft, weil er einen Albtraum hatte. Da konnte ich nicht nein sagen.«

»Es ist schwer, ihm etwas abzuschlagen«, stimmte Camila ihr zu. »Wenn Sie möchten, können Sie ihn aufwecken.« Die Kaffeemaschine piepste und Camila füllte ihre Tasse. »Ich mache mich solange fertig.

Emily zog sich um, wobei ihr überdeutlich bewusst war, dass sie gerade Camila Evans' Unterwäsche trug. Dann weckte sie Jaime sanft und half ihm beim Anziehen, bevor sie ihn in die Küche zum Frühstücken scheuchte. Als Camila schließlich in einen verboten engen Bleistiftrock und eine Bluse gekleidet aus ihrem Zimmer kam, ließen sie sich gerade Cornflakes schmecken. Emily versuchte, ihre Chefin nicht schon wieder anzustarren.

»Steht heute viel auf Ihrem Plan?«

»Hm, hm. Ich darf mir heute die Pilotfolgen verschiedener Serien anschauen, weil wir entscheiden müssen, welche wir tatsächlich produzieren werden.«

»Das klingt tatsächlich nach Spaß.«

»Nach ein paar Stunden nicht mehr. Aber wenigstens sitzt man dabei bequem.« Camila griff nach ihrer Handtasche und gab Jaime einen Kuss. »Bis später, Schatz. Einen schönen Tag, Emily.«

»Ihnen auch.«

Camilas Absätze klackerten laut den Flur hinunter und einen Moment später fiel die Wohnungstür ins Schloss. Emily sammelte ihr Frühstücksgeschirr ein, während Jaime hinter ihr ungeduldig auf seinem Hocker zappelte.

»So, Kumpel«, sagte sie, nachdem sie fertig war. »Was wollen wir heute machen?«

Jaime verbrachte den nächsten Samstagmorgen wieder bei Emily, während Camila die neu anlaufenden Serien ihrer Fernsehsender bei einer lokalen Talkshow promotete. Sobald sie wieder im Auto saß, rief sie Emily an.

»Hey«, antwortete diese ein wenig atemlos, was Camilas Herz direkt ein wenig schneller schlagen ließ. »Sind Sie fertig?«

»Ja. Ich kann Jaime direkt abholen kommen – in Ihrer Wohnung?«

»Äh, nicht direkt.«

Im Hintergrund jubelte Jaime über irgendetwas.

»Wir sind gerade im Fitnessstudio in der Nähe meiner Wohnung, aber wir können uns gerne bei mir treffen, wenn Sie wollen.«

»Nein, kein Problem. Ich komme zu Ihnen.«

Es klang, als hätte Jaime gerade viel Spaß und Camila war neugierig, was er da im Studio trieb. Außerdem konnte sie der Gelegenheit nicht widerstehen, Emily erneut in Sportkleidung zu sehen.

»Sind Sie … sind Sie sicher?«

»Geben Sie mir die Adresse?«

Emily schickte ihr eine Nachricht mit ihrem Standort. Zwar musterten die Mitarbeiter am Empfang Camila neugierig, als sie hereinkam, machten aber keine Anstalten, sie aufzuhalten. Sie öffnete eine Tür, hinter der sich eine Art Trainingsraum befand.

Eine der Wände war komplett verspiegelt und an den übrigen standen Gewichte, Hanteln und anderes Sportgerät. Der Fußboden war zum Teil mit dicken Matten bedeckt und dort fand Camila auch Emily.

Sie machte gerade Liegestütze mit einem kichernden Jaime auf dem Rücken. Ihre Arme waren nackt und Camila konnte den Blick nicht von dem Muskelspiel abwenden, als sie sich wieder und wieder nach oben stemmte.

Ihr war vollkommen klar, dass sie Emily anstarrte, aber das kümmerte sie in diesem Moment nicht. Diese Frau in den hautengen Leggins und ihrem Tanktop war einfach zu schön. Ihre Haut glänzte schweißfeucht – und *das* war mal ein Anblick.

Sie schaffte es schließlich, sich zusammenzureißen, als Jaime sie bemerkte und mit einem erfreuten »Mama!« von Emilys Rücken kletterte, um so schnell wie möglich breit grinsend zu ihr zu rennen. Erst jetzt bemerkte Camila, dass sie nicht allein im Raum waren. Ein paar Meter weiter lehnte die brünette Frau, die sie neulich in Emilys Wohnung getroffen hatte, mit einer Stoppuhr an einem Sandsack. Emilys Freundin hatte gerade mitbekommen, wie Camila sie anstarrte. Großartig.

»Dreiundzwanzig in knapp zwei Minuten«, verkündete Megan, während Emily etwas außer Atem auf die Beine kam. »Nicht schlecht.«

»Nicht schlecht?«, erwiderte Emily gespielt empört. »Ich will sehen, wie du das besser machst.«

»Okay«, sagte Megan schulterzuckend. Die beiden schenkten sich offensichtlich nichts, doch als sie Jaime zu sich winkte, war Camila sich nicht ganz sicher, ob sie es mochte, dass er der Aufforderung einer Fremden ohne Zögern nachkam. »Bereit, Kleiner?«

»Ja!« Er setzte sich im Schneidersitz auf Megans Rücken und hielt sich an ihrem Shirt fest.

»Und los.« Emily drückte die Stoppuhr und Camila beobachtete, wie Megan schwungvoll ihre Liegestütze ausführte. Zwar trat Emily neben Camila, hielt den Blick jedoch fest auf Megan und Jaime gerichtet. »Ich hoffe, das war in Ordnung. Megan hat mir heute Morgen geschrieben, dass eine ihrer Kundinnen abgesagt hat, weswegen wir den Raum nutzen konnten. Ich habe ihr gesagt, dass ich auf Jaime aufpasse. Als sie vorgeschlagen hat, ihn mitzubringen, dachte ich, dass ihm das vielleicht Spaß macht.«

»Schon okay, Emily – er sieht aus, als würde er sich köstlich amüsieren.«

Jaime bekam einen Lachanfall, der den Druck auf Camilas Brust ein wenig milderte, den sie verspürte, seit sie Megan im Raum entdeckt hatte.

»Tut mir leid, dass Sie den Tag nicht allein mit Ihrer Freundin genießen konnten.«

»Megan ist nicht meine Freundin«, erwiderte Emily direkt. »Wir gehen nicht mehr miteinander aus – sie ist nur eine platonische Freundin.«

»Oh. Tut mir leid.« Camila hatte allerdings nicht den Eindruck, als gäbe es böses Blut zwischen den beiden.

»Ist okay«, entgegnete Emily achselzuckend, doch als Camila sie gerade fragen wollte, warum nichts aus ihnen geworden war, piepste die Stoppuhr und Emily rief Megan ein »Stopp!« zu.

»Sechsundzwanzig«, trällerte Megan und Emilys Schmollmund sagte Camila, dass die Zahl stimmte. Worüber sie allerdings nicht nachdenken sollte, war, wie süß Emily als schlechte Verliererin aussah. Genau das war aber der Fall. Inzwischen konnte sie nicht länger leugnen, dass sie auf bestem Weg war, sich Hals über Kopf in sie zu verlieben.

»Du hast verloren.«

»Halt die Klappe«, gab Emily mit einem solch finsteren Gesichtsausdruck zurück, das Camila und Megan lachen mussten. Allerdings hellte sich Emilys Miene wieder auf, als Jaime zu ihr lief.

»Kannst du mich noch mal werfen?«, fragte er aufgeregt und strahlte sie an. Camila hätte sich direkt Sorgen gemacht, wenn sie nicht wüsste, dass Emily ebenso umsichtig mit ihm umging wie sie selbst. »Das war lustig!«

»Na schön, Kumpel. Weißt du noch, was ich dir vorhin beigebracht habe?«

Er nickte enthusiastisch. Emily ging mit ihm zu der Mitte der Matte, wo sie sich vor ihn kniete. Mit einer schnellen Bewegung landete Jaime flach auf dem Rücken und lachte laut auf, als Emily sich vorsichtig über ihm abstützte.

»Noch mal, noch mal!«

Emily wendete ein paar unterschiedliche Griffe bei ihm an, bis er genug hatte, und Camila konnte nicht aufhören zu lächeln, während sie die beiden miteinander beobachtete – sie liebte es, wie offen und gelöst und *glücklich* Jaime bei ihr war. Er platzte beinahe vor Glück.

»Noch eine letzte Sparring-Session, bevor wir Schluss machen?«, schlug Megan vor, nachdem Jaime wieder an Camilas Seite war. »Eine Show für den Kleinen?«

»Ist das in Ordnung für Sie?«, fragte Emily mit einem Blick zu Camila.

»Aber sicher doch«, antwortete sie.

Emily nahm einen Schluck aus ihrer Wasserflasche und Camila beobachtete, wie ihr ein Schweißtropfen am Hals entlangrann, als sie den Kopf in den Nacken legte. Wie gerne wäre sie dieser Spur mit der Zunge gefolgt.

Einen Moment später umkreisten sich Megan und Emily mit erhobenen Händen. Megan bewegte sich zuerst und Camila spannte sich automatisch an, doch Emily wich dem Schlag spielend leicht aus. Sie waren sich offensichtlich ebenbürtig und der Tanz, den sie über die Matte miteinander vollführten, um die Oberhand zu gewinnen, sah atemberaubend aus.

Emilys Muskeln zeichneten sich bei jeder Bewegung deutlich sichtbar unter ihrer Haut ab und ihre Stärke wirkte umso beeindruckender, wenn Camila sich daran erinnerte, wie zurückhaltend sie bei ihrem ersten Aufeinandertreffen gewesen war. Mit einem Mal vollführte Emily einen Backflip, der ihr Tanktop nach oben rutschen ließ und beim Anblick ihrer straffen Bauchmuskeln blieb Camila beinahe das Herz stehen. Das Bild von Emily in ihrem schwarzen Sport-Outfit, wie sie schweißnass mit einer anderen Frau kämpfte, würde sie sicher noch die nächsten Tage und Wochen verfolgen.

Nach einer Weile beendeten die beiden die Session und als Jaime applaudierte, war Camila versucht, mit einzustimmen, weil das wirklich eine fantastische Show gewesen war.

»Hat dir das gefallen, Kumpel?«, fragte Emily und wuschelte ihm durch die Haare.

Camila spürte die Hitze, die von ihrem Körper ausging, und erlaubte sich einen Moment lang die Vorstellung, wie Emily sie hart gegen die nächste Wand drängte und sie anhob, sodass Camila die Beine um ihre Taille schlingen konnte, und …

»Camila?« Emily schaute sie besorgt an und Camila konnte nur hoffen, dass sie sie nicht schon mehrmals angesprochen hatte.

»Wäre das für Sie in Ordnung?«

»Hm?«

»Wenn ich Jaime Karate beibringe. Ich habe einen schwarzen Gürtel und während meiner Collegezeit Kinder unterrichtet. Ich weiß also, was ich tue.«

»Oh.« Camila schaute auf Jaime hinunter, der sie hoffnungsvoll ansah. »Natürlich, solange Sie vorsichtig sind.«

»Immer.«

»Yay!« Jaime hüpfte begeistert auf und ab. »Du bist die Bestigste. Können wir jetzt anfangen?«, bettelte er Emily an.

»Ich glaube nicht, Kumpel. Wir müssen gleich hier raus.« Sie warf einen Blick auf ihre Uhr. »Um genau zu sein, jetzt.«

»Oh, Mist, ist es schon so spät?« Stirnrunzelnd schaute Megan auf ihr Handy. »Ich soll mich in zehn Minuten mit einer Freundin treffen und muss vorher noch duschen.« Rasch warf sie sich ihre Tasche über die Schulter. »Bis bald, Walker. War schön, euch beide wiederzusehen.« Sie winkte Camila und Jaime zu, bevor sie den Raum eilig verließ.

»Haben Sie heute noch was vor?«, fragte Camila, als Emily ebenfalls ihre Sachen packte.

»Nein.« Emily schlug den Weg ein, den Camila vorhin gekommen war. »Ich sollte ein bisschen Hausarbeit machen, die ich schon zu lange vor mir herschiebe. Das wird ein Spaß. Werde bloß nicht erwachsen, Kumpel«, raunte sie Jaime zu, als würde sie ihm ein Geheimnis anvertrauen. »Das ist echt langweilig.« Sie wandte sich wieder an Camila. »Und ihr?«

Sie verließen das Fitnessstudio und Camila musste rasch den Blick abwenden, weil Emily in der strahlenden Mittagssonne unglaublich gut aussah.

»Was immer der junge Herr zu tun wünscht«, antwortete Camila und deutete mit dem Kopf auf Jaime.

»Eis essen!«, rief dieser.

»Dann machen wir das.« In diesem Moment bog ihr Wagen um die Ecke und hielt vor ihnen. Camila hatte ihn zuvor zu dem Fitnessstudio bestellt. »Sollen wir Sie zu Ihrer Wohnung mitnehmen?«

»Nein danke, das sind nur ein paar Blocks.«

»Na gut, dann sehen wir uns am Montag.«

»Ein schönes Wochenende und viel Spaß beim Eisessen!« Emily winkte Jaime zu und wartete, bis sie ins Auto gestiegen waren, bevor sie sich umdrehte und ging.

Die nächste Woche verging zügig und ereignislos. Trotz Jaimes neu entdeckter Leidenschaft für Karate gelang es ihnen, dass bei ihren Übungsstunden in der Wohnung nichts zu Bruch ging. Aber als Emily am Freitagmorgen eintraf, wirkte Camila gestresster als sonst. Sie hatte die Lippen zu einer schmalen Linie zusammengepresst und trommelte mit den Fingern auf der Anrichte herum, an der sie mit ihrer Kaffeetasse lehnte.

»Alles in Ordnung?«, erkundigte sich Emily, als Camila sie nicht begrüßte.

Die Worte ließen Camila erschrocken zusammenfahren, als hätte sie nicht bemerkt, dass sie hereingekommen war. Der Kaffee schwappte über den Rand der Tasse auf ihre Hand und die Arbeitsfläche.

»Oh, tut mir leid.«

»Kein Problem. Ich war nur in Gedanken.« Camila scheuchte Emily weg, als sie die Kaffeepfütze aufwischen wollte, ließ es aber zu, als sie ihre verbrühte Hand unter kaltes Wasser hielt.

»Was ist passiert?«

Jaime malte konzentriert an der Frühstückstheke und schenkte ihnen keinerlei Beachtung.

»Nichts«, sagte Camila, seufzte dann aber schwer. »Chris will Jaime übers Wochenende zu sich holen.«

Jetzt verstand Emily: Vor Camila lag ein Wochenende ohne ihren Sohn – vermutlich das erste Mal seit seiner Geburt. Das war sicher nicht leicht für sie.

»Ich glaube, er hat ein schlechtes Gewissen wegen London und ihm ist klar geworden, dass er in letzter Zeit seine Vaterrolle ziemlich vernachlässigt hat.«

Emily legte ihr mitfühlend eine Hand auf die Schulter. »Tut mir leid.«

»Ach, schon okay.« Camila versuchte es abzutun, konnte ihre Sorge aber nicht verbergen. »Er hat das Recht, seinen Sohn zu sehen, und Jaime braucht eine Vaterfigur in seinem Leben. Ich wollte das nur nie für ihn – dass er zwischen zwei Elternteilen pendeln muss.« Ihr war deutlich anzusehen, wie sehr sie ihren Sohn liebte. »Aber damit werden wir klarkommen müssen.« Als ihr Handy vibrierte, warf Camila dem Gerät einen finsteren Blick zu. »Ich sollte dann mal los. Chris holt ihn gegen sieben Uhr ab – ich hoffe, dass ich vorher wieder da bin. Wenn nicht, habe ich schon eine Tasche für ihn gepackt. Die steht in seinem Zimmer, falls Ihnen noch etwas einfällt, das er brauchen könnte.«

»Ich kümmere mich darum.«

Camila schaute sie dankbar an und holte dann ihre Tasche, bevor sie Jaimes Aufmerksamkeit lange genug von seinem Bild auf sich lenkte, um sich von ihm zu verabschieden.

»Einen schönen Tag, Camila«, sagte Emily noch.

Einen Moment später war Camila auch schon zur Tür hinaus.

Emily linste über Jaimes Schulter, um zu sehen, woran er arbeitete. Das Bild bestand hauptsächlich aus Schlangenlinien und Farbklecksen, aber sie konnte durchaus den Umriss eines Dinosauriers ausmachen.

»Gefällt es dir?«, fragte Jaime und sah zu ihr hoch.

»Es ist toll, Kumpel«, versicherte sie ihm.

Er gab ihr das Bild, nachdem er fertig war, und Emily steckte es zu den anderen in die große Mappe, die sie besorgt hatte, um sie Camila zu Weihnachten zu schenken.

»Wollen wir heute in den Park gehen? Und vielleicht in die Bücherei?«

»Ja!«

Rasch sammelte Emily ein paar Sachen in einer Tasche zusammen und packte auch die Bücher ein, die sie mit Jaime seit ihrem letzten Besuch in der Bücherei gelesen hatte.

Die kühle Luft kündigte den Herbst an und die Blätter fielen bereits von den Bäumen auf den Gehweg. Begeistert hüpfte Jaime darin herum und hatte seinen Spaß am Knistern und Rascheln, das sie unter seinen Füßen von sich gaben.

Obwohl es noch früh am Tag war, tummelten sich bereits zahlreiche Kinder mit ihren Aufsichtspersonen im Park. Jaime entschied sich für eine der Schaukeln und quietschte begeistert, als Emily ihn immer höher anschubste. Als Nächstes war das Klettergerüst dran und Emily ließ ihn nicht aus den Augen. Camila würde es ihr nie verzeihen, wenn ihm etwas zustieß. Anschließend ging es auf die Rutsche, die Jaime ein paarmal nutzte, bevor er wieder zu Emily rannte und beinahe mit ihren Beinen zusammenstieß.

»Hey, kleiner Mann. Hast du genug oder möchtest du noch ein bisschen spielen?«

»Büche-rei!«, sagte er atemlos.

»Alles klar, Kumpel.« Hand in Hand verließen sie den Park. »Dann besorgen wir dir mal ein paar neue Bücher.«

»Schon wieder hier?«, fragte die Bibliothekarin amüsiert, als sie die Eingangshalle der Bücherei betraten, wo Emily die mitgebrachten Bücher in die Rückgabemaschine steckte. »Du warst aber fleißig! Wir haben ein paar neue Bücher bekommen, die dich vielleicht interessieren könnten.« Die Frau deutete in Richtung einiger Regale und Emily hatte kaum Zeit, sich bei ihr zu bedanken, als Jaime sie auch schon mit sich zerrte.

Jaime suchte sich ein paar Titel über das Weltall und Dinosaurier aus und dazu noch ein Buch mit einem Drachen auf dem Cover. Bevor sie die Ausbeute mitnahmen, machten sie es sich jedoch in der gemütlichen Kinderleseecke bequem und lasen gemeinsam.

Nachdem sie fertig waren, kehrten sie in die Wohnung zurück, wo sie spielten und Zeichentrickfilme schauten. Der Nachmittag verging schnell und als Emilys Handy vibrierte, ahnte sie bereits, dass es eine Nachricht von Camila war.

Werde nicht vor sieben zu Hause sein. Geben Sie Jaime einen Abschiedskuss von mir.

Da kam Emily ein Geistesblitz; rasch wählte sie Chris' Nummer in ihrer Kontaktliste.

»Hallo?«, meldete er sich.

»Hi, hier spricht Emily Walker, Jaimes Nanny.«

»Oh, ja. Emily. Hi. Ist alles in Ordnung?«

»Ja, alles bestens«, beruhigte sie ihn. »Wäre es vielleicht möglich, dass Sie Jaime bei Camila im Büro anstatt in ihrer Wohnung abholen?«

»Hm, ja, das geht.«

»Vielen Dank. Bis später.« Sie legte auf, bevor er noch etwas hinzufügen konnte. Dann wandte sie sich an Jaime: »Wollen wir deine Mom besuchen?«

»Ja!«, rief er aufgeregt.

Emily packte noch ein paar Sachen in Jaimes Reisetasche und überprüfte zweimal, ob er seinen Lieblingsteddy und seine Kuscheldecke dabeihatte. Dann rief sie Camilas Chauffeur an, weil es schneller ging, sich von ihm abholen zu lassen. So standen sie bereits kurz vor halb sieben vor dem Aufzug des CEBC-Gebäudes.

»Ich hoffe, dass mir deine Mom diese Überraschung nicht übel nimmt«, murmelte Emily, als sie die Kabine verließen.

Im Flur trafen sie auf Jessica, deren angestrengte Miene sich bei ihrem Anblick deutlich entspannte. »Gott sei Dank seid ihr hier«, sagte sie erleichtert und fasste Emily am Arm. Mit gesenkter Stimme fuhr sie fort: »Sie ist schon den ganzen Tag fürchterlich gereizt und als sie gemerkt hat, dass sie nicht rechtzeitig zu Hause sein wird, war die Reaktion … unschön.«

»Vielleicht können wir dem Abhilfe schaffen.« Emily warf einen Blick in Richtung von Camilas Büro, wo diese am Schreibtisch saß und mit finsterem Gesicht auf einen Bildschirm starrte, die Brille auf die Nasenspitze geschoben. Gerade massierte sie sich die Schläfen. »Können wir zu ihr reingehen?«

»Bitte.«

Emily klopfte leise an die Tür, bevor sie sie einen Spaltbreit öffnete.

»Ich dachte, ich hätte mich klar ausgedrückt, dass ich nicht gestört werden will«, fuhr Camila sie fuchsteufelswild an, ohne von ihrem Monitor aufzusehen. In diesem Moment war sie nicht die Frau, die Emily inzwischen besser kennengelernt hatte. Sie war nicht einmal Jaimes Mutter, sondern die Camila Evans, der Emily bei ihrem Vorstellungsgespräch gegenübergestanden hatte. Sie blieb wie angewurzelt in der Tür stehen.

»Ehm …«

Camilas Kopf ruckte so abrupt hoch, dass ihr die Brille von der Nase rutschte und auf den Schreibtisch fiel. »Emily?« Sie blinzelte ein paarmal. »Was machen Sie denn bitte hier?«

»Ich wusste, dass Sie sich gerne von jemandem verabschieden würden.« Emily ließ Jaimes Hand los, der zu seiner Mutter ging und ihr die Arme entgegenstreckte, damit sie ihn hochhob. »Also dachte ich mir, dass ich ihn einfach zu Ihnen bringe. Ich habe Chris angerufen und ihn gebeten, Jaime hier abzuholen.«

»Was … das haben Sie getan? Ich … ich weiß nicht, was ich sagen soll. Vielen Dank. Tut mir leid, dass ich Sie so angefahren habe.«

»Schon in Ordnung.« Emily stellte Jaimes Reisetasche neben einem der Sofas ab.

Danach ging sie hinaus auf den Balkon, damit Jaime seiner Mutter in Ruhe von seinem Tag erzählen konnte. Die Lichter der Stadt waren so beeindruckend im Dunkeln. Als ein paar Minuten später Camilas Telefon klingelte, gesellte Jaime sich zu Emily, kehrte jedoch ins Büro zurück, nachdem seine Mutter das Gespräch beendet hatte, und verbrachte noch ein paar Minuten mit ihr.

Chris erschien pünktlich um sieben und Camila erhob sich, um ihn hereinzubitten. Er begrüßte seine Ex-Frau, nickte Emily zu und wandte sich dann an Jaime, der neben Emily saß. »Hey, mein Großer. Wollen wir los?«

Jaime schüttelte nachdrücklich den Kopf und Emily befürchtete schon, dass sich da ein Trotzanfall zusammenbraute.

»Schon gut, Schatz.« Camila nahm ihn auf den Arm und drückte ihn fest. »Du wirst ein wunderbares Wochenende bei deinem Daddy verbringen.«

»Will bei dir bleiben.« Er klammerte sich an Camila, und Chris verzog den Mund.

»Wir sehen uns doch am Sonntag wieder.« Sie gab Jaime einen Kuss auf den Kopf. »Das geht schneller, als du gucken kannst.«

Schließlich erlaubte Jaime seinem Vater, ihn an der Hand zu nehmen.

»Seine Sachen sind hier drin«, informierte Camila ihren Ex-Mann kühl und hielt ihm die Reisetasche hin. »Ruf mich an, wenn du Probleme hast, ja?«

»Ich weiß, wie ich mit meinem Sohn umgehen muss, Camila.«

»Das habe ich nicht …« Sie atmete tief durch. »Ruf einfach an, okay?«

»Mache ich. Gehen wir, Jaime?«

Der Junge schwieg.

»Verabschiede dich von deiner Mom.«

»Tschüss«, murmelt er und Camila gab ihm noch einen letzten Kuss.

»Bis bald, Schatz.«

Emily winkte ihm zu, bis Jaime außer Sichtweite war, und drehte sich dann zu Camila um, die niedergeschlagen die Schultern hängen ließ. Sie ging hinüber zur Bar in einer Ecke des Raums und goss sich zwei Fingerbreit Scotch ein, den sie sich hinter die Binde kippte, als sei es Wasser.

»Auch was?«, fragte sie Emily, die jedoch den Kopf schüttelte. »Ich hätte auch Wasser da.«

»Nein danke.«

Camila stellte ihr Glas mit zitternden Fingern ab.

»Alles in Ordnung?«

»Wird schon wieder«, erwiderte sie, doch Emily glaubte, dass sie log.

»Wie lange müssen Sie noch bleiben?«, erkundigte sie sich, als Camila zu ihrem Schreibtisch zurückkehrte. Emily blieb unsicher davor stehen und ließ die Hände auf der Tischplatte ruhen.

»Na ja, zu Hause erwartet mich niemand, also …« Camila verstummte mit einem Schulterzucken.

»Aber es ist Freitag«, protestierte Emily. »Sie können doch nicht den ganzen Abend hier verbringen!«

»Ist nicht das erste Mal.«

»Das heißt aber nicht, dass das so sein *sollte.*«

Camila warf ihr einen unbeeindruckten Blick zu.

»Okay, na dann, wenn Sie darauf *bestehen*, lange zu arbeiten«, fuhr Emily in ihrem strengsten Tonfall fort, als würde sie mit Jaime sprechen, »müssen Sie wohl irgendwann etwas essen. Also, kommen Sie.« Sie reichte Camila eine Hand.

»Was tun Sie da?«

»Ich sorge dafür, dass Sie auf sich achten.«

»Mir war nicht klar, dass das Teil Ihrer Jobbeschreibung ist.« Camila verschränkte die Arme vor der Brust. »Ihre Aufgabe ist es, sich um meinen Sohn zu kümmern, nicht um mich.«

»Darauf zu achten, dass es seiner Mutter gut geht, ist Teil davon.«

Camila neigte den Kopf zur Seite, ganz so, als würde sie tatsächlich über diese Worte nachdenken.

»Sie müssen auch nicht mit mir essen gehen, aber … machen Sie eine Pause, okay? Sie arbeiten zu viel.«

»Na schön«, gab Camila nach und erhob sich aus ihrem Bürostuhl. »Gehen wir.«

»Wirklich?«

»Hm, hm, schnell jetzt. Bevor ich es mir anders überlege.«

Emily verkniff sich ein Lächeln und folgte Camila aus dem Büro.

»Jessica, ich bin eine Weile außer Haus. Gehen Sie nach Hause, wenn Sie mit dem fertig sind, was Sie gerade machen. Ich wurde gerade darüber informiert, dass wir nicht den ganzen Abend hier verbringen dürfen, weil Freitag ist.«

Kapitel 13

Camila beobachtete Emily über den Rand ihres Wasserglases hinweg. Sie saßen sich in einem Restaurant unweit des CEBC-Gebäudes gegenüber. Darüber war Camila ebenso überrascht wie die Bedienung, die sie zu ihrem Platz begleitet hatte. Emily war einfach … nun, erstens überzeugend, außerdem attraktiv und auch eine willkommene Ablenkung an diesem Abend, an dem Camila nicht in ihre leere Wohnung zurückkehren wollte. Das hier war deutlich besser, als ihre Zeit vor einem Computerbildschirm zu verbringen.

Sie wusste, dass ihre Blicke zu auffällig waren, aber sie versuchte immer noch, Emily zu verstehen. Was sie gemacht hatte – Jaime zu ihr zu bringen und dann dafür zu sorgen, dass sie etwas aß –, war wahrscheinlich die netteste Geste, die ihr seit Langem jemand entgegengebracht hatte. Und das alles nur aus einem einzigen Grund: Das war einfach Emilys Art; selbstlos und fürsorglich und *wundervoll.*

»Habe ich was im Gesicht?« Emily schien unter Camilas Blick ein wenig nervös zu werden, was absolut niedlich war.

»Nein.« Camila schaute zur Seite und räusperte sich. »Ich war nur in Gedanken. Versuche gerade, ein Problem zu lösen.«

»Ah ja? Kann ich vielleicht helfen?«

Vermutlich nicht, dachte Camila. *Immerhin bist du das Problem und löst all diese Gefühle in mir aus.*

Aber das konnte sie nicht laut sagen, also wechselte sie das Thema.

»Wo wir schon einmal hier sind …« Sie richtete den Blick wieder auf Emily. »Ich würde gerne über Ihre Arbeit sprechen. Sie betreuen Jaime jetzt schon seit zwei Monaten. Ist immer noch alles in Ordnung für Sie? Gibt es etwas, das Sie gerne ansprechen würden?«

»Eigentlich wollte ich mit dem Essen kein Mitarbeitergespräch einleiten«, sagte Emily, lächelte dabei jedoch. »Aber nein, keine Probleme. Und alles läuft wunderbar. Wenn überhaupt, dann wird der Job von Tag zu Tag besser.«

»Sie stören sich nicht an den Arbeitszeiten?«

»Ich wusste vorher, worauf ich mich einlasse«, gab Emily zu bedenken. »Sie haben mich gewarnt, also ist das in Ordnung.«

»Gut, gut. Und Jaime singt immer noch Loblieder auf Sie, also weiß ich, dass er auch zufrieden ist. Wie läuft es mit den College-Bewerbungen? Sie geben mir doch rechtzeitig Bescheid, wenn ich mich nach einer Nachfolge für Sie umschauen muss?«

Allerdings versuchte Camila, nicht zu sehr darüber nachzudenken, welche Konsequenzen es sowohl für sie als auch für Jaime hätte, wenn Emily nicht mehr bei ihnen war. Sie behielt jedoch immer im Hinterkopf, dass es nicht ewig so weitergehen und die Blase eher früher als später platzen würde.

»Natürlich«, gab Emily empört zurück. »Ich habe ein paar rausgeschickt, aber die Bewerbungsfrist für die meisten Colleges läuft noch eine ganze Weile.«

»Welche haben Sie im Auge?«

»Die NYU hier in der Stadt hat ein ziemlich gutes Masterangebot, also müssen Sie sich noch nicht so bald um Ersatz kümmern.«

»Das freut mich zu hören.« Was eine massive Untertreibung war. »Und Jaime auch. Er mag Sie wirklich sehr gern.«

»Das beruht definitiv auf Gegenseitigkeit.« Emilys Lächeln füllte Camilas Herz mit Wärme.

Als ihr Essen serviert wurde, stocherte Camila in ihrer Pasta herum, während Emily ihre Pizza quasi inhalierte.

»Hatte da jemand Hunger?«, fragte Camila, als Emily sich das letzte Stückchen Rand in den Mund gestopft hatte und sich zufrieden in ihrem Stuhl zurücklehnte.

»Immer.«

Schließlich entbrannte eine Diskussion zwischen ihnen, weil Emily die Rechnung übernehmen wollte, da Camila nur wegen ihr hierhergekommen war. Am Ende eines wortreichen Schlagabtauschs einigten sie sich darauf, die Rechnung zu teilen. Dem stimmte Camila nur zu, weil Emily nicht locker ließ, und ganz bestimmt nicht wegen ihrer blauen Augen, die direkt in ihre Seele zu blicken schienen.

Als sie das Restaurant verließen, war Camila wieder bereit, zurück an die Arbeit zu gehen. »Haben Sie heute noch etwas vor?«, fragte sie Emily.

»Meine Schwester hat gerade geschrieben. Sie will sich irgendeine Band in einer Kneipe in der Innenstadt anschauen und hat gefragt, ob ich mitkommen will.«

»Gott, das habe ich seit Jahren nicht mehr gemacht.« In ihren späten Teenagerjahren und Anfang zwanzig hatte Camila einen Großteil ihrer Zeit damit verbracht, auf Konzerte von lokalen Bands zu gehen.

»Wirklich? Ich kann mir Sie gar nicht in so einem Ramschladen vorstellen.«

»Weil Sie mich nur so kennen, wie ich jetzt bin«, konterte Camila.

»Sie können gerne mitkommen, wenn Sie wollen. Es wäre schön, mal nicht das fünfte Rad am Wagen zu sein.«

Sie sollte wirklich ablehnen. Die Grenzen zwischen Arbeitgeberin und Angestellter verschwammen bereits zu sehr, und sie bewegten sich schon auf freundschaftlichem Terrain. Auch noch den Rest des Abends gemeinsam zu verbringen erschien ihr unvernünftig. Deswegen sollte sie nein sagen, aber Emily schaute sie mit schiefgelegtem Kopf an und als Camila den Mund öffnete …

Stimmte sie zu.

Emily hatte nicht erwartet, dass Camila sie begleiten würde, aber nun schlängelte sie sich mit Camila im Schlepptau durch die Seitentür einer gut besuchten Bar, um ihre Schwester zu treffen. Am liebsten hätte Emily sich gekniffen, während sie sich einen Weg durch die Menschenmenge suchten. Camila trug noch ihre Bürokleidung, aber irgendwie passte sie trotzdem in diese Umgebung.

»Ist Ihre Schwester schon da?« Camila lehnte sich dicht an sie, damit Emily sie über das Stimmengewirr und den Soundcheck hinweg hören konnte. Emily lief ein wohliger Schauer über den Rücken, als sie den warmen Atem an ihrem Ohr und Camilas Körper an ihrem spürte.

»Ich denke schon.« Sie schaute sich um und entdeckte Cassie, die ihnen von der anderen Seite des Raums aus zuwinkte. Sie und Maia hatten einen Tisch an einer Wand ergattert. »Da drüben sind sie.«

»Getränke?«, wollte Camila noch wissen.

»Ich kümmere mich drum.« Sie bestellte an der Bar einen Scotch für Camila und ein Bier für sich selbst, bevor sie ihrer Chefin folgte, die ihr einen Weg zu Cassie und Maia bahnte.

»Camila«, begrüßte Cassie sie, als sie den Tisch erreichten und sich setzten. Hoffentlich würde ihre Schwester sich benehmen. Als Emily ihr eine Nachricht geschickt hatte, dass Camila mitkommen würde, hatte die Antwort nur aus einer Reihe von Ausrufezeichen bestanden. »Schön, Sie wiederzusehen.«

»Gleichfalls.« Camila nippte an ihrem Scotch und wandte sich der Bühne zu. Das schummrige Licht warf Schatten auf ihr Gesicht. Himmel, war sie schön.

Als die Band zu spielen begann, wurde es zu laut, um sich zu unterhalten. Cassie und Maia setzten sich irgendwann ab, um zu tanzen, was Emily und Camila dazu nutzten, um auf die andere Seite des Tisches zu wechseln. Von dort hatten sie einen besseren Blick auf die Bühne. Alle paar Minuten schaute Emily verstohlen zu Camila rüber, bis diese sie schließlich erwischte und ihre Blicke sich trafen. Emily wandte sich hastig wieder der Band zu. Die war nicht überragend, aber auch nicht wahnsinnig schlecht und sie hatte schon schlechtere Freitagabende verbracht. Vor allem da Camila neben ihr saß. Das war ein Highlight.

Die Leute am Nebentisch standen auf und rempelten Emily dabei an. Camila fasste sie an der Taille, damit sie nicht das Gleichgewicht verlor, und ihre Finger glitten dabei unter Emilys Jacke, wo sie auf nackte Haut trafen. Zum Glück übertönte die Musik ihr Keuchen.

»Alles okay?« Camila legte den Kopf in den Nacken, um zu Emily aufzusehen, zog die Hand aber nicht weg.

»Ich … ja.« Es war ein Wunder, dass sie überhaupt etwas herausbrachte. Emily wusste nicht, ob sie den Kerl verfluchen oder ihm danken sollte, als er sie erneut anrempelte, was sie Camila noch näher brachte. Inzwischen drängte sie die Frau praktisch gegen die Wand und der Duft von Camilas Parfüm hüllte sie ein. »Tut … tut mir leid.«

»Kein Problem«, erwiderte Camila leise und ihr Blick huschte zu Emilys Lippen. Ihr beschleunigter Puls war deutlich sichtbar an ihrem Hals zu sehen, als sie schluckte.

Wann das ein Date wäre, hätte sie sich in diesem Moment vorlehnen und Camila ganz zärtlich küssen können. Emily hatte in diesem Augenblick eindeutige Schwierigkeiten, sich daran zu erinnern, warum das eine dumme Idee war.

Plötzlich setzte Applaus ein, als die Band ihren aktuellen Song beendete, und Emily zuckte heftig zusammen. Sie hatte sich vollkommen in Camilas Augen verloren, doch nun nahm diese ihre Hand weg, um ebenfalls zu klatschen.

»Ich … ich hole uns noch was zu trinken.« Camila räusperte sich und ging in Richtung Bar.

Benommen blieb Emily allein am Tisch zurück, unfähig, zu antworten. Sie fragte sich gerade, ob sie wirklich Verlangen in Camilas Augen gesehen hatte oder ob das nur ihr Wunschdenken war, als auf einmal eine Frau mit dunklen Haaren und braunen Augen zu ihr trat.

»Die Musik ist ganz gut, oder?«, fragte sie über das nächste Lied hinweg.

»Ja, nicht schlecht.«

»Die Band ist besser als die meisten, die hier so spielen. Bist du das erste Mal hier? Ich würde mich sicher an dich erinnern, wenn ich dich schon mal gesehen hätte.« Sie beugte sich näher zu Emily. Ganz hübsch war sie ja, aber nichts im Vergleich zu Camila.

»Hm, ja, ist eher was für meine Schwester als für mich. Ich wurde nur mitgeschleppt.«

»Darf ich dir einen Drink ausgeben?«

Emily fühlte sich immer seltsam unbeholfen, wenn mit ihr geflirtet wurde, das war schon immer so gewesen. Unsicher trat sie von einem Bein auf das andere. »Meine Begleitung holt gerade schon was.« Sie deutete in die Richtung, in der Camila in der Menge verschwunden war.

»Oh, sorry. Ist die Blonde deine Freundin?«

»Ah, nein. Definitiv nicht.« Nur in ihren Träumen. »Aber ich bin auch gerade nicht auf der Suche nach einer.«

»Wer hat was von Beziehung gesagt?«, wollte die Frau mit einem zweideutigen Grinsen wissen, und Emily errötete prompt.

»Ich, hm …« Sie verstummte, als sie Camila über den Kopf der Frau hinweg erspähte: Sie stand wie erstarrt mit zwei Gläsern in den Händen und finsterer Miene da. Als sich ihre Blicke trafen, veränderte sich ihr Gesichtsausdruck. Sie leerte ihren Drink mit einem Zug und stellte Emilys Glas vor sich auf dem Tisch ab.

»Ich wollte euch nicht unterbrechen«, sagte sie an die Fremde gewandt, klang jedoch nicht, als würde es ihr wirklich leidtun. »Emily, ich werde mal nach Hause gehen. Ich habe wirklich noch Arbeit zu erledigen.«

»Camila, warten Sie …«

Doch Camila ging bereits und Emily setzte ihr nach und verabschiedete sich nicht einmal bei der Frau, die gerade mit ihr geflirtet hatte. Vor der Bar holte sie Camila schließlich ein, wo diese mit dem Handy in der Hand ungeduldig mit der Schuhspitze auf den Boden tippte. Vermutlich wartete sie auf ihren Fahrer.

»Camila, was ist los?«

»Nichts.« Sie schaute nicht einmal von ihrem Handy auf und ihr Gesicht blieb vollkommen neutral. Als würde man auf eine Ziegelmauer schauen. »Ich muss arbeiten und Sie sollten sich mit attraktiven Frauen unterhalten, die mit Ihnen schlafen wollen.«

»Aber ich … das will ich nicht.«

Emily streckte eine Hand aus und strich mit den Fingerspitzen über Camilas Unterarm. Als Camila aufschaute, blieb ihre Miene weiterhin vollkommen unlesbar. Selbst im furchtbar grellen Licht der Neonröhren, die flackernd den Namen der Bar anzeigten, war sie wunderschön.

»Ich wollte den Abend mit *dir* verbringen.« Emily sprach die gewichtigen Worte sehr leise aus. Wahrscheinlich gab sie damit zu viel preis, aber nun war es zu spät, um sie zurückzunehmen. »Ich dachte … wir hätten Spaß.«

»Emily …« Camila klang gequält, doch Emily ließ ihre Hand weiterhin auf Camilas Arm ruhen. »Du solltest wirklich wieder reingehen«, forderte Camila sie auf.

»Ich will aber nicht«, erwiderte Emily mit einem Kopfschütteln. Der Alkohol verlieh ihr etwas Mut und ebenso die Tatsache, dass Camila sich immer noch nicht von ihr losgemacht hatte. Camila sollte verstehen, dass Emily nur *sie* wollte.

»Was willst du dann, Emily?«

Oh, das war eine gefährliche Frage. Dem Funkeln in ihren Augen nach zu schließen und der Art, wie sie den Kopf herausfordernd in den Nacken legte, war Emily sich sicher, dass Camila ganz genau wusste, was das war.

Wenn die Frage schon gefährlich war, dann war es die Antwort umso mehr. Doch bevor Emily es sich ausreden konnte, beugte sie sich hinab und streifte Camilas Lippen mit ihren. Es war nur ein kurzer, unschuldiger Kuss, aber für einen Moment spürte sie, wie Camila ihn erwiderte, bevor sie sich daran erinnerte, was sie da tat. Sie versteifte sich und Emily wich einen Schritt zurück.

»Verflucht, tut mir leid.« Emily rieb sich entsetzt übers Gesicht. »Ich …«

»Nichts passiert, Emily«, fiel Camila ihr ins Wort und strich sich die Bluse glatt. »Schieben wir es einfach auf den Alkohol, okay?«

Emily wollte antworten, doch Camila ließ das nicht zu.

»Ich denke … ich denke, dass es da ein Missverständnis in unserer Beziehung zueinander gibt. Und ich gebe gerne zu, dass wir beide dafür verantwortlich sind. Aber Sie sind meine Angestellte, nicht mehr.«

Emily zuckte zurück, als hätte sie ihr eine Ohrfeige verpasst.

»In Zukunft wäre es besser, wenn wir auf mehr … Professionalität zwischen uns achten.«

»Oh. Ich … okay.« Sie schluckte hart, um den Kloß in ihrer Kehle loszuwerden. Wenigstens feuerte Camila sie nicht auf der Stelle. »Wenn es das ist, was Sie wollen.«

»Ich denke, es wäre das Beste.« Camilas Wagen hielt vor ihnen. »Ziehen wir klare Grenzen. Für Jaime.«

»N…natürlich.«

»Dann sehen wir uns Montag.« Damit stieg Camila ins Auto, und der Wagen setzte sich prompt in Bewegung.

Emily schaute dem Wagen nach, bis er im Verkehr verschwunden war. In ihren Augen brannten Tränen. Wie hatte sie nur so *dumm* sein können? Sie hatten eine gute Zeit miteinander verbracht, aber jetzt brach alles über ihr zusammen und sie befürchtete, dass die Beziehung zu Camila nie wieder so sein würde wie zuvor.

Ihr war gar nicht bewusst, dass sie weinte, bis Cassie und Maia sie schließlich fanden. Cassie packte sie an den Schultern und zwang sie, sich von der leeren Straße abzuwenden, um ihrer besorgten Schwester in die Augen zu schauen.

»Emily? Was ist passiert?«

Maia trat näher zu ihnen, während Cassie Emilys Tränen von den Wangen wischte. »Warum stehst du hier draußen rum? Wo ist Camila?«

Emily zwang sich zum Sprechen, doch ihre Worte klangen zittrig und kaum laut genug, um gehört zu werden. »Sie ist weg.«

»Was meinst du mit: Sie ist weg? Sie ist gegangen? Und deswegen bist du traurig?«

Emily schüttelte den Kopf.

»Was ist denn passiert?«

»Ich habe alles kaputtgemacht.« Die Worte klangen selbst in ihren eigenen Ohren voller Schmerz und Cassie schien ein Licht aufzugehen.

»Okay.« Sie rieb Emily über die Arme, der ihr eigenes Zittern bisher nicht aufgefallen war. »Komm, gehen wir nach Hause.« Cassie schlang einen Arm um Emily, um sie in die richtige Richtung zu bewegen, und Maia ging auf ihrer anderen Seite neben ihnen her.

Sie nahmen Emily mit zu sich nach Hause, weil sich ihre Wohnung nur ein paar Minuten entfernt befand, und Emily hatte nicht die Kraft, dagegen zu protestieren. Es war lächerlich, wie nah ihr das ging. Zwischen ihr und Camila war nie etwas gelaufen und es war auch nicht so, als würden sie sich nie wiedersehen. Aber der Gedanke daran, dass Camila sich ihr gegenüber in Zukunft distanziert verhielt und alles nur noch »professionell« lief, drehte ihr den Magen um.

»Wir haben kein Eis da«, sagte Maia in entschuldigendem Ton, während sie die Tür aufschloss. »Aber ich mache uns heißen Kakao.«

»Musst du nicht.«

»Ich weiß.« Maia ging in die Küche und ließ Emily und Cassie auf der Couch zurück. Cassie zog sie in eine feste Umarmung.

»Möchtest du darüber reden?«

Emily wartete, bis Maia mit Tassen voller dampfend heißem Kakao mit viel Sahne und Marshmallows zurückkehrte, bevor sie den beiden erzählte, was passiert war.

»Ich kann nicht glauben, dass du sie geküsst hast«, sagte Cassie vollkommen perplex.

Emily stöhnte auf. »Keine Ahnung, was ich mir dabei gedacht habe. Gott, ich bin so eine Idiotin.«

»Nein, bist du nicht«, erwiderte Maia und drückte mitfühlend ihren Arm.

»Hast du den Teil verpasst, als ich dir erzählt habe, dass ich meine *Chefin* einfach so geküsst habe?«

»Einfach so würde ich das nicht nennen«, sagte Maia. »Wir haben *beide* gesehen, wie ihr zwei euch den ganzen Abend über angeschaut habt und auch wie eifersüchtig sie auf Megan war. Klingt für mich, als hätte Camila nur Angst. Vielleicht ist ihr schon klar, dass sie dich als gute Freundin oder sogar mehr betrachtet, aber gleichzeitig weiß sie, wie unprofessionell das ist, weil du für sie arbeitest und auch noch jünger bist als sie. Vielleicht versucht sie nur, ein bisschen auf Distanz zu gehen.«

»Und das ist gut, weil …?«

»Ich habe nicht gesagt, dass das gut ist, doch deswegen bist du noch lange keine Idiotin. Heißt wahrscheinlich aber auch, dass sie Gefühle für dich hat oder zumindest entwickelt.«

Das hätte Emily eigentlich glücklich machen sollen, aber sie fühlte sich im Moment nur schlecht.

»Und wenn es nichts bringt, dich auf Abstand zu halten, ist es nur eine Frage der Zeit, bis etwas passiert.«

»Und wenn es etwas bringt?«

»Wir stehen das gemeinsam mit dir durch«, warf Cassie ein. »Wollen wir ins Bett gehen?«

»Ich gehe zu mir. Ich will nicht …«

»Nein, du bleibst hier. Haben wir schon beschlossen«, unterbrach Cassie sie in einem Ton, der keinen Widerspruch zuließ. »Also komm.«

Emily protestierte nicht länger. Sie ging ins Bad und zog sich den Schlafanzug an, den sie für Abende wie diesen im Gästezimmer deponiert hatte. Als sie den beiden gute Nacht sagen wollte, winkte Cassie sie ins Schlafzimmer und hob die Decke an.

Maia klopfte auf den freien Platz zwischen ihnen. »Komm her. Wir machen ein Schwestern-Sandwich.«

»Aber –«

»Keine Widerrede.«

Emily krabbelte auf die Matratze, nahm zwischen Cassie und Maia Platz, und die beiden kuschelten sich sofort an sie. Trotz ihrer Niedergeschlagenheit musste sie lachen. »Ich hab euch lieb.«

»Wir dich auch«, gaben die beiden unisono zurück und Emily war so froh, sie zu haben.

Maia schien es nichts auszumachen, dass Emily ihr Leben nicht im Griff hatte und ständig ihre große Schwester brauchte. Im Gegenteil: Sie gab sich die größte Mühe, Emily zu versichern, dass auch sie immer für sie da war.

Nach dem Tod ihrer Eltern hatte Emily gedacht, dass sie nie wieder eine Familie haben würde. Doch hier lag sie nun, zwischen den besten großen Schwestern, die man sich nur wünschen konnte. Und mit einem Mal wusste sie, das alles wieder gut werden würde, egal, was passierte.

Camila schlug die Wohnungstür hinter sich zu, schnappte sich eine Flasche Scotch und marschierte damit in ihr Arbeitszimmer. Wie hatte sie nur so *dumm* sein können, sich so tief in diese Sache zu verstricken? Als sie diese Frau mit Emily gesehen hatte, die sie so charmant anlächelte, hatte sich das wie ein Messer in Camilas Herz angefühlt.

Genau das sollte Emily tun. Sie sollte mit hübschen Frauen flirten, wenn sie mit ihrer Schwester ausging, sollte mit jemandem in ihrem eigenen Alter zusammen sein; mit jemandem, der nicht alt und zynisch war und der nicht so unendlich viel arbeitete, dass ein gemeinsames Leben kaum möglich war.

Sie und Emily würden nie eine dieser einfachen Beziehungen führen können, aber sie nach dem Kuss von sich zu stoßen, hatte beinahe mehr wehgetan, als Camila ertragen konnte.

Sie wollte nicht über diesen flüchtigen Kuss nachdenken und wie einfach es gewesen wäre, Emily fest an sich zu ziehen. Auch nicht darüber, wie sehr sie das gewollt hatte. Dumm, so dumm war sie gewesen, dass sie nicht gleich von Anfang den Funken im Keim erstickt hatte, der aufflackerte, wann immer sie mit Emily allein war. Zumindest war das jetzt erledigt. Sie hatte den Schmerz in Emilys Augen gesehen, bevor sie sich umgedreht hatte und gegangen war. Ab jetzt würde ihr Verhältnis anders, kühler werden.

Camila setzte sich an ihren Schreibtisch und stützte den Kopf in die Hände, weil ihr in diesem Moment erst so richtig bewusst wurde, wie sehr sie sich verliebt hatte. Doch das durfte sie nicht, und schon gar nicht in Emily, die mit ihrem strahlenden Lächeln und sonnigen Gemüt so leicht die Mauern niedergerissen hatte, mit denen Camila ihr Herz schützte. Es würde nichts mehr so sein wie vorher.

Wäre doch Jaime bloß anwesend, dann hätte sie ihn wenigstens beim Schlafen beobachten können, ihm einen Kuss gegeben und seinen Geruch eingeatmet, der ihr rasendes Herz und ihren Verstand beruhigt hätte. Allerdings hätte Camila auch nie den Abend allein mit Emily verbracht, wenn Jaime hier wäre, und sie würde damit auch nicht in diesem Schlamassel stecken.

Das war alles Chris' Schuld. Ja, es war viel einfacher, das auf ihn abzuwälzen, als zuzugeben, dass sie Emily zu nah an sich herangelassen hatte. Sie hatte das Mädchen glauben lassen, dass zwischen ihnen etwas entstehen könnte, und nun hatte sie ihr das Herz gebrochen.

Emily würde es überstehen – zumindest redete Camila sich das ein. Sie war jung und schön, sicher würde sie ohne Probleme eine andere finden. Auf Camila traf das allerdings nicht zu, aber ihr war schon so oft das Herz gebrochen worden, dass sie das auch dieses Mal überstehen würde. Selbst wenn sie ein Stück davon zurücklassen musste.

Das Wochenende verbrachte Emily bei Cassie und Maia, die alles taten, um sie von Camila abzulenken. Das klappte sogar – meistens. Und wenn nicht, fand Emily Wege, sich selbst zu beschäftigten. Aber am Sonntagabend war sie zurück in ihrer eigenen Wohnung, wo sie eine unruhige Nacht verbrachte, weil sie Angst vor dem bevorstehenden Arbeitstag hatte.

An ihrer Routine hatte sich nichts geändert: stöhnend die Snooze-Taste drücken, wenn ihr Wecker klingelte und den Kopf unterm Kissen vergraben, bis er erneut losging, sich unter die Dusche schleppen, mit halb geschlossenen Augen anziehen, eine Tasse Kaffee trinken und eine Scheibe Toast verputzen, während sie die neuesten Meldungen checkte.

Nur dass an diesem Morgen eine der Schlagzeilen lautete:

CAMILA EVANS SEHR VERTRAUT MIT EINER MYSTERIÖSEN FRAU.

Emily klickte auf den Link und fragte sich dabei, ob Camila vielleicht die ganze Zeit über mit jemandem zusammen gewesen war. Die Seite öffnete sich und präsentierte zwei verpixelte Fotos von Camila, die Emily eine Hand auf den Rücken gelegt hatte und zum Ausgang des Restaurants begleitete.

Aufgrund der Entfernung war nur Camila zu erkennen, und das zweite Foto, auf dem sie das Restaurant gerade verließen, zeigte Emilys Gesicht nicht. Im dazugehörigen Artikel wurde darüber spekuliert, wer die geheimnisvolle Frau wohl war und ob Camila vielleicht eine Midlife-Crisis durchlebte. Emily schloss die Website, bevor sie den Rest lesen konnte, und stellte die Tasse ab, weil ihr plötzlich ziemlich übel war.

Zum Glück war ihnen niemand zu der Bar gefolgt – oder hatte das dramatische Ende des Abends dokumentiert. Sollte sie den Artikel Camila gegenüber erwähnen oder fiel das schon unter *unprofessionell*? Wie sie es hasste, dass sie nun darüber nachdenken musste, was sie ihr gegenüber sagen durfte und was nicht.

Bis sie Camilas Wohnung erreicht hatte, hatte sie sich dafür entschieden, erst einmal die Reaktion ihrer Chefin abzuwarten. Einen Moment lang zögerte sie – sollte sie ab jetzt anklopfen? –, betrat das Apartment dann aber wie gewohnt mit ihrem eigenen Schlüssel, zog sich die Schuhe aus und ging in den Wohnbereich.

Camila stand in der Küche und tippte etwas in ihr Handy, während Jaime auf seinem üblichen Platz an der Theke saß und frühstückte.

»Guten Morgen, Emily.« Camila hielt den Blick fest auf das Display gerichtet und Emily redete sich ein, dass ihr diese kühle Begrüßung nichts ausmachte.

»Guten Morgen, Miss Evans.«

Die formelle Begrüßung ließ Camila aufblicken, aber sie sagte nichts dazu, sondern richtete ihre Aufmerksamkeit wieder auf ihr Handy.

»Emily!« Wenigstens Jaime freute sich, sie zu sehen.

Sie ging zu ihm und wuschelte ihm durch die Haare. »Hey, Kumpel. Wie war dein Wochenende mit deinem Dad?«

»War okay.« Jaime rümpfte die Nase.

»Was habt ihr denn gemacht?«

»Ich bin auf einem Pony geritten!«

»Ach ja? Hat dir das gefallen?«

»Es war zu groß.«

Emily lachte leise. »Vielleicht kannst du es noch mal versuchen, wenn du ein bisschen älter bist.«

Jaime nickte und wandte sich wieder seinen Cornflakes zu.

Emily trommelte mit den Fingern auf der Theke herum. Heute war sie noch angespannter als an ihrem ersten Arbeitstag.

»Stimmt etwas nicht, Emily?« Camila schaute sie herausfordernd an, als wollte sie sehen, ob Emily es wagte, den Freitagabend zu erwähnen.

»Haben Sie, hm, die Klatschnachrichten vom Wochenende schon gelesen?«

»Ich hatte andere Dinge zu tun.« Die knappe Antwort sollte Emily wohl klarmachen, dass sie das eigentlich wissen und sich solche dummen Fragen sparen sollte.

Bitte, wenn Camila sich so verhalten wollte, das konnte Emily auch. »Alles klar. Nicht so wichtig. Sie werden es wohl irgendwann mitbekommen.«

Camila öffnete den Mund, um noch etwas zu sagen, doch Emily wendete sich bereits ab und konzentrierte sich stattdessen auf Jaime, der sein Frühstück beendet hatte und gerade von seinem Hocker kletterte.

Er schleifte sie mit sich, um mit seinen Action-Figuren zu spielen. Camilas Kiefermuskeln traten sichtbar hervor und eigentlich hätte es sich gut anfühlen müssen, dass es ihr ebenso schlecht ging wie Emily, aber es hinterließ nur einen bitteren Beigeschmack.

»Es sollte heute Abend nicht zu spät werden«, informierte Camila sie, während sie sich ihren Mantel anzog und dann Jamie einen Abschiedskuss gab.

»Alles klar. Einen schönen Tag, Miss Evans.«

Camila presste die Lippen zusammen, antwortete aber nicht. Als sich die Wohnungstür hinter ihr schloss, seufzte Emily leise.

Super. Das war ziemlich genau so gelaufen, wie sie befürchtet hatte.

Camila blieb einen Moment im Gang stehen, nachdem sie die Tür zugezogen hatte. Sie holte tief Luft und ließ sie langsam wieder entweichen, um sich zu sammeln.

Der Morgen war so verlaufen, wie sie erwartet hatte – steif und unangenehm. Beim Anblick von Emilys Gesicht wäre sie beinahe eingeknickt. Am liebsten hätte sie ihr gesagt, dass sie am Freitagabend im betrunkenen Zustand Dinge gesagt hatte, die sie nicht gemeint hatte. Dass sie wieder zu dem Verhältnis zurückkehren wollte, das sie davor gehabt hatten. Stattdessen hatte sie an ihrem Entschluss festgehalten, war so kühl und distanziert gewesen, wie sie es sich geschworen hatte.

Sobald sie auf dem Rücksitz ihres Wagens Platz genommen hatte, suchte sie jedoch im Internet nach den News, von denen Emily gesprochen hatte. Camila tippte ihren Namen ein und fluchte prompt, als sie die Schlagzeile zusammen mit Fotos von sich und Emily fand.

Warum hatte sie nicht bemerkt, dass sie jemand beobachtete? Es ärgerte sie maßlos, dass Emily ohne ihre Erlaubnis abgelichtet worden war, dass man sie auf diese Weise in die Öffentlichkeit zerrte. Wenigstens hatte der Fotograf kein sauberes Bild von Emilys Gesicht machen können.

Camila spielte mit dem Gedanken, ein Statement abzugeben, dass es sich dabei um ein geschäftliches Abendessen gehandelt hatte. Leider hätte das sicherlich den gegenteiligen Effekt erzielt und nur noch mehr Aufmerksamkeit auf die Story gelenkt und Öl ins Feuer gegossen. Noch hatte keine der großen Seiten es aufgegriffen und sie war sich sicher, dass das Gerücht schnell wieder in Vergessenheit geraten würde. Außerdem würde sie nicht noch einmal mit Emily fotografiert werden.

Wenn es sein musste, würde sie sich mit jemandem zeigen, der mehr Medienhype auslöste, um Emilys Namen aus der Sache rauszuhalten. Doch für den Moment wollte sie nicht darauf reagieren. Sie würde auch nichts zu Emily sagen, damit sie beide weiter so tun konnten, als sei alles in bester Ordnung.

Kapitel 14

Die folgenden beiden Wochen waren, gelinde gesagt, … schwierig.

Emily und Camila fanden sich verhältnismäßig schnell mit ihrer neuen Dynamik ab. Emily konzentrierte sich primär auf Jaime, wodurch sie und Camila – Miss Evans – nicht mehr viel miteinander sprachen. Und das war in Ordnung. Wollten sie sich einreden.

Nein, war es nicht. Es war sogar alles andere als in Ordnung. Manchmal, wenn sie Camila anschaute, wollte sie so verzweifelt etwas sagen, das ihrer Fassade einen Riss verpasste. Wollte dafür sorgen, dass sie sich ihr wieder öffnete oder Emily zumindest so *anschaute*. So wie sie es früher getan hatte. Inzwischen waren ihre Blick nur noch zurückhaltend und vorsichtig oder, noch schlimmer, vollkommen desinteressiert. Aber Camila schien das zu wollen, schien es für das *Beste* zu halten, also spielte Emily mit. Auch wenn sie manchmal das Gefühl hatte, dass es sie umbrachte.

Camila ging beinahe sofort zur Arbeit, sobald Emily in der Wohnung eingetroffen war, und Emily machte sich in dem Moment auf den Heimweg, in dem Camila nach Hause kam. Seit *jener Nacht* hatten sie kaum dreißig Sekunden am Stück allein miteinander in einem Raum verbracht.

Im Moment arbeitete Camila abends nicht mehr so lang – aber vielleicht verließ sie auch einfach nur das Büro früher und saß dann die ganze Nacht in ihrem Arbeitszimmer. Ihr Make-up konnte die dunklen Ringe unter ihren Augen kaum noch verbergen. Aber Emily durfte sie nicht fragen, ob es ihr gut ging. Durfte sich nicht erkundigen, ob sie sich ausreichend um sich selbst kümmerte, also ließ sie es. Durch den neuen Rhythmus kam auch Emily früher nach Hause, was ihr viel zu viel Freizeit verschaffte.

Sie versuchte, sich zu beschäftigen, indem sie sich mit Megan im Fitnessstudio traf, Zeit mit Cassie und Maia verbrachte oder andere Wege fand, aus dem Haus zu kommen und neue Freundschaften zu schließen. In ihrer Verzweiflung hatte sie sogar einen Kochkurs gebucht, bei dem sie ihren Lehrer beinahe zur Weißglut getrieben hatte. Aber immerhin beherrschte sie nun ganze drei einfache Gerichte, mit denen sie weder Cassie noch Maia vergiftet hatte, als sie in der vergangenen Woche für sie gekocht hatte.

An einem Samstagabend schleppte Cassie sie mit in eine Bar, damit sie dort vielleicht jemanden kennenlernen konnte. Emily ging mit niemandem heim, aber sie tanzte ein paarmal, bekam ein paar Telefonnummern zugesteckt, und Cassie saß ihr im Nacken, sich bei wenigstens einer der Frauen zu melden. Bis jetzt hatte Emily sich nicht überwinden können, aber zumindest sah sie jetzt, dass sie die Möglichkeit hatte, wenn sie nur wollte. Ein kleiner Sieg und der Beweis, dass es noch ein Leben *danach* gab.

Irgendwann war ihr Terminkalender vollgestopft, und sie war so viel unterwegs wie noch zu College-Zeiten. Doch ein Teil von ihr fühlte sich immer noch leer, als wäre sie unvollständig, egal, mit was sie diese Lücke zu füllen versuchte.

Camilas Nächte waren wieder einsam. Sie hatte gar nicht bemerkt, wie schön es gewesen war, nach Hause zu kommen und sich mit jemandem unterhalten zu können. Sie vermisste die lockeren Gespräche mit Emily. Ihr Verhältnis war noch immer angespannt, aber das war besser als die Alternative und Camila machte keine Anstalten, zu ihrem früheren Verhältnis zurückzukehren.

Am Abend vor Thanksgiving klingelte Camilas Handy. Jenny, ihre Freundin aus L.A.

»Ich habe eine Überraschung für dich«, sagte sie, während Camila sich im Eingangsbereich ihrer Wohnung die Schuhe von den Füßen streifte.

»Eine Überraschung?«, fragte Camila. Emily und Jaime saßen zusammen auf der Couch und sie winkte ihnen zu, das Handy ans Ohr gedrückt. »Will ich es wissen?«

»Ich hole dich in der Lobby deines Hauses ab in … zehn Minuten.«

»Du tust *was*?«

»Du hast mich gehört. Zieh dir ein nettes Kleid an, wir gehen was trinken.«

»Du kannst doch nicht einfach … hier auftauchen und erwarten, dass ich mitkomme.«

»Oh, dann hast du also schon was vor?«, erkundigte Jenny sich skeptisch.

»Nein, aber ich habe einen Sohn. Den kann ich nicht alleine lassen und sein Kindermädchen geht gerade. Kannst du …«

»Hm, Miss Evans?«, unterbrach Emily sie schüchtern. Als Camila sich umdrehte, biss sie sich auf die Unterlippe. »Ich kann gerne länger bleiben.«

»Das müssen Sie nicht, Emily.« Da sie in letzter Zeit sofort ging, sobald Camila die Wohnung betrat, wunderte es sie schon, dass Emily das anbot. »Vielleicht könnte eine Nachbarin …«

»Auf gar keinen Fall«, protestierte Emily nachdrücklich. »Das ist wirklich kein Problem.«

»Ich … Sind Sie sicher?«

»Ja, sie ist sicher«, bekräftigte Jenny. »Ich bin gleich da.«

»Vielen Dank, Emily.« Camila beugte sich über die Rückenlehne der Couch, um Jaime – der schon im Halbschlaf war – einen Kuss zu geben. Hoffentlich würde Emily sich ohne ihn als Beschäftigung nicht langweilig.

Sie hatte kaum Zeit, in eins ihrer schwarzen Kleider zu schlüpfen, ihr Make-up aufzufrischen und sich die Haare zu kämmen, bevor Jenny eintraf. Rasch eilte sie zur Tür, als es klopfte, und tat dabei so, als würde sie Emilys Blick nicht bemerken, der ihr folgte.

»Was, keine Umarmung?«, wollte Jenny wissen, als Camila ihr öffnete. »Man könnte fast annehmen, dass du dich nicht freust, mich zu sehen.«

»Wann habe ich das denn jemals?«, gab Camila zurück, während Jenny die Wohnung betrat und sich die Schuhe auszog.

»Wo ist mein Lieblingspatensohn?« Jenny grinste, als Jaimes Kopf über der Rückenlehne der Couch erschien.

»Hi, Tante Jenny!«

»Hey, Kleiner. Wie geht's dir? Ist deine Mom auch nett zu dir?«

»Ja!«.

»Gut.« Interessiert musterte Jenny als Nächstes Emily, was Camila innerlich aufstöhnen ließ. »Und wer ist *das*?«

»Das ist Emily, die Nanny. Emily, Jenny.« Camila packte Jenny am Arm, um sie aus dem Apartment zu bugsieren, bevor sie noch mehr sagen konnte. »Es sollte nicht zu spät werden. Sei brav, Jaime.«

»Bin ich.«

Damit scheuchte sie Jenny nach draußen.

»Meine Güte, Camila«, sagte Jenny, als vor dem Aufzug warteten. »*Das* ist die neue Nanny, die du eingestellt hast? Was fürs Auge?«

»Mach dich nicht lächerlich«, murmelte Camila und drückte noch einmal auf den Knopf in der vergeblichen Hoffnung, diesem Gespräch ein schnelles Ende setzen zu können. »Ich habe sie eingestellt, weil sie perfekt für den Job war.«

»Und das war der *einzige* Grund? Im Ernst?« Jenny zog eine Augenbraue nach oben und gemeinsam betraten sie die Kabine. Camila hatte zuvor ihrem Fahrer geschrieben, der nun auf sie wartete, um sie zu ihrer Lieblingshotelbar zu bringen.

»Ja, im Ernst.«

»Wie alt ist sie überhaupt?«

»Dreiundzwanzig.«

»Hast du eine Midlife-Crisis?« Sie nahmen auf dem Rücksitz des Wagens Platz. »Du schläfst mit der heißen, neuen Nanny? Ein bisschen Spaß hast du dir wirklich verdient, nach dem, was du mit Chris durchgemacht hast. Und was für eine Revanche – die Kleine ist viel heißer als die Sekretärin, die er gevögelt hat.«

»Ich schlafe nicht mit ihr«, antwortete Camila schärfer als beabsichtigt. Sie wollte ausgehen, um Emily zu *vergessen* und nicht um den ganzen Abend lang über sie zu reden.

»Habe ich da etwa einen wunden Punkt getroffen?«, fragte Jenny neugierig. »Sag mir bitte nicht, dass sie an Chris Interesse hat.«

Camila verdrehte nur die Augen.

»Was dann? *Willst* du mit ihr schlafen?«

»Ich bin nicht hergekommen, um über mein Kindermädchen zu sprechen«, gab Camila pampig zurück. Plötzlich brauchte sie ganz dringend einen Drink und war deshalb froh, als sie am Hotel ankamen.

»Schon gut, schon gut.« Jenny hob beschwichtigend die Hände und stieg hinter Camila aus dem Auto. »War doch nur ein Scherz.«

»Kein sehr lustiger«, murmelte Camila, ignorierte aber Jennys fragenden Blick und betrat die Hotellobby, wo sie direkt ihren Lieblingstisch in der Bar ansteuerte. Ihre Jacke hängte sie über die Rückenlehne ihres Stuhls und winkte einen vorbeieilenden Kellner heran. »Wir bekommen einen Scotch, pur, und eine Bloody Mary, bitte.«

Jenny schnitt eine Grimasse. Sie *hasste* diesen Cocktail und genau deswegen hatte Camila ihn für sie bestellt.

»So sauer also, ja?« Jenny nahm einen Schluck aus ihrem Glas, nachdem der Kellner ihnen die Getränke gebracht hatte, und verzog das Gesicht. »Das gibt Rache. Als Nächstes trinken wir Piña colada.«

»Und danach bekommst du noch eine Bloody Mary.« Wie immer schenkten sie sich nichts und gingen einander bodenlos auf die Nerven, aber Jenny war dennoch Camilas engste Freundin.

»Ich habe das vermisst«, gab Jenny seufzend zu. »Seit du hierhergezogen bist, sehen wir uns nicht mehr oft genug.«

»Ich musste ja irgendwie von dir wegkommen.«

Jenny warf ihr Papierschirmchen nach Camila.

»Du weißt, dass du jederzeit bei mir willkommen bist«, fuhr Camila ernster fort, weil sie Jenny genauso vermisste – es war schon lange her, seit sie einfach nur mit einer Freundin was trinken gegangen war. Oder überhaupt Spaß gehabt hatte. Das letzte Mal mit Emily und *das* hatte nicht gut geendet.

»Was geht dir gerade durch den Kopf?«, erkundigte sich Jenny. Ihr entging selten etwas.

»Nichts.« Camila nippte an ihrem Drink. Vielleicht vermisste sie Jenny doch gar nicht so sehr – nicht, wenn sie nicht aufhörte blöde Fragen zu stellen.

»Okay.« Überzeugt sah sie jedoch nicht aus. »Wie geht's dir denn so? Nach der Scheidung?«

»Ganz gut.« Sicher, manchmal vermisste sie es, ihr Leben mit jemandem zu teilen, aber Chris vermisste sie nicht. Vor allem, weil er bereits während seiner Affäre ihr gegenüber so distanziert und ablehnend geworden war.

»Heirate das nächste Mal einfach kein Arschloch.« Jenny hatte Chris nie besonders gemocht und Camila auch vor ihm gewarnt, aber sie war zu stur gewesen, um auf ihre Freundin zu hören.

»Wer sagt, dass es ein nächstes Mal gibt?« Das hatte Camila sicher nicht vor. Sie war zu alt und zu beschäftigt, um eine Beziehung zu führen. Und eine nagende Stimme in ihrem Hinterkopf wies sie darauf hin, dass ohnehin niemand Emily das Wasser reichen konnte.

»Dann tust du was? Du gibst einfach auf?« Jenny zog eine Augenbraue nach oben. »Das passt gar nicht zu dir.«

»Ich brauche niemanden.«

»Nicht mal, um dir das Bett zu wärmen? Du kannst doch nicht den Rest deines Lebens enthaltsam leben wollen.«

»Habe ich die letzten beiden Jahre doch auch geschafft. Was machen da schon ein paar mehr?« In Camilas Stimme schwang Bitterkeit mit, weil sie sich nur zu gut daran erinnerte, wie ihr Ehemann das Interesse an ihr verloren hatte, ohne dass sie den wahren Grund dafür kannte.

»Gott, kein Wunder, dass du so zickig bist.«

Camila warf ihr einen Blick zu, der hätte töten können, doch Jenny schaute sich bereits in der Bar um.

»Dem können wir bestimmt Abhilfe schaffen. Lass uns jemanden finden, den du mit nach Hause nehmen kannst.«

»Nein danke«, wiegelte Camila sofort ab, falls Jenny das tatsächlich ernst meinte.

»Warum nicht?«

»Kein Interesse.« Und das stimmte auch. Seit Emily reizte sie niemand anderes mehr und diesem Verlangen wagte sie nicht nachzugeben.

»Weil es schon jemanden gibt?«, hakte Jenny nach und hob vielsagend die Augenbrauen. »Wie zum Beispiel die Schönheit, die ich in deiner Wohnung kennengelernt habe?«

Als Antwort kippte Camila den Rest ihres Scotchs hinunter. Sie war noch nicht betrunken genug, um sich damit auseinanderzusetzen.

»Ach, komm schon, Cam. Da ist doch was, sonst würdest du dich nicht so verhalten. Rede mit mir.«

»Es gibt nichts zu reden«, erwiderte Camila und bedeutete dem Kellner, ihr einen weiteren Drink zu bringen.

»*Wirklich?*«

»Wirklich«, gab sie tonlos zurück in der Hoffnung, dass Jenny das Thema fallen ließ. Was sie natürlich nicht tun würde. »Weil nichts daraus werden kann.«

»Warum denn nicht? Sie ist attraktiv und ich habe gesehen, wie sie dich in diesem Kleid angeschaut hat. Was ist denn so verkehrt an ein bisschen Spaß?«

»Das ist völlig indiskutabel«, entgegnete Camila nachdrücklich. Das Letzte, was sie jetzt brauchte, war Ermunterung – es war so schon schwer genug, Emily auf Distanz zu halten. »Sie ist zu jung und macht ihre Arbeit zu gut. Ich will nicht riskieren, sie zu verlieren.«

»Du sollst doch nur mit ihr schlafen, nicht sie heiraten«, sagte Jenny, sog jedoch scharf die Luft ein, als Camila den Blick abwandte. »O mein Gott, du *magst* sie.«

»Mach dich nicht lächerlich.« Doch sie konnte ihrer Freundin dabei nicht in die Augen sehen. Jenny durchschaute Camilas Lügenversuche immer sofort. Der Kellner brachte ihr ein frisches Glas Scotch, das sie rasch an die Lippen hob.

»O doch. Deswegen reagierst du so empfindlich auf das Thema.« Jenny grinste, zufrieden mit sich, endlich Camilas Geheimnis aufgedeckt zu haben.

»Es spielt überhaupt keine Rolle, was ich für sie empfinde«, erklärte Camila und tippte mit den Fingern gegen das Glas. »Weil nichts zwischen uns laufen wird.«

»Warum nicht?«

»Habe ich dir schon erklärt.«

»Alter ist nur eine Zahl und ich verstehe nicht, warum sie nicht mehr auf dein Kind aufpassen kann, wenn du mit ihr zusammen bist.«

»Und wenn es vorbei ist?«, wollte Camila wissen. »Was dann, hm? Dann stehe ich ohne Nanny und Freundin da, und mein Sohn wird am Boden zerstört sein.«

»Du weißt doch überhaupt nicht, ob es irgendwann vorbei sein wird.«

»Doch, tue ich«, erwiderte Camila scharf und biss die Zähne zusammen. »Sie ist jung und naiv. Ich würde sie zerstören wie alle anderen auch.«

»Camila …«

»Lass es gut sein.« Sie hob eine Hand. »Ich will nicht mehr darüber sprechen, Jenny. Ich mein's ernst.«

Jenny sah noch einen Moment lang so aus, als wollte sie das Thema weiterführen, doch dann nickte sie nur und leerte ihr Glas, bevor sie den Kellner heranwinkte. »Zwei Piñas coladas, bitte«, bestellte sie, was ihr einen bösen Blick von Camila einbrachte.

Das würde Rache geben. Camila studierte schon einmal die Getränkekarte, um abzuschätzen, was Jenny am wenigsten mochte. Damit verdrängte sie endgültig alle Gedanken an Emily.

Um zehn nach elf weckte das Geräusch eines Schlüssels im Schloss der Wohnungstür Emily aus ihrem Nickerchen auf der Couch. Sie wartete, doch als sich die Tür nicht öffnete, erhob sie sich, um nachzusehen. Durch den Spion erkannte sie Camila, deren Zungenspitze seitlich aus dem Mund schaute, so konzentriert versuchte sie, den Schlüssel zu drehen.

»Probleme?«, erkundigte sich Emily, nachdem sie ihr die Tür aufgemacht hatte, und musste Camila prompt am Arm festhalten, als diese in den Eingangsbereich stolperte. »Ist alles in Ordnung?«

»Alles super.« Doch Camila lallte ziemlich stark und Emily roch deutlich den Alkohol in ihrem Atem.

Sie blieb neben ihrer Chefin stehen, als diese sich die Schuhe auszog, um sie zur Not aufzufangen, falls sie umkippte. Selbst im betrunkenen Zustand sah Camila noch fantastisch aus in ihrem schwarzen Kleid, das genau die richtigen Körperstellen betonte. Emily stockte der Atem. Dieser Anblick brannte sich tief in ihr Gedächtnis ein.

»Ich hole Ihnen Wasser.« Damit eilte sie in die Küche, um ein Glas zu füllen. Dabei spürte sie ganz deutlich Camilas Blick auf sich. Als Emily sich zu ihr umdrehte, war deren Blick trotz des Alkohols sehr klar.

»Warum helfen Sie mir?«, wollte Camila leise und unsicher wissen. »Warum sind Sie so nett zu mir?«

»Ich passe auf Sie auf, weil Jaime seine Mutter braucht.« Das war nicht der einzige Grund, stimmte aber trotzdem.

»Er schläft?«

»Schon seit acht Uhr«, sagte Emily. »Keine Probleme, wie immer.«

Camila verschwand am Ende des Flurs, um sich selbst davon zu überzeugen. Das Wasserglas nahm sie mit und als sie wieder zurückkehrte, war es leer. Sie stellte es auf der Küchentheke ab und war sichtlich überrascht, Emily dort vorzufinden.

»Was machen Sie denn noch hier?«

Bestimmt hatte sie das nicht böse gemeint – sie klang lediglich neugierig, und doch reagierte Emily abwehrend darauf. Sie straffte die Schultern und schaffte es nur mit Mühe, ruhig zu bleiben.

»Habe ich doch gesagt. Ich passe auf Sie auf.«

»Hey, ich bin hier in meiner eigenen Wohnung, heil und sicher.« Camila stützte eine Hand in die Hüfte und neigte den Kopf ein wenig zur Seite. »Keine Gefahr für mich und trotzdem sind Sie noch da.«

»Weil du mir wichtig bist, Camila, okay?«, platzte es aus Emily heraus, doch sie senkte die Stimme sofort wieder, um das schlafende Kind nebenan nicht zu wecken. »Tut mir leid, wenn das *unprofessionell* ist.« Sie spuckte das Wort beinahe aus und versuchte verzweifelt, ihre hochkochenden Gefühle unter Kontrolle zu bekommen. Doch die letzten beiden Wochen waren hart gewesen und nun brachen sich ihre Wut und ihr Schmerz Bahn. »Tut mir leid, dass mich das überhaupt kümmert. Ich wünschte, es wäre nicht so – dann würde es vielleicht nicht so wehtun.«

Camila blinzelte. Zum ersten Mal schienen ihr die Worte zu fehlen und Emily hatte schon Angst, zu weit gegangen zu sein. Doch Camila hatte so viel getrunken, dass sie sich am nächsten Tag wahrscheinlich ohnehin nicht daran erinnern würde. Das war Emilys einziger Trost.

»Ich … ich wollte dich nicht verletzen«, flüsterte Camila. »Ich wollte dich nie verletzen«, wiederholte sie mit zitternder Stimme.

Emily kam der Gedanke, dass das falsch war. Sie sollten nicht darüber reden, solange Camila betrunken war und nicht alle Sinne beisammen hatte. Die Gefahr war groß, dass sie Dinge sagen würde, die sie im nüchternen Zustand nie zugeben würde.

»Schon in Ordnung«, erwiderte Emily. Das stimmte zwar nicht, und sie brachte die Worte nur mit Mühe hervor. Camila schien das auch so zu sehen, denn sie schüttelte den Kopf. Doch Emily musste *irgendetwas* sagen, um das hier zu beenden und zu gehen, bevor Camila etwas aussprach, das sie später bereuen würde.

»Ist es nicht.« Camilas Stimme war leise und ihr Gesichtsausdruck war gequält. Wäre da nicht die Theke zwischen ihnen, hätte Emily sie in die Arme genommen, um sie zu trösten. »Ist es nicht, aber ich wusste nicht, was ich sonst tun sollte. Ich musste dich wegstoßen, weil … weil ich sonst …«

»Stopp«, unterbrach Emily sie und hob eine Hand. »Ich will das nicht hören.« O nein, wie sie das wollte; sie wollte es so sehr. Die Worte, die Camila nicht ausgesprochen hatte, würden sie auf ewig verfolgen und in den Wahnsinn treiben mit all der leisen Hoffnung, die darin steckte. Doch es fühlte sich nicht richtig an, sie weitersprechen zu lassen, solange sie nicht nüchtern war.

»Und ich werde jetzt gehen«, erklärte sie schließlich, bevor sie Camilas Glas noch einmal mit Wasser füllte und es ihr zusammen mit einer Schachtel Schmerztabletten in die Hand drückte. »Nimm welche davon, bevor du ins Bett gehst, ja? Das hilft gegen den Kater.«

Sie verließ die Wohnung, bevor Camila noch etwas sagen oder sie aufhalten konnte. Vor dem Aufzug sackte sie gegen die Wand und vergrub das Gesicht in den Händen. Camilas Worte hallten immer noch in ihren Ohren nach.

Kapitel 15

Camila erwachte mit einem fürchterlichen Kater.

Stöhnend zog sie sich die Decke über den Kopf, um sich noch ein paar Minuten länger vor dem Tag zu verstecken. Diese verdammte Jenny!

Irgendwann setzte Camila sich mit hämmerndem Schädel im Bett auf. Als sie die Schmerztabletten und das Glas Wasser auf ihrem Nachttisch entdeckte, schickte sie ein Dankgebet gen Himmel und schluckte rasch zwei der Pillen.

Normalerweise machte Camila sich im volltrunkenen Zustand nie Gedanken um die Nachwirkungen. Als sie jedoch an den gestrigen Abend zurückdachte, wurde ihr auf einmal eiskalt.

Emily war da gewesen.

Und ganz gleich, wie sehr sie sich auch den Kopf zerbrach, Camila konnte sich beim besten Willen nicht daran erinnern, worüber sie gesprochen hatten. Überhaupt war alles nach dem fünften Drink ziemlich verschwommen. Sie wusste noch, dass sie es irgendwie nach Hause geschafft hatte. Aber was zum Teufel hatte sie danach alles von sich gegeben?

Auch wusste sie nicht, worüber sie sich mit Jenny unterhalten hatte und ob ihre Freundin letzten Endes doch herausgefunden hatte, was Camila für Emily empfand. Hatte sie danach etwas Entsprechendes zu Emily gesagt? Nach dem Fiasko an dem Konzertabend war das immerhin ihr erstes Aufeinandertreffen gewesen, bei dem sie nur zu zweit gewesen waren.

Camila stöhnte erneut auf, doch jetzt war es ohnehin zu spät. Das Kind war in den Brunnen gefallen, und sie konnte nur hoffen, dass Emily sie nicht darauf ansprach. Das war durchaus möglich, da sie Camila kaum noch in die Augen schaute, geschweige denn mit ihr redete. Und im Grunde hätte Camila das nichts ausmachen sollen, denn sie war stets diejenige, die den Riegel vorschob, aber … es *machte* ihr etwas aus. Allein der Gedanke an Emily ließ ihr das Herz schwer werden.

Dieser Zustand passte überhaupt nicht zu ihr. Und die Gefühle, die Emily in ihr weckte, waren alles andere als gewöhnlich. Doch, die Leere die Camila in ihrem Inneren fühlte, bestärkte sie eher noch in ihrem Entschluss, nichts mit Emily anzufangen. Sie konnte sich nicht einmal ansatzweise vorstellen, wie schmerzhaft es wäre, wenn die Beziehung zu Emily noch weiter zerbrach. Schon jetzt war ihr Verhältnis beeinträchtigt, und dabei war noch nicht einmal etwas geschehen.

Camila zwang sich zum Aufstehen und schleppte sich zur Dusche, wo sie das Wasser viel zu heiß aufdrehte. Immerhin linderte das ihre Kopfschmerzen. Als sie ein paar Minuten später in einer Dampfwolke herauskam, fühlte sie sich wieder deutlich lebendiger.

Jaime schlief noch, als sie kurz nach ihm schaute, also ging sie in die Küche, um sich einen Kaffee zu machen. Stirnrunzelnd blickte sie auf ihr Handy, als dieses zu klingeln anfing – wenn es das Büro war, würde sie das Ding aus dem Fenster werfen.

Doch auf dem Display leuchtete Jennys Name auf – oder besser gesagt das Wort *Hexe*, unter dem Camila sie eingespeichert hatte. Sie nahm den Anruf an.

»Ich gehe nie wieder mit dir was trinken«, war alles, was Camila zur Begrüßung sagte, weil dieser Kater wirklich der schlimmste seit Langem war. Sie hatten es übertrieben und die unterschiedlichsten Cocktails wild durcheinander getrunken.

»Oh, das beruht auf Gegenseitigkeit. Keine Ahnung, wie wir das überlebt haben.«

»Ich fühle mich im Moment wie ein Zombie«, murmelte Camila und lehnte sich gegen die Anrichte. »Gibt es einen Grund für deinen Anruf?« Jenny meldete sich eigentlich nie aus purer Höflichkeit und schon gar nicht, wenn sie sich erst am Abend zuvor gesehen hatten.

»Ich … wollte nur hören, wie es dir geht.«

Camila war sich zu 99,9 Prozent sicher, dass sie log.

»Du rufst nie einfach nur so an«, wiederholte sie. »Was habe ich gestern Abend gesagt?«

»Eine ganze Menge.«

Camila tippte ungeduldig mit dem Fuß auf den Boden und wartete, dass Jenny das Ganze ausführte. Sie konnte nur hoffen, dass sie sich nicht ihr eigenes Grab geschaufelt hatte und Jenny nun versuchte, mehr zu erfahren.

»Gibt es auch einen echten Grund für diesen Anruf, Jenny?«, fragte sie gereizt. Am liebsten hätte Camila den Anruf beendet, doch das hätte nur zur Folge gehabt, dass Jenny Telefonterror betrieb, bis sie wieder abhob. Und wenn sie das nicht tat, war ihr zuzutrauen, dass sie irgendwann unangemeldet vor Camilas Tür stand.

»Ich hatte nur … Du warst gestern Abend so traurig. Keine Ahnung, ob das was mit der hübschen Frau in deiner Wohnung zu tun hat, aber ich bin der Meinung, dass du ein bisschen Glück verdienst. Du solltest den Wunsch nach Liebe nicht aufgeben, nur weil du in der Vergangenheit schlechte Erfahrungen gemacht hast.«

»Ich weiß nicht, welchen Eindruck ich vermittelt habe, aber …«

»Ach, lass den Unsinn, Camila. Ich kenne dich. Ich habe gesehen, wie du reagiert hast, als ich dich wegen ihr aufgezogen habe. Da ist etwas zwischen euch.«

»Geht dich nichts an.«

»Denk einfach drüber nach.« Sie gab Camila jedoch keine Gelegenheit, um ihr zu sagen, dass sie ihr mal den Buckel runterrutschen konnte. »O und frohes Thanksgiving! Mach's gut, Cam.«

Camila starrte das Gerät in ihrer Hand lange an, als wäre es für das Chaos in ihrem Kopf verantwortlich. Während sie ihren Kaffee trank, dachte sie tatsächlich über Jennys Worte nach und fragte sich, warum ihre Freundin einfach nicht lockerließ. *So* schlimm konnte Camila gestern doch nicht ausgesehen haben … oder? Stand es bereits so schlecht um sie, dass Jenny diese Schlüsse gezogen hatte, obwohl sie die beiden nur wenige Augenblicke miteinander gesehen hatte?

Die Antwort darauf lautete wahrscheinlich ja. In Gedanken war Camila ständig bei Emily. Jetzt noch mehr als zuvor, obwohl sie kaum noch Kontakt miteinander hatten. Es machte sie verrückt. Gleichzeitig änderte es rein gar nichts. Nein, auch durch Jennys Ermahnungen nicht. Außerdem war Camila sich nicht so sicher, ob *sie* es wirklich verdiente, glücklich zu sein. Emily verdiente hingegen alles Glück der Welt und das würde ihr ohne Camila besser gelingen.

Sie kippte den Rest ihres Kaffees in den Ausguss und ging dann langsam durch den Flur, um Jaime zu wecken. Seine Energie war genau das, was sie gegen ihre Sehnsucht brauchte. Gegen das, was sie so schmerzlich vermisste, aber nie haben konnte.

Den Mittwochabend verbrachte Emily bei Cassie und Maia, da diese das Thanksgiving-Essen in diesem Jahr ausrichteten. Ihre Pflegemutter kam zu Besuch, um den Feiertag mit ihren Töchtern zu verbringen.

Emily hatte nicht gut geschlafen – dafür war sie zu sehr mit Camila beschäftigt –, weswegen sie um acht entschied, aufzustehen. Maia und Cassie standen bereits in der Küche und schälten Gemüse, der Truthahn brutzelte schon im Ofen vor sich hin.

»Kaffee ist fertig«, sagte Maia bloß, als sie Emily bemerkte.

»Danke.« Sie holte sich ihre übliche Tasse aus dem Schrank und fühlte sich ein wenig besser, als das Koffein seinen Zweck erfüllte. »Kann ich euch irgendwie helfen?«

»Du? In der Küche?«, fragte Cassie mit hochgezogenen Augenbrauen.

»Entschuldigung, dafür belege ich Kochkurse«, erinnerte Emily sie.

»Ja, und es ist ein Wunder, dass du deine Wohnung noch nicht abgefackelt hast.«

Emily zeigte ihr den Stinkefinger, woraufhin Cassie ihr die Zunge rausstreckte.

»Hier, du kannst die restlichen Kartoffeln schälen.« Ihre Schwester reicht Emily ein Messer. »Ich muss Mom vom Flughafen abholen. Maia, lass sie nicht in die Nähe von offenem Feuer.«

»Du warst selber mal schuld an einem«, grummelte Emily, nahm aber Cassies Platz an der Arbeitsfläche ein. Cassie gab Maia noch einen Kuss und verließ dann die Wohnung.

»Alles okay, Em?«, erkundigte Maia sich nach ein paar Minuten. »Du warst gestern ein bisschen durch den Wind. Ist was passiert?«

Emily betrachtete stirnrunzelnd die Kartoffel, die sie gerade schälte, während sie über ihre Antwort nachdachte.

»Ich habe Erfahrung damit, dass schöne Frauen einem das Herz brechen. Und ich bin immer da, wenn du reden willst.«

»Ich weiß.« Emily biss sich auf die Unterlippe und seufzte. »Ich fühle mich einfach nur so *dumm*. Warum hänge ich jemandem nach, der mich offensichtlich nicht will? So ein Typ Frau bin ich nicht. Ich lasse mich nicht schlecht behandeln und bettele um Aufmerksamkeit, bis die andere weiß, was sie will. Zumindest war ich das nie und trotzdem stecke ich jetzt in dieser Situation.«

»Du bist zu streng zu dir selbst«, sagte Maia ruhig. »Deine Gefühle verschwinden nicht einfach so über Nacht. Und du bist nicht dumm. Dir wurde das Herz gebrochen und es ist vollkommen okay, wenn du ein bisschen Zeit brauchst.«

»Aber wir waren nicht mal zusammen.«

»Spielt keine Rolle. Manchmal ist das ›Fast‹ und das ›Hätte sein können‹ schmerzhafter, weil man sich immer fragt, was alles möglich gewesen wäre. Es ist schwer, so einen Traum zu begraben.«

»Und wie komme ich darüber hinweg?«, fragte Emily, doch dann versagte ihre Stimme. Sie hasste ihre Verletzlichkeit. Maia legte ihr einen Arm um die Schultern und zog sie fest an sich.

»Gib der Sache etwas Zeit«, sagte sie liebevoll. »Und versuch, dieses Wochenende nicht so viel darüber nachzudenken.«

»Das ist leichter gesagt als getan«, murmelte Emily, schwor sich aber im Stillen, dass sie ihr Bestes geben würde. Sie wollte sich nicht so gehen lassen, wenn ihre Pflegemutter schon einmal in der Stadt war. »Hast du noch was für mich zu tun?«, fragte sie, da die Kartoffeln inzwischen alle geschält waren.

Maia beschäftigte sie noch eine ganze Weile und als Cassie schließlich mit Sarah zurückkam, saßen sie bereits auf der Couch und verfolgten die Festtagsparade von Macy's. Als die Sendung vorbei war, kehrte Maia in die Küche zurück, um das Essen fertig zu machen. Hilfsangebote lehnte sie rigoros ab.

Als sie weg war, rutschte Sarah näher zu Emily und schlang einen Arm um sie. »Na, Liebes, wie läuft es bei dir? Lebst du dich langsam ein?«

»Ja, es ist toll«, log Emily. Ganz bestimmt würde sie ihrer Pflegemutter nicht direkt die Einzelheiten ihres Liebeslebens vor die Füße werfen.

»Gefällt es dir hier?«

»Ja.« Sie hatte sich schon bei ihrem ersten Aufenthalt in New York verliebt und bald darauf entschieden, in die Stadt zu ziehen, sobald es möglich war. »Ich überlege sogar, länger zu bleiben – ich habe mich für den Master an der NYU beworben.«

Ihre Unterlagen hatte sie vor ein paar Tagen abgeschickt und beschlossen, diesen Weg einzuschlagen. Nicht einmal Cassie hatte sie das erzählt. Zwar wollte sie sich auch noch an anderen Colleges bewerben, aber für sie war das Ziel klar.

»Wirklich?« Cassie stürzte sich praktisch auf Emily, um sie fest zu umarmen. »Warum hast du nichts gesagt?«

»Ich wollte warten, bis die Bewerbung tatsächlich draußen ist. Eigentlich sogar, bis ich angenommen wurde, aber es könnte noch eine ganze Weile dauern, bis ich den Bescheid bekomme.«

»Du wirst genommen«, erwiderten Cassie und Sarah wie aus einem Mund. Dass sie sich da so sicher waren, machte Emily ganz verlegen.

»Das hoffe ich.« Sie wusste nicht, was sie tun würde, wenn sie eine Absage erhielt. Aber darüber konnte sie sich auch später noch Gedanken machen.

»Und dein aktueller Job?«

»Der läuft auch gut«, sagte Emily schnell und warf Cassie einen finsteren Blick zu, als diese vielsagend die Augenbrauen nach oben zog. »Wollen wir schon mal den Wein aufmachen?«, schlug Emily vor, um schnell das Thema zu wechseln, und stand dann auf, um die Flasche und Gläser zu holen.

Als sie zurückkam, erzählte Sarah gerade von der Verlobung einer Verwandten, bevor sie mit einem Funkeln in den Augen zwischen Cassie und Maia hin und her schaute. »Apropos Verlobung. Werde ich denn bald auf eine Hochzeit eingeladen?«

»Wir sind erst zwei Jahre zusammen«, gab Cassie mit einem Stöhnen zurück und erhob sich abrupt, um in die Küche zu gehen. Emily wusste, dass Sarah ihr mit dem Hochzeitsthema in den Ohren lag, seit sie Maia kennengelernt hatte. »Wir verloben uns, wenn wir so weit sind, Mom.« Doch Cassie schaute ihre Freundin so liebevoll an, dass Emily ganz warm ums Herz wurde, und es sah wirklich nicht so aus, als würde das noch lange auf sich warten lassen.

»Schon gut, schon gut.« Sarah hob beschwichtigend die Hände, aber als sie ihr Weinglas von Emily entgegennahm, hatte sie direkt ein neues Opfer gefunden. »Und bei dir, Emily? Hast du jemanden kennengelernt?«

»Nein.«

»Niemanden?«

»Ich hatte viel zu tun.« Sie zuckte mit den Schultern. »Neue Stadt, neuer Job und so. Hatte bisher noch nicht viel Zeit.«

Sarah nippte schweigend an ihrem Wein und Emily floh rasch in die Küche, um weiteren Fragen zu entgehen.

»Raus. Hier verstecke ich mich«, flüsterte Cassie, als Emily sich neben sie an die Anrichte lehnte und Chips aus der Tüte klaute, die ihre Schwester vor sich liegen hatte. »Sie hat mich schon während der Fahrt hierher ausgefragt – jetzt bist du dran.«

»Du kannst zumindest was vorweisen.« Emily machte eine Geste, die Maia mit einschloss. »Mein Leben ist gerade eine Katastrophe.«

»So schlimm ist es nun auch wieder nicht.«

»Ach ja? Denkst du, dass Sarah sich freuen wird, wenn sie hört, dass ich bis über beide Ohren in meine deutlich ältere Chefin verliebt bin, die außerdem einen fünfjährigen Sohn hat?«

»Das würde auf jeden Fall für interessante Nachmittagsgespräche sorgen.«

Emily warf Cassie einen Chip an den Kopf.

»Das war ein Witz, nur ein Witz. Aber fürs Protokoll: Ich glaube nicht, dass sie dir das vorhalten würde.«

»Ich erzähle ihr trotzdem nicht von Camila.«

»Das ist wahrscheinlich auch besser so.«

Emily wollte erneut in die Chipstüte greifen, doch wie aus dem Nichts stand Maia plötzlich neben ihnen und nahm sie ihr weg.

»Hört ihr mal bitte mit der Fresserei auf? Sonst habt ihr gleich keinen Hunger mehr«, tadelte sie streng, die Hände in die Hüften gestemmt. »Und jetzt geht da raus und verbringt Zeit mit eurer Mutter. Sie ist den ganzen Weg hierhergekommen, um euch zu besuchen.«

Die Schwestern schauten sich schuldbewusst an und eilten dann zurück zur Couch.

Als Maias Festessen fertig war, versammelten sie sich um den Esstisch und gegen drei Uhr konnten sie sich kaum noch bewegen. Emily steckte mitten im Fresskoma, weil sie einfach nie wusste, wann sie mit dem Essen aufhören sollte. Sie streckte sich auf dem Fußboden aus, während die anderen drei sich wieder auf das Sofa setzten und die Füße auf den Couchtisch legten.

Nach ein wenig Erholungszeit waren die Spiele an der Reihe. Emily bildete mit Sarah ein Team gegen Cassie und Maia, die sie bei Tabu vernichtend schlugen. Wie schön es doch wäre, jemanden an ihrer Seite zu haben; eine Partnerin, mit der sie ihre verrückte Familie teilen konnte.

Emily wurde das Herz schwer, so verzweifelt wünschte sie sich das, auch wenn sie keine genaue Vorstellung davon hatte, wie es sich anfühlte. Sie hatte noch nie eine Partnerin mitgebracht, noch nie mit jemandem außer der Familie und des Freundeskreises Feiertage verbracht. Also wusste sie gar nicht, was sie vermisste – aber sie stellte sich dennoch vor, wie es wäre, wenn Camila und Jaime jetzt hier wären.

Es kam ihr wie eine Ewigkeit vor, seit sie den beiden angeboten hatte, Thanksgiving mit ihnen zu verbringen. Seitdem hatten sie jedoch nicht mehr darüber gesprochen. Das war auch nicht nötig gewesen, da Camila ohnehin abgelehnt hätte.

Liebe und Wärme erfüllte die Wohnung, und der Gedanke daran, dass Camila den Feiertag allein mit ihrem Sohn verbrachte, schmerzte Emily. Was würde sie wohl tun, nachdem Jaime ins Bett gegangen war? Ob sie wohl einsam Trost in einer Flasche Alkohol suchte?

Sie bemerkte Cassies Blick. »Alles okay?«, formte sie mit den Lippen und das Stirnrunzeln ihrer Schwester sagte Emily, dass man ihr die Gedanken wohl an der Nasenspitze ansehen konnte.

Emily lächelte schwach und nickte. Rasch verdrängte sie alle Gedanken an Camila, damit sie sich auf das Hier und Jetzt konzentrieren konnte, wo sich doch alle Menschen, die ihr nahestanden, in diesem Raum befanden.

Vielleicht hatte sie ja nächstes Jahr eine Partnerin, die sie im Arm halten konnte.

Kapitel 16

»Emily!« Jaime warf sich gegen ihre Beine, als sie Camilas Wohnung am Montagmorgen betrat. So lange waren sie noch nie getrennt gewesen, seit Emily den Job angetreten hatte. »Ich hab dich vermisst.«

»Ich dich auch, Kumpel.« Sie wuschelte ihm durch die Haare, als er mit einem strahlenden Lächeln zu ihr aufschaute. »Hattet ihr ein schönes Thanksgiving?«

»Es war okay«, antwortete Jaime schulterzuckend und ging dann zu seinen Spielsachen hinüber.

Emily schaute ihm zu und lehnte sich dabei an die Lehne der Couch.

»Die Parade hat ihm gefallen.«

Camilas Stimme ließ sie heftig zusammenzucken und als sie herumfuhr, stand ihre Chefin nur ein paar Schritte von ihr entfernt. Sie trug eine blaue Bluse, deren oberste zwei Knöpfe offen standen; ihr schwarzer Rock schmiegte sich um ihre Hüften und ganz ehrlich? Es sollte verboten sein, dass jemand so zur Arbeit ging. Wie schafften ihre Angestellten es, sich zu konzentrieren, wenn Camila aussah wie eine Göttin?

In diesem Moment merkte sie, dass sie zu lange hingeschaut hatte, und räusperte sich, während sie den Blick abwandte. Natürlich musste ihr schon wieder Hitze in die Wangen steigen, was mehr als peinlich war.

»Mir auch. Hatten Sie, hm, ein schönes Wochenende?« Als Emily sie das letzte Mal gesehen hatte, war Camila sturzbetrunken nach Hause gekommen und auch davor hatten sie nicht mehr wirklich miteinander gesprochen. Sie war sich nicht sicher, was erlaubt war, und warf Camila deshalb einen zurückhaltenden Blick zu.

»Ja, vielen Dank. Sie auch?«

»Ja, es war schön. Meine Pflegemutter hat uns besucht.«

Camila musterte sie einen Moment, als würde sie auf eine weitere Ausführung warten. »Danke noch einmal, dass Sie neulich abends so lange geblieben sind«, sagte sie schließlich leise und Emily fragte sich, ob das vielleicht eine Art Friedensangebot war. »Ich war wahrscheinlich unerträglich.«

»Sie erinnern sich nicht?«

»Nur bruchstückhaft. Keine Details.« Das erklärte, warum Camila sie beinahe argwöhnisch beobachtete – sie wusste nicht, was sie an diesem Abend zu Emily gesagt hatte, und versuchte, etwas aus deren Reaktion zu schließen.

Kein Friedensangebot also. Camila versuchte nur, ihre eigene Haut zu retten. Ein Funken Wut entflammte in Emilys Brust. Sollte Camila sich ruhig noch ein bisschen länger Sorgen machen – Emily würde ihr sicher nicht auf die Nase binden, was passiert war. Und wenn sie sich verrückt machte, geschah ihr das nur recht. Emily war es genauso gegangen, als sie darüber nachgedacht hatte, wie Camila wohl diesen verdammten letzten Satz hatte beenden wollen.

»Sie haben sich nicht allzu sehr blamiert«, sagte Emily beiläufig und als Camila die Lippen schürzte, fühlte sie sich in ihrer Vermutung bestätigt.

Camila zögerte kurz, als wollte sie noch einmal nachhaken, sagte dann aber stattdessen: »Ich wollte schon länger wegen der Reise nach London nächsten Monat mit Ihnen sprechen. Haben Sie da immer noch Zeit?«

Doch eigentlich fragte Camila nicht, ob Emily Zeit hatte – sie wollte wissen, ob sie immer noch mitkommen wollte. *Das* bedeutete jedoch, den Abend in der Bar ansprechen zu müssen.

»Natürlich. Sonst hätte ich nicht zugesagt.« Auch wenn ihr der Gedanke, viele Stunden mit Camila in einem Flugzeug zu verbringen und eine unbekannte Stadt zu besuchen, inzwischen nicht mehr ganz so aufregend erschien. Doch Emily würde sicher keinen Rückzieher machen, denn sie wusste, dass Camila und Jaime sie brauchten.

»Dann lasse ich Jessica heute alles buchen und Ihnen die Daten schicken.« Mit diesen Worten gab Camila ihrem Sohn noch einen Kuss und verließ dann die Wohnung.

Emily beobachtete Jaime eine Weile beim Spielen. Er war ungewöhnlich still und antwortete nur knapp, als sie versuchte sich mit ihm zu unterhalten. Auch lächelte er nicht; ganz offensichtlich beschäftigte ihn etwas. Doch Emily bedrängte ihn nicht – wenn er mit ihr reden wollte, würde er sich ihr schon öffnen.

»Hast du dich mit Mom gestritten?«, fragte er schließlich, hielt den Blick jedoch fest auf die Batman-Actionfigur gerichtet, die er in den Händen hielt.

Emily sog scharf Luft ein. Es überraschte sie, dass er die Feindseligkeit zwischen ihnen bemerkt hatte. »Wie kommst du denn darauf?«

»So halt.« Jaime zuckte mit den Schultern, schaute Emily aus zusammengekniffenen Augen an und biss sich auf die Lippe. »Du bleibst nie lang. Oder redest mit ihr. So war das auch, bevor Daddy gegangen ist. Lasst ihr euch scheiden?«

»Man muss erst einmal verheiratet sein, um sich scheiden lassen zu können, Jaime.« Trotz allem musste Emily lächeln. Sie lehnte sich auf der Couch zurück und als Jaime auf ihren Schoß kletterte, nahm sie ihn fest in die Arme. »Deine Mom und ich sind nicht verheiratet.«

»Warum nicht?« Dieses Gespräch hatte er schon einmal mit Camila geführt und Emily hatte sich schon gewundert, dass er das Thema nie bei ihr angesprochen hatte.

»Man muss sich lieben, um zu heiraten«, erklärte sie ihm und stupste sanft seine Nase an.

Jaime runzelte nachdenklich die Stirn. »Liebst du meine Mom nicht?«

»Sie liebt mich definitiv nicht«, antwortete Emily, obwohl sie die Frage eigentlich klar hätte verneinen sollten. Aber aus irgendeinem Grund konnte sie das nicht. Vielleicht liebte sie Camila noch nicht, doch sie war auf dem besten Weg, ihrer Chefin komplett zu verfallen. Sie konnte diese Gefühle nicht leugnen.

»Oh«, erwiderte Jaime enttäuscht. »Ich liebe dich. Kann ich dich heiraten?«

»Du bist ein bisschen zu jung für mich, Kumpel. Vielleicht, wenn du älter bist.«

»Okay!« Er spielte weiter und sah nun deutlich zufriedener aus. Offenbar hatte er nun nicht länger Angst, weil die zwei wichtigsten Menschen in seinem Leben miteinander stritten.

»Was soll das heißen, es gibt keine Zimmer mehr?«, wollte Camila mit einem finsteren Blick wissen. Jessica stand nervös vor Camilas Schreibtisch und hielt ihr Tablet mit zitternden Händen fest umklammert.

»Nun, na ja, wie Sie wissen, habe ich Ihre übliche Suite schon vor ein paar Monaten gebucht und auch das Zimmer für mich. Aber als ich vorhin dort angerufen habe und nach einem zusätzlichen Zimmer gefragt habe, wurde mir mitgeteilt, dass das Hotel über die Feiertage ausgebucht ist.« Jessica sprach schneller, wenn sie aufgeregt war, aber Camila konnte ihren hastigen Worten noch folgen. »Aber, hm, Emily könnte mein Zimmer nehmen und ich buche mir einfach ein Hotel oder etwas über Airbnb in der Nähe. Das ist nicht –«

»Unsinn«, unterbrach Camila forsch. »Ich brauche Sie bei mir.«

»Aber … Emily brauchen Sie auch in Ihrer Nähe.«

Camila zog die Augenbrauen zusammen. »Sind Sie sicher, dass das Hotel für mich keine Ausnahme macht?«

»Ich habe es versucht, aber …« Jessica verstummte.

»Holen Sie mir den Geschäftsführer ans Telefon.« Die meisten Leute spurten besser, wenn sie direkt mit ihnen sprach, anstatt ihre Assistentin vorzuschicken. Jessica kehrte zu ihrem Schreibtisch zurück und stellte einen Augenblick später den Anruf zu Camila durch.

»Miss Evans«, begrüßte der Geschäftsführer sie in seinem freundlichsten Tonfall. »Es tut mir sehr leid, aber wie ich Miss Morgan gesagt habe, gibt es leider keine freien Zimmer mehr …«

»Kein einziges?«, fragte Camila. Das Hotel war riesig und teuer. Es konnte einfach nicht sein, dass es komplett ausgebucht war, egal zu welcher Jahreszeit. »Ich würde auch eine Besenkammer nehmen, wenn Sie mir die anbieten.«

»Leider nicht.«

Camila biss die Zähne zusammen.

»Aber wie Sie sicher noch wissen, besitzt Ihre Suite zwei Schlafzimmer und genug Platz für vier Personen.«

Das war Camila klar. Ursprünglich hatte sie geplant, Emily dort ebenfalls unterzubringen, damit sie in Jaimes Nähe war. Deswegen hatte sie Jessica auch keine Anweisung gegeben, ein weiteres Zimmer zu buchen. Aber angesichts der letzten Ereignisse war es Emily vermutlich lieber, einen Raum für sich zu haben.

Jetzt sah alles danach aus, als würden sie sich in London ganz schön auf die Pelle rücken müssen. Nicht gut.

»Dann werden wir eben damit leben müssen«, gab Camila knapp zurück. »Vielen Dank.« Sie legte auf und fluchte insgeheim.

Jessica klopfte vorsichtig an ihre Tür, und Camila schaute entnervt auf. Wenn sie schlechte Laune hatte, traute Jessica sich kaum zu ihr herein.

»Hatten Sie mehr Glück?«

»Nein.« Camila rieb sich über die Schläfen. Dahinter kündigten sich heftige Kopfschmerzen an. »Emily wird mit in meiner Suite übernachten müssen.«

»Nun, wenigstens gibt es ein Bett für sie. Ich buche als Nächstes die Flüge. Möchten Sie Emily bei sich und Jaime in der ersten Klasse haben oder bei mir in der Economy?«

Das überdachte Camila einen Moment lang. Sie wollte Emily nicht so dicht bei sich haben, aber Jaime würde unausstehlich sein, wenn sie nicht in seiner Nähe war.

»Buchen Sie uns alle vier in die erste Klasse«, entschied sie schließlich. Jessica konnte als Puffer fungieren. Außerdem boten die Plätze in der ersten Klasse genug Raum, dass sich ihre Arme und Beine bei Turbulenzen nicht berührten.

»Sind … sind Sie sicher?«

Camila schickte sie mit einer Handbewegung weg. »Ja. Buchen Sie die Flüge, bevor ich es mir anders überlege.«

Jessica eilte davon und Camila warf ihrer Bar in der Zimmerecke einen sehnsüchtigen Blick zu. Doch sie wusste, dass ein Scotch das schmerzhafte Ziehen hinter ihren Augen nicht lindern würde.

Als sie schließlich um sieben nach Hause kam, war sie todmüde, obwohl sie eigentlich verhältnismäßig früh Feierabend gemacht hatte.

Jaime konnte ebenfalls kaum noch die Augen offen halten. Camila umarmte ihn und er kuschelte sich an ihre Brust und schlang die Arme um ihren Nacken. Das beruhigte ihre Nerven sofort.

»Hast du dich mit Emily ausgetobt?«, fragte sie, doch Jaime murmelte nur etwas Unverständliches.

»Wir waren im Park«, erklärte Emily. »Und danach im Fitnessstudio. Sie sollten darüber nachdenken, ihn bei einem Martial-Arts-Verein anzumelden – er würde sich bestimmt gut schlagen. Und es wäre gut für ihn, andere Kinder in seinem Alter um sich zu haben.«

»Vielen Dank für diesen Erziehungstipp.« Der scharfe Ton in ihrer Stimme war unbeabsichtigt – eine Nachwirkung des stressigen Tages. So hatte sie es wirklich nicht gemeint und sie bereute es sofort, als ein verletzter Ausdruck in Emilys Augen trat.

»Ich wollte nicht …«, setzte Emily an, unterbrach sich dann jedoch selbst mit einem Kopfschütteln. »Nicht so wichtig. Ich werde nichts mehr dazu sagen.« In ihren Worten schwang deutlich hörbar Wut mit und sie stand abrupt auf. »Wir sehen uns dann morgen.«

»Warten Sie.«

Emily blieb wie angewurzelt stehen und schaute Camila sichtlich in Erwartung einer Entschuldigung an.

»Hier. Die Informationen für unsere Reise nächsten Monat.« Sie reichte Emily die Mappe, die Jessica für sie vorbereitet hatte. Emily nahm sie entgegen, ohne hineinzuschauen. »Wir fliegen am siebzehnten und kommen am einundzwanzigsten wieder.«

»Toll«, erwiderte Emily nüchtern und Camila wünschte sich, dass sich dieses Wort nicht wie ein Messer in ihre Brust bohrte.

»Und es … es gab kein freies Zimmer mehr im Hotel, also werden Sie bei mir und Jaime schlafen müssen.«

»Kann es kaum erwarten.« Ihre Worte trieften vor Sarkasmus. Camila zuckte lediglich mit den Achseln, doch Emily wandte sich bereits zum Gehen. »Tschüss, Jaime!«, rief sie noch über die Schulter, aber der Junge war schon halb eingeschlafen.

Camila schaffte es, ihm die Zähne zu putzen und ihn in einen Schlafanzug zu stecken, und schließlich saß sie auf dem Stuhl neben seinem Bett, um ihm eine Geschichte aus einem der Bücher vorzulesen, die er sich in der Bücherei ausgesucht hatte.

Sie hatte das Buch kaum geöffnet, als Jaime sie plötzlich wieder deutlich wacher ansprach. »Mama?«

»Ja, Schatz?« Vielleicht wollte er ja lieber eine andere Geschichte hören, aber nein.

»Warum liebst du Emily nicht?«

»Ich … *Was?*« Sie war davon ausgegangen, dass er das Gespräch heute Morgen nicht mitbekommen hatte, geschweige denn, sich noch daran erinnerte. »Warum fragst du das?«

»Warum streitest du dich mit ihr?«

»Ich … Wir streiten uns nicht.«

»Doch, tut ihr«, erwiderte er ernst. »Sie ist traurig.«

Seine Worte fühlten sich wie ein Schlag in Camilas Magengrube an.

»Wie kommst du darauf?«

»Ich habe Emily gefragt, ob ihr euch scheiden lasst, weil ihr euch streitet. Genau wie mit Daddy, bevor er gegangen ist.« Er sprach schneller als normal, als hätte er Angst, die Worte zu vergessen, wenn er sie nicht zügig herausbrachte. »Aber sie hat gesagt, dass man sich nicht scheiden lassen kann, wenn man nicht verheiratet ist, und ich habe gefragt, warum ihr nicht verheiratet seid. Und sie hat gesagt, weil man sich lieben muss, um zu heiraten, aber dass du sie nicht liebst, und …« Er holte tief Luft. »Warum liebst du sie nicht?«

»Ich …« Camila suchte nach den richtigen Worten, weil sie nicht wusste, wie sie ihm das erklären sollte. Auch wollte sie nicht, dass Emily von diesem Gespräch erfuhr.

»Sie macht mich glücklich.«

»Das weiß ich doch, Schatz.«

»Macht sie dich nicht glücklich?«

»Doch.«

»Ist das nicht Liebe?« Jaime schaute sie sehr ernst an. »Wenn einen jemand glücklich macht?«

»Es ist ein Teil davon«, antwortete Camila. »Aber der Rest ist ein bisschen komplizierter.«

»Ich glaube, dass du sie liebst, aber du hast Angst.« Er drückte seinen Teddybären fest an sich. Der Ausdruck in seinen Augen war viel weiser, als für einen Fünfjährigen gut war. Camila schaute ihn sprachlos an. »Weil Daddy weggegangen ist und du nicht willst, dass sie auch geht.«

Normalerweise erwähnte Jaime seinen Vater nur selten, doch Camila wusste, dass ihn die Scheidung mitgenommen hatte. Sie hatte so sehr versucht, ihn vor dem Scherbenhaufen ihrer Ehe zu bewahren, doch auch einem Kind entging nicht alles.

»Ich glaube nicht, dass Emily weggehen würde«, fuhr Jaime fort und klang dabei, als wäre er sich sehr sicher.

»Vielleicht nicht ...« Camila strich ihm ein paar Haarsträhnen aus dem Gesicht. »Aber du vergisst dabei eine ganz wichtige Sache: Emily liebt *mich* nicht.«

»Hat sie dir das gesagt?«

»Das braucht sie nicht«, entgegnete Camila, doch bevor er weiter nachbohren konnte, lenkte sie seine Aufmerksamkeit wieder auf das Buch in ihren Händen. »Wollen wir dann deine Gute-Nacht-Geschichte lesen?«

Er nickte und zehn Minuten später schlief er tief und fest. Seine Atemzüge waren leise und er hatte die Arme noch immer um seinen Teddy geschlungen. Camila gab ihm einen Kuss auf die Stirn und verließ dann sein Zimmer.

Den restlichen Abend über gingen ihr immer wieder Jaimes Worte durch den Kopf und sie mochte sich gar nicht vorstellen, was er Emily so alles fragte, während sie selbst im Büro war. Und doch hätte sie es gerne gewusst. Vor allem Emilys Antworten interessierten sie.

Sie nahm ein einsames Abendessen zu sich und verbrachte einen weiteren einsamen Abend, an dem ihr nur der Fernseher Gesellschaft leistete. Ganz sicher würde sie jetzt nicht darüber sinnieren, wie viel schöner es wäre, wenn Emily bei ihr wäre. Sie wusste, dass sie noch nicht schlafen konnte, also arbeitete sie, bis sie zu müde war, um von Gedanken an Emily wach gehalten zu werden.

Am Donnerstagabend musste Camila einer Preisverleihung beiwohnen, was bedeutete, dass Emily Jaime-Dienst hatte. Das machte ihr nichts aus, aber das letzte Mal war Camila in Begleitung zu der Gala gegangen. Emily konnte nur hoffen, dass heute kein attraktiver Junggeselle an die Tür klopfen würde. Camila würde unter Emilys Blicken sicher nur aufdrehen, um sie noch mehr zu verletzen. Und nein, sie war kein bisschen theatralisch.

Gerade hob sie Jaime hoch in die Luft und schwang ihn ihm Kreis, als sich urplötzlich die Wohnungstür öffnete. Vor Schreck hätte Emily ihren Schützling beinahe fallen lassen, denn Camila befand sich gerade im Schlafzimmer, wo sie geschminkt und frisiert wurde. Chris hätte vorher angerufen und soweit Emily wusste, besaß sonst niemand einen Schlüssel.

Jaime quietschte begeistert, als er in Emilys Arme zurückfiel und sie setzte ihn sich auf die Hüfte, während sie sich zur Tür umdrehte. Eine elegant gekleidete Frau stand im Türrahmen. Auf der Nase trug sie eine Brille mit schwarzem Gestell und sie schaute sich mit geschürzten Lippen in der Wohnung um. Als ihr Blick auf Emily fiel, wurde ihr Blick so verächtlich, dass diese unwillkürlich einen Schritt zurücktrat – als hätte sie hier nichts zu suchen.

»Sie sind nicht meine Tochter.«

Charlotte Evans war in Fleisch und Blut noch einschüchternder, als Emily es sich anhand von Camilas Erzählungen vorgestellt hatte. Sie drückte Jaime fester an sich, weil ihr bewusst war, dass Camila ihn so weit wie möglich von seiner Großmutter fernhielt. Wer wusste schon, ob die Frau nicht gleich auf sie zukam und versuchte, ihn ihr abzunehmen.

»Ehm, nein, bin ich nicht. Ich bin Emily, die Nanny.«

»*Sie* sind das Kindermädchen?« Charlotte musterte sie von oben bis unten. »Sie sind doch praktisch selbst noch ein Kind.«

»Ich bin dreiundzwanzig.«

»Ganz genau.«

Jaime versteckte sein Gesicht in Emilys Haaren und sie wünschte sie sehnlichst, mit ihm verschwinden zu können.

»Ist meine Tochter da?«

»Hm, ja, sie ist nur …«

Doch Charlotte rief bereits mit äußerst hoher und schriller Stimme nach Camila.

Wenige Sekunden später kam diese den Flur entlang in den Wohnbereich gerannt. Ihr entsetzter Gesichtsausdruck bestätigte Emilys Vermutung, dass sie über den Besuch ihrer Mutter nicht informiert gewesen war.

»Mutter?« Sie drückte sich das Vorderteil ihres noch offenen Kleids an die Brust, der Reißverschluss auf dem Rücken war noch nicht geschlossen und gab den Blick auf ihre glatte Haut frei. »Was um Himmels willen tust du hier?«

»Du hast meine Anrufe ignoriert.« Charlotte seufzte missbilligend.

»Also hast du dir gedacht, dass du einfach so unangekündigt in meiner Wohnung auftauchst?«

»Ich bin deine Mutter, Camila – ich darf meine Tochter besuchen, wann immer mir danach ist.«

»Was willst du?«

»Herausfinden, ob du heute Abend zur Preisverleihung kommen wirst – dir ist klar, dass ich geehrt werde, oder?«

In Camilas Wange zuckte ein Muskel, doch sie nickte.

»Willst du etwa dieses Kleid anziehen?« Charlotte verzog den Mund und nahm Camilas Outfit genauer unter die Lupe. Noch nie war Emily derart dankbar gewesen, Sarah als Pflegemutter gehabt zu haben.

»Ja, Mutter«, presste Camila zwischen zusammengebissenen Zähnen hervor. »Maßgeschneidert von Versace.«

Emily wich einen Schritt zurück und versuchte, sich heimlich aus dem Staub zu machen, um sich mit Jaime in seinem Zimmer zu verschanzen, bis Charlotte wieder weg war. Allerdings warf Camila ihr einen verzweifelten Blick zu, der sie deutlich bat zu bleiben. Also ging Emily nicht.

»Danach sieht es nicht aus.«

Camila entwich ein Laut, der verdächtig nach einem Knurren klang.

»Kommst du in Begleitung?«

»Nein.«

Charlotte schaute ihre Tochter entsetzt an. »Camila, darüber haben wir doch gesprochen. Du kannst zu so einem Event nicht allein gehen. Vor allem nicht nach deiner frischen Scheidung.«

»Weil die Welt untergeht, wenn eine Frau über vierzig alleinstehend ist?«

»Genau.«

Camila verdrehte nur die Augen.

»Lass mich schnell ein paar Anrufe tätigen. Ich bin mir sicher, dass ich etwas …«

»Ich habe dir sehr deutlich gesagt, dass ich nicht von dir verkuppelt werden will.«

»Ach ja?« Charlotte zog die Augenbrauen nach oben. »Wie viele Dates hattest du denn, seit Christopher nicht mehr da ist, hm?«

»Das geht dich überhaupt nichts an.«

»Ich weiß zumindest von einem«, beantwortete sich Charlotte ihre Frage selbst. »Du warst doch kürzlich mit einer Frau aus, oder?«

Emily wurde eiskalt. Sie wusste, wie das enden würde. Als Charlottes Blick sich auf sie richtete, wünschte sie sich sehnlichst, dass sich vor ihr ein Loch auftun würde, in dem sie verschwinden konnte.

»Eine Frau, die – wenn ich mich nicht irre – auffallende Ähnlichkeit mit deinem Kindermädchen hat.«

Sie und Camila hatten nie über den Klatschartikel mit den Fotos von ihnen beiden gesprochen. Tatsächlich hatte Emily ihn inzwischen schon fast vergessen.

»Tust du es jetzt deinem Ex-Mann nach, Camila? Schläfst du mit dem Dienstmädchen?«

»Das *reicht.*« Camilas Stimme war leise, aber der Zorn war in jeder Silbe deutlich zu hören. So wütend hatte Emily sie noch nie erlebt – ihr Gesicht war blass, in ihren Augen stand ein gefährliches Glitzern und sie hatte eine Hand zur Faust geballt.

»Ach, Liebes, bin ich dir etwa zu nahe getreten, indem ich deine Freundin mit hineingezogen habe?«

Mit zusammengepressten Lippen machte Camila einen Schritt nach vorne, was Emily wiederum einen weiteren zurückweichen ließ, bereit, jeden Moment die Flucht zu ergreifen.

»Sie ist *kein* Dienstmädchen«, zischte Camila. »Und sie ist nicht meine Freundin – nicht, dass dich das irgendetwas angehen würde, wenn es so wäre.«

»Ganz im Gegenteil.« Charlotte verschränkte die Arme vor der Brust und starrte ihrer Tochter in die Augen. »Es geht mich sehr wohl etwas an, mit wem du dich triffst und wie sich das auf dein Image auswirkt – und drei Scheidungen nebst einer zwanzigjährigen Freundin lassen dich in keinem guten Licht dastehen.« Charlotte wandte ihre Aufmerksamkeit wieder Emily zu. »Und wenn Sie sich dabei irgendetwas ausrechnen …«

»Du wirst sie da raushalten und ich verbiete dir, mit ihr zu sprechen«, fuhr Camila ihre Mutter an und stellte sich zwischen sie und Emily. »Sie macht hier nur ihre *Arbeit* und das übrigens ausgezeichnet. Du wirst sie nicht verjagen.«

»Oh, sieh einer an. Da haben Sie aber Eindruck hinterlassen.« Emily wusste, dass der Kommentar ihr galt, auch wenn sie Charlottes Gesicht nicht sehen konnte. »Nicht mal ihren Ehemann hat sie so verteidigt.«

»*Raus!*«, befahl Camila scharf. Emily war überrascht, dass Charlotte sich wortlos umdrehte und mit klackernden Absätzen aus dem Apartment marschierte. Die Tür fiel leise hinter ihr ins Schloss und Emily und Jaime blieben allein mit Camila zurück.

Camila zitterte am ganzen Körper und ihr Gesicht glich eher einer wutverzerrten Grimasse. Bevor Emily jedoch etwas sagen konnte, verschwand sie wieder in ihrem Schlafzimmer und schlug die Tür mit einem lauten Knall zu.

»Ist es vorbei?«, wollte Jaime leise an Emilys Ohr wissen.

»Ja, Kumpel, es ist vorbei.«

Langsam hob er den Kopf und schaute sich im Raum um.

»Das war ganz schön heftig, hm?«

»Sie streiten immer.«

»Ach ja?«

»Sie ist gemein zu Mom. Und sie kann mich nicht leiden.«

»Vertrau mir, Kumpel – das ist wirklich kein Verlust.« Emily stellte ihn vorsichtig auf die eigenen Füße. »Möchtest du noch ein bisschen spielen?«, fragte sie in der Hoffnung, dass er sich ablenken lassen würde. Zum Glück nickte er.

Camilas Team verließ in diesem Moment das Schlafzimmer, dicht gefolgt von ihr selbst. In einer Hand hielt sie ein Paar High Heels und ihre Kiefermuskeln traten noch immer angespannt hervor. Ihre Wut war noch nicht abgeflaut, doch als sie vor Jaime in die Knie ging, um sich von ihm zu verabschieden, klang ihre Stimme liebevoll.

»Sei brav, ja?«, bat sie ihn und gab ihm einen Kuss auf den Kopf, sah dabei jedoch aus, als würde sie am liebsten bleiben. »Wir sehen uns nachher, Emily.« Dann zog sie ihre Schuhe an und ging. Das Geräusch ihrer Absätze war noch einen Moment lang im Gang zu hören.

Emily wandte sich an Jaime. »Was wollen wir jetzt machen, Kumpel?«

»Zeichentrickfilme schauen.«

»Na dann, auf geht's.«

Der Abend war fürchterlich.

Wenn Camila nicht so ziemlich allen alleinstehenden (und einigen nicht alleinstehenden) Männern auswich, die sich Chancen bei ihr ausrechneten, musste sie sich Lobgesänge auf die vielen Leistungen ihrer Mutter anhören.

Wie stolz sie doch darauf sein musste – obwohl sie selbst erfolgreicher in ihrem Berufsfeld war, als Charlotte Evans es in ihrem je sein würde.

Und dann musste sie auch noch genau dieser Frau sorgfältig aus dem Weg gehen. Noch immer kochte sie vor Wut über den Auftritt, den ihre Mutter hingelegt hatte. Je länger sie darüber nachdachte, desto mehr ging ihr auf, dass das pure Absicht gewesen war.

Charlotte Evans war nie glücklich über die Bisexualität ihrer Tochter gewesen. Wahrscheinlich hatte sie den Artikel gesehen und Panik bekommen, dass Camila nun eine Partnerin hatte, die sie zu dem Event mitbringen würde. Deswegen war sie so auf Krawall gebürstet gewesen, als sie Camilas Wohnung betreten und sich Emily gegenübergesehen hatte. Die Fotos waren zwar verschwommen gewesen, aber ihre Mutter hatte ein gutes Auge.

Camila konnte nicht fassen, wie *dreist* Charlotte sich verhielt. Es hätte sie jedoch nicht überraschen sollen – immerhin war das heute eine Preisverleihung zu Charlottes Ehren und sie wäre fuchsteufelswild geworden, wenn Camila hier mit einer Frau am Arm aufgetaucht wäre.

Kurz hatte sie darüber nachgedacht, genau das zu tun, um ihrer Mutter eins auszuwischen. Dann hatte sie an Emily gedacht und den verletzten Ausdruck in ihren Augen, als Camila das letzte Mal ein Date gehabt hatte. Deswegen hatte sie sich dagegen entschieden. Sie wollte Emily nicht an sich heranlassen, ihr aber auch nicht absichtlich wehtun.

Den ganzen Abend über würdigte Camila ihre Mutter keines Blickes und Charlotte hielt sich ihrerseits von ihr fern. Dass die Frau sie immer noch so bis aufs Blut reizen konnte, ärgerte Camila ungemein. Als sie gehört hatte, wie Charlotte mit Emily gesprochen hatte, war ihre Sicherung durchgebrannt. Wahrscheinlich hatte ihre Reaktion sie auf allen Ebenen verraten – hoffentlich nur nicht Emily gegenüber.

Sobald sie konnte, ergriff sie die Flucht, indem sie sich durch eine Seitentür davonstahl und ein paar Minuten später saß sie bereits in ihrem Wagen, der auf sie gewartet hatte. Gegen elf war sie wieder zu Hause, wo sie die Wohnungstür leise öffnete, um Jaime nicht zu wecken.

Im Apartment brannte kein Licht und Camila brauchte einen Moment, um die schlafende Emily auf der Couch zu entdecken. Der Fernseher war an und ihr Anblick raubte Camila beinahe den Atem. Die Gefühle übermannten sie so heftig, dass es ihr die Kehle zuschnürte.

Gott, sie war so schön. Seit ihrem Kuss hatte Camila sie nicht mehr richtig angesehen, weil sie nicht dabei erwischt werden wollte, wie sie Emily betrachtete. Nun erlaubte sie es sich allerdings und sog den Anblick ihrer entspannten Gesichtszüge praktisch in sich auf. Flackernde Schatten tanzten über Emilys Gesicht, dank des Fernsehers, der sie anleuchtete.

Emily sah so jung und friedlich aus ohne den Schmerz, der sonst immer unter der Oberfläche lauerte, wenn ihre Blicke sich trafen.

Am liebsten hätte Camila sie weiter beim Schlafen beobachtet, aber die Couch war bestimmt nicht übermäßig bequem in dieser Position. »Emily«, raunte sie leise, versuchte es dann aber noch einmal ein wenig lauter, als sie keine Reaktion erhielt.

Emily rührte sich weiterhin nicht, also ging Camila neben dem Sofa in die Hocke, um sie vorsichtig an der Schulter zu rütteln. Dabei ignorierte sie geflissentlich das Kribbeln, das ihr bei der Berührung in die Fingerspitzen schoss. »Emily, aufwachen.«

Emily schlug die Augen auf und blinzelte verschlafen. Ihre Gesichter waren sich so nah, viel zu nah. Camila wollte in ihren blauen Augen versinken, bis sie nicht mehr wusste, wo oben und unten war. Schnell richtete sie sich wieder auf und schlang die Arme um sich selbst.

»O Mist, tut mir leid … Ich wollte nicht einschlafen.«

»Kein Problem, es ist schon spät.«

Emily schaute auf die Uhr, als wollte sie sich selbst davon überzeugen und Camila fragte sich, wie lange sie wohl geschlafen hatte.

»Hat heute Abend alles geklappt?«

»Jaime war um acht im Bett. Ein paarmal kam er wieder, weil er noch fernsehen wollte, aber gegen neun ist er dann eingeschlafen.« Emilys Stimme klang vom Schlaf tiefer als normal, was Camilas Magen Purzelbäume schlagen ließ.

»Gut.«

»Mein Abend war vermutlich schöner als Ihrer.«

»Das können Sie laut sagen. Ich … Es tut mir leid, was vorhin passiert ist. Ich hatte keine Ahnung, dass meine Mutter hier auftauchen würde, geschweige denn, dass sie so mit Ihnen umgehen würde.«

»Für mich klang es eher, als hätte der Angriff Ihnen gegolten.«

In diesem Moment ging Camila auf, dass sie noch immer vor dem Sofa hockte, und sie setzte sich auf den Couchtisch.

»Ihre Mutter ist … schwierig. Ich kann verstehen, warum Sie ihren Kontakt zu Jaime unterbinden.«

»Ging es ihm gut, nachdem sie weg war?«

»Ja, alles in Ordnung. Er hat sich währenddessen in meinen Haaren versteckt und Ihre Mutter direkt nach ihrem Abgang wieder vergessen.«

»Gut.« Camila wollte ihm wirklich nicht erklären müssen, warum seine Großmutter Emily für ihre Freundin hielt. Vor allem nicht, nachdem ihn genau dieses Thema in letzter Zeit so neugierig machte. »Und ... Ihnen geht es auch gut?«, fragte sie zögerlich, was ihr einen skeptischen Blick von Emily einbrachte.

»Womit? Was Ihre Mutter über mich denken könnte?« Emily zog die Augenbrauen nach oben. »Nun, da ich nicht Ihre Freundin bin, kann mir ihre Meinung ja egal sein, oder?« Ein harter Ausdruck trat in ihre Augen, der immer nur auftauchte, wenn sie mit Camila sprach. »Aber es würde mich auch sonst nicht kümmern.«

Camila wünschte sich so sehr, dass sie die Aussagen ihrer Mutter ebenso leicht beiseitewischen könnte und dass sie nicht so viele Jahre mit dem Versuch verschwendet hätte, ihr Wohlwollen zu erringen.

»Mein Wagen wartet unten auf Sie«, wechselte sie das Thema, bevor sie sich vollkommen in Emilys Augen verlor. »Mein Fahrer wird Sie nach Hause bringen.«

»Das wäre nicht ...«

»... nötig gewesen«, beendete Camila ihren Satz. Diese Diskussion hatten sie schon oft geführt. »Ich weiß, aber ich habe es trotzdem veranlasst und wenn Sie die Gelegenheit nicht nutzen, hat mein Fahrer umsonst zehn Minuten länger gewartet und hätte Feierabend machen können.« Schuldgefühle waren die beste Methode, um Emily zum Einlenken zu bewegen.

»Na schön, na schön.« Emily erhob sich und strich sich mit einer Hand die Haare glatt, bevor sie nach ihrer Tasche griff.

»Danke, dass Sie so lange geblieben sind.« Normalerweise hätte Camila ihr angeboten, hier zu schlafen, da sie in neun Stunden sowieso wieder antreten musste. Dem hätte Emily jedoch nie im Leben zugestimmt.

»Alles gut.« Sie zog sich ihre Stiefel und den Mantel an der Wohnungstür an und winkte Camila noch einmal zu, bevor sie die Tür hinter sich schloss.

Camila schlurfte in ihr Schlafzimmer und fragte sich einmal mehr, wie anders der Abend wohl verlaufen wäre, wenn Emily an ihrer Seite gewesen wäre.

Kapitel 17

»Mein Gott, Emily. Verreist du für fünf Tage oder einen ganzen Monat?«, beschwerte Cassie sich, als sie Emily in ihrer Wohnung abholte, um sie zum Flughafen zu fahren.

»Ich weiß ja nicht, was ich alles brauchen werde«, verteidigte Emily sich.

»Also hast du einfach alles eingepackt, was du im Schrank hattest?«

»Genau.«

Cassie schüttelte den Kopf, schleppte den Koffer aber trotzdem nach unten.

»Wie fühlst du dich?«, fragte sie, als sie schließlich im Auto saßen.

Emily zuckte nur mit den Schultern, weil sie nicht wusste, wie sie die Frage beantworten sollte. Sie hatte das Land noch nie verlassen, war noch nie ohne ihre Schwester verreist und die Aussicht, ohne Cassie den Atlantik zu überqueren, bereitete ihr Unbehagen.

Aber sie freute sich auch unheimlich, weil sie diese neue Stadt zusammen mit Jaime erleben und sie durch seine Augen kennenlernen durfte. Und sie würde Zeit mit Camila verbringen. Die Stimmung zwischen ihnen war immer noch angespannt, hatte sich aber seit dem Abend nach Charlottes Besuch etwas verbessert.

»Es wird … eine Erfahrung, so viel steht fest«, sagte sie, was Cassie zum Lächeln brachte. Als Emily ihr erklärt hatte, dass sie die Reise trotz allem antreten würde, hatte ihre Schwester ihre Sorge darüber geäußert, welche Auswirkungen eine solche Reise auf Emily haben könnte, und ihr geraten, sich von Camila fernzuhalten. Mit ihr nach Übersee zu fliegen, passte nicht dazu, aber Emily hatte ihr versichert, dass sie auf sich aufpassen würde.

»Du rufst mich an, wenn du was brauchst, ja?«

»Ja, Mom.«

Cassie wollte sie in die Seite piksen, doch Emily wich rasch zur Seite aus.

»Wirst du die paar Tage ohne mich überleben?«

»Gerade so«, erwiderte Cassie trocken.

»Und du wirst mich nicht vermissen?«

»Natürlich werde ich das.« Ihre Schwester bog auf den Haltestreifen ein und drehte sich dann zu Emily um. »Hab ganz viel Spaß und mach viele Fotos für mich.«

»Mache ich, versprochen.« Sie umarmte Cassie, so gut es in der Enge des Autos ging. »Ich sag dir Bescheid, wenn wir gelandet sind.«

Dann stieg sie aus, holte ihr Gepäck aus dem Kofferraum und ging in Richtung Terminal, bevor sie sich noch einmal umdrehte, um Cassie ein letztes Mal zuzuwinken. In ihrem Magen breitete sich ein aufgeregtes Kribbeln aus, als sie sich den Check-in-Schaltern näherte – sie wurde immer nervös, wenn sie fliegen musste. Richtige Flugangst hatte sie nicht, aber es war auch nicht ihre Lieblingsbeschäftigung. Und die Aussicht, acht Stunden in der Blechbüchse zu verbringen, machte ihr durchaus zu schaffen.

Der Sicherheitscheck verlief ohne Probleme und wenig später erreichte Emily ihr Gate, wo sie enttäuscht feststellen musste, dass Camila nirgends zu sehen war. Das blieb auch noch während des Boardings so.

Emily hatte auf ihrem bequemen Sitz in der ersten Klasse Platz genommen und blätterte durch eine der Zeitschriften, die hier auslagen. Bis jetzt fühlte sie sich entspannter als je zuvor in einem Flugzeug. Ein paar Minuten vor dem Start hörte sie endlich Camilas Stimme, die offenbar letzte Anweisungen per Telefon durchgab. Jessica folgte ihrer Arbeitgeberin dicht auf den Fersen.

»Emily!« Jaime riss sich von Camilas Hand los und krabbelte auf Emilys Schoß. »Hi.«

»Hey, Kumpel.« Er trug seinen Schlafanzug mit den Raumschiffen, hatte seinen Teddy im Arm und allein von seinem Anblick wurde ihr schon warm ums Herz. »Geht's dir gut?«

»Ja! Ich mag Flugzeuge.«

»Ach, wirklich?«

Jaime nickte und lehnte sich dann zum Fenster, um hinauszuschauen. Emily hielt ihn fest, damit er ihr nicht vom Schoß rutschte und Jessica ließ sich mit einem Seufzen auf den Sitz neben ihr fallen.

»Hey.«

»Hi. Wie schön, dass du es einrichten konntest – es ist schön, dieses Jahr noch jemanden dabei zu haben.«

Viel Zeit hatte Emily noch nicht mit Jessica verbracht, aber sie mochte die junge Frau und immerhin hatte sie ihr geholfen, diesen Job zu bekommen. Sie freute sich darauf, sie besser kennenzulernen. Irgendwann waren sie sogar zum Du übergegangen, einfach so.

»Fliegt sonst nur die Assistenz mit?«

»Ja, ich, Miss Evans, der junge Mann hier und das …« *Arschloch*, formte sie stumm mit den Lippen, damit Jaime sie nicht hörte.

Emily schnaubte. »Ich hoffe, dass der Spitzname nicht am Ende der Woche auf mich übergeht.«

»Solange du mir nicht in den Ausschnitt oder auf den Hintern starrst, wenn ich mich bücke, kommen wir wunderbar miteinander aus.«

»Das schaffe ich«, entgegnete Emily und entlockte Jessica damit ein Grinsen. Das schwand jedoch, als sie aufschaute, weil sie ebenso wie Emily bemerkte, dass Camila sie von ihrem Platz in der Reihe vor ihnen beobachtete. Offenbar war das Telefonat beendet. »Guten Morgen«, begrüßte Emily sie und verdiente sich damit ein schmales Lächeln.

»Guten Morgen. Jaime, komm, setz dich auf deinen Platz.«

»Ich will bei Emily bleiben.«

»Du kannst die nächsten acht Stunden mit ihr verbringen, wenn wir in der Luft sind, aber jetzt möchte ich dich gerne bei mir haben.«

Allzu viel protestierte er zum Glück nicht, als Emily ihn an seine Mutter zurückgab und jetzt, wo Emily die Hände wieder frei hatte, trommelte sie unruhig mit den Fingern auf ihrer Armlehne herum, während das Bordpersonal alles für den Abflug vorbereitete.

»Flugangst?«, erkundigte sich Jessica.

»Ich habe das Land noch nie verlassen«, gab Emily zu. »Oder länger als vier Stunden in einem Flugzeug verbracht.« Sie schaute sich in der ersten Klasse um. »Allerdings gibt es sicher schlechtere Plätze für den ersten Versuch.«

»Ja, ist schon ziemlich cool«, sagte Jessica. »Ich reise normalerweise in der Economy, von daher … ist das hier schon was Besonderes.«

Emily fragte sich, warum es dieses Mal anders war, aber letzten Endes war sie froh darüber, weil sie dadurch nicht allein mit Camila sein und sich von ihr ignorieren lassen musste.

»Wie lange arbeitest du denn schon für Camila?«, erkundigte sich Emily, als das Flugzeug langsam in Richtung Startbahn rollte. Ja, sie war verzweifelt auf der Suche nach Ablenkung – Start und Landung waren das Schlimmste am Fliegen für sie.

»Etwa achtzehn Monate«, antwortete Jessica. Das beeindruckte Emily, denn Camila kam ihr wie jemand vor, der seine Assistenten ziemlich schnell verschliss. »So schauen die Leute meistens, wenn ich das erzähle.« Jessica lachte leise und lehnte sich dann dichter zu Emily, damit Camila sie nicht hörte. »Aber so schlimm ist es gar nicht. Man lernt, ihre Stimmungen richtig zu deuten. Und es nicht persönlich zu nehmen, wenn sie einen anschreit.«

»Das habe ich bis jetzt noch nicht hinbekommen«, murmelte Emily mehr zu sich selbst als zu Jessica und diese tätschelte ihr mitfühlend die Hand.

»Das wird schon noch. Ich habe auch eine Weile gebraucht.«

Nachdem das Flugzeug in der Luft und die Anschnallzeichen erloschen waren, kletterte Jaime wieder auf Emilys Schoß und sie verbrachten die nächsten acht Stunden damit, Filme zu schauen, zu spielen und zu essen. Camila und Jessica nutzten die Flugzeit überwiegend zum Arbeiten.

Als der Pilot die baldige Landung ankündigte, machte Jaime gerade ein Nickerchen. Emily weckte ihn sanft und schickte ihn zu seiner Mutter zurück. Dann reckte sie den Hals, um aus dem Fenster zu schauen, und tatsächlich: Unter ihnen befand sich nicht mehr die endlose, blaue Weite des Ozeans, sondern Land.

Aus den grünen Wiesen und braunen Äckern wurden unzählige Gebäude und diesen Übergang liebte Emily – zumindest bis das Flugzeug die Nase gen Boden senkte. Angestrengt hielt sie Ausschau nach etwas, das sie von dem Sinkflug ablenkte.

Erleichtert atmete Emily schließlich auf, als sie sicher gelandet waren und das Flugzeug zu seinem Gate rollte. Obwohl sie nicht geschlafen hatte, war sie hellwach, als sie ausstiegen. Direkt beim Betreten der Zugangsbrücke erschauderte sie – die Luft war kälter, als sie erwartet hatte – und zog den Pullover ein wenig fester um sich, während sie zusammen mit den anderen ins Terminal ging.

Heathrow war einer der größten Flughäfen der Welt. Überall eilten Menschen von A nach B und schon bald befanden sie sich in einer Menge, die sich auf die Gepäckbänder zubewegte. Als sie schließlich ihre Koffer abgeholt und den Zoll passiert hatten, war es bereits acht Uhr abends.

Beim Verlassen des Terminals wurden sie von einem gut gekleideten Mann begrüßt, der ein Schild mit Camilas Namen hochhielt. Er war ihr Chauffeur für die Dauer ihres Aufenthalts. Die schwarze, elegante Limousine sah der, die Camila in New York nutzte, zum Verwechseln ähnlich.

London erstrahlte in einem bunten Lichtermeer und Emily schaute fasziniert aus dem Fenster. Als sie sich dem Herzen der Stadt näherten, wurde der Verkehr immer dichter, bis sie sich nur noch im Schneckentempo vorwärtsbewegten. Jaime lehnte schläfrig an Emily und Camila ging mit Jessica die Termine durch, die vor ihnen lagen. Jessica machte sich in erstaunlicher Geschwindigkeit fleißig Notizen.

Die Fahrt dauerte beinahe eine Stunde. Da Emily schon seit vier Uhr morgens New Yorker Zeit auf den Beinen war, spürte sie zunehmend die Erschöpfung in den Gliedern. Ihre Lider wurden immer schwerer, aber eine Weile musste sie sich noch wachhalten.

Im Hotel angekommen checkten sie ein und schleppten sich dann in Camilas Suite, wo Emily der Mund offen stehen blieb, als sie sah, wo sie die kommenden Tage verbringen würde. Das waren die elegantesten, schönsten Hotelzimmer, die sie je gesehen hatte. Im Prinzip war die Suite eine vollständig ausgestattete Wohnung, inklusive Küche, Essbereich und Wohnzimmer. Das zweite Schlafzimmer war beinahe so groß wie Emilys ganzes Apartment. Alle Möbel und Geräte wirkten derart hochwertig, dass sie sofort Angst hatte, irgendetwas anzufassen.

Jessica öffnete die Vorhänge der bodentiefen Fenster im Wohnzimmer. Die Gehwege und Brunnen im Hydepark waren allesamt beleuchtet und Emily war schon unheimlich gespannt, wie alles im Tageslicht aussah.

»Wunderschön, nicht wahr?«, fragte Jessica. »Ich gehe dann mal ins Bett – ich brauche sicher zehn Stunden Schlaf, wenn ich morgen fit sein will. Bis dann.«

»Schlaf gut!«, rief Emily ihr nach und dann war sie mit Camila und Jaime allein.

»Ich stecke Jaime noch eben in die Badewanne«, sagte Camila und unterdrückte dabei ein Gähnen. »Möchten Sie was beim Zimmerservice bestellen? Ich habe keine Energie mehr, irgendwo essen zu gehen.«

»Ich auch nicht«, gab Emily zu, woraufhin ihr Camila die Speisekarte reichte. »Was soll ich für Sie und Jaime bestellen?«

»Für mich einen Caesar Salad und für Jaime was auch immer er Ihrer Meinung nach essen wird.«

Emily nickte. Inzwischen wusste sie gut, was ihm schmeckte. Für ihn orderte sie Mac and Cheese, das sicher übertrieben angerichtet sein würde, Camila bekam ihren Salat und sie selbst einen Burger. Dann schleifte sie ihren Koffer in das zweite Schlafzimmer und packte ihre Sachen aus. Im Moment wünschte sie sich vor allem eine Dusche, weil sie sich nach der langen Reise ziemlich unwohl fühlte.

Zwanzig Minuten später traf ihr Essen ein und Emily eilte zur Tür, aber Camila kam ihr zuvor. Jaime saß schon mit feuchten Haaren im Schlafanzug am Tisch. Zufrieden aß er seine Nudeln.

»Okay, Jaime. Bei wem willst du heute Nacht schlafen?«, fragte Camila, nachdem sie alle fertig mit Essen waren.

»Bei Emily!«, kam es wie aus der Pistole geschossen zurück.

»Könnten Sie ihn ins Bett bringen, während ich schnell duschen gehe?«, fragte Emily und Camila nickte.

Schnell holte sie ihren Schlafanzug und verschwand damit im Bad. Als sie wieder herauskam, schlief Jaime bereits. Camila saß in einem Sessel neben dem Bett, das Buch noch auf den Knien, aus dem sie ihm vorgelesen hatte.

»Ist es wirklich in Ordnung, wenn er hier schläft?«, wollte sie von Emily wissen, die jedoch nur nickte, sich erhob und zum Gehen wandte. »Na schön, dann sehen wir uns morgen früh. Gute Nacht, Camila.«

Das Bett war riesig und Jaime verschwand beinahe darin, also machte Emily sich keine Sorgen darüber, ihn versehentlich zu wecken, als sie unter die Decke schlüpfte. Sie war todmüde und dachte gerade noch rechtzeitig daran, sich den Wecker ihres Handys zu stellen und es an das Ladegerät zu hängen, bevor sie einschlief.

Als Emily erwachte, fühlte sie sich ausgeruht, aber draußen war es noch immer dunkel. Die Uhr in einer Zimmerecke verriet ihr, dass es zwei Uhr morgens war und sie gerade einmal drei Stunden lang geschlafen hatte. Sie versuchte, wieder einzudösen, gab jedoch nach einer halben Stunde auf und rutschte vorsichtig aus dem Bett. Um Jaime nicht zu stören, schnappte sie sich ihr Handy und ging damit in das Wohnzimmer.

Dort legte sie sich auf die schwarze Ledercouch, die deutlich bequemer war als ihr eigenes Bett zu Hause, und schaltete den riesigen Fernseher ein. Den Ton drehte sie runter und schließlich blieb sie bei einer Quizshow hängen in der Hoffnung, bald wieder müde zu werden.

Allerdings war sie immer noch hellwach, als sie hörte, wie sich die Tür des Masterschlafzimmers öffnete. Camilas schwarzes Nachthemd bedeckte nur das obere Drittel ihrer Oberschenkel, ließ den Rest ihrer Beine jedoch frei. Würde sie sich umdrehen, konnte Emily mit Sicherheit einen guten Blick auf ihren Hintern werfen. Als Camila sie entdeckte, holte sie sich rasch ihren Morgenmantel, zog ihn über und schloss ihn, um sich zu bedecken.

»Habe ich Sie geweckt?«, fragte Emily zurückhaltend.

Camila schüttelte den Kopf und gesellte sich neben Emilys Füßen zu ihr auf die Couch. »Sie konnten auch nicht schlafen?« Auch Camila sprach leise, obwohl Jaime sie vermutlich nicht einmal bemerkt hätte, wenn sie sich anschreien würden.

»Doch, für etwa drei Stunden. Sie?«

»Auch so.« Camila lehnte sich nach hinten und schloss die Augen, was es Emily erlaubte, ihr Profil zu betrachten. Es juckte ihr ungemein in den Fingern, sie zu zeichnen. »Sie werden morgen sicher total fertig sein«, murmelte Camila, ohne die Augen zu öffnen.

»Ich bin nicht diejenige, die einen arbeitsreichen Tag vor sich hat.«

»Oh, dann muss ich Sie also morgen nicht dafür bezahlen, dass Sie auf Jaime aufpassen? Gut zu wissen.«

Emily hatte in letzter Zeit bemerkt, dass Camila sich deutlich offener gab und entspannte, wenn sie müde war, und gerade schrumpfte die Distanz zwischen ihnen wie schon lange nicht mehr.

»Sie wissen, was ich meine. Ich bin mir ziemlich sicher, dass ich Jaime auch hier in der Suite beschäftigen könnte, wenn ich mir was einfallen lasse – Sie dagegen müssen rausgehen und mit Menschen sprechen.«

»Ein lästiger Nebeneffekt, wenn man die Firmenchefin ist«, gab Camila zu. »Ich bin aber schon mit weniger Schlaf ausgekommen.«

»Haben Sie öfter Schlafprobleme?« Natürlich waren Emily die Ringe unter Camilas Augen aufgefallen, auch wenn sie sie sorgfältig mit Make-up überdeckte.

»Manchmal.« Camila öffnete die Augen und drehte den Kopf, um sie anzusehen, wobei sie eine Wange gegen die Rückenlehne der Couch drückte. »In letzter Zeit ist es schlimmer, seit … seit Chris weg ist.«

»Man gewöhnt sich nur schwer daran, wieder allein zu schlafen«, erwiderte Emily, schalt sich jedoch direkt auch für ihre Gedanken, weil sie sich sofort fragte, wann Camila wohl das letzte Mal mit jemandem das Bett geteilt hatte.

»Hm. Zum Glück brauche ich nicht viel Schlaf.«

»Sind Sie einer dieser Menschen, die der Meinung sind, dass Schlaf was für Schwächlinge ist?«

»Natürlich«, entgegnete Camila und Emily gestattete sich ein Lächeln. »Und Sie? Acht Stunden Flug waren nicht anstrengend genug, um Sie die Nacht in einem fremden Bett durchschlafen zu lassen?«

»Offensichtlich nicht.« Emily zuckte mit den Achseln, was Camila nur die Augenbrauen hochziehen ließ. Sie erwartete offenbar eine Antwort. »Das ist wohl ein Überbleibsel meiner Zeit als Pflegekind. Wenn man die erste Nacht in einer fremden Umgebung verbringt, muss man wachsam sein, weil man nie weiß, wer einem zu nahe kommt, während man schläft. Könnte eins der anderen Kinder sein oder der perverse Pflegevater …«

Camila starrte sie entsetzt an. »Es hat aber niemand … Sie wurden nie angefasst, oder?«

»Nein. Als meine Eltern gestorben sind, wusste ich schon, wie ich mich verteidigen kann.« Nachdem sie einer Person einen Schlag gegen die Kehle und einer weiteren ein blaues Auge verpasst hatte, um sich und die anderen Kinder zu schützen, hatten die Leute ihre Lektion gelernt und sie in Ruhe gelassen.

»Aber trotzdem …«

»Das war eine harte Zeit«, sagte Emily und verzog das Gesicht. »Aber hey, am Ende ist alles gut gegangen, auch wenn ich davon ein paar Macken bekommen habe. Morgen ist alles wieder in Ordnung.«

»Auch wenn Sie mit einem zappeligen Fünfjährigen in einem Bett schlafen?«

»Er ist viel ruhiger als Cassie in unseren Teenagerjahren, glauben Sie mir.« Ihre Schwester trat im Schlaf gerne mal um sich und manchmal waren die blauen Flecken davon tagelang nicht weggegangen. »Außerdem kann es gut sein, dass er morgen Nacht zu Ihnen wechselt.«

»Das bezweifle ich.« Camila erhob sich. »Ich mache heiße Schokolade. Möchten Sie auch eine?«

»Ja, gerne.«

»Wenn ich mich recht erinnere, müssten sich in dem Schrank ein paar Gesellschaftsspiele befinden.« Camila deutete mit dem Kopf in Richtung des Fernsehers. »Wenn Sie Lust haben, könnten wir uns damit die Zeit vertreiben.«

»Das wäre allemal besser als schlechte Fernsehsendungen und immer wieder durch die gleichen drei Apps auf meinem Handy zu scrollen«, stimmte Emily zu. Sie sah die vorhandenen Spiele durch und entschied sich für Scrabble, denn das mochte Camila und Monopoly – weil sie das definitiv eine Weile beschäftigen würde.

»Catan gibt es leider nicht«, erklärte sie, als Camila mit zwei Tassen voll dampfendem Kakao zurückkehrte, die sie auf dem Couchtisch abstellte. »Aber ich bin fündig geworden.«

»Ich habe einen Berg Schlagsahne auf ihre Schokolade gemacht«, erklärte Camila. »Und ich möchte anmerken, dass es extrem unfair ist, dass Sie in Top-Form sind, trotz der Kalorienzahl, die Sie jeden Tag in sich reinstopfen.«

»Ich habe einen guten Stoffwechsel«, erwiderte Emily schulterzuckend. »Und ich trainiere sie wieder ab.«

»Das sieht man«, sagte Camila so leise, dass Emily davon ausging, dass es nicht für ihre Ohren bestimmt war. Camilas Blick landete auf ihrem Bizeps, also spannte sie die Muskeln ein wenig an, während sie das Scrabble-Brett aufbaute. Oft passierte das nicht mehr.

Wie immer spielten sie beide, um zu gewinnen, daran änderte auch die Uhrzeit nichts. Als Camila schließlich verlor, starrte sie einen Moment lang das Spielbrett an, als könnte sie nicht fassen, was da gerade passiert war. Emily gönnte sich einen Moment der hämischen Freude, indem sie sich sogar fragte, ob Camilas Fähigkeiten langsam nachließen. Allerdings verlor sie dafür prompt in der nächsten Runde.

»Monopoly?«, schlug Camila anschließend vor und Emily stimmte zu. Rasch baute sie das Spiel auf. »Haben Sie irgendwelche komischen Regeln?«

»Nein«, erwiderte Emily und setzte sich auf den Boden, um alles bequemer erreichen zu können.

Nach etwa einer Stunde schwand ihre Energie rapide. Emily konnte die Augen kaum noch offen halten und Camila lag bereits seitlich auf der Couch, den Kopf auf eine Hand gestützt.

»Sollen wir für heute Schluss machen?«, wollte Emily wissen und war erleichtert, als Camila nickte.

»Wann müssen Sie aufstehen?«, erkundigte sie sich, nachdem sie das Spiel weggeräumt hatte.

»In etwa …« Camila schaute auf die Wanduhr. »… zwei Stunden. Ich sollte wohl wenigstens versuchen, mich noch mal hinzulegen.«

Sie brachte die Tassen zurück in die Küche, während Emily sich in ihr Schlafzimmer schleppte. In der Tür blieb sie jedoch stehen, weil Jaime es inzwischen geschafft hatte, sich trotz seiner geringen Größe über das ganze Bett auszubreiten, und es ihr schwerfallen würde, sich neben ihn zu legen, ohne ihn zu wecken. Kurzerhand holte sie sich eine Decke aus dem Schrank und kehrte zur Couch zurück.

»Was machen Sie denn?«, fragte Camila, die gerade aus der Küche kam, als sie sah, wie Emily es sich auf dem Sofa bequem machte.

»Ihr Sohn beansprucht das Bett für sich und ich will ihn nicht wecken, also schlafe ich einfach hier.«

»Das muss doch nicht sein.«

»Schon in Ordnung«, erwiderte Emily und winkte ab. »Außerdem ist die Couch bequemer als mein eigenes Bett zu Hause.« Hier konnte sie sich komplett ausstrecken, ohne dass ihre Füße gegen das Fußteil stießen.

»Ich …« Camila schaute auf sie runter und für einen Moment dachte Emily, dass sie sie auffordern würde, bei ihr zu schlafen. Doch dann schien Camila sich eines Besseren zu besinnen. »Wenn das für Sie okay ist …«

Doch Emily war bereits im Begriff einzudösen und murmelte nur noch: »Gute Nacht, Camila.« Diese löschte das Licht und ließ Emily in der Dunkelheit allein zurück.

Das war ein guter Abend gewesen – ein großartiger sogar. So wie vor dem Kuss, ohne jegliche Anspannung. Würde es hier in London anders werden? Als wäre es eine andere Welt, in der sie so tun konnte, als hätte es all die Vorfälle nicht gegeben? Im Moment fühlte sie sich so gut wie schon lange nicht mehr, und sie schlief mit einem Lächeln auf den Lippen und mit Camila in ihren Gedanken ein.

Kapitel 18

Camila fluchte innerlich, als ihr Wecker klingelte. Was hatte sie sich dabei gedacht, so lange aufzubleiben, nur um mehr Zeit mit Emily verbringen zu können? Es war wie in alten Zeiten gewesen. Die Mauern, die sie um sich errichtet hatte, fielen in dem Moment, als sie ihr Schlafzimmer verließ und Emily in ihrem flauschigen Schlafanzug mit Lama-Motiv auf der Couch vorgefunden hatte. Darin hätte sie lächerlich aussehen müssen, doch sie war stattdessen unglaublich niedlich.

Sie hätte sich umdrehen und wieder ins Bett gehen sollen, aber an Schlaf war nicht zu denken gewesen und sie sehnte sich nach Gesellschaft. Jetzt bereute sie das jedoch, als sie sich mit beiden Händen übers Gesicht rieb. Draußen war es noch dunkel. Müde schleppte sie sich aus dem Bett und unter die Dusche.

Emily schlief noch, weswegen Camila sich auf Zehenspitzen in die Küche schlich. Mit einer Tasse Kaffee setzte sie sich schließlich an den Esstisch und sah auf ihrem Tablet ihre E-Mails durch, als auf einmal ein sehr leises »Wie spät ist es?« von der Couch ertönte. Sie schaute auf und entdeckte eine verschlafene Emily, die über die Lehne hinweg zu ihr blickte.

»Halb acht.«

»Bah.«

Theatralisch ließ Emily sich wieder nach hinten fallen. Camila ging zu ihr rüber und musterte sie. Obwohl sie gerade erst aufgewacht war, war Emily im frühen Morgenlicht, das auf ihr Gesicht fiel, wunderschön.

»Gehen Sie ruhig in mein Schlafzimmer und ruhen Sie sich noch ein bisschen aus.«

»Nein, alles gut.«

Camila stupste sie an, bis sie die Augen wieder aufmachte. »Na los. Ich schicke Jaime zu Ihnen, um Sie zu wecken, bevor ich gehe.«

Dieses Mal protestierte Emily nicht und sie schaffte es sogar nach nebenan, ohne über ihre eigenen Füße zu stolpern. Camila ließ sie trotzdem nicht aus den Augen.

Als Emily weg war, machte sie sich einen Toast und trank ihren Kaffee aus. Um Punkt acht klopfte es an der Tür und davor stand Jessica, pünktlich wie immer. Sie sah deutlich wacher aus, als Camila sich fühlte, also war zumindest eine von ihnen im Vollbesitz ihrer geistigen Kräfte.

In einer halben Stunde mussten sie los, was gerade so ausreichte, um Jaime zu wecken, anzuziehen und ihm die Zähne zu putzen, bevor Camila ihn zu Emily schickte.

Emily wachte auf, weil sich ein Fünfjähriger auf ihren Brustkorb setzte. Sie brauchte einen Moment, um sich daran zu erinnern, wo sie war. Im Zimmer war es dunkel und die Bettwäsche roch nach Camila. Für Emilys Geschmack war Jaime *viel* zu wach, als er am Kragen ihres Schlafanzugs rumzupfte.

»Emily! Wach auf! Es ist Zeit für Dinos!«

»Wo bleiben denn deine Manieren, junger Mann?«, schalt Camila. Sie stand am Fußende des Bettes und sah deutlich besser aus, als Emily sich fühlte. Das war erstaunlich, wenn man bedachte, dass sie noch weniger Schlaf als Emily bekommen hatte.

»Es ist Zeit für Dinos, *bitte*.«

Emily drehte sich auf die Seite, sodass Jaime nun neben ihr anstatt auf ihr saß.

»Okay, Kumpel, gibt mir einen Moment zum Aufwachen und dann schauen wir mal, ob wir irgendwo Dinosaurier finden können.«

Der kletterte schließlich von der Matratze und Emily stand auf, um in ihr Zimmer zu gehen. Angezogen war sie in Rekordzeit und dann durchforstete sie die Küche nach etwas Essbarem für Jaime und sich, bevor sie ihn in seine Winterkleidung steckte. Mütze, Schal und Handschuhe passten ihm gar nicht in den Kram, aber er sah so niedlich darin aus, dass sein Gezappel es wert gewesen war.

Eigentlich befand sich das Natural History Museum nur etwa eine halbe Stunde zu Fuß von ihrem Hotel entfernt, aber Emily entschied sich für einen längeren Weg, der durch den Hydepark führte. Jaime jagte enthusiastisch Enten und Eichhörnchen nach, wovon sie zahllose Fotos schoss, die sie an Camila schickte. Den Nachmittag verbrachten sie dann im Science Museum. Die Zeit verging wie im Flug und während es langsam dunkel wurde, machten sie sich auf den Weg zurück zum Hotel – erneut durch den Park, um den Feierabendmassen zu entgehen.

Als sie die Suite betraten, war dort niemand zu sehen, aber die Küche war mit Vorräten bestückt worden. Ob Camila das wohl jedes Jahr veranlasste?

Oder gehörte das etwa zum Service? Gerade als sie die Schränke nach etwas Einfachem durchsuchte, das sie Jaime vorsetzen konnte, und gleichzeitig überlegte, ob sie es wohl wagen konnte, auswärts zu bestellen, vibrierte ihr Handy mit einer neuen Nachricht.

Ich brauche hier noch eine Weile. Bestellen Sie gerne beim Zimmerservice, wenn Sie hungrig sind, und sagen Sie Jaime bitte gute Nacht von mir.

Damit waren Emilys Wunschträume von einer fettigen Pizza verpufft. Stattdessen orderte sie Spaghetti für Jaime und das günstigste Steak auf der Karte für sich selbst. Wenig später wurde ihr Essen gebracht, das sie sich auf der Couch schmecken ließen, während sie dabei die *Eiskönigin* schauten.

»Bist du müde, Kumpel?«, fragte sie Jaime, der inzwischen mit dem Essen fertig war und sich gähnend die Augen rieb. Sie stellte ihren Teller auf dem Couchtisch ab, als er nickte. »Möchtest du ins Bett?«

»Ja.«

Emily badete ihn noch und las ihm dann im Bett eine Geschichte vor, bevor sie ins Wohnzimmer zurückkehrte. Wahrscheinlich würde sie auch nicht mehr lange durchhalten.

Gegen drei Uhr am Nachmittag hatte ihre Energie rapide abgenommen. Immer wieder war sie während einer Filmvorführung über die Entstehung des Universums weggenickt. Das war ganz schön peinlich, wenn man bedachte, wo sie ihre berufliche Zukunft sah. Aber zum Glück war es dunkel im Raum gewesen und so hatte niemand etwas bemerkt.

Jetzt war sie allerdings wieder hellwach und nicht einmal eine lange, heiße Dusche konnte ihr die nötige Bettschwere verschaffen. Es wurde spät und später, doch Camila war immer noch nicht zurück. Also schob Emily einen der Sessel vor eins der bodentiefen Fenster, holte sich ihren Skizzenblock und machte sie daran, die atemberaubende Aussicht zu zeichnen.

Der Park war gut beleuchtet, doch die Bäume schirmten etliche der Laternen ab und über ihrem Schatten zeigte sich die Skyline von London. Emily skizzierte die Wolkenkratzer so detailliert, wie sie konnte, weil sie das Bild für die Ewigkeit festhalten und ihren Besuch hier nie vergessen wollte.

Die Welt um sie herum versank, bis das Klicken des Türschlosses sie erschrocken auffahren ließ. Ein Blick auf die Uhr verriet ihr, dass sie bereits über eine Stunde hier saß und als sie sich bewegte, protestierten ihre verspannten Muskeln prompt.

»Bittest du mich nicht noch herein? Unser Gespräch ist noch nicht beendet«, ertönte die Stimme eines Mannes und in seinem Tonfall schwang eine gewisse Zweideutigkeit mit, die Emily einen unangenehmen Schauer über den Rücken jagte. Sollte sie sich lieber in ihr Zimmer schleichen, ohne Aufmerksamkeit zu erregen? Was jetzt folgte, wollte sie mit ziemlicher Sicherheit nicht mitbekommen.

»Na schön. Auf einen Drink«, antwortete Camila. Emily saß immer noch wie erstarrt in ihrem Sessel und spielte bereits mit dem Gedanken, über den Boden zur Schlafzimmertür zu robben, als sie das Klackern von Camilas Absätzen auf dem Boden hörte. »Allerdings nur, wenn du dich benimmst.«

»Wann habe ich das jemals getan?« Seine Worte waren zu vertraulich, zu privat und alles, woran Emily gerade denken konnte, war ein möglichst schneller Abgang.

Sie war bereits halb aufgestanden, als ihr Blick im warmen Licht der Beistelllampe plötzlich auf Camila fiel. Ihr Make-up war ein wenig verschmiert, ihre Haare ein zerzaust und obwohl sie nach dem langen Tag müde wirkte, war sie immer noch die schönste Frau, die Emily je gesehen hatte. *Dieses* Bild sollte sie für immer festhalten, nicht die Aussicht vor dem Fenster.

»Oh.« Camilas Begleiter tauchte hinter ihr auf. Sein attraktives Gesicht wurde von dunklem Haar umrahmt, durch das sich einige graue Strähnen zogen, und sein tadelloser Anzug deutete auf einen gewissen Wohlstand hin. »Mir war nicht bewusst, dass du Gäste hast.«

»Ja.« Camila riss sich von Emilys Blick los. »Das ist Emily, meine Nanny. Emily, das ist Patrick, der Geschäftsführer der Londoner CEBC-Niederlassung.«

Das erklärte die Vertrautheit zwischen ihnen – sie trafen sich vermutlich jedes Jahr. Emily fragte sich, ob Patrick wohl immer so viel flirtete oder ob es daran lag, dass Camila wieder Single war – und sie schämte sich dafür, dass sie sich die beiden sofort beim Abendessen vorstellte. Hatte er sie geküsst? Und hatte Camila es zugelassen, falls er es versucht hatte?

»Ah, natürlich, du hast deinen Sohn mitgebracht. Wie geht's dem Kleinen denn?«

Emily war sich ziemlich sicher, dass er sich nicht an Jaimes Namen erinnerte, sondern nur Punkte bei Camila sammeln wollte, indem er Interesse vortäuschte.

»Gut, danke. Ich bin mir sicher, dass er einen schönen Tag hatte.« Camila wandte sich an Emily. »Vielen Dank für die Fotos.«

Emily winkte verlegen ab. »Keine Ursache.«

Patrick musterte sie abfällig, als könnte er es nicht erwarten, dass sie endlich ging. Obwohl sie am liebsten geblieben wäre, nur um ihn zu ärgern, wollte sie eben auch nicht mitbekommen, wie er versuchte, Camila zu verführen.

»Ich, hm, lasse Sie dann mal alleine.«

»Das müssen Sie nicht«, hielt Camila sie auf und warf dabei einen Blick auf Emilys Skizzenblock. »Beenden Sie gerne noch Ihre Zeichnung.«

»Lass uns doch einfach unten an der Bar noch was trinken«, schlug Patrick vor und legte Camila eine Hand an die Taille, der sie sich jedoch sofort entzog.

»Ich bin sowieso ziemlich müde«, log Emily. Sie hätte in diesem Moment *alles* gesagt, um der Situation zu entkommen. Unter Camilas Blick knickte sie ein und wollte sich die beiden wirklich nicht länger zusammen anschauen. Patrick war perfekt für Camila – ähnlicher sozialer Status, ähnliches Alter; konnte ihr wahrscheinlich die Welt zu Füßen legen. In diesem Moment schwirrte Emily die Frage durch den Kopf, ob Camila sich wohl auch so gefühlt hatte, als an jenem Abend in der Bar diese Frau mit Emily geflirtet hatte.

Letztendlich ergriff Emily wortlos die Flucht, schlich sich erst in ihr Schlafzimmer und von da aus in das angrenzende Bad, wo sie sich mit dem Rücken gegen die geschlossene Tür lehnte und langsam zu Boden rutschte. Sie stützte den Kopf in die Hände und konnte die Bilder von dem, was gerade möglicherweise nebenan passierte, einfach nicht aus ihrem Kopf verbannen. Wieso kümmerte es sie überhaupt? Warum brannte der Schmerz noch immer in ihrer Brust, und weshalb konnte sie ihre Gefühle für Camila nicht einfach vergessen?

Die Zeit, die sie gestern Nacht miteinander verbracht hatten, war so schön gewesen; hatte sie einander wieder nähergebracht. Doch Emily wusste nicht, wie lange sie das Hin und Her noch ertragen konnte. Mal behandelte Camila sie mit eisiger Kälte, dann wiederum öffnete sie sich ihr und war so freundlich zu ihr. Emily wusste nicht, wie lange sie damit noch umgehen konnte.

Als sie sich endlich wieder bewegen konnte, war es schon fast Mitternacht. Noch immer war Emily nicht besonders müde, was sicher nicht gesund war, aber was sollte sie tun?

Sie schnappte sich ihre Decke und wollte wieder ihren Schlafplatz auf der Couch beziehen, blieb jedoch wie angewurzelt stehen, als sie Camila dort entdeckte, die mit ihrer Brille auf der Nase an ihrem Laptop arbeitete. Und zwar allein. Emily war so erleichtert, dass ihre Beine fast einknickten.

»Emily.« Camila wandte sich zu ihr um. Warum musste sie nur immer so unfassbar perfekt aussehen? »Ich dachte, Sie wären müde.«

»Oh. Hm, war ich auch, aber als ich mich hingelegt habe, war ich wieder hellwach. Sie wissen ja, wie das manchmal ist.«

»Hmhm.« Natürlich hatte Camila diese Lüge bereits durchschaut. Wahrscheinlich hatte sie auch den Schmerz in ihren Augen gesehen und kannte den Grund dafür. Emily senkte den Blick zu Boden und überlegte schon wieder, sich in ihr Zimmer zurückzuziehen.

»Was, hm …« Ihre Stimme klang heiser, also räusperte sich Emily und versuchte es noch einmal. »Was ist mit Ihnen? Wo ist Ihr … Freund?«

»Ich habe ihn weggeschickt.« Camila machte eine wegwerfende Handbewegung, als wäre Patrick nicht weiter wichtig. »Er war ein bisschen zu forsch für meinen Geschmack. Da ich keinen Ehemann mehr habe, schien er der Meinung zu sein, das Recht auf ein Date mit mir zu haben.«

»Männer sind schlimm.«

»Ein paar schon, ja«, stimmte Camila ihr zu. »Vielleicht sollte ich bei Frauen bleiben.«

Emily biss sich auf die Zunge, sagte aber nichts.

»Und nun muss ich noch etwas Arbeit nachholen.«

»Hört das denn jemals auf?«

»Nicht wirklich.« Camila sah müde aus, doch in ihren Augen stand ein waches Funkeln. Emily wusste, wie sehr sie ihre Arbeit liebte und daran würde sich niemals etwas ändern. »Wenn es Ihnen zu viel wird, neben Jaime zu schlafen, können Sie gerne mein Bett nehmen und ich bleibe auf der Couch oder lege mich nachher zu ihm.«

»O nein, ich vertreibe Sie sicher nicht aus Ihrem eigenen Bett.«

»Schon in Ordnung«, wiegelte Camila ab. »So wie es aussieht …« Sie schaute auf die Decke, die Emily im Arm hielt. »… sitze ich ja gerade auf Ihrem. Im Ernst, Emily, wenigstens eine von uns sollte es benutzen.«

Emily gab nach, weil sie sich nicht streiten wollte. Am liebsten hätte sie sich Camila geschnappt und sie mitgenommen. Doch sie wagte es nicht, sie zu fragen. Das hätte lediglich alles zwischen ihnen kaputt gemacht. Ganz gleich, wie die Antwort ausfiel.

Sie balancierten auf einem verdammt dünnen Seil über einem Abgrund, und ein falsches Wort würde wie ein kräftiger Windstoß den zerbrechlichen Frieden zwischen ihnen zerstören und sie in die Tiefe stürzen.

Dieses Risiko wollte Emily nicht eingehen – lieber verharrte sie in diesem schmerzhaften Zustand, als Camila endgültig zu verlieren. Deswegen ging sie ins Masterschlafzimmer und schlüpfte unter die Laken, die nach Camila rochen. Als sie endlich einschlief, träumte sie von schwarzen Nachthemden, heller Haut und grünen Augen.

Kapitel 19

Die Tage in London vergingen viel zu schnell. Emily und Jaime zogen gemeinsam durch die Stadt, besuchten historische Sehenswürdigkeiten und Touristenfallen, streiften durch dutzende Läden oder gingen einfach nur spazieren und ließen die Atmosphäre der Stadt auf sich wirken. An einem Tag vergnügten sie sich mit Eislaufen vor der Kulisse des Towers, wobei Emily sich ebenso stark an die Anfängerstütze in Form eines Pinguins klammern musste wie ihr Schützling.

Die Tage waren erfüllt von Wärme, Licht und Lachen. Emily und Camila spielten an einigen Abenden etwas miteinander oder saßen einfach nur zusammen auf der Couch. Sie verbrachten vertraute Stunden miteinander, wie es ihnen seit dem Kuss nicht mehr möglich gewesen war. Und in Emily wuchs der Wunsch, dass diese Reise niemals endete. Aber natürlich tat sie das irgendwann.

Am letzten Abend hatte Camila offenbar früher Feierabend gemacht und wartete bereits in der Suite auf sie, als Emily und Jaime zurückkehrten. Sie verkündete stolz, dass sie Tickets für eine Show im West End ergattert hatte.

Jessica lehnte höflich ab, da sie nach eigener Aussage vor dem Rückflug lieber früh ins Bett ging und einen Moment lang erwog Emily, es ihr gleichzutun, um Camila und Jaime einen Abend für sich zu gönnen. Doch Jaime schaute sie so hoffnungsvoll an, dass sie nicht nein sagen konnte – vor allem nicht, da sie sich ziemlich sicher war, einen ähnlichen Blick bei Camila gesehen zu haben.

Zum Abendessen gingen sie in ein feines Restaurant, wo sie in einer Nische weiter hinten im Gastraum platziert wurden, was die Illusion von Privatsphäre vermittelte. Das Licht war gedämpft und so wie sie sich am Tisch gegenübersaßen, fiel es Emily schwer, das Ganze nicht als Date zu betrachten – was es natürlich nicht war.

»Was haben Sie denn über die Feiertage vor, Emily?«, fragte Camila, nachdem sie ihre Bestellung aufgegeben hatten und Jaime angefangen hatte sich mit seinem Malbuch zu beschäftigen.

»Ich fahre nach Hause.« Sobald Emily aus London zurück war, würde sie zusammen mit Cassie und Maia nach Rockport fahren und sie plante, die fünfstündige Reise komplett durchzuschlafen. »Ich habe meine Familie schon länger nicht mehr gesehen, das wird also sicher nett.« Im letzten Jahr hatte Sarah die Feiertage bei Cassie und Maia verbracht, doch dieses Jahr wollte sie das Weihnachtsfest bei sich ausrichten. Emily freute sich auf die kleine Verschnaufpause von der Großstadt. »Wir fahren los, sobald ich wieder da bin.« Da Camila am Heiligabend nicht arbeitete und dieser auf einen Montag fiel, konnte Emily fünf Tage in Rockport verbringen, bevor sie zurück nach New York musste.

»Mit Ihrer Schwester und ihrer Freundin?«

»Ja. Was haben Sie und Jaime vor?«

»Nun, da wir alleine sind …« Camila strich ihrem Sohn durch die Haare. »… werden wir vermutlich in mein Ferienhaus in die Hamptons fahren und die Welt für ein paar Tage aussperren.«

»Sie haben ein Haus in den Hamptons?«

»Ja, etwa zwei Stunden außerhalb der Stadt. Wird sicher schön, eine Weile rauszukommen.«

Emily fragte sich, wann Camila sich wohl das letzte Mal Zeit genommen hatte, um sich richtig zu entspannen.

»Freust du dich schon auf Weihnachten, Jaime?«

»Ja, Geschenke!«

Ihr Essen wurde bald darauf serviert, und sie hatten genügend Zeit, langsam und genüsslich zu essen, bevor sie zum Theater gingen, das sich am Ende der Straße befand. Zu dieser Uhrzeit waren viele Menschen unterwegs und als Emily spürte, wie Camila nach ihrer Hand griff, um sie nicht in der Menge zu verlieren, blieb ihr vor Schreck beinahe das Herz stehen. Emily wehrte sich jedoch nicht dagegen, sondern betete nur, dass Camila ihren rasenden Puls nicht spüren konnte.

Sie hielten tatsächlich Händchen. Ja, wahrscheinlich nur, damit Emily nicht den Anschluss verlor, aber Camilas Finger waren warm, ihr Griff fest und sie berührte Emily zum ersten Mal seit wirklich langer Zeit. Allein das ließ ihre Haut gefühlt in Flammen aufgehen.

Als sie schließlich das Theater betraten, ließ Camila ihre Hand wieder los, was wohl auch besser so war, denn Emily sah sich nicht in der Lage, auch nur ein Wort hervorzubringen, solange sie einander berührten.

Ihre Sitzplätze befanden sich in einer Privatloge und Emily spähte über das Balkongeländer zu den Leuten im Parkett. In New York hatte sie außer einem Off-Broadway-Stück noch keine Shows und Musicals besucht, und das hier war eine ganz andere Atmosphäre. Immer wieder warf sie Jaime neben sich Seitenblicke zu, doch der Junge blieb während der kompletten Spielzeit ruhig auf seinem Platz sitzen und beobachtete das Geschehen auf der Bühne aufmerksam.

Am Ende erhob Emily sich zusammen mit den anderen Leuten für Standing Ovations. Camila beobachtete das amüsiert, was Emily aber nicht kümmerte. Sie war gerade einfach nur glücklich und zufrieden.

Beim Hinausgehen schob Emily ihre Hand wieder in Camilas, die sich daraufhin etwas versteifte. Als Emily ihre Finger zurückziehen wollte aus Angst, zu weit gegangen zu sein, hielt Camila sie jedoch fest und zog sie an der Hand mit sich.

Erst als sie den Wagen erreichten, der sie zurück zum Hotel bringen würde, ließ Emily ihre Hand wieder los. Sie hatte das Gefühl, zu schweben, und gönnte sich ein paar verstohlene Seitenblicke zu Camila, während Jaime zwischen ihnen gegen den Schlaf kämpfte.

Die Stimmung zwischen ihnen war heute Abend anders. Da lag ein Knistern in der Luft, unter dem sich Emilys Nackenhaare aufstellten. Ein winziger Funke würde genügen, um es zu entzünden.

Ihre Zeit in London war beinahe vorbei und das bedeutete, dass die Seifenblase demnächst platzen würde. Emily wusste noch nicht, wie sie miteinander umgehen würden, wenn sie wieder in New York waren. Aber sie wollte nicht, dass diese Nacht – und ihre Verheißungen – endete.

Zurück in ihrer Hotelsuite brachte Camila ihren Sohn direkt ins Bett. Emily wanderte eine Weile im Wohnzimmer umher, bis sie sich schließlich mit dem Rücken gegen die Couch lehnte. Sie war noch nicht bereit, ins Bett zu gehen.

»Noch eine letzte Runde Monopoly?«, fragte sie, als Camila zurückkehrte. »Alles oder nichts?«

»Das sagst du doch nur, weil du bisher jedes einzelne Spiel verloren hast.« In den letzten Tagen waren sie wieder zum Du übergegangen, was Emily auf die viele Zeit schob, die sie miteinander verbrachten. Camila blieb neben ihr stehen und stemmte eine Hand in die Hüfte. Sie hatte sich die Schuhe ausgezogen, wodurch sie nun zu Emily aufschauen musste. In ihren Augen lag eine Herausforderung, die zu ihrem vertraulichen Tonfall passte. Wenn Emily es jetzt wagen würde, sie zu küssen, würde Camila sicherlich den Kopf in den Nacken legen müssen und sie selbst sich ein ganzes Stück bücken, damit ihre Lippen sich trafen. Erst jetzt wurde ihr wirklich bewusst, wie groß der Größenunterschied zwischen ihnen war.

»Entschuldigung, aber ein paar habe ich schon gewonnen.«

»Zwei Spiele, Emily. Von etwa zwanzig.«

»Trotzdem habe ich gewonnen.«

Camilas leises Lachen klang heiser und der Laut ließ Emilys Mund trocken werden. All ihre anständigen Gedanken verabschiedeten sich sogleich.

»Okay, spielen wir«, entschied Camila. »Bau du das Brett auf, während ich mir was zu trinken hole. Willst du auch ein Glas Wein?«

»Nein danke.« Sie wollte ihre Sinne beisammenhalten, war aber überrascht, als Camila mit einem Glas Limonade für sich zurückkehrte. »Das ist aber kein Wein.«

»Ich wollte nicht allein trinken«, erklärte Camila schulterzuckend. Normalerweise hinderte sie das nicht, aber Emily ließ es auf sich beruhen und verteilte die Geldscheine.

Sie spielten bis spät in die Nacht hinein. Irgendwann hatten sie sich Sofakissen geschnappt, und es sich auf dem Boden vor dem Couchtisch bequem gemacht. Zum Aufgeben waren sie beide zu ehrgeizig, weswegen sie weitermachten, bis es eine klare Siegerin gab.

Grinsend nahm Emily Camila ihren letzten Geldschein ab und schwenkte ihn triumphierend.

»Keiner mag Angeber«, sagte Camila angesäuert.

»Schlechte Verliererinnen auch nicht«, gab Emily zurück, was ihr ein Augenrollen von Camila einbrachte.

Nachdem Emily das Spiel wieder zusammengepackt hatte, zögerte sie einen Moment, und als sie aufschaute, wandte Camila sich zum ersten Mal seit Langem nicht direkt ab.

Wie intensiv sich Camilas warmer Blick doch anfühlte. Emily schluckte hart, und ihr Herz hämmerte wie wild in ihrer Brust. Am liebsten hätte sie Camila gefragt, ob es morgen immer noch so sein würde und übermorgen und am Tag danach. Ob sie Spiele spielen und sich scherzhaft zanken würden, wenn sie der Alltag wieder einholte.

Doch die Worte wollten ihr nicht über die Lippen kommen, weil sie den Bann nicht brechen wollte – wenn sie Camila nur noch heute Nacht für sich hatte, würde sie das sicher nicht mit unnötigen Worten zerstören.

Camila blinzelte zuerst, sah aber aus, als wäre sie nicht ganz bei sich, als sie sich räusperte und dann auf die Beine kam. Sie trat näher an Emily heran, um das Sofakissen aufzuheben. Emily rührte sich immer noch nicht, woraufhin Camila ihr eine Hand anbot und sie auf die Füße zog, als sie sie ergriff. Der Ruck war stärker, als Emily erwartet hatte, wodurch sie nach vorne stolperte und sich an Camila festhalten musste, um nicht das Gleichgewicht zu verlieren.

Sie spürte Camilas Hüftknochen unter ihrer Handfläche und verstärkte automatisch ihren Griff, was Camila ein leises Keuchen entlockte. Gerade waren sie sich so nah, wie noch nie zuvor, Brust an Brust, und Camilas Atem strich warm über Emilys Hals.

Sie *wusste*, dass sie zurückweichen und ins Schlafzimmer gehen sollte, aber sie schaffte es einfach nicht. Camila war zu verführerisch. Weder konnte Emily den Blick abwenden, noch konnte sie sich bewegen – sie stand regungslos da und ihre Glieder versagten ihr den Dienst.

Sie wollte sich nicht einmal rühren, weil sich dieser Moment so anders anfühlte als alles, was sie zuvor geteilt hatten. Wenn das das einzige Mal war, dass Camila ihr eine Chance gab, würde Emily diese sicher nicht ungenutzt verstreichen lassen.

Später konnte sie nicht mehr sagen, wer angefangen hatte, doch plötzlich küssten sie sich. Camilas warme Lippen pressten sich sehnsüchtig auf Emilys, und ihre Zunge wagte sich frech nach vorn. Emily hatte das Gefühl, gestorben und im Paradies gelandet zu sein.

Stöhnend schob sie eine Hand in Camilas Haare und vertiefte den Kuss. So oft hatte Emily sich das schon erträumt, aber die Realität war *so*, *so* unendlich viel besser. Mit der freien Hand strich sie über Camilas Taille nach unten und zog sie an der Hüfte dichter zu sich, während sie sich nach hinten auf die Couch sinken ließ. Camila kniete sich über sie, um sich auf ihren Schoß zu setzen. Emily streichelte über Camilas Oberschenkel und schob den Rock ihres Kleids ein wenig nach oben, um mehr Zugang zu nackter Haut zu bekommen. Camila ächzte leise und *verdammt* … Emily hatte das Gefühl, dass sie gleich in Flammen aufgehen würde, so intensiv tanzten kleine Funken über ihre Haut, dort, wo Camilas und ihr Körper sich berührten.

Irgendwo in einiger Entfernung klingelte ein Telefon, anhaltend und nervtötend, und Emily entwich ein unwilliger Laut, als Camila sich von ihr löste. Zumindest bis sie das dunkle, gefährliche Verlangen in ihren Augen sah.

Doch dann schien Camila aus ihrer Trance aufzuwachen; schien zu bemerken, wo sie sich gerade befand und was sie hier machte. Sie schaute auf Emilys vom Küssen geschwollene Lippen, auf ihre Hände auf ihren Oberschenkeln und plötzlich veränderte sich ihre komplette Haltung. Sie presste die Lippen zu einem schmalen Strich zusammen und versteifte sich. Emily spürte, wie sie ihr entglitt, sich wieder hinter ihre Mauern zurückzog und dann war der Moment vorbei; der Traum zu Ende geträumt.

»Camila, ich …« Emily wollte das Ganze retten, es besser machen, auch wenn sie eigentlich keine Ahnung hatte, was sie sagen oder tun sollte.

Camila löste sich aus Emilys Armen, glitt von ihrem Schoß und stand auf. Dabei geriet sie prompt ins Straucheln, doch als Emily nach ihrem Handgelenk griff, um ihr zu helfen, riss Camila den Arm weg, als hätte sie sich verbrannt. Sofort füllten sich Emilys Augen mit Tränen.

»Emily, das … das darf nicht noch einmal passieren«, erklärte Camila mit zitternder Stimme, doch ihr Blick war entschlossen.

Am liebsten wäre Emily in der Couch versunken. Warum war sie nicht einfach vorhin zusammen mit Jaime ins Bett gegangen? Es passierte schon wieder – Camila entfernte sich, und dieses Mal wusste Emily nicht, wie sie das überstehen sollte.

»Warum nicht?«, flüsterte sie. Eigentlich hatte sie das gar nicht sagen wollen, aber nun war es raus.

Camila starrte sie an, als würde sie sie zum ersten Mal sehen, und Emily hatte keine Ahnung, was ihr gerade durch den Kopf ging oder was sie selbst in diesem Moment ausstrahlte.

»Weil es ein Fehler war.« Jetzt klang Camilas Stimme fester und ihre Kiefermuskulatur trat sichtbar hervor. Wenn es vorher noch eine Chance gegeben hatte, den Moment zu retten, war diese jetzt in tausend Scherben zerbrochen. »Ich bin nicht … auf diese Art an dir interessiert.«

»Du hast den Kuss erwidert.« Emily war zu leise, zu schwach, um Camilas Stärke etwas entgegenzusetzen. Sie kämpfte auf verlorenem Posten, war aber noch nicht bereit, endgültig aufzugeben; sie hielt trotzig die Stellung.

»Das war … nur ein kleiner Fehltritt.«

Camilas Worte schmerzten, durchdrangen ihre Haut bis tief in ihr Herz, das in winzige Stücke zersprang. Wie hatte sie nur so unfassbar dumm sein können, und einen zweiten Kuss zulassen können? Alles, was ihr wichtig war, rann ihr gerade durch die Finger wie Sand.

»Und es wird nicht noch einmal passieren.«

Sie wollte daran glauben, dass Camila dieses Versprechen nicht einhalten konnte. Sie wollte weiterkämpfen, doch ihre Hoffnung zerbrach in diesem Moment ebenso wie ihr Herz. Irgendwie gelang es Camila, vollkommen unbeteiligt zu wirken, als sie sich ihr Kleid glatt strich. Niedergeschlagen sackte Emily ins Polster der Couch zurück.

»Okay.« Ihre eigene Stimme schien von weit her zu kommen und wenn Camila noch etwas darauf erwiderte, bekam Emily es nicht mehr mit. Als sie das nächste Mal aufschaute, war Camila verschwunden; vermutlich war sie zurück in die Sicherheit ihres Schlafzimmers geflüchtet.

Tränen rannen über Emilys Wangen, die sie zwar hastig wegwischte, aber sie wollten einfach nicht versiegen. Sie hätte sich nie auf diesen Job bewerben und ihn nie annehmen dürfen, weil sie schon beim Vorstellungsgespräch gewusst hatte, wie gefährlich das werden konnte. Und nun saß sie hier, unendlich weit von zu Hause entfernt, und weinte sich die Augen aus. So allein hatte sie sich schon sehr, sehr lange nicht mehr gefühlt.

Wenigstens wusste sie jetzt ein für alle Mal, wo sie stand. Camila wollte sie nicht, hatte es auch nie. Nun, da Emily das verinnerlichte, konnte sie vielleicht auch darüber hinwegkommen. Doch das würde sicherlich nicht leicht werden. Jetzt musste sie erst einmal einen Weg finden, Camila in die Augen zu sehen, ohne dass es ihr das Herz zerriss.

Camila schloss die Tür hinter sich und lehnte sich dagegen, eine Hand in ihren Haaren vergraben. Sie wollte schreien.

Während der ganzen Woche hatte sie es nicht geschafft, die Distanz zu Emily zu wahren; sie hatte ihre Nähe zu sehr genossen und sie *wieder* an sich herangelassen. Hatte sie glauben lassen, eine reelle Chance zu haben … und jetzt stand sie vor einem Scherbenhaufen. In dem Moment, da sich ihre Lippen berührten, hatte Camila die Kontrolle verloren. Beim ersten Mal war der Kuss noch flüchtig und keusch gewesen, doch dieses Mal hatte Emily ihren Mund leidenschaftlich und nachdrücklich erobert. Das Feuer in Camila war entzündet worden und sie hegte Zweifel, ob sie es je wieder ganz löschen konnte.

Emily hatte sie geküsst und Camila hatte es erwidert, weil sie genau das schon die ganze Woche über hatte tun wollen. Erst das klingelnde Telefon hatte sie in die Realität zurückgeholt. Vorher war es schon schwer gewesen, Emily von sich zu stoßen, aber jetzt war es reinste Folter.

Es wäre so einfach, das rückgängig zu machen. Camila hätte spielend leicht zurück ins Wohnzimmer gehen können, wo Emily noch auf der Couch saß, sie in eine innige Umarmung ziehen und voller Verlangen küssen können.

Aber es war nicht von Dauer, das wusste sie. Keine ihrer Beziehungen war das gewesen und dieses Mal gab es noch zusätzliche Hürden – Emilys Alter, ihr Angestelltenverhältnis. Es sollte so viel leichter sein, diese Sache zu beenden, bevor sie überhaupt begonnen hatte – doch das war es nicht. Nicht mit der Erinnerung an Emilys Lippen an ihren; ihrem Stöhnen, das in Camilas Kopf widerhallte. Und als sie die Augen schloss, sah sie wieder Emilys verletzten Gesichtsausdruck vor sich.

Ihre Entscheidung wäre beinahe ins Wanken geraten, als sie das Schluchzen aus dem Wohnzimmer hörte. Die Laute gingen ihr durch Mark und Bein, aber Camila löste sich nur von der Tür, damit sie es nicht mehr hören musste.

Sie redete sich ein, dass es so besser sei, während sie sich mit ruckartigen Bewegungen das Kleid auszog, das jetzt nach Emily roch und immer noch an den Stellen zerknittert war, an denen ihre Hände gelegen hatten.

Obwohl sie wusste, dass sie kein Auge zubekommen würde, kroch Camila unter die Bettdecke. An Schlaf war nicht zu denken, da sie wusste, dass es Emily nicht gut ging und ihr selbst ebenso wenig. Sie konnte sich nicht erinnern, wann sie das letzte Mal geweint hatte, aber gerade stand sie kurz davor. Ihre Augen brannten und als die Tränen ihr schließlich über die Wangen rannen, wehrte sie sich nicht dagegen.

Wie lächerlich es doch war, Liebeskummer wegen einer Frau zu haben, die halb so alt war wie sie selbst. Wie hatte Emily nur einen Weg in ihr Herz gefunden? Solchen Schmerz hatte sie noch nie empfunden, nicht einmal als Chris sie für eine andere Frau verlassen hatte. Das war wohl ohnehin unausweichlich gewesen, ebenso wie die Scheidungen vor ihm. Camila hatte immer gemerkt, wenn ihre Partner sich ihr entfremdeten, hatte gewusst, dass das Ende der Beziehung bevorstand, aber das hier …

Emily hatte ihr komplettes Leben auf den Kopf gestellt, bis die Wände, die ihr Herz einschlossen, zerbröckelt und zerfallen waren. Nun blieb nur eine Leere zurück, die scheinbar nichts füllen konnte. Lediglich Emilys Entlassung würde ihr vielleicht die Möglichkeit geben, zu ihrem alten Ich zurückzufinden. Es war die beste und die einzige Lösung.

Camila setzte sich zum ersten Mal ernsthaft mit den Konsequenzen auseinander, die das mit sich bringen würde – es würde Jaime verletzen und wahrscheinlich würde er für eine Weile unfassbar wütend auf sie sein. Doch es hätte auch zur Folge, dass Emily endlich aus ihrem Leben verschwand und sie wieder zur Normalität zurückkehren konnte. Natürlich würden Narben zurückbleiben, aber sie mussten sich nicht mehr jeden Tag sehen; sich nicht länger dieser Folter aussetzen. Mit etwas Abstand würde Emily sicherlich darüber hinwegkommen und ihr Leben weiterleben können. Was Camila vielleicht nicht schaffte.

Aber sie brachte es nicht über sich – sie wollte Emily nicht noch mehr verletzen; wollte ihr das Messer nicht noch tiefer in die Brust stoßen. Also musste sie sich wieder in Zurückhaltung üben. Aber dieses Mal durfte sie sich keine Ausrutscher erlauben, und sie würde Emily auch nie wieder ermutigen. Stattdessen würde sie sie behandeln wie all ihre anderen Angestellten: Als sei sie ihr egal.

Aber das war die reinste Lüge; sie war ihr ganz und gar nicht egal. Sie bedeutete ihr so viel, dass Camila kaum atmen konnte, auch wenn sie nicht wusste, wie es dazu gekommen war. Wie war es Emily gelungen, in dieser grausamen, gnadenlosen Welt so besonders und perfekt zu bleiben?

Wenn sie Emily auf Abstand hielt, überstanden sie das vielleicht beide. Zumindest für Emily gab es noch Hoffnung. Für sie selbst war es vielleicht schon zu spät.

Camila hatte sich verliebt, wann auch immer das geschehen war. Doch sie konnte diese Liebe nicht länger leugnen. Und nichts würde je mehr so sein, wie es gewesen war.

Kapitel 20

Emily lag die ganze Nacht lang wach. Sie blieb auf der Couch sitzen, zog sich nicht um und wickelte sich nicht mal in die Decke. Sie lag einfach nur da, während ihre Welt um sie herum in Trümmer zerfiel, und versprach sich, dass sie sich am Morgen wieder zusammenreißen würde. Sie musste nur genug funktionieren, um nach Hause zu kommen und Camila dabei nicht merken zu lassen, wie schlecht es ihr ging. Als die ersten Sonnenstrahlen schließlich durch die Fenster drangen, lag sie immer noch da und starrte ins Leere.

Eigentlich hatte sie sich um neun Uhr mit Jessica treffen wollen, um gemeinsam zum Flughafen zu fahren. Aber als Emily um acht Uhr noch keine Regung aus Jaimes Zimmer hörte, musste sie sich aufraffen und dafür sorgen, dass er abmarschbereit war.

Das stellte eine willkommene Ablenkung dar und sie nutzte die Gelegenheit, um sich umzuziehen, bevor sie ihn weckte. Wahrscheinlich sah sie ungeschminkt aus wie der lebende Tod. Aber das war ihr egal, sie würde acht Stunden in einem Flugzeug verbringen – wen kümmerte es da, wie sie aussah.

Sie zwang sich dazu, sich Jaime gegenüber so normal wie möglich zu verhalten, zog ihn an, machte ihm Frühstück und packte ihre Sachen zusammen. Gerade als sie nachsehen wollte, ob Camila wach war, öffnete sich deren Schlafzimmertür. Punkt 08:59 Uhr.

Einen Moment später erschien Camila mit ihrem Rollkoffer im Wohnbereich. Sie begrüßte ihren Sohn und fragte ihn, ob er fertig war. Emily würdigte sie keines Blickes.

Jessica wartete bereits in der Lobby auf sie, also checkten sie aus und stiegen dann in den Wagen, der schon vor der Tür bereitstand. Das Schweigen war erdrückend, aber Emily wusste auch nicht, wie sie es brechen sollte.

»Ist, hm …« Jessica schaute nervös zwischen Emily, die den Blick stur aus dem Fenster gerichtet hielt, und Camila, die auf ihrem Handy herumtippte, hin und her. »Ist alles in Ordnung?«

»Bestens«, gab Camila zurück und ihr Tonfall erstickte alle weiteren Fragen im Keim. Emily spürte Jessicas Blicke auf sich, reagierte jedoch nicht darauf, weil sie nicht sicher war, wie gut ihre Fassade halten würde, wenn Jessica weiter nachhakte.

Auf den Straßen herrschte überraschend wenig Verkehr und so dauerte die Fahrt nicht ganz so lange wie bei ihrer Ankunft. Nach dem Sicherheitscheck verschwand Camila mit Jaime im Schlepptau in die Lounge der ersten Klasse, was Emily ein wenig aufatmen ließ.

»Emily?« Jessica berührte sie sacht am Arm. »Was ist los?«

»Nichts. Alles gut.« Doch es war überhaupt nichts gut und sie wusste, dass man ihr das auch anmerkte. Sie hatte den ganzen Vormittag kaum ein Wort gesprochen, sah aus, als hätte sie nicht geschlafen, und hatte nicht einmal versucht, das zu überschminken. Und ganz sicher würde sie dieses Gespräch nicht vor dem Duty-free-Shop führen, während um sie herum Fluggäste durch die Gegend eilten.

»Emily …«

»Ich habe doch gesagt: alles gut. Wird schon wieder«, fügte sie dann jedoch hinzu, um nicht zu lügen. Zumindest hoffte sie, dass sie Camila eines Tages wieder anschauen konnte, ohne sofort in Tränen ausbrechen zu wollen.

Sie wandte sich um und marschierte in Richtung ihres Gates. Jessica blieb ihr dicht auf den Fersen und spätestens als sie im Wartebereich nebeneinandersaßen, löste sich Emilys Hoffnung in Luft auf, dass sie das Thema auf sich beruhen lassen würde.

»Ist irgendwas … Ist gestern Nacht irgendwas passiert, während ihr weg wart?«

»Wie kommst du darauf?«

»Komm schon, Emily, ich bin doch nicht dumm. Ihr wart beide gestern noch so vertraut, und jetzt könnt ihr euch kaum noch anschauen. Und ich … Ich habe gemerkt, wie du sie manchmal ansiehst und wie sie in deiner Gegenwart auftaut. Deswegen bin ich gestern auch nicht mitgekommen – ich wollte nicht das fünfte Rad am Wagen sein.«

»Ich wünschte, das hättest du nicht gemacht«, sagte Emily frustriert. »Vielleicht hätte *mich* das vor einer immensen Dummheit bewahrt.«

Sie wusste jedoch, dass es so oder so irgendwann passiert wäre – sie hätte Camila irgendwann wieder geküsst. Aber dann wäre sie zumindest in vertrauter Umgebung gewesen und hätte nicht einen Acht-Stunden-Flug vor sich gehabt.

»Wir kennen uns nicht besonders gut, aber du wirkst nicht wie jemand, der Dummheiten begeht.«

»Reicht ja, dass ich mir dumm vorkomme«, erwiderte Emily seufzend, fuhr sich mit den Fingern durch die ungekämmten Haare und lehnte sich auf ihrem Sitz zurück. »Ich hab's versaut und jetzt ignoriert sie mich komplett.«

»Sie kriegt sich schon wieder ein«, sagte Jessica ermutigend. Wie gern hätte Emily ihr das geglaubt. Immerhin kannte sie Camila besser als die meisten anderen Leute, weil sie so viele Stunden täglich an ihrer Seite verbrachte.

»Und was, wenn nicht?«

Darauf hatte Jessica auch keine Antwort, aber sie blieb bei Emily und versuchte, sie mit einem reichlich einseitigen Gespräch abzulenken, während sie warteten. Emily war ihr dankbar dafür und ein bisschen gerührt, dass Jessica sich überhaupt Mühe gab.

Erneut gingen Camila und Jaime erst in letzter Minute an Bord der Maschine und noch immer ignorierte Camila sie, als sie in der Reihe vor Emily und Jessica Platz nahmen. Jaime rief ihren Namen und versuchte, sich aus Camilas Griff zu befreien. Emily hätte es nicht gewundert, wenn Camila versucht hätte, andere Sitze zu bekommen.

Nachdem sie in der Luft waren, setzte Jaime sich zu ihr, und das lenkte sie ein wenig ab. Erst wollte er ein Buch lesen, dann schaute er ein paar Zeichentrickfilme und als er sich schließlich dem Malen zuwandte, zeichnete Emily für ihn, worum er sie bat, bevor sie ihm den Skizzenblock reichte.

Als er jedoch zum Schlafen auf seinen eigenen Platz zurückkehrte, wurde Emily unruhig. Ihre Gedanken kreisten um die Erinnerung an Camilas Haut unter ihren Fingerspitzen, Camilas Mund auf ihrem, den kühlen Ausdruck in ihren Augen, als sie verkündet hatte, dass das nie wieder passieren würde. Verzweifelt versuchte Emily, ein wenig zu schlafen, doch das gelang ihr nicht. Auch konnte sie sich weder auf ein Buch noch einen Film konzentrieren, also nahm sie ihren eigenen Skizzenblock aus ihrer Tasche und schlug eine leere Seite auf.

Ein Blick aus dem Fenster brachte ihr auch nicht die erhoffte Inspiration, weil sich unter ihnen der Ozean erstreckte und er das auch noch für eine Weile tun würde. Also scrollte sie stattdessen durch die Fotos, die sie während der letzten Tage gemacht hatte, bis sie eins fand, das sie als Vorlage nutzen wollte.

Sie hatte einige Bilder gemacht, als sie mit Jaime das London Eye, ein gigantisches Riesenrad am Südufer der Themse, besucht hatte. Dutzende von Bildern zeigten die Sehenswürdigkeiten der Stadt – den Big Ben, die Westminster Abbey, den Buckingham Palace, die St.-Pauls-Kathedrale. Emily legte das Handy weg und machte sich ans Werk.

Sie konzentrierte sich so sehr auf das Zeichnen wie schon lange nicht mehr. Über den Block gebeugt verlor sie sich in dem Kratzen des Bleistifts übers Papier. Als sie schließlich fertig war, lehnte sie sich zurück und streckte sich ausgiebig. Jessica stieß neben ihr einen anerkennenden Pfiff aus und betrachtete die Zeichnung beinahe ehrfürchtig.

»Wow, du bist wirklich gut.«

»Ist ganz okay«, erwiderte Emily und betrachtete das Bild kritisch.

»Machst du Witze?«, wollte Jessica mit hochgezogenen Augenbrauen wissen. »Emily, das ist fantastisch.«

»Danke.« Hitze stieg ihr in die Wangen, weil sie so viel Lob nicht gewöhnt war. Sie schlug eine frische Seite auf und kaute auf dem Ende ihres Bleistifts herum, während sie darüber nachdachte, was sie als Nächstes festhalten sollte. Letztendlich entschied sie sich dafür, ihrer Kreativität freien Lauf zu lassen und einfach zu zeichnen, was ihr in den Sinn kann. Als sie jedoch merkte, dass die Augen, die sie anfing zu zeichnen, die Form und den Ausdruck von Camilas hatten, schlug sie den Block hastig wieder zu. Ihre Inspiration löste sich in Luft auf.

Also packte sie ihren Laptop aus und verlor sich in einer Endlosschleife aus YouTube-Videos, bis sie dabei eindöste. Eine Weile später erwachte sie wieder und entdeckte Jaime, der neben ihr auf Jessicas Schoß saß. Als er mitbekam, dass Emily die Augen geöffnet hatte, kletterte er über die Armlehne und schlang seine Arme um ihren Nacken. Emily erwiderte die Umarmung und drückte Jaime fest an sich.

»Wofür ist das?«, fragte sie, als er sie nicht losließ, sondern seinen Griff nur noch verstärkte.

»Du siehst traurig aus.« Seine Stimme zitterte ein wenig und es brach Emily das Herz, dass er tatsächlich versuchte, sie zu trösten. Sie biss sich auf die Unterlippe, um nicht zu weinen.

»Mir geht's gut, Kumpel«, flüsterte sie in sein Ohr und er lehnte sich ein bisschen nach hinten, um sie ansehen zu können.

»Du und meine Mom, streitet ihr wieder?«

Was sollte sie darauf antworten? Wie sollte sie ihm die Situation erklären, damit er sie verstand?

»Ich … Deine Mom ärgert sich gerade ein bisschen über mich«, erwiderte sie schließlich sehr vorsichtig.

»Hast du dich entschuldigt? Wenn sie böse auf mich ist, sage ich, dass es mir leidtut und dann ist es wieder gut.«

»Ich fürchte, dass es damit nicht getan ist, Kumpel.« Wie sehr Emily sich auch wünschte, dass es so einfach war, es würde weit mehr als einer Entschuldigung bedürfen, um die Kluft zwischen ihnen überwinden zu können.

Allerdings sah Emily auch nicht unbedingt einen Grund für eine Entschuldigung. Camila hatte den Kuss erwidert, er war vielleicht sogar von ihr ausgegangen – oder vielleicht von ihnen beiden. Daran erinnerte sie sich nicht. Wo die Reise ab jetzt hingehen würde, konnte sie im Moment noch nicht abschätzen, aber sie war froh, dass sie ein paar Tage hatte, um den Kopf freizubekommen.

Als das Zeichen zum Anschnallen wieder aufleuchtete, kehrte Jaime zu seinem Platz an Camilas Seite zurück.

Emily war erleichtert, wieder festen Boden unter den Füßen zu spüren. Vor allem aber freute sie sich, wieder zu Hause zu sein. Sie musste nur noch ein bisschen länger durchhalten. Durch die Zeitverschiebung zwischen London und New York war es bei der Landung erst früher Nachmittag. Müde schleppte Emily sich durch die Einreiseabfertigung und war froh, dass Camila von Jessica mit Fragen zur Arbeit beschäftigt wurde.

Mit ihren Koffern beladen verließen sie das Flughafengebäude und trafen davor Camilas Fahrer, der sie, Jaime und Jessica in die Stadt bringen würde. In einiger Entfernung entdeckte Emily ihre Schwester und Maia, denen sie zuwinkte, bevor sie vor Jaime in die Hocke ging.

»Frohe Weihnachten, Kumpel.« Der Kleine umarmte sie fest, als wollte er nicht, dass sie ging. »Wir sehen uns bald wieder.«

»Ich werde dich vermissen.«

»Ich dich auch.« Emily drückte ihn noch einmal an sich, bevor sie wieder aufstand. »Schöne Feiertage, Jessica.«

»Dir auch.« Jessica nahm sie kurz in die Arme, um ihr ins Ohr zu flüstern: »Ich hoffe, dass es dir bald wieder besser geht.«

Camila konzentrierte sich noch immer auf ihr Handy. Emily zwang sich zu einem »Dann sehen wir uns nächste Woche, Miss Evans«. Sie stockte, da sie nicht wusste, ob sie sich bedanken sollte, weil Camila für die Reise bezahlt hatte, was sie wirklich zu schätzen wusste. Zugleich wünschte sie jedoch, sie wäre nie mitgekommen, weil die Stimmung dann nicht so angespannt zwischen ihnen wäre.

Als Camila nicht reagierte, wandte Emily sich zum Gehen.

»Emily.«

Sie blieb wie angewurzelt stehen und drehte sich noch einmal um, doch Camila schaute weiterhin auf ihr Handydisplay. Emily vermutete, dass es ausgeschaltet war und nur als Mittel zum Zweck diente.

»Kommen Sie erst am zweiten Januar wieder zur Arbeit. Sie haben sich eine Pause verdient.«

Januar kam ihr so unendlich weit weg vor. »Was ist mit Jaime?«, fragte sie panisch, wofür sie sich direkt in den Hintern hätte treten können. Und Camila gleich mit, weil sie so gelassen aussah, während Emilys Herz gerade in unzählige Stücke zersprang. Camila schien das alles vollkommen egal zu sein.

»Er kann mich ins Büro begleiten oder Zeit mit seinem Vater verbringen«, entgegnete Camila ruhig. »Ihre Familie wird sich sicher freuen.« Jetzt endlich hob Camila den Blick, doch er war ausdruckslos, ebenso wie ihr Gesichtsausdruck. Emily wollte nur noch weinen. Warum war sie die Einzige, die das Gefühl hatte, als würde die Welt untergehen? Das war doch nicht *fair*!

Andererseits war Zeit für sich genau das, was Emily wollte und auch brauchte – und Abstand von Camila –, aber *so* lange hatte sie dafür eigentlich nicht eingeplant.

»Dann sehen wir uns im neuen Jahr.«

»Ich … Okay.« Emily hatte nicht die Kraft, mir ihr zu streiten und auch für sonst nichts. Es war ein Wunder, dass sie noch aufrecht stand. »Tschüss.«

Sie machte auf dem Absatz kehrt und schleifte ihren Koffer hinter sich her, ohne einen Blick zurückzuwerfen. Tränen verschleierten ihre Sicht, sodass sie beinahe in Cassie hineingelaufen wäre.

»Emily?« Ihre Schwester legte ihr sanft eine Hand unters Kinn, um ihren Kopf anzuheben. »Was ist los?«

Wortlos warf Emily sich ihr in die Arme, ließ sich von Cassie festhalten und betete dabei, dass Camila sie nicht beobachtete und mitbekam, wie sehr sie weinte. Camila durfte nicht erfahren, wie sehr Emily sie liebte.

»Möchtest du darüber reden?«, fragte Cassie, nachdem Emilys Gepäck im Kofferraum verstaut war und sie losgefahren waren. Maia drehte sich zu ihr nach hinten.

»Noch nicht.« Emily war erschöpft, sowohl körperlich als auch mental, und sie wollte nicht über die letzten Tage nachdenken. Also lehnte sie den Kopf gegen das Seitenfenster, wobei sie ihre Jacke als Kissen nutzte, und schlief bald darauf ein.

Als sie wieder aufwachte, befanden sie sich bereits am Ortsrand von Rockport und Emily schaute blicklos weiter aus dem Fenster, während sie sich dem Haus ihrer Pflegefamilie näherten. Die Nacht war hereingebrochen, aber alles hier war ihr vertraut und sie ließ sich von Erinnerungen überrollen.

Sie kamen an der alten Bücherei vorbei, in der Emily unzählige Stunden mit Lesen verbracht hatte. Danach am Park, in dem Cassie und sie oft gespielt hatten und wo Emily im Gras liegend die Sterne bewundert hatte.

»Alles in Ordnung, Emily?«, fragte Sarah, nachdem sie bei ihr angekommen und ins Haus gegangen waren.

Wahrscheinlich sah Emily aus, als hätte man sie durch die Mangel gedreht. »Ja, ich bin nur müde.« Das war keine Lüge – sie hatte zwar im Auto geschlafen, konnte es aber kaum erwarten, sich in einem richtigen Bett auszustrecken. »Von der Reise und so. Und ich habe in London nicht besonders gut geschlafen.«

Sarah schickte sie direkt ins Bett, doch im Gehen konnte Emily die drei noch flüstern hören, wahrscheinlich über sie.

Ihr altes Zimmer sah genauso aus wie immer – das Bett, die Kommode, die Poster an den Wänden und die im Dunkeln leuchtenden Sterne an der Decke. Sie schleppte sich ins Bad, um zu duschen, und fühlte sich bedeutend besser, nachdem das heiße Wasser ihre schmerzenden Muskeln ein wenig entspannt und den Reisestress weggewaschen hatte. Wenn das doch nur so einfach mit den Erinnerungen der letzten Nacht ginge.

Aber das klappte nicht und eigentlich erwartete sie auch nicht, direkt einschlafen zu können, als sie unter die Decke kroch. Tatsächlich war sie aber zu erschöpft, um noch weiter über Camila nachzudenken, und sank in die Arme ihres Kuscheltiers Morpheus und schlief ein, sobald ihr Kopf das Kissen berührte.

Am nächsten Morgen erwachte Emily, als die Sonne gerade einmal hinter dem Horizont hervorlugte. Ihr Zimmer ging zum Meer hinaus und als sie aufstand, um den Sonnenaufgang zu beobachten, tauchten die Strahlen die Wellen in ein warmes Rot.

Sie fühlte sich ausgeruht – und hungrig. Rasch zog sie sich an und ging dann mit knurrendem Magen nach unten. Wann hatte sie eigentlich das letzte Mal etwas Richtiges gegessen? Düster erinnerte sie sich an einen Burger und Pommes, an denen sie gestern unterwegs im Auto lustlos geknabbert hatte, bevor sie wieder eingeschlafen war.

Als Erstes machte sie Kaffee und überlegte dann, ob sie sich an Eier mit Speck und Toast wagen sollte – und ob sie das schaffte, ohne den Rauchmelder auszulösen. Plötzlich ertönten Schritte auf der Treppe.

»Hey, Emily.« Maia trug noch ihren Schlafanzug und wirkte alles andere als wach. »Wie geht's dir?«

»Besser.«

»Du siehst auch besser aus«, erwiderte sie, während Emily ihr eine Tasse Kaffee einschenkte.

»Schlimmer ginge auch kaum.« Wenigstens konnte sie jetzt schon wieder einen kleinen Witz reißen – nach der Nacht Schlaf fühlte sie sich ausgeruht und ein bisschen weniger verletzlich. Auch wenn es Zeit brauchen würde, um wirklich über die Situation hinwegzukommen. »Tut mir leid, wenn ich euch gestern einen Schreck eingejagt habe.«

»Wir haben uns Sorgen gemacht«, gab Maia zu. »Aber du hast ausgesehen, als könntest du ein bisschen Erholung gebrauchen.« Sie warf einen Blick auf die Küchenanrichte, wo Emily ein paar Lebensmittel aus dem Kühlschrank aufgereiht hatte. »Sag mir bitte, dass du nicht vorhattest, Frühstück zu machen.«

»Hm, doch. Ich habe Hunger.«

»Weg da.« Maia stieß sie mit der Hüfte beiseite und machte sich in der Küche zu schaffen, als wäre es ihre eigene. »Dir kann man am Herd nicht vertrauen.«

»Ich werde besser!«

»Bei manchen Sachen«, lenkte Maia ein und legte den Speck in die Pfanne, wo er sogleich zu brutzeln begann.

Emily zog sich auf die Arbeitsfläche hoch. »Wie war eure Woche?«

»Wie immer.« Maia zog die Schultern nach oben. »Bin froh, mal eine Pause zu haben.«

»Ja, ich auch.« Auch wenn die länger ausfallen würde als geplant.

Maia warf ihr einen neugierigen Blick zu.

Emily seufzte. »Wir, hm … Wir haben uns wieder geküsst. Camila und ich. Am Abend vor unserem Abflug.«

Daraufhin drehte Maia den Herd ab und lehnte sich gegen die Anrichte.

»Ich weiß eigentlich gar nicht, wie das passiert ist … Wir sind uns während der Woche wieder nähergekommen, sind lange aufgeblieben und dann … dann haben wir uns plötzlich geküsst, bis ihr dummes Handy geklingelt hat und alles den Bach runtergegangen ist.« Sie hatte sich mehr als einmal gefragt, was wohl passiert wäre, wenn Camilas Telefon sie nicht unterbrochen hätte – wie weit sie gegangen wären, ob sie vielleicht am nächsten Morgen in Camilas Bett anstatt allein auf der Couch aufgewacht wäre. Vermutlich hätte Camila sie jedoch ohnehin abgeblockt, und Emily konnte froh sein, dass es nicht noch mehr eskaliert war.

»Sie hat gesagt, dass es ein Fehler war und nie wieder passieren darf, weil sie kein Interesse an mir hat.« Emily senkte den Blick auf ihre im Schoß gefalteten Hände und drängte die Tränen zurück, die ihr schon wieder in die Augen stiegen. »Und dann ist sie gegangen und hat mich nicht mal mehr angesehen, bis ich nach der Ankunft zu euch rübergehen wollte. Da hat sie mir eröffnet, dass ich erst im Januar wieder arbeiten soll.«

»Oh, Emily.« Maia zog sie in die Arme und drückte sie so fest an sich, dass Emily das Atmen schwerfiel. »Es tut mir so leid.«

»Immerhin weiß ich jetzt, wo ich stehe, oder?« Ihre Stimme zitterte und Maia wischte ihr die Tränen aus den Augen, bevor sie ihr über die Wangen kullern konnten.

»Sie verdient dich nicht«, sagte sie wütend. »Wenn sie nicht erkennt, was für ein wunderbarer Mensch du bist, ist sie einfach nur dumm.«

»Danke.« Emily war erleichtert, als ihr Magen plötzlich knurrte – sie wollte nicht mehr darüber reden. Maia wandte sich wieder dem Herd zu. »Könntest du … es vielleicht Cassie erzählen? Ich will das wirklich nicht noch mal aufwärmen.«

»Natürlich.«

Im oberen Stockwerk wurde eine Tür geöffnet und Schritte verrieten, dass Sarah und Cassie auf dem Weg nach unten waren.

»Der Frühstücksduft muss sie angelockt haben«, sagte Maia grinsend und Emily hüpfte von der Arbeitsplatte, um den Tisch zu decken.

»Danke fürs Kochen, Babe.« Cassie gab ihrer Freundin einen Kuss auf die Wange und nahm dafür einen gefüllten Teller entgegen.

»Kein Problem.« Maia warf Emily einen Seitenblick zu. »Entweder das oder zulassen, dass deine Schwester die Küche abfackelt. Mir blieb keine andere Wahl.«

»Wie frech.«

Maia streckte ihr die Zunge raus, was Emily zum Grinsen brachte. Genau das brauchte sie gerade – ihre Familie.

Am Weihnachtsmorgen wachte Camila auf und schaute geradewegs in Jaimes Gesicht, das sich nur wenige Zentimeter vor ihrem befand. Offensichtlich war er in der Nacht zu ihr ins Bett gekrabbelt.

»Frohe Weihnachten, Schatz«, sagte sie sanft und rieb sich über die Augen, bevor sie einen Blick auf die Uhr warf. Nur an Weihnachten und seinem Geburtstag war er vor ihr auf.

»Frohe Weihnachten«, erwiderte er fröhlich. Zum ersten Mal, seit sie aus London zurück waren, wirkte er wieder besser gelaunt. Während der letzten Tage war er oft unwirsch gewesen, wenn er überhaupt mit ihr gesprochen hatte. Vielleicht würde der heutige Tag die Wende bringen und sie fanden wieder zur Normalität zurück.

»Ist schon Zeit für Geschenke?«, fragte er aufgeregt, aber Camila brauchte erst einmal Kaffee.

»Nach dem Frühstück«, sagte sie. »Möchtest du Pancakes?«

»Okay.« Jaime folgte ihr in die Küche, wo die Sonne bereits hell durch die großen Fenster des Strandhauses schien. »Emily macht gute Pancakes«, warf er dabei beiläufig ein.

Beinahe hätte Camila die Pfanne fallen lassen. »Ach wirklich?« Sie drehte ihrem Sohn den Rücken zu, damit er nicht merkte, wie sehr seine Bemerkung sie aus dem Konzept gebracht hatte. So sehr hatte sie versucht, nicht an Emily zu denken, an den Schmerz in ihren Augen und wie sie nach dem Flug wie ein Zombie davongeeilt war.

»Ja.« Jaime wirkte abwesend und Camila fühlte sich schuldig, weil sie dafür verantwortlich war. Sie sollte ihn beschützen, nicht sich in Emily verlieben und das dann auch noch ausleben. »Ich vermisse sie.«

»Du siehst sie doch schon bald wieder.«

»Fühlt sich aber sehr lange an«, murmelte Jaime. Er war noch immer wütend auf Camila, weil sie Emily eine zusätzliche Woche frei gegeben hatte, aber diese Zeit brauchten sie beide. Camila auf jeden Fall. Sie brauchte Zeit, um ihre Mauern wieder aufzubauen, damit sie nicht zusammenbrachen, sobald Emily sie ansah.

Camila sammelte die Zutaten für den Pancake-Teig zusammen, während sie immer noch darüber grübelte, was sie tun würde, wenn sie und Emily sich das nächste Mal begegneten. Insgeheim fürchtete sie sich vor dem Moment, aber es brachte auch nichts, immer wieder darauf herumzureiten. Das würde sie nur in den Wahnsinn treiben.

Und sie hatte wirklich keine Ahnung, wie sie selbst reagieren würde. Camila hatte schon vorher versucht, Emily auf Abstand zu halten, doch als sie in London Zeit allein miteinander verbracht hatten, war dieser Entschluss in Vergessenheit geraten. Aus irgendeinem Grund hatte sie geglaubt, dass nichts, was dort passierte, von Bedeutung war; dass sich nichts zwischen ihnen verändern würde.

»Jetzt Geschenke?«, fragte Jaime in dem Moment, als er den letzten Rest seines Pancakes hinuntergeschluckt hatte. Camila ließ sich von ihm zu den Päckchen zerren, die sie unter dem Weihnachtsbaum verteilt hatte.

Begeistert riss er das Papier seiner Geschenke auf und strahlte so sehr, wie Camila es seit Tagen nicht mehr gesehen hatte. Schnell machte sie ein paar Videoaufnahmen davon, falls sie später etwas Aufmunterung brauchte.

»Gefällt es dir?«, fragte Camila Jaime, der inzwischen in einem Berg aus Geschenkpapier saß und mit seinem neuen Batmobil spielte.

»Ja!« Er riss sich davon los, um unter dem Baum zu verschwinden und einen Moment später mit einer Tasche wieder aufzutauchen, von der Camila gar nicht gewusst hatte, dass sie da war. Jaime stellte sie vor ihr ab. »Das ist von Emily«, verkündete er noch eine Spur fröhlicher und es versetzte Camila einen Stich, dass Emily dafür verantwortlich war.

Als Nanny hatte sie Jaime so schnell für sich eingenommen, doch inzwischen fragte Camila sich, ob sie sich nicht vielleicht zu nahestanden. Sie wagte gar nicht, sich auszumalen, was passieren würde, wenn Emily wieder aufs College ging oder sie aus einem anderen Grund verließ.

Camila ging davon aus, dass beide Geschenke in der Tüte für Jaime waren, doch er gab ihr eines davon zurück. Vorsichtig strich sie mit dem Zeigefinger über ihren Namen und sie spürte einen Kloß in ihrem Hals.

Für Jaime hatte Emily einen eigenen Skizzenblock und Zeichenutensilien besorgt. Camila schoss ein Foto, als er das Päckchen öffnete, weil sie das sicher gerne sehen würde.

Ihr eigenes Geschenk öffnete sie mit zitternden Fingern und zum Vorschein kam eine schwarze Mappe. Darin befand sich eine Sammlung von Jaimes Zeichnungen. Manche waren von Emily vorskizziert und von Jaime farbig ausgemalt worden, aber andere stammten nur von ihm.

Camila biss die Zähne zusammen, um die Tränen zurückzuhalten. Dieses Geschenk entsprach so sehr Emilys Natur. Sie konnte sich bildlich vorstellen, wie sie eins nach dem anderen gesammelt und aufgehoben hatte, bevor sie sie in der Mappe verewigte, weil sie genau wusste, wie sehr Camila das gefallen würde.

Sie war so umsichtig, so großartig und Camila verdiente das nicht. Es war, als würde eine Faust ihr Herz umklammern; so fest, dass sie dem Druck in ihrer Brust nicht länger standhalten konnte.

»Mama? Geht's dir gut?«

Sie riss sich von der Mappe los, um Jaime anzusehen, der sie stirnrunzelnd musterte. »Ich … ja, alles gut, Schatz.« Aber ihre Stimme zitterte, ebenso wie ihre Hände, und sie musste die Mappe schließen und weglegen, bevor Jaime es merkte.

»Magst du dein Geschenk nicht?«

»Ich liebe es.« Mehr als das – das war wahrscheinlich eines der besten Geschenke, das sie je bekommen hatte. Emily hatte sich Gedanken gemacht und ihr etwas gegeben, von dem sie gewusst haben musste, dass es Camila viel besser gefiel als etwas Gekauftes.

»Warum ist dein Gesicht dann so komisch?« Wieso war ihr Junge bloß so aufmerksam?

»Weil ich … ich habe nichts für Emily«, log sie.

»Oh.« Jaime blinzelte ein paarmal. »Sei ihr nicht mehr böse. Das macht sie glücklich.«

Camila sog scharf Luft ein und hatte plötzlich das Gefühl, als hätte er ihr ein Messer in die Brust gerammt. »Ich bin nicht … böse auf sie.«

»Hat sie aber gesagt.«

Vielleicht war es nicht die weiseste Entscheidung gewesen, sich den ganzen Flug über Kopfhörer mit lauter Musik aufzusetzen. Ansonsten wüsste sie jetzt vielleicht, was Emily zu Jaime gesagt hatte, während er bei ihr gesessen hatte.

»Warum redest du nicht mehr mit ihr?«

»Das ist kompliziert.«

Jaime sah aus, als würde er noch weitere Fragen stellen wollen, aber Camila wollte das Thema wirklich nicht vertiefen – und schon gar nicht mit ihm. Nie im Leben würde sie Jaime erklären können, was los war.

»Warum probierst du nicht mal deine neuen Stifte aus, dann schicke ich Emily ein Foto von dir, damit sie es auch sehen kann.«

Das lenkte ihn genug ab und Camila tippte eine Nachricht an Emily, die sie mit ein paar Bildern von Jaime und seinem Skizzenblock versah.

Danke dafür. Er hat sich so sehr darüber gefreut. Und ich auch. Frohe Weihnachten.

Vielleicht war das nicht angebracht – immerhin hatte sie Emily auf dem Rückflug komplett ignoriert –, aber es wäre unhöflich, sich nicht zu bedanken.

Eine Antwort erhielt sie jedoch nicht.

Kapitel 21

Emily überlegte ernsthaft, nicht zur Arbeit zu erscheinen, als der zweite Januar vor der Tür stand. Die beiden Wochen mit ihrer Familie waren eine willkommene Pause gewesen, aber als sie am Neujahrstag mit dem Wissen ins Bett ging, dass sie am nächsten Tag Camila wiedersehen würde, krampfte sich ihr Magen zusammen. Bis spät in die Nacht wälzte sie sich ruhelos herum, bis sie schließlich aus purer Erschöpfung einschlief.

Unter größter Anstrengung hievte sie sich am nächsten Morgen aus dem Bett und zwang ihre Beine, sie aus der Wohnung und auf die Straße hinauszutragen, wo sie ihren üblichen Weg zu Camilas Apartment einschlug. Dort angekommen nutzte sie ihren Schlüssel, anstatt anzuklopfen, um sich etwas Zeit zu erkaufen, bevor sie der Frau gegenübertrat, die sie noch immer bis in ihre Träume verfolgte.

Tief durchatmend ging sie den Flur entlang, kam aber kaum zwei Schritte weit, als Jaime ihr auch schon entgegenrannte und sich ihr in die Arme warf. Emily lachte und schwang ihn ihm Kreis herum. Ihre Nerven beruhigten sich sofort, als sie ihn an sich drückte.

»Hey, Kumpel.«

»Ich hab dich vermisst.«

»Ich dich auch.« Das hatte sie wirklich, so sehr. Wenn sie ihn nicht so vergöttern würde, wäre sie wahrscheinlich nicht zurückgekommen. Tatsächlich spielte sie noch immer mit dem Gedanken an Kündigung und das Einzige, was sie davon abhielt, war Jaime.

»Hattest du schöne Weihnachten?«

»Es war okay.«

Emily fragte sich, ob er böse auf Camila war, weil sie ihr so lange Urlaub gegeben hatte.

»Danke für meine Geschenke.«

»Haben sie dir gefallen?«

»Ja!«

»Hast du sie schon benutzt?«

»Ja, komm, ich zeig's dir.«

Emily stand nur ein paar Schritte von der Eingangstür entfernt und konnte sich im ersten Moment nicht rühren. Sie zog jedoch ein wenig Energie aus dem Jungen in ihren Armen und zwang sich dazu, sich vorwärtszubewegen. Sie würde das schaffen und alles würde wunderbar laufen.

Aber dann entdeckte sie Camila, die an der Couch lehnte und auf ihrem Handydisplay herumtippte. Als sie Emily hörte, schaute sie auf, und ihre Blicke trafen sich. Emily erstarrte – sie hatte wirklich gedacht, dass sie dafür bereit war, doch sie hatte sich kolossal geirrt.

Während der letzten beiden Wochen hatte sie geglaubt, ihre Gefühle geordnet zu haben und dass die Erinnerung an den Schmerz des letzten Abends in London ein wenig verblasst war. Sie hatte gedacht, Camila gegenübertreten zu können, ohne dass die Begegnung sie sofort wieder aus der Bahn werfen würde.

Aber sie begehrte sie noch immer. Camila war trotz allem noch immer wunderschön. Ob Emily sie wohl jemals anschauen konnte, ohne sich zu wünschen, was Camila ihr nicht geben konnte?

»Emily«, begrüßte Camila sie kühl, was Emily die Luft zum Atmen nahm.

Unabsichtlich drückte sie Jaime so fest an sich, dass er sich in ihren Armen wand, bis sie ihn auf den Boden stellte. Camilas Gesichtsausdruck war unlesbar, sosehr Emily sich auch bemühte, ihn zu entziffern. Wie gern hätte sie gewusst, was dieser Frau durch den Kopf ging; nur dieses eine Mal.

»Guten Morgen, Miss Evans.« Sie entschied sich für Förmlichkeit und Gelassenheit, klang dabei aber eher tonlos. »Ich hoffe, Sie hatten ein schönes Weihnachtsfest.«

»Ich … Es war nett.« Camila starrte sie an, als wollte sie direkt in Emily hineinsehen und ihre Gedanken lesen. »Danke noch einmal für die Geschenke für Jaime und mich – das wäre wirklich nicht nötig gewesen.«

»Gerne«, erwiderte Emily schulterzuckend. Würde es ab jetzt immer so sein? Steifer Small Talk ohne jede Substanz? Wie sehr sie sich gerade wünschte, im Boden versinken zu können.

Dann ging Camila zur Arbeit und ließ sie mit Jaime allein. Er zeigte Emily seinen neuen Skizzenblock und sie lächelte über seine Freude in dem Wissen, dass sie die richtige Idee gehabt hatte. Vielleicht schlummerte da sogar ein kleiner Künstler in ihm. Es war schön, wieder bei ihm zu sein, und solange Camila nicht dabei war, konnte sie so tun, als wäre alles wie immer und als hätte sich nichts verändert.

Camila war jedoch zu Jaimes Bettgehzeit noch nicht wieder da, was Emily Sorge bereitete. Waren ihre Verteidigungsmechanismen schon wieder gut genug? Als sich die Wohnungstür schließlich öffnete, saß Emily gerade auf der Couch und schaute fern, um nicht durchzudrehen. Rasch erhob sie sich und griff nach ihrer Jacke, bevor Camila in den Wohnbereich kam.

»Jaime geht es gut, er war um halb acht im Bett und ist gegen acht eingeschlafen. Bis morgen.« Den Wortschwall brachte sie möglichst schnell heraus und schaute dabei zu Boden, damit sie sich nicht in Camilas Augen verlor. Doch als sie hinauseilen wollte, hielt Camila sie am Handgelenk fest, was sie wie angewurzelt stehen bleiben ließ.

Ihre Berührung brannte auf der Haut und Emily entzog ihr den Arm mit einem so heftigen Ruck, dass sie Camila beinahe umgestoßen hätte. Sie ertrug es nicht, von ihr angefasst zu werden; konnte ihr nicht nahe sein. Camila durfte nicht wissen, wie sehr sie sie immer noch wollte.

»Emily, ich …« Camila zog die Augenbrauen zusammen. »Geht es dir gut?«

Emily lachte bitter auf. »Was denkst du denn?«

Das ließ Camila zurückzucken. »Ich … Ich wollte dich nie verletzen. Ich weiß, dass das jetzt sinnlos klingt, aber ich …«

»Was willst du von mir, Camila?« Emily ertrug kein weiteres Wort von ihr. Lieber hatte sie die kalte, distanzierte Camila vor sich als die reumütige – es sei denn, sie wollte Emily sagen, dass sie einen Fehler gemacht hatte. Allerdings bezweifelte Emily, dass sie das zu hören bekommen würde. »Ich kann … Ich ertrage dieses Hin und Her nicht mehr, nicht zu wissen, wo ich bei die stehe, also … Überleg dir gut, was du willst, damit wir beide unser Leben weiterleben können.«

Damit drehte sie auf dem Absatz um und ging, ohne auf eine Antwort zu warten. Sie wollte, dass Camila ernsthaft darüber nachdachte.

Emily dagegen machte sich auf den Weg zu Cassie und Maia, weil sie ihnen versprochen hatte, nach ihrem Feierabend vorbeizuschauen, damit sie sich keine Sorgen machten.

Sie saßen gerade gemütlich im Wohnzimmer, als Emilys Handy vibrierte. Insgeheim hoffte sie, eine Nachricht von Camila zu lesen, dass sie mit ihr reden wollte, aber stattdessen fand sie eine E-Mail der New York University vor und hätte beinahe vor Schreck das Handy fallen lassen.

»Du musst die für mich lesen.« Sie hielt Cassie ihr Telefon hin und verbarg ihr Gesicht in den Händen. Vorsichtig lugte sie durch die Zwischenräume ihrer Finger, während ihre Schwester die E-Mail öffnete. Emily wurde übel vor Nervosität und als Cassie ihr das Handy wortlos zurückreichte, war sie sich absolut sicher, dass darin nichts Gutes stand.

Ihre Hände zitterten und sie konnte sich kaum konzentrieren, aber als sie die E-Mail endlich lesen konnte, musste sie es gleich noch ein zweites Mal tun – und dann noch mal –, bevor sie ihren Inhalt verstand.

»Was steht drin?«, wollte Maia angespannt wissen und schaute dabei von Cassie zu Emily und zurück.

»Ich … ich bin angenommen.« Emilys Herz hämmerte wie wild in ihrer Brust und ihre Hände waren so schweißnass, dass es ein Wunder war, dass ihr das Telefon nicht aus den Fingern rutschte.

»Herzlichen Glückwunsch, Emily!« Maia umarmte sie, doch Emily klammerte sich immer noch an ihr Handy und war zu überfordert, um die Geste zu erwidern. Stirnrunzelnd ließ Maia sie wieder los. »Das ist doch was Gutes … oder?«

»Ich … hatte mich für August beworben. Hier steht aber, dass sie schon Platz im Januar hätten. Also könnte ich in etwa zwei Wochen einsteigen.«

Natürlich hatte sie geplant, an der NYU weiterzustudieren – das war genau das, was sie wollte. Doch jetzt, da sie die Zusage hatte, ging ihr auf, dass sie keine Zeit mehr hatte, eine Lösung für die Situation mit Camila zu finden oder sich anständig von Jaime zu verabschieden. Das stellte ihre Welt einmal mehr komplett auf den Kopf.

Wie immer wusste Cassie, was ihr durch den Kopf ging. »Wahrscheinlich könntest du auch erst später anfangen. Wenn sie dich so dringend aufnehmen wollen, verstehen sie bestimmt, wenn du noch warten willst.«

»Meinst du, dass ich das tun sollte?«

»Du solltest tun, was immer du willst, Emily.«

Aber genau das wusste sie im Moment nicht mehr. »Ich … werde wohl darüber nachdenken müssen.«

Und sie musste mit Camila sprechen, da diese von ihrer Entscheidung ebenso betroffen war. Wenn es ein Gespräch gab, auf das sie keine Lust hatte, dann war es dieses.

Am Donnerstagabend kehrte Camila in ein stilles Apartment zurück. Stirnrunzelnd warf sie einen Blick auf die Uhr – es war erst kurz nach sieben und normalerweise schaute Jaime noch mit Emily fern. Aber als sie in den Wohnbereich kam, saß nur Emily auf der Couch und spielte nervös mit ihren Fingern.

Schon morgens hatte sie abgelenkt und fahrig gewirkt, was Camila aber auf das abgebrochene Gespräch am Vorabend geschoben hatte. Doch jetzt war sie sich da nicht mehr so sicher.

»Ist alles in Ordnung?«

Emily zuckte zusammen, als hätte sie Camilas Eintreffen nicht mitbekommen, und schaute beinahe gequält zu ihr auf.

»A-alles ist bestens. Ich habe Jaime früher ins Bett gebracht, weil ich mit dir reden muss.«

»Oh?« Camila setzte sich Emily gegenüber in einen Sessel. »Worüber denn?«

»Ich … hm … Erinnerst du dich noch, dass ich mich an der NYU bewerben wollte?«

Camila nickte. Das war jetzt ehrlich gesagt nicht das Gesprächsthema, das sie erwartet hatte.

»Na ja, das habe ich auch getan. Und gestern habe ich die Zusage bekommen.«

»Herzlichen –«

»Sie wollen, dass ich mich diesen Monat schon einschreibe«, unterbrach Emily sie. »Am vierzehnten. Erst wollte ich das auf den Sommer verschieben, aber … nach allem, was zwischen uns passiert ist, weiß ich nicht … ob ich warten will. Ich liebe diesen Job und Jaime mehr als alles andere. Aber ich … ich habe Gefühle für dich, starke Gefühle, die nicht einfach so verschwinden werden.« Sie hielt einen Moment inne, um sich zu sammeln. »Und ich … ich weiß, dass du das nicht willst, aber ich weiß auch nicht, wie ich in deiner Nähe sein und das nicht … *nicht* wollen kann. Also denke ich … ich glaube, es wäre das Beste, wenn ich kündige und jetzt meinen Master anfange. Dann musst du mich nie wieder sehen.«

Die letzten Worte kamen mit unglaublicher Geschwindigkeit aus Emilys Mund, dass Camila sich in den Sessel sinken lassen musste, um sie begreifen zu können. Sie hatte das Gefühl, als hätte Emily vor ihr eine Bombe gezündet. Gerade hatte sie Camila gestanden, dass sie Gefühle für sie hatte, wollte im gleichen Atemzug aber gehen. Camilas Brust fühlte sich an, als wäre sie in einen Schraubstock gequetscht worden.

»Ich weiß, dass du Zeit brauchst, um Ersatz für mich zu finden.« Emily musterte sie aufmerksam und wer wusste schon, was sie gerade in Camilas Gesichtsausdruck alles lesen konnte. »Ich habe in meinen Vertrag geschaut, aber da steht nichts von einer Kündigungsfrist drin, also würde ich einfach weiterarbeiten, bis meine Kurse anfangen. Wenn du … wenn du nicht willst, dass ich gehe, bleibe ich bis zum Sommer. Wenn du das möchtest.«

Es war klar, dass Emily sich genau überlegt hatte, was sie sagen wollte. Das erklärte auch, warum sie heute Morgen so zerstreut gewirkt hatte.

»Nein, nein, du solltest … Du solltest nicht warten.« Hier ging es um Emilys Zukunft, ihre Karriere und diesen Traum verfolgte sie schon länger als diesen Job. Auch wenn es Camila umbrachte, konnte sie Emily keine Steine in den Weg legen. Sosehr sie sich auch wünschte, dass sie blieb.

»Aber Jaime …«

»Jaime wird das verkraften.« Ihm würde das nicht gefallen, aber er würde darüber hinwegkommen. »Vielleicht wäre es aber besser, wenn du es ihm sagst.«

»Ja, ich weiß.« Emily schaute auf ihre Hände, als würde sie sich bereits überlegen, wie sie es ihm erklären sollte.

»Und du … du bist hier immer willkommen. Besuch ihn, wenn du willst, das würde ihm gefallen.«

»Wirklich?« Emilys hoffnungsvoller Blick traf Camila mitten ins Herz.

»Natürlich.«

»Das würde ich sehr gerne.« Sie schien den Tränen nahe zu sein und Camila ging es ebenso – wenn sie noch länger darüber nachdachte, dass Emily sie verließ, würde sie diesen Kampf verlieren.

»Könntest du noch bis Ende nächster Woche bleiben? Das sollte mir genug Zeit geben, eine Alternative zu finden.«

»Okay.« Emilys Kiefermuskeln spannten sich an. »Ich, hm, gehe dann mal besser. Es ist schon spät.«

Camila nickte, aber nachdem die Wohnungstür ins Schloss gefallen war, sackte sie in ihrem Sessel zusammen. Sie hatte das Gefühl, als hätte man ihr den Boden unter den Füßen weggezogen.

Natürlich hatte sie immer gewusst, dass Emily nicht für immer bleiben würde. Aber diese Eröffnung kam so plötzlich, so unerwartet, dass sie einige Zeit – oder auch ein bisschen mehr Zeit – brauchen würde, um sich an Emilys Abwesenheit zu gewöhnen. In etwas mehr als einer Woche würde sie weg sein. Camila würde sie dann nicht mehr jeden Morgen sehen, würde nicht mit Gedanken an ihr sonniges Lächeln zur Arbeit gehen, würde nicht nach Hause kommen, wo Emily auf sie wartete.

Emilys Worte schossen ihr durch den Kopf – *ich weiß auch nicht, wie ich in deiner Nähe sein und das nicht ... nicht wollen kann* – und sie fragte sich, ob es wohl anders wäre, wenn der Zwischenfall in London nie passiert wäre.

Camila hatte gesagt, dass Jaime es überstehen würde, aber was sie selbst betraf, war sie sich da nicht so sicher. Allein die Vorstellung, dass Emily nicht mehr Teil ihres Lebens war und sie sie vielleicht nie wiedersehen würde, jagte ihr einen eisigen Schauer über den Rücken. Vielleicht war Emily der Mensch, über den sie nie hinwegkommen würde. Und dabei waren sie noch nicht einmal zusammen gewesen.

»Hey, Jaime. Kommst du mal für einen Moment zu mir? Ich muss mit dir reden.« Emily hatte schon den ganzen Tag auf den richtigen Moment gewartet, um ihm zu sagen, dass sie gehen würde, bis sie schließlich erkannte, dass es den nie geben würde.

Jaime rappelte sich vom Boden auf, wo er gerade mit seinen Actionfiguren spielte.

»Was ist los?«

Emily zog ihn auf ihren Schoß, sodass er sie ansehen konnte. »Okay. Als Allererstes: Du weißt, wie lieb ich dich habe, oder?«

Er nickte stirnrunzelnd und Emily atmete tief durch, doch Jaime kam ihr zuvor. »Du gehst weg, oder?« Er schaute sie ernst an. »Es ist wegen meiner Mom, nicht wahr? Ihr habt euch gestritten und wenn sie sauer auf meine Nannys ist, gehen die weg und ich sehe sie nie wieder.«

»Also mich wirst du auf jeden Fall wiedersehen, weil ich dich nämlich besuchen werde.«

»Wirklich?«

»Natürlich, Kumpel.«

»Du wirst mich nicht vergessen?« Jaimes Unterlippe zitterte und Emily umarmte ihn fest.

»Oh, Schatz, ich könnte dich nie vergessen. Und ich gehe auch nicht wegen deiner Mom, also sei bitte nicht böse auf sie.«

»Warum willst du dann weg?«

»Weil ich wieder zur Schule gehen werde.«

»Das klingt aber langweilig.«

Lachend wuschelte Emily ihm durch die Haare. »Wird es wahrscheinlich auch werden im Vergleich dazu, den ganzen Tag mit dir zu verbringen. Aber eines Tages will ich anderen Leuten etwas übers Weltall beibringen.«

»Du bist eine gute Lehrerin.«

»Meinst du?«

Er nickte und seine Zustimmung war alles, was Emily brauchte.

»Aber ich würde gerne noch ein paar Tage mit dir verbringen, wenn das okay ist.«

»Und du musst mir versprechen, dass du mich besuchen kommst.«

»Fest versprochen.« Das würde ihr sicher nicht schwerfallen, auch wenn damit Camila ein Teil ihres Lebens blieb. Doch Emily würde sich damit arrangieren, wenn sie dafür weiter Kontakt mit Jaime haben durfte – sie liebte ihn jetzt schon, als wäre er ihr eigenes Kind.

Sie würde ihn so sehr vermissen, aber sie wusste auch, dass sie die richtige Entscheidung getroffen hatte. Es war Zeit für sie, den nächsten Schritt in ihrem Leben zu tun. Sie wünschte nur, sie müsste dafür nicht so viel zurücklassen.

»Jessica, könnten Sie bitte eine Stellenanzeige für eine neue Nanny aufgeben?« Camila bemühte sich um einen neutralen Tonfall. Niemand musste von dem Liebeskummer erfahren, der sie beinahe auffraß, oder wie viel es sie kostete, diese Worte auszusprechen.

»*Was?*« Jessica hätte beinahe Camilas Latte macchiato fallen lassen. »Was ist denn mit Emily?«

»Sie geht.«

»Geht?«, fragte Jessica ungläubig und folgte Camila in ihr Büro. »Sie hat gekündigt?«

»Sie hat ein besseres Angebot bekommen.« Camila setzte sich an ihren Schreibtisch und fuhr den Computer hoch. Jessica schien nicht zu wissen, was sie sagen sollte, und war wohl auch nicht glücklich über die Entwicklung. Wie viel hatte sie wohl während der London-Reise mitbekommen? »Wenn Sie sich dann um die Anzeige kümmern würden …?«

»Oh, ja, natürlich.« Jessica eilte zu ihrem eigenen Arbeitsplatz zurück und Camila ließ den Atem entweichen, von dem sie gar nicht gemerkt hatte, dass sie ihn anhielt.

Da war sie also wieder, wieder am Anfang und auf der Suche nach einem neuen Kindermädchen. Und sie wusste, dass niemand Emily das Wasser würde reichen können.

Sie beschäftigte sich gerade mit den aktuellen Einschaltquoten, als ihr Telefon klingelte. Kurz erwog sie, es einfach zu ignorieren, hob dann aber doch ab.

»Hallo?«

»Miss Evans?« Es war Eleanor, Jaimes erste Nanny, die immerhin vier Jahre durchgehalten hatte. Entweder war das ein wirklich seltsamer Zufall oder das Glück war einmal auf ihrer Seite.

»Eleanor, wie geht es Ihnen? Das mit Ihrer Mutter tut mir sehr leid.« Ihre Nanny hatte gekündigt, um sich um ihre kranke Mutter zu kümmern, die dann aber nach einem halben Jahr verstorben war.

»Ganz gut, Miss Evans, danke. Ich bin vor ein paar Wochen wieder nach New York gezogen und spiele mit dem Gedanken, wieder zu arbeiten.«

»Hat meine Assistentin Sie angerufen und Ihnen erzählt, dass ich auf der Suche nach einer Nanny bin?« Sie warf einen Blick in Richtung Bürotür, ob Jessica dem Telefonat lauschte, doch sie starrte nur konzentriert auf ihren Computerbildschirm. Vielleicht sollte Camila ihrer Assistentin eine Gehaltserhöhung geben.

»Hat sie«, bestätigte Eleanor. »Stimmt es denn? Suchen Sie wirklich jemanden?«

»Ja. Wären Sie interessiert?«

»Sogar sehr, Miss Evans. Ich vermisse Jaime enorm. Er hat mich aber wahrscheinlich inzwischen schon vergessen.«

»Das bezweifle ich doch sehr.« Eleanor war nach Jaimes Geburt ein Geschenk des Himmels gewesen und sie wusste genau, wie viel Camila arbeitete und wie flexibel sie in Sachen Arbeitszeit sein musste. Der Gedanke, dass sie nicht eine Vielzahl an Bewerbern begutachten musste, war eine Erleichterung. »Könnten Sie nachher bei mir im Büro vorbeikommen, damit wir uns unterhalten können?«

»Gerne. Wann?«

Und damit war die Sache erledigt. Eleanor wollte wieder für Camila arbeiten und hätte wahrscheinlich am gleichen Abend wieder angefangen, wenn man sie darum gebeten hätte. Allerdings war Camila noch nicht bereit, Emily loszulassen, also würde Eleanor an dem Montag anfangen, an dem Emilys Kurse starteten. Sie vereinbarten jedoch, dass sie zur Verfügung stand, sollte Camila ihre Dienste früher benötigen.

Eleanors Rückkehr nahm ihr eine gewaltige Last von den Schultern – wenn sie sich jemanden als Nachfolge für Emily gewünscht hatte, dann sie. Die Umstellung würde für Jaime auch einfacher werden, da er Eleanor bereits kannte. Wie schön wäre es nur, wenn Camila diese Umstellung auch so leichtfallen würde.

Kapitel 22

Während Emilys letzter Woche ging es Camila richtig schlecht. Immer wieder musste sie daran denken, dass sie bald ein Leben ohne sie führen musste.

Sobald sie zusammen in einem Raum waren, kippte die Stimmung, weswegen Emily auch nie lange blieb. Sie machte sich aus dem Staub, sobald Camila nach Hause kam und in weniger als einer Woche würde ihr nicht einmal dieser flüchtige Moment mehr gegönnt sein.

Auch am Abend vor ihrem letzten Tag lief das wieder so. Camila warf einen Blick in Jaimes Zimmer – er schlief bereits selig und seine Brust hob und senkte sich gleichmäßig. Also schloss sie die Tür wieder und schlurfte in ihr Arbeitszimmer, wo sie sich setzte und den Kopf in die Hände stützte.

Wie lange würde es wohl dauern, bis der Schmerz verblasste und sie wieder an jemand anderen als Emily denken konnte? Camila versuchte zu arbeiten, gab jedoch nach ein paar Minuten wieder auf. Mit ihrem Stuhl drehte sie sich zum Fenster, um auf die Stadt hinauszuschauen.

Sie griff nach ihrem Handy und überlegte einen Moment, Emily anzurufen. Würde sie rangehen? Konnte Camila irgendetwas sagen, um die Verletzungen zu heilen, oder war der Schaden irreparabel?

Schließlich entschied sie sich für eine andere Nummer.

»Vermisst du mich schon?«, fragte Jenny zur Begrüßung, nachdem sie beim fünften Klingeln abgehoben hatte. Camila verdrehte die Augen, lehnte sich in ihrem Bürostuhl zurück und legte die Füße auf die Fensterbank.

»Wohl kaum.« Doch ihrer Stimme fehlte die Schärfe und Jenny schien das sofort zu merken.

»Ist alles in Ordnung?«, fragte sie.

Camila wusste nicht, ob sie lachen oder weinen sollte, weil sie gar nicht mehr wusste, wann zum letzten Mal alles in Ordnung gewesen war.

»Ich … ich habe einen furchtbaren Fehler gemacht.« Das zuzugeben fiel ihr nicht leicht, aber Jenny war der einzige Mensch, der sie verstehen würde.

»Es geht um dein Kindermädchen, oder?«, wollte sie auch direkt wissen. »Du hast sie abgeblockt, weil du Gefühle für sie hast.«

»Ich … Woher weißt du das?«

»Weil ich dich kenne, Camila.« Sie konnte Jennys genervten Gesichtsausdruck praktisch vor sich sehen. »Ich weiß, dass du denkst, dass du kein Glück verdient hast. Ich weiß auch, dass du davon überzeugt bist, die Leben der Leute, die dir wichtig sind, zu ruinieren. Aber ich *kenne* dich, Cam. Du bist ein guter Mensch und du hast es verdient, jemanden an deiner Seite zu haben. Wenn sie dich glücklich macht, solltest du dir vielleicht nicht mehr selbst so sehr im Weg stehen.«

»Es ist zu spät«, entgegnete Camila niedergeschlagen und blinzelte die Tränen fort, die in ihren Augen brannten. »Ich habe sie schon vertrieben.«

»Es gibt bestimmt eine Möglichkeit, das wiedergutzumachen.«

Da war sich Camila nicht so sicher – und die letzten Tage untermauerten das noch.

»Was hast du getan?«

Camila beichtete es ihr und Jenny stöhnte auf. »Du bist so eine Idiotin, Camila.«

»Danke.«

»Entschuldige bitte, aber ist doch wahr. Du nimmst die Kleine mit nach London, hast mit ihr ein Date – und erzähl mir nicht, dass das kein Date war, das sieht doch ein Blinder mit Krückstock! Dann machst du mit ihr rum, ehe du es dir anders überlegst und sagst: Oh, tut mir leid, kein Interesse.«

»Es war besser so.«

»Weil sie zu jung für dich ist? Weil sie für dich arbeitet? Weil sie zu gut für dich ist?«

»Ja. Zu allem.«

»Das ist doch Unsinn.« Jenny klang so wütend wie schon lange nicht mehr. »Gott, das arme Ding – so viele unterschiedliche Signale, die du ihr geschickt hast. Wenn sie dir wirklich so wichtig ist, verdient sie dann nicht die Wahrheit? Wenn du Angst hast, sag ihr das. Wenn du keine Beziehung willst, erklär ihr warum. Wenn du sie für zu jung hältst, kann sie das wissen. Wenn du nichts mit einer Angestellten anfangen willst, lass sie selbst entscheiden, ob sie lieber dich oder den Job haben will. Wenn du befürchtest, dass du einen negativen Einfluss auf ihr Leben haben könntest, erklär ihr warum, und lass sie dann selbst entscheiden, ob sie das Risiko eingehen will. Aber … hör bitte endlich damit auf, der Sache auszuweichen und dich wie ein Feigling zu benehmen. Sag ihr verdammt noch mal, was du wirklich für sie empfindest!«

Camila blinzelte ein paarmal, erschrocken über diesen gewaltigen Ausbruch und die Tatsache, dass Jenny sie tatsächlich so gut kannte. Gut genug, um Camilas Beweggründe zu verstehen. Jede ihrer Aussagen traf genau ins Schwarze. Und so ungern Camila es auch zugeben wollte: Möglicherweise hatte Jenny recht.

»Du bist mir wichtig, Cam«, fuhr sie fort. »Und ich will, dass du glücklich bist. Klingt für mich, als könnte sie dich glücklich machen, von daher … Denk drüber nach, okay?«

»Okay.«

Noch lange nachdem sie aufgelegt hatte, kreisten Camilas Gedanken wie wild um Jennys Worte. Sie war bis ins Mark erschüttert. Als sie Jenny angerufen hatte, hatte sie nicht gewusst, was sie damit bezweckte. Auch jetzt hatte sie immer noch keine Ahnung, ob sie bekommen hatte, wonach sie gesucht hatte.

War es dumm von ihr, Emily einfach so ziehen zu lassen? Wo wären sie wohl jetzt, wenn sie von Anfang an ehrlich gewesen wäre? Wäre Emily dann jetzt bei ihr? Und wäre das so verkehrt?

Ab morgen arbeitete Emily nicht mehr für sie. Eine von Camilas Ausreden war damit dahin. Konnte sie die anderen auch los- und Emily an sich heranlassen? Wenn jemand sie das vor einem Monat gefragt hätte, hätte das Camila kategorisch verneint. Aber jetzt? Jetzt war sie sich da nicht mehr so sicher.

»Ich will nicht, dass du gehst.« Jaime schaute sie aus tränenerfüllten Augen an. Sie waren gerötet, weil er vorhin schon geweint hatte.

»Ich weiß, Kumpel.« Mit schwerem Herzen ging Emily vor ihm in die Knie.

»Ich werde dich vermissen.« Seine Unterlippe zitterte und Emily zog ihn in eine feste Umarmung. Sich von ihm zu verabschieden, war vermutlich das Schwerste, was sie je getan hatte.

»Ich dich auch«, erwiderte sie. »Aber es ist ja nicht für immer. Ich komme wieder und besuche dich.«

»Das ist aber nicht das Gleiche«, jammerte Jaime. »Dann sehe ich dich nicht mehr jeden Tag.« Emily drückte ihn fester an sich und streichelte ihm beruhigend über den Rücken. Er lehnte sich ein wenig zurück und erlaubte ihr, ihm die Tränen von den Wangen zu wischen. »Bitte, geh nicht«, bettelte er und Emily hatte das Gefühl, als würde man ihr das Herz herausreißen. »*Bitte.*«

»Es tut mir leid, Kumpel, aber ich … ich muss. Ich werde dich besuchen, bevor du überhaupt merkst, dass ich weg bin.«

»Versprochen?«

»Fest versprochen.« Und sie würde alles daransetzen, dieses Versprechen zu halten, egal, wie angespannt die Stimmung zwischen ihr und Camila war. »Na komm, wir haben deinen Dad jetzt lange genug warten lassen.«

»Oh, schon in Ordnung.« Chris hatte sich im Hintergrund gehalten, während Jaime und Emily sich voneinander verabschiedeten. Das waren die ersten Worte, die er seit seiner Ankunft gesprochen hatte, und gleich würde er Jaime übers Wochenende mitnehmen. »Aber wir sollten wohl wirklich los, bevor es zu spät wird.« Er schnappte sich Jaimes Reisetasche.

Emily umarmte ihren Schützling noch einmal, bevor sie wieder aufstand. »Na los, Jaime. Sei brav bei deinem Dad, ja?«

»Okay.«

»Und wir sehen uns bald wieder«, versprach sie noch einmal, während sie die beiden zur Tür brachte.

»Wir kennen uns nicht besonders gut«, sagte Chris noch, als er die Wohnungstür öffnete. »Aber ich möchte mich für alles bedanken, was Sie für Jaime getan haben. Zu schade, dass Sie nicht länger bleiben konnten.«

»Ja.« Emily schaute auf den kleinen Jungen hinunter, der ihr schon in der ersten Sekunde das Herz gestohlen hatte. »Ist es.«

Sie blieb im Türrahmen stehen, bis die Aufzugtüren sich geschlossen hatten, bevor sie ihren Tränen freien Lauf ließ. Wenn Camila hier gewesen wäre, hätte sie sich auch von ihr verabschiedet. Auch wenn ihre Beziehung in den letzten beiden Wochen nicht die beste gewesen war, hatte Emily doch gehofft, dass Camila an ihrem letzten Abend hier sein würde, um ihr Glück zu wünschen. Aber offensichtlich war Emily ihr weniger wichtig als ihre Arbeit. Das sollte sie eigentlich nicht überraschen, aber es tat trotzdem weh.

Als sie gerade wieder in die Wohnung ging, klingelte ihr Handy und Emilys Puls beschleunigte sich. War das vielleicht Camila, die ihr Bescheid geben wollte, dass sie bald da sein würde? Enttäuscht musste sie jedoch feststellen, dass Cassies Name auf dem Display aufleuchtete.

»Hey.«

»Hey, wie geht's dir? Das war heute bestimmt nicht einfach für dich.«

»So gut, wie man es wohl erwarten kann. Jaime ist gerade mit seinem Dad gegangen, also bin nur noch ich hier.« Sie ließ sich erschöpft auf die Couch fallen und lehnte sich in die Polster zurück.

»Camila ist nicht da?«

»Nein«, gab Emily gepresst zurück. »Ich wollte warten, bis sie nach Hause kommt, aber … ich komme mir hier dumm ohne Jaime vor. Und wäre sie nicht schon hier, wenn es sie interessieren würde?«

»Es tut mir wirklich leid, Em. Ich glaube nicht, dass es so gut wäre, wenn du wartest.«

»Ja, da hast du vermutlich recht«, erwiderte Emily. »Ich fahre dann mal nach Hause.«

»Ruf mich an, wenn du was brauchst.«

»Mache ich.«

Emily packte ihre Sachen zusammen und erlaubte sich dann noch einen letzten Blick durch die Wohnung, die ihr so vertraut geworden war. So lange hatte sie den Job ja nicht gemacht, aber es fühlte sich an wie das Ende einer Ära. Wenn sie in Zukunft zu Besuch kam, würde es anders sein, weil sie nicht mehr Jaimes Nanny war.

Auf den Kursbeginn in der kommenden Woche freute sie sich – es war ein Neuanfang und dazu noch etwas, das sie sich schon länger wünschte, aber sie fühlte sich dennoch … leer, als sie mit dem Aufzug nach unten in die Lobby fuhr.

Drei Haltestellen vor ihrer Endstation stieg Emily aus, um den Rest des Wegs zu Fuß zu gehen. Sie brauchte Zeit, um den Kopf freizubekommen. Sie war so sehr auf ihr Handy konzentriert, als sie ihre Wohnungstür erreichte, dass sie ihrer Umgebung kaum Beachtung schenkte und erst aufschaute, als sie bereits ihre Schlüssel aus der Tasche holte. Dann blieb sie jedoch abrupt stehen, als sie merkte, dass jemand vor ihrer Tür stand.

Es war Camila. Sie lehnte entspannt an der Wand und wirkte so dermaßen fehl am Platz in ihrem weißen Kleid und dem schwarzen Blazer. Und mit einem Strauß Rosen in der Hand.

»Camila? Was … was *machst* du hier?«

»Ich wollte mit dir reden«, erklärte sie sichtlich nervös und presste die Lippen zusammen.

»Worüber denn?« Emily konnte sich beim besten Willen nicht vorstellen, was Camila mit Blumen in der Hand vor ihrer Wohnung zu suchen hatte.

»Das ist wohl ein Gespräch, das wir lieber in deiner Wohnung führen sollten und nicht hier draußen. Darf ich reinkommen?«

»Oh. Hm, ja, natürlich.« Emily steckte den Schlüssel nervös in das Schloss. Camilas plötzliches Auftauchen hatte sie komplett aus dem Konzept gebracht und sie konnte nur hoffen, dass sie nicht merkte, wie sehr ihre Hände zitterten.

»Ich habe aber keinen Besuch erwartet.« Aufräumen stand nicht sehr hoch auf ihrer Prioritätenliste. »Tut mir leid, dass es so unordentlich ist.«

»Kein Problem.« Camila machte eine wegwerfende Handbewegung. »Die sind für dich.« Damit reichte sie Emily die Rosen. Da sie keine Vase hatte, musste sie mit einem großen Glas vorlieb nehmen. »Als Dankeschön für alles, was du für Jaime getan hast – und für mich.«

»Oh, danke.« Die Blütenblätter fühlten sich weich unter ihren Fingerspitzen an. »Kaufst du deinen Angestellten immer rote Rosen zur Verabschiedung?«

»Nur den besonderen.«

Camila stand dicht vor ihr, dichter als an dem Abend, als sie sich geküsst hatten, und dicht genug, dass Emily ihre Körperwärme spürte. Sie zog sich automatisch in Richtung Küchenanrichte zurück.

»Emily, ich …«

Camila wurde jedoch von der sich öffnenden Wohnungstür unterbrochen und trat schuldbewusst einen Schritt von Emily weg.

Als Cassie sie in Emilys Küche entdeckte, rutschte ihr glatt die Tüte aus der Hand, wodurch sich Reis und Teigtaschen auf dem Boden verteilten.

»Was machst du denn … oh.« Maia tauchte hinter Cassie auf und schien die Situation mit einem Blick zu erfassen. »Ich werde einfach …« Sie deutete mit dem Daumen über ihre Schulter nach hinten und fasste Cassie am Ellenbogen. »Babe? Vielleicht sollten wir …«

»Was zum Geier macht *die* denn hier?« Cassie gab sich keine Mühe, ihre Wut zu verbergen, und verengte die Augen. Camila wich einen Schritt von ihr zurück.

»Was wollen Sie hier?«, wiederholte Cassie, dieses Mal direkt an Camila gerichtet. Wahrscheinlich stürzte sie sich nur nicht auf sie, weil Maia sie am Arm festhielt.

»Dazu wollten wir gerade kommen, als ihr hier reingeplatzt seid«, sagte Emily verteidigend, da sie das Bedürfnis hatte, Camila vor Cassies Zorn zu schützen.

»Mir war nicht klar, dass wir hier bei etwas stören.« Bislang hatte Emily Cassie noch nie im Große-Schwester-Modus erlebt und der Anblick war furchteinflößend. »Sie sollten gehen.«

»Nein, bleib«, forderte Emily Camila auf.

Cassie schnaubte spöttisch. »Ist das dein Ernst, Em? Nach den vielen Tränen in den letzten Monaten? Wie oft hat sie dich wie Dreck behandelt? Wie oft hast du dich wertlos gefühlt? Und jetzt taucht sie hier mit Blumen auf und du vergisst alles?«

»Ich habe gar nichts vergessen«, erwiderte Emily leise. Camila sah aus, als würde sie jeden Moment die Flucht ergreifen, ohne ihr zu erklären, warum sie eigentlich gekommen war.

»Cassie.« Maia zog ein wenig nachdrücklicher an ihrem Arm. »Vielleicht sollten wir ihnen die Chance geben, sich auszusprechen.«

»Ich gehe nirgendwohin«, wehrte Cassie ab und schob trotzig das Kinn nach vorne. »Sie werden meiner Schwester *wieder* das Herz brechen und ich bleibe da, um die Scherben aufzusammeln. Reden Sie, wenn Sie wollen, aber ich bleibe hier.« Sie marschierte in Emilys Schlafzimmer und schlug die Tür hinter sich zu.

Emily verbarg ihr Gesicht in den Händen – so hatte sie sich den Abend nicht vorgestellt.

»Soll ich mit ihr reden?«, fragte Maia. Sie blieb im Türrahmen stehen und sah aus, als wäre sie lieber ganz woanders.

»Nein«, meldete Camila sich zum ersten Mal ruhig zu Wort. »Ich gehe zu ihr.«

»Das musst du nicht …« Emily berührte sie am Arm, doch Camila wehrte es ab.

»Doch.« Damit folgte sie Cassie in Emilys Schlafzimmer.

»Hast du einen Besen, Em?«, erkundigte sich Maia, was Emily an das Essen auf ihrem Fußboden erinnerte. Also schnappte sie sich Handfeger und Schaufel und konzentrierte sich aufs Saubermachen anstatt auf das, was gerade im Nebenraum passierte.

»Glaubst du, dass sie klarkommen?«

»Na ja, noch hört man keine Schreie«, scherzte Maia. »Möchtest du mir vielleicht erklären, was hier läuft?«

»Ich weiß genauso viel wie du«, entgegnete Emily schulterzuckend. »Ich kam von Camilas Apartment heim und sie hat vor meiner Tür mit denen da im Arm gewartet.« Sie deutete mit dem Kopf auf den Blumenstrauß. »Hat gesagt, sie will reden. Und im nächsten Moment seid ihr reingekommen.«

»Oh. Hast du eine Ahnung, worum es ihr geht?«

»Ich habe sie in letzter Zeit kaum gesehen.« Doch in diesem Augenblick öffnete sich die Schlafzimmertür und Cassie kam dicht gefolgt von Camila heraus.

»Maia und ich werden gehen, damit ihr beide euch unterhalten könnt«, erklärte Cassie. »Ruf mich an, wenn du mich brauchst, okay?«

»Mache ich«, versprach Emily.

Cassie warf Camila noch einen letzten, warnenden Blick zu und verließ die Wohnung dann zusammen mit Maia. Camila und Emily blieben allein zurück. Müde ließ Camila sich auf Emilys Couch sinken.

»Was hast du zu ihr gesagt?«, wollte Emily wissen und setzte sich neben sie, wahrte jedoch respektvollen Abstand.

»Sie hat eine Erklärung gefordert, also habe ich ihr die geliefert«, sagte Camila, als wäre damit alles klar. »Und ich … dir schulde ich auch eine.« Sie atmete tief durch, als wollte sie sich gegen etwas wappnen. »Ich war noch nie … so wirklich gut im Verlieben.«

Emily hielt den Atem an.

»Ich habe nie gelernt, wie man verletzlich ist oder jemanden wirklich an sich heranlässt. Meine Schale ist ziemlich hart …« Camila grinste schief. »… aber lass dich davon nie beirren.« Sie schaute Emily fest in die Augen. »Du hast mich vollkommen überrumpelt. Jamie hattest du in den ersten paar Minuten in der Tasche und du bist nicht zurückgewichen, als ich dich herausgefordert habe. Du hast dir so still und heimlich einen Platz in meinem Herzen erobert, dass ich es nicht einmal gemerkt habe, bis es zu spät war.«

»Aber in London …« Emily verstummte, weil sie die Szene nicht noch einmal durchleben wollte.

Camila zog schuldbewusst die Schultern hoch. »Wie schon gesagt: Ich bin nicht gut darin, jemanden an mich heranzulassen. Als ich dich geküsst habe, war es … Ich weiß nicht, ob ich mich schon jemals so gefühlt habe. Und ehrlich gesagt hat mir das eine Heidenangst eingejagt. Du könntest mich vernichten, wenn du es wolltest, Emily.«

Emily unterdrückte ein Auflachen, weil doch wohl viel eher das Gegenteil der Fall war. Doch Camila schaute sie so eindringlich an, dass ihr klar wurde, wie ernst sie diese Worte meinte.

»Ich bin … kein einfacher Mensch. Du bist jung und selbstlos und wundervoll und ich … Ich wollte das nicht ruinieren. Also habe ich entschieden, dass es besser ist, wenn ich dich auf Abstand halte.«

Inzwischen kannte Emily sie gut genug, um zu verstehen, wie sie auf die Idee kam, dass sie auch die nächste Beziehung versauen würde.

»Das hat nicht besonders gut funktioniert.« Camila senkte den Blick. »Ich hätte dich nicht abblocken dürfen und es tut mir sehr leid, dass ich dich verletzt habe.«

»Du hättest mir das einfach damals sagen können, weißt du?«, erwiderte Emily. »Oder nach dem Abend in der Bar.«

»Ich weiß.« Camila biss sich auf die Unterlippe. »Ob du es glaubst oder nicht, aber Kommunikation ist nicht gerade meine Stärke.«

»Bei deinem Job?«

»Das ist *Arbeit*«, betonte Camila. »In Beziehungen bin ich … nicht so gut darin.«

»Warum … warum erzählst du mir das jetzt? Du hast mir in London klargemacht, dass du keine Beziehung mit mir willst. Was hat sich seitdem geändert?«

»Alles.« Camila schaute sie erneut an und dieses Mal funkelte etwas in ihren Augen, das Emily noch nie zuvor gesehen hatte. Und es raubte ihr den Atem. »Du hast gekündigt und ich musste mich mit dem Gedanken auseinandersetzen, dich nie wiederzusehen, dich für immer zu verlieren, und ich … Das war unerträglich. Wenn ich diese Chance auf Glück weggeworfen hätte … hätte ich mir das nie verzeihen können.« Als Camila nach ihrer Hand griff, spürte Emily die Berührung mit jeder Faser ihres Körpers. »Ich weiß, dass das viel auf einmal ist und für dich kommt es wahrscheinlich urplötzlich, aber ich musste … Ich konnte dich nicht einfach ziehen lassen, ohne dir zu sagen, was ich empfinde. Aber ich werde gehen, wenn du das willst, wenn du Zeit zum Nachdenken brauchst …«

Ohne ein weiteres Wort legte Emily eine Hand an Camilas Hinterkopf und zog sie für einen Kuss zu sich. Ihre Lippen berührten sich sanft und doch schoss ihr Puls in die Höhe und ihre Finger begannen zu zittern.

»Über meine Gefühle muss ich nicht nachdenken, auch wenn die letzten Wochen wirklich nicht schön waren.« Dazu wollte Camila etwas sagen, doch Emily küsste sie erneut und erstickte somit jede Erwiderung im Keim. »Und ich brauche vielleicht noch ein bisschen Zeit, um vollständig zu heilen. Aber ich will das hier immer noch. Dich. Das hat nie aufgehört. Aber rede mit mir, Camila. Wenn wir das wirklich wollen, müssen wir immer ehrlich zueinander sein.«

»Das werde ich«, versprach Camila. »Gott, Emily, ich würde alles für dich tun.«

»Alles?«, fragte Emily atemlos und Camila rutschte näher zu ihr, um ein Bein über Emilys Schoß zu schwingen, sodass sie auf ihrem Schoß saß. Es war, als würden sie genau dort anknüpfen, wo sie in London aufgehört hatten, bevor alles den Bach runtergegangen war. Aber dieses Mal würde Camila nicht verschwinden.

»Hm, alles, was du willst«, murmelte Camila heiser. »Solange du mich nur küsst.«

Also tat Emily genau das und legte die Hände auf Camilas Oberschenkel. Camila umfasste ihrerseits Emilys Kinn und als sich ihre Zunge neugierig in ihren Mund vorwagte, fühlte sich das unglaublich perfekt an. Sie küsste Emily derart leidenschaftlich, dass ihr die Luft wegblieb und das Verlangen sie beinahe überwältigte.

»Du hast keine Ahnung, wie lange ich das schon tun will«, keuchte Camila, als sie sich atemlos voneinander trennten. Selbst mit verschmiertem Lippenstift war sie immer noch die schönste Frau, die Emily je gesehen hatte. »Du weißt nicht, was du in mir auslöst.«

Sollte Camila anfangen, ihr schmutzige Sachen ins Ohr zu flüstern, konnte Emily nicht versprechen, dass sie nicht spontan in Flammen aufgehen würde. Sie küsste sie erneut, umfasste mit beiden Händen Camilas Hintern und zog ihr Becken nach vorne, was Camila aufstöhnen ließ – ein Laut, den Emily immer wieder hören wollte.

»Wir sollten besser aufhören, bevor wir uns nicht mehr beherrschen können«, sagte Camila und zog sich ein wenig zurück, doch die mühsam unterdrückte Erregung in ihrer Stimme schickte eine heiße Welle der Lust direkt in Emilys Schritt.

»Was wäre so schlimm daran?«, wollte sie wissen.

Camila schüttelte den Kopf. »Ich will nichts überstürzen.« Sie musterte Emily sehnsüchtig, aber ihr Tonfall war entschlossen. »Ich will das anständig machen.«

»Sex beim dritten Date ist also nicht anständig?«

»Mir war gar nicht klar, dass wir schon zwei Dates hatten«, entgegnete Camila.

»Na ja, wir waren schon zweimal miteinander essen, also ist das hier im Prinzip unser Sex-Date, was bedeutet, dass wir auf dem absolut richtigen Weg sind.«

»Das waren keine Dates und das hier ist auch keins.«

»Was machen wir dann hier?«

»Hmm … Ich gestehe dir meine Gefühle und *du* benimmst dich wie ein notgeiler Teenager.«

Wie sehr Emily doch das Funkeln in Camilas Augen liebte – es war so lange her, dass sie sie entspannt und sorglos gesehen hatte.

»Was kann ich denn dafür? Das ist deine Schuld«, verteidigte Emily sich. »Hast du Hunger? Wir könnten was essen gehen und das dann als Date bezeichnen.«

»Ich würde lieber hierbleiben.«

»Und wer ist jetzt notgeil?«

Camila verpasste ihr einen spielerischen Klaps.

»Wir können gerne was bestellen.«

Dem stimmte Camila zu und Emily erhob sich zusammen mit ihr. Camila keuchte erschrocken und schlang reflexartig ihre Arme um Emilys Schultern und die Beine um ihre Taille. Emily setzte sie auf der Küchenablage ab und suchte in einer der Schubladen nach Lieferprospekten.

»War das nötig?«, wollte Camila wissen.

»Ja, weil wir beide wissen, wie stark ich bin«, gab Emily mit einem verschmitzten Grinsen zurück. »Und wie sehr dir das gefällt.«

Camila wurde rot und Emily nutzte die Gelegenheit, um sich noch einen Kuss zu stehlen. Sie schwelgte in dem Gefühl, das einfach tun zu können, während sie asiatisches Essen bestellten – inklusive einer doppelten Portion Teigtaschen. Dann setzten sie sich auf die Couch und Camila zappte sich durch die Fernsehsender, bis sie etwas fand, das ihr gefiel.

Emily hatte noch immer das Gefühl, unter Schock zu stehen. Sie konnte nicht glauben, dass sie wirklich Camila im Arm hielt. Gestern noch hatte sie in Tränen aufgelöst auf diesem Sofa gelegen und sich gefragt, wie sie es überleben sollte, Camila nicht mehr jeden Tag zu sehen.

Auf einmal meldete sich Camilas Handy und riss Emily aus ihrer Träumerei. Jaime rief an, um Gute Nacht zu sagen, und Emily stand auf, um den beiden etwas Privatsphäre zu geben, doch Camila zog sie wieder zu sich.

»Hi, Mom.« Jaime klang schläfrig und Emily konnte sich bildlich vorstellen, wie er mit halb geschlossenen Augen dasaß.

»Hi, Schatz. Geht's dir gut?«

»Ja.«

»Was habt ihr morgen vor?«

»Weiß nich'.« Wenn Jaime müde war, wurde er immer einsilbiger. »Ich glaube, wir schauen Baseball«, fuhr er dann nur wenig begeistert fort.

»Dann habt viel Spaß und sei brav. Bist du schon bettfertig?«

»Ja. Hab dich lieb.«

»Ich dich auch, Jaime.«

»Alles in Ordnung?«, erkundigte sich Emily, als Jaime am anderen Ende der Leitung aufgelegt hatte. Sie wusste, wie schwer es für Camila war, wenn sie ihren Sohn nicht bei sich hatte.

»Ja. Es ist … schön, jemanden bei mir zu haben, wenn Jaime bei seinem Vater ist. Nicht allein in einer leeren Wohnung zu sitzen.«

Emily drückte Camila an sich und gab ihr einen Kuss auf den Kopf.

»Hast du … Jaime hiervon erzählt?« Sie gestikulierte zwischen sich und Camila hin und her, doch Camila schüttelte den Kopf.

»Nein, noch nicht. Aber es würde mich nicht wundern, wenn er es schon gemerkt hat – mein Junge ist verdammt aufmerksam. Ich wollte nicht, dass er sich Hoffnungen macht, bevor wir miteinander geredet haben.«

»Das kann ich verstehen.« Emily nickte. »Ich, hm … Vielleicht sollten wir noch ein bisschen warten, bevor wir es ihm sagen. Nur um sicherzugehen, dass es funktioniert. Nicht, dass ich daran zweifle oder ich mich in deine Erziehung einmischen will, aber …«

»Emily, ganz ruhig«, unterbrach Camila sie und drückte ihre Hand. »Ich denke, du hast recht, wir sollten warten. Nur ein bisschen.«

»Denkst du, dass er sich freuen wird?«

»Er wird ausflippen. Immerhin hat er mich schon gefragt, warum wir nicht verheiratet sind.«

»Oh, mich auch. Hat er da schon was gemerkt?«

»Vielleicht wollte er uns verkuppeln.«

Ihr Essen traf ein und sie ließen es sich schmecken, ohne viele Worte zu wechseln. Die Stimmung war so angenehm entspannt wie schon sehr lange nicht mehr.

»Möchtest du … heute Nacht hier schlafen?«, fragte Emily eine Weile später. Sie hatten einen Film ausgesucht, jedoch nicht viel davon mitbekommen. Im Moment lagen sie ausgestreckt auf der Couch und Camila döste auf Emilys Brust, während Emily sie dabei beobachtete.

Camila öffnete ein Auge. »Ist das noch ein unmoralisches Angebot?«

»Nein, aber du schläfst praktisch schon und deine Wohnung ist so weit weg.«

»Fünf Minuten mit dem Auto, Emily.«

»Aber warum gehen, wenn du doch einfach hierbleiben kannst.«

»Hm, gutes Argument.« Camila öffnete nun auch noch das zweite Auge. »Bist du dir sicher?«

»Ja. Komm mit.« Sie führte Camila ins Schlafzimmer, wo Emily ihre Kommode durchwühlte, bis sie einen Schlafanzug fand, der Camila passen könnte. »Das ist wahrscheinlich nicht das, was du sonst hast, aber …«

»Alles gut – es riecht nach dir.«

Im Badezimmer fand sie noch eine Ersatzzahnbürste, für ihren unerwarteten Gast. Camila ging zum Umziehen ins Bad und als sie in Emilys Schlafanzug gekleidet und nach Zahnpasta riechend wieder herauskam, wartete Emily bereits auf sie. Sie drängte Camila mit dem Rücken gegen die Wand und küsste sie lang und intensiv, wobei sie eine Hand in ihren Haaren vergrub und sie mit der anderen an der Taille festhielt.

»Hmm, wofür war das denn?«

»Mir war einfach danach«, antwortete Emily schulterzuckend, bevor sie sich an Camila vorbei ins Badezimmer schob.

Camila stand am Fußende des Betts, als sie zurückkehrte. »Du kannst dich gerne hinlegen.«

»Ich wusste nicht, ob du eine Seite bevorzugst.«

»Nicht wirklich«, sagte Emily und lachte. »Ich teile mein Bett nicht besonders oft mit anderen.«

Sie krochen unter die Decke und trafen sich in der Mitte der Matratze. Emily lehnte die Stirn gegen Camilas und schloss die Augen.

»Ich kann nicht glauben, dass du wirklich hier bist«, murmelte sie und streichelte über Camilas Hüften, während diese mit dem Zeigefinger Emilys Wangenknochen nachzeichnete.

»Ich auch nicht.« Camila betrachtete Emilys Gesicht. »Ich kann auch nicht glauben, dass du das immer noch willst, nach allem, was du wegen mir durchgemacht hast.«

»Das war es wert.«

Camila schien ihre Zweifel zu haben und Emily wusste, dass sie immer noch davon ausging, dass ihre Beziehung scheitern könnte, und auch immer noch davon überzeugt war, Emily nicht zu verdienen. Doch sie würde Camila eines Besseren belehren.

Epilog

Zwei Jahre später …

»Bin ich froh, dass ich aus der warmen Robe raus bin.«

Emily hatte gerade ihr Masterzeugnis entgegengenommen und Camila war unglaublich stolz auf sie. Ihre Hände taten immer noch weh vom Klatschen, während Emily ihre Dokumente überreicht bekam, und ihre Wangen fühlten sich feucht von den Tränen an, die sie vergossen hatte.

»Und dieses Kleid sollte durch nichts versteckt werden«, ergänzte Camila mit einem bewundernden Blick auf den tiefen V-Ausschnitt. Sie sprach jedoch leise, damit nur Emily sie hörte, die daraufhin leise lachte.

Sie fuhren in Camilas Wagen zurück zum Penthouse, um dort zu feiern. Cassie, Maia und Sarah hatten mit Jaime auf dem Rücksitz Platz genommen. Camilas zauberhafter Sohn war inzwischen sieben Jahre alt und sah unglaublich gut in Anzug und Krawatte aus, die er auch schon zu Cassies und Maias Hochzeit vor ein paar Monaten getragen hatte.

Je näher sie dem Hochhaus kamen, desto unruhiger wurde Camila. Ihr Magen krampfte sich zusammen bei der Aussicht, dass sie vielleicht noch etwas außer Emilys Abschluss zu feiern hatten.

»Alles in Ordnung?« Emily warf ihr einen besorgten Blick zu und legte Camila beruhigend eine Hand aufs Bein. »Du hast gerade ausgesehen, als wärst du in Gedanken ganz woanders.«

»Alles gut«, entgegnete Camila, aber sie war noch nie gut darin gewesen, Emily anzulügen. Zum Glück mischte Maia sich in diesem Moment ein und verwickelte Emily in ein Gespräch.

Als sie in der Wohnung ankamen, öffnete Camila eine Flasche Champagner und hoffte, dass Emily das Zittern ihrer Hände nicht bemerkte. Nachdem sie ein Fernsehimperium aufgebaut hatte, stand ihr jetzt etwas viel Beängstigerendes bevor, und wenn sie das nicht bald in die Tat umsetzte, würde sie noch ohnmächtig werden.

Die vergangenen zwei Jahre waren die besten ihres Lebens gewesen, denn Emily hatte es wieder und wieder geschafft, selbst in den dunkelsten Tag Licht zu bringen, und Camila war unendlich dankbar für jeden Morgen, den sie mit Emily in den Armen aufwachen durfte. Sie hatte sich immer eine große Familie für Jaime gewünscht – etwas, das sie selbst nie gehabt hatte – und mit Emily hatte sie mehr gefunden, als sie je zu träumen gewagt hätte: Emily, Cassie, Maia und Sarah vergötterten ihren Kleinen und hatten auch Camila mit offenen Armen aufgenommen.

»Du siehst aus, als würdest du dich gleich übergeben.« Cassie war neben sie getreten. »Soll ich sie ablenken, damit du in Position gehen kannst?«

»Okay.« Camila atmete noch einmal tief durch, um ihre Nerven zu beruhigen, doch ihr Herz hämmerte so heftig gegen ihren Brustkorb, dass sie ihren Champagner in einem Zug leerte und dann das Glas abstellte. Cassie drehte Emily herum, sodass sie mit dem Rücken zu Camila stand.

Von diesem Moment hatte Camila unzählige Male geträumt und jetzt, da es endlich so weit war, schien die Zeit stillzustehen. Erst hatte sie das hinter verschlossenen Türen in einem zweisamen Moment tun wollen, doch Emilys Familie und Freunde waren ihr so wichtig, dass sie das mit ihnen teilen wollte. Und Camila wollte es auch – während der letzten Jahre waren sie ihr ebenso wichtig geworden. Die große Familie, von der sie und Jaime nie gedacht hätten, sie einmal zu bekommen. Alles nur dank der Liebe ihres Lebens.

Ein paar Meter seitlich von ihr reckte Jaime beide Daumen ermunternd nach oben, was Camila zum Lächeln brachte. Das war eine der vielen Gesten, die er sich von Emily abgeschaut hatte. Sie griff nach dem schwarzen Samtkästchen, öffnete es und ließ sich auf ein Knie sinken.

»Emily?«

Emily drehte sich zu Camila um, riss überrascht die Augen auf und starrte sie mit offenem Mund an. Gott, sie war noch schöner als ohnehin schon. Und das hier war richtig. Absolut richtig.

Selbst umgeben von Familie und Freunden hatte Camila auf einmal das Gefühl, dass nur noch sie beide anwesend waren, weil sie sich direkt in Emilys Augen verlor.

»Emily«, wiederholte Camila. Ihre Stimme klang überraschend sicher angesichts der Tatsache, dass sie am ganzen Körper bebte. »Du bist um elf Uhr an einem Dienstagmorgen in mein Leben getreten und damals hatte ich noch keine Ahnung, dass du es gehörig auf den Kopf stellen würdest. Du hast mein Leben verändert, du überraschst mich jeden Tag aufs Neue und ich kann nicht glauben, dass ich nach allem, was du wegen mir durchgemacht hast, trotzdem eine zweite Chance von dir bekommen habe. Ich hoffe, dass du es nie bereut hast und ich dich ebenso glücklich mache wie du mich.« Sie schenkte ihr ein liebevolles Lächeln.

»Ich will den Rest meines Lebens mit dir verbringen. Dass es immer leicht sein wird, kann ich dir nicht versprechen, denn ich weiß, wie kompliziert ich sein kann. Aber ich schwöre dir, dass ich dich bis zu meinem letzten Atemzug lieben und alles in meiner Macht stehende tun werde, um jeden Tag zu etwas Besonderem zu machen. Um dir zu zeigen, wie sehr ich dich liebe.« Camila holte tief Luft, bevor sie die alles entscheidende Frage stellte:

»Emily Walker, willst du meine Frau werden?«

Camila hatte geweint, als Emily die Bühne der NYU betrat, doch jetzt rannen Tränen über Emilys Wangen. Sie ließ sich vor Camila auf die Knie sinken und umarmte sie so fest, dass sie kaum noch atmen konnte.

»Ja, ja, so was von ja«, flüsterte ihr Emily ins Ohr und dann weinte Camila auch, während sie den Ring zärtlich an Emilys Finger steckte.

Als sie wieder aufgestanden waren, folgte eine riesige Gruppenumarmung, in deren Zentrum Camila Emily an sich gedrückt hielt. Ihre Verlobte. Und sie wusste, dass sie sie nie wieder loslassen würde, ganz gleich, was das Leben noch für sie bereithielt.

Ebenfalls im Ylva Verlag erschienen

www.ylva-verlag.de

Das Glück wohnt in Australien

C. Fonseca

ISBN: 978-3-96324-506-0
Umfang: 282 Seiten (97.000 Wörter)

Jessica reist nach Australien, um sich um den Nachlass ihres Bruders zu kümmern. Sie hat kein Interesse daran, länger als geplant in ihrer alten Heimat zu bleiben – doch die Restaurantbesitzerin Lili und ihre Tochter Ru wecken ungeahnte Gefühle in ihr. Aber wie soll sie den Beiden ihr Herz öffnen, wenn ihr Abreisetag immer näher rückt?

Hängematte für zwei

Jae

ISBN: 978-3-95533-841-1
Umfang: 384 Seiten (120.000 Wörter)

Dr. Jordan Williams verbringt ihre Tage im OP und ihre Nächte in den Betten ständig wechselnder Frauen.

Ihre neue Nachbarin, die alleinerziehende Emma, ist das komplette Gegenteil. Familie und Treue gehen ihr über alles.

Als Jordan sich bei einer Rettungsaktion den Arm bricht, fühlt Emma sich verpflichtet, ihre Hilfe anzubieten.

Könnten die sechs Wochen im Gips der Anfang eines Happy Ends sein?

So schnell mein Herz schlägt

Cheyenne Blue

ISBN: 978-3-96324-369-1
Umfang: 260 Seiten (93.000 Wörter)

Nachdem ein Kind auf ihrer Farm verletzt wird, muss Nina Pellegrini den besten Anwalt finden, um ihr Zuhause zu retten. Die Anwältin Leigh Willoughby hat keine Zeit für kleine Fälle, die kein Geld einbringen. Doch es erweist sich als schwierig, die warmherzige Nina und ihre Tochter Phoebe abzuweisen. In was hat sie sich da bloß reingeritten?

Popcorn Love – Das Glück ist so nah

KL Hughes

ISBN: 978-3-95533-649-3
Umfang: 365 Seiten (112.000 Wörter)

Geschäftsfrau Elena hat kaum Zeit für die Liebe, doch eine Freundin überredet sie: Wenn sie einen Babysitter für Elenas kleinen Sohn findet, muss Elena sich auf Dates einlassen.

Studentin Allison ist nicht nur ein guter Babysitter, sie muntert Elena auch nach jedem miesen Date auf. Elena wird klar: Allison ist die Frau, die sie sucht, doch die soziale Kluft zwischen ihnen ist schwer zu überbrücken.

Über Rachael Sommers

Rachael Sommer wurde im Nordwesten Englands geboren und ist dort auch aufgewachsen. Mit dreizehn hat sie ihre erste Geschichte geschrieben und seitdem nicht mehr aufgehört. Sie hat einen Abschluss in Biologie und arbeitet im Moment im Bildungswesen, träumt aber ständig davon, die Welt zu bereisen. In ihrer Freizeit geht sie gerne reiten, spielt Brettspiele, besucht Escape Rooms, und natürlich liebt sie Bücher.

KONTAKT:

Webseite: www.rachaelsommers.com
E-Mail: rachaelsommersauthor@gmail.com

Bibliografische Information der Deutschen Nationalbibliothek
Die Deutsche Nationalbibliothek verzeichnet diese Publikation in der Deutschen Nationalbibliografie; detaillierte bibliografische Daten sind im Internet über www.dnb.de abrufbar.

1. Auflage

Taschenbuchausgabe März 2022 bei Ylva Verlag, e.Kfr.

ISBN: 978-3-96324-622-7

Dieser Titel ist als Taschenbuch und E-Book erschienen.

Übersetzung: Stefanie Kersten
Lektorat: Katrin Hockert
Korrektorat: Claudia Volland
Coverdesign: Streetlight Graphics

Kontakt:
Ylva Verlag, e.Kfr.
Inhaberin: Astrid Ohletz
Am Kirschgarten 2
65830 Kriftel
Tel: 06192/9615540
Fax: 06192/8076010
www.ylva-verlag.de
info@ylva-verlag.de
Amtsgericht Frankfurt am Main HRA 46713

Printed in Great Britain
by Amazon

82096094R00144